U0153206

凝煉知識品味閱讀

凝煉知識品味閱讀

國際視野/在地觀照

國語文教育的多重面貌

五南圖書出版公司 印行　　逢甲大學國語文教學中心 主編

專題演講

國語文的國際視野與語言價值觀

何萬順*

內容

今天的「建構／反思國文教學研討會」，主要分為兩個主題，一個是建構，一個是反思。接下來一個小時將會是純反思。

現今的政府，在語言政策最重要的願景，就是「2030雙語國家」。給大家三個選項：不論想像中「2030雙語國家」的願景是什麼，贊成此政策的舉手（三分之一）；反對的舉手（四個）；沒意見的舉手一下；還沒舉手全部舉手（笑聲）。

所以大部分的人是贊成的，也有一些人不願意表態。

假設今天要寫一篇非常短的文章介紹臺灣，臺灣在亞洲的地理位置如何如何，其中有一句話是要描述臺灣的語言使用情況，請填空：臺灣是一個「__語國家」？給你四個選項：單語、雙語、三語、多語，四個選一個，其中有一個答案在邏輯上有可能，但在實際上是不存在的——臺灣是個「無語國家」。

認為臺灣是一個單語國家的，請舉手。（一位）。你現在想的是哪一個語言，我們通通都知道，不要想那麼大聲。

認為臺灣現狀就是一個雙語國家的，請舉手（三位舉手）。這就有趣了。哪雙語？

（國、臺語。）

* 東海大學外國語文學系講座教授

（中文和自己族群的母語。）

認為臺灣是三語國家的舉手（無人舉手）。認為臺灣是多語國家的，請舉手（大多數人）。

問題來了，既然臺灣的現狀是一個多語國家，到了2030年，雙語國家的願景實踐了之後，不屬於這雙語的其他語言，該如何對待？最明確的答案是消滅它，這樣才能說臺灣是一個雙語國家，對吧？

臺中教育大學退休教授洪惟仁，去年（2019）出了一本非常重要的書，叫《臺灣語言地圖集》，這個五彩繽紛的地圖就是臺灣語言分佈的現況，這當中並沒有包括所謂的國語。我開玩笑地說，國語的顏色，想像中應該是藍色，如果把國語放在地圖上的話，那麼整張地圖上都會有一層淡淡的藍色憂鬱，對吧？因為臺灣全島就是都講這個語言。依洪惟仁老師深入到村里的實際調查，臺灣共有：臺灣閩南語（包括泉州腔、漳州腔跟漳泉混合腔，即漳泉濫）、客語的五個腔，再加上16個原住民的語言，所以這張五彩繽紛的地圖說明：臺灣是一個多語國家。

另外也有非常明確的數據可以佐證。2010年的人口及住宅普查，是臺灣有史以來第一次把「語言」納入調查。調查的問題是：你在家裡面會使用什麼語言？答案可以多選。有83.5%的人在家裡使用國語。家裡使用臺語的占81.9%；客家的人口是13%、14%，但客家話的使用比率只有6.6%；原住民的人口大約是2%，可是使用他們各自語言的卻只有1.4%。加總起來是175.4%，表示臺灣平均每一個人在家裡面講1.75種語言，所以臺灣是一個多語國家——如果說臺灣現狀是一個多語國家，但我們政策願景是要成為雙語國家，那麼，不屬於這雙語的其他語言，是什麼地位？

雙語國家的正式名稱是在2019年3月提出，在此之前，名稱是「英語作為第二官方語」。

在2017年的10月14號，英語作為臺灣的官方語之一的政策提出來之後，《中國時報》大為稱讚，整個事件可以追溯回當年國慶日，中間發生的有趣故事今天暫且不提。過了大約一年，黃昆輝教授基金會進行了一系列有關於臺灣的語言跟教育的民調。87%的受訪民眾支持英文作為臺灣官方語。他們在記者會發表這份民調的時候，黃昆輝坐中間，師大的教授就針對這個民調的細部做出評述，並提出看法。

第一點，英文作為臺灣官方語有87%的民眾贊成，所以表示政策師出有名，讚。第二點非常有趣，因為有一些英語很好的學者提出反對，這位教授表示：「雖然是反對意見，但也不無道理，政府應該慎重考慮。」——至於這些英語很好的人是哪些人？你會更好奇，而這些人恰恰好幾乎是臺灣所有的語言學家。兩個最具學術專業的學會，臺灣語言學學會、臺灣語文學會，就在這個政策提出之後，在臺北、臺東跟臺南辦了三場公開座談會，引起了一些後續效應。期間很多語言學家也投書，或在報紙發表評論，《蘋果日報》還特別辦了書面辯論，反對方找了我跟師大的李勤岸教授，那另外找了兩位代表正方，兩位都不是語言學者，一位是屏科大校長古源光，另一位是商業方面的實業家沈坤照，所以就產生一點點效應——英文作為臺灣的第二官方語的這個口號就不見了，換了一個名稱——「2030雙語國家」。

剛才是上主菜之前，先上的小菜。

我們國家的語言政策，首要的議題就是國語文。

國語文是一個普通名詞，不是專有名詞，真正專有名詞應該叫什麼？——臺灣現在所謂的國語，你可以想成是國家語，這是其中一種解讀。

至於臺灣的「國家語言」，則是有法律基礎的，「國家語言」有哪些？不論稱作國語或者是中文，在國際連結最重要的，就是在「形式上」是如何轉換成26個羅馬字母的拼音系統。接著我會以幾個指標性政治人物的發言為例，讓大家反省一下臺灣的語言價值觀。

一、國語／文：必也正名乎

子曰：「名不正，則言不順。」底下接著幾個後果：「事不成」、「禮樂不興」，最後則是「刑罰不中，則民無所措手足」。不僅人民無所適從，總統、副總統可能都無所適從。

兩個月前，卸任的副總統陳建仁，在促轉會（促進轉型正義委員會）發表演說。請大家從海報呈現的文字內容判斷一下，能否判斷出前副總統演講所使用的語言，是英語？還是國語？還是臺語？還是客語？還是阿美語？看不出來。為什麼？因為這份海報是用中文寫的，可以用臺語發音，可以用客語發音，也可以用國語發音。但是最底下的副標（彼時影未來光），明顯能看出是臺語，對吧？那在座各位要不要猜一下前副總統的演講是用什麼語言？國語還是臺語？認為他用的是國語的舉手（臺下有人舉手），認為是用臺語的舉手（臺下有人舉手），謝謝！

我覺得你們政治敏感度實在是太差了，這是在「促轉會」的演講，所以他用……（臺下回答：「臺語。」），對嘛。他在裡面講了一段故事，大家有興趣的話，可以上網查此次演講的全程直播，內容大致上是說他爸爸當時是鎮長，然後國民黨的軍人霸占鎮長辦公室這麼一段故事，故事中有一段話跟我們今天講的語言有關，（播影片，影片裡陳建仁前副總統說：阮爸爸足失禮的，袂曉講……欸……國，袂曉講彼个……欸……普通話嘛諱[1]，啊伊……伊干焦[2]有祕書會曉講爾。）

我聽到這裡的時候很驚訝，他脫口而出爸爸「足失禮」。失禮的原因是伊袂曉講「國……」。

不知道大家有沒有這個敏感度？在臺灣的某些族群裡，不喜歡「國語」這個名稱，刻意稱之「北京話」。可是北京話又有很重的政治意涵，副總統一定對於臺灣兩極的政治情況非常熟悉，所以雖然已經說出「國」，但就停下來了，最後說出口的卻是「普通話」。

在他父親當鎮長的時候，「普通話」這個名詞還沒有出現——要知道，那時候只有「國語」跟「北京話」這兩個名詞——這主題到最後再談。

---

1 據《教育部臺灣閩南語常用語辭典》：「諱，表示驚訝或反應激動的感嘆詞。」

2 據《教育部臺灣閩南語常用語辭典》：「干焦，只有、僅僅。」

至於說出「足失禮」這樣的話，則跟國際視野有關。如果說英文或者法文、日文不好，有需要說：「I am sorry」嗎？為什麼要說「失禮」？後面反映的是他的語言價值觀。

行政院提出「2030雙語國家」，但沒有說明雙語是哪雙語。最奇妙的是：即使沒有說明，在臺灣的每個人好像都知道，沒有人會舉手請問：歹勢，借問一下，雙語是什麼意思？

「2030雙語國家」政策，網路上有公開一份「2030雙語國家政策發展藍圖」，總共有5,804個字，16頁，其中，「英語」提了86次，「雙語」提了82次，「英文」13次，「中英文」出現2次，「中文」出現1次，今天會議的主題「國語文」，0次。

執行政策最重要的單位是教育部，所以教育部就擬定了「2030雙語政策計畫」，將近2,000個字，5頁，在這計畫中，「英語」出現60次，「雙語」11次，「英文」0次，「中英文」0次，「中文」0次，今天會議的主題「國語文」0次──所以雙語國家要做的是什麼，應該很清楚了吧！

舉個例子，This is a five-million-dollar project. 這句話如果出現在報紙上，人們不知道此處的幣值是哪個，同意吧？出現在*New York Times*（《紐約時報》），講的是美金、澳洲人報（The Australian）是澳幣。我要做的類比是，dollar是一個普通名詞，Taiwan Dollar是一個專有名詞──那「國語」也是一樣，同意吧？對韓國的教授來講，「國文」應該是韓文吧？對日本的教授來講，「國語」應該是日語吧？那對臺灣的學者來講，「國語」是什麼呢？

我上個學期教了一門通識課，有一個新加坡的學生上臺報告，內容是以新加坡的華語對照臺灣的語言政策，我問他：「你講的華文跟華語，如果一定要用其他的名稱來說，你會用什麼名稱？」，他絲毫不讓步，他說就是「華語」跟「華文」。我說會不會說是「中文」或者是「國語」或者是「普通話」呢？他說，就是華語、華文。

在臺灣，與「國語」相對的專業名詞，據我自己的觀察，市占率最高的是「中文」，所以我們會說那個外國人中文講得不錯；然而對外教學時，卻一律用「華語」；至於在語言學的領域，有時候用「漢語」；最標準的用法應該是「官話」（Mandarin）；然而在臺灣某些族群裡，刻意用「北京話」稱之；陳副總統則用「普通話」，我認識有些臺商，他們也會稱「普通話」。相較之下，「國文」的相對應專業名詞就比較一致，可能是「中文」、也可能是「華文」。

至於臺灣的語言學界，已經有約定俗成的默契：如果是要表示跟新加坡、中國普通話屬於同一個語言，則會使用「華語」一詞；如果要強調的是臺灣獨有的華語亞種，會說「臺灣華語」、也會用「中文」、少數的情況下也會用「漢語」。

相對之下，英文的名稱則是用「Mandarin」，如果是特別講臺灣的Mandarin就叫「Taiwan Mandarin」，若是文字系統的話，相對應的就是「Chinese」，正如剛剛提到的，臺灣的對外教學一律都是用華語、華文，英文的翻譯都是Chinese，中文系、國文系相對應的英文翻譯也都是Chinese。東華大學就是一個很好的例子，東華大學的中國語文學系名稱翻譯為：Department of Chinese Language and Literature；最有趣的是，東華大學還有華文文學系，英文翻譯為Department of Sinophone Literature。Sinophone是一個新詞，大概才出現十幾年。

這些例子都顯示，我們在名稱上拿不定主意，原因其實很簡單，就是因為認同上、價值上，臺灣都沒有明確的說法。

二、國家語言有哪些？

臺灣國家語言有哪些？法律是有規定的，就是「固有族群使用之自然語言」，除此之外，只列出「臺灣手語」（按：「國家語言發展法」的第3條：本法所稱國家語言，指臺灣各固有族群使用之自然語言及臺灣手語。）。其他的語言只要符合定義，就算是國家語言。所以還要從語意學的角度判斷是否合乎「固有族群」以及「自然語言」這兩個必要條件。

除此之外，立法說明裡面特別強調，之所以沒有點名客語、賽德克語等等，是為了尊重各個族群及其慣用語，所以不說哪些是、哪些不是；是的話，又該如何稱呼。

再想想看，臺灣現在官方認定共有16個原住民族，他們的語言是不是國家語言？認為不是的人，護照馬上取消。因為這是有明確答案的，2017年公布的「原住民族語言發展法」，裡面已經界定，只要是官方認定的原住民族群，他們的語言就是國家語言（按：「原住民族語言發展法」第1條：原住民族語言為國家語言）。

此外，臺灣的客語是不是國家語言呢？2018年「客家基本法」重新修訂，已經把客語列入國家語言（按：「客家基本法」第3條：客語為國家語言之一，與各族群語言平等）。最有趣的是：臺灣兩個最強勢的漢語，一個是臺灣閩南語，另外一個是臺灣華語，反而是身分不明。

臺語、閩南語、或是福佬、河洛，在名稱上就具有爭議。我個人認為，應該直接用臺灣人最喜歡用的名稱。大多數人稱為「臺語」。我認為這樣很清楚，因為客語有對應的客家族群；臺灣16個原住民都有相對的固有族群；同樣的，臺語應該毫無疑慮，因為也有明確的固有族群。這些語言都是國家語言。

若把「固有族群」納入考量，真正的問題就顯現出來了：我現在使用的這個語言是不是國家語言？

文化部在「國家語言發展法」立法說明（按：「說明」並非法律條文）裡面表示：「現行課綱使用之國語（文）亦為國家語言之一[3]」，可是教育部不買帳，因為這個議題正在發燒（簡報內容：2020/07/25教育部課審會大會「對於國家語言是否包括國語提出質疑，將請文化部出席課審會說明」）。

---

[3] 語出《國家語言發展法》Q&A。網址：https://mocfile.moc.gov.tw/files/202209/03fc908d-30af-4a34-b608-96b13e07278b.pdf。

現今臺灣所謂的「國語」，有沒有一個固有族群？

我在2009年寫了一篇文章[4]，其中一個重點是：使用「國語」的人，並不是一個族群。外省人來臺灣的時候，對臺灣的刻板印象就是分成四大族群：原住民講原住民的語言；客語，客家人講；閩南語，閩南人講；國語，誰講？外省人——我爸爸是湖南人，講的絕對不是國語；我媽媽是山東人，講的也絕對不是國語。國語是我發明的（臺下人笑）——言歸正傳，上述的例子表示，外省族群在文化和語言上，並不是一個族群，而是非常的分散、多元。我們今天講「國語」則是官話底下的一個方言、一個亞種，恰恰好是因為在當時，臺灣和中國大陸完全隔絕，且臺灣具有獨特的社會文化及政治體系，以櫻花鉤吻鮭來比喻，櫻花鉤吻鮭是從海上進入大甲溪的上游，逐漸發展、演化，最後變成鮭魚或是鱒魚的一種臺灣特有的亞種。

所以，以上述學理角度為據，我認為我們應該把「臺灣華語」或「國語」看成臺灣的「國家語言」。再來從立法精神來看，從小學一路到高中，「國語」課程均列為必修，也已經滿足了國家語言發展法的規定。

但是這是一個極具爭議的議題。

再回過頭來看，「2030雙語國家」這個政策，不論是教育部或行政院，在政策意涵上均沒有明確規範。只有表明：應該要做哪些事，例如把公文、各種各樣的體系都英語化、加強小學生的英語能力等，可是都沒有告訴你2030年的哪一天、幾月幾號要正式實施，也沒有回答為什麼我們的國家在法治上可以叫做雙語國家。

若是從政策名稱來看，必然有以下的政治意涵：第一，即便政府沒有明訂「雙語」是哪兩種語言，但看政策藍圖，卻可以非常清楚地知

---

[4] 何萬順（2009），〈語言與族群認同：從臺灣外省族群的母語與臺灣華語談起〉，《語言暨語言學Language and Linguistics》，10（2），頁375-419。

道——一者因為現行的公文就是中文，且總統在就職典禮說的就是國語（中文），再者，政府一直行銷的語言就是英語，所以雙語就是國語跟英語，不言而喻。

那麼，「2030年雙語國家」正式實施的時候，這兩個語言的地位是一樣的，如此才能稱為雙語國家，且必須全面中、英文化：就是我講一句英文，要附上中文翻譯；或者是講一句中文，也必須列出對應的英文，兩者地位必須對等。

再來是此兩種語言的位階必須要高於國家語言。因為若是國家語言的位階最高，2030年臺灣就是多語言國家——可是2030年臺灣是「雙語」國家，所以只有一個可能，那就是這雙語的地位必須要高於國家語言，臺灣才可以稱作雙語國家。然而，在法制上只有一種語言的位階高於國家語言，那就是official language（官方語言）。如同前述，原先提出來的政策願景就是要將英語作為臺灣的第二官方語言。直到面對學者的質疑，才驚呼「原來你們不喜歡這個名稱，那我們就改成『雙語國家』吧！」

再來做一下民調，大家認為「國語」目前是我國的官方語言嗎？

順便利用這個機會講一下，我覺得民調是個非常危險的東西，為什麼呢？因為民調只問這個人對這件事有什麼看法，完全不問：「你對這件事的了解程度」，所以說，英文作為臺灣的第二官方語，以臺灣人一般對英語的迷思，只要聽到英文就是Yes，就像敲膝蓋的反射動作一樣，根本不需要經過大腦。英文，Yes！。你知道英文很重要，在大學裡，大一英文從兩學分增加到三學分，Yes！從三學分增加到三十學分，好啊！。

很多人不曉得「官方語」到底是什麼意思，以為把英文做成官方語，臺灣人就會說英語了，看似荒唐，但其實很多人都這麼認為。

然而「官方語」的定義非常清楚。官方語的意思是說：在任何官方場合都必須使用的語言，比如說新加坡，有四個官方語，四個語言選一個使用；加拿大是兩個官方語，英語和法語兩個語言必須擇一使用。但也有很多人根本不會說自己國家的任一官方語。例如很多非洲國家，以法文為官方語，但70%、80%的人口是不會說官方語的。又例如印度、香港，以英文為官方語，但是70%、80%的香港人，英文七零八落。新加坡也是一樣。

那麼，臺灣有官方語嗎？實際上，臺灣在法律上，沒有規定要用哪個語言，所以現在立法院宣誓的時候，要用阿美語或雅美語，完全是OK的，尤其現在「國家語言發展法」通過了。這涉及兩個觀念，第一個是 *de facto*，就是「事實上如此，但是沒有法律依據」；另外一個就是*de jure*，就是「法律有明文規定的」。例如同婚立法前，就只可能是de facto marriage，在國家在法制上是不認可的；同婚立法後，可以比照婚姻的辦法簽合約，協調財產分配，所以立法有其重要性。

再回過頭來看，臺灣既然是一個沒有官方語的國家，那麼，2030年的時候國語和英文要作為臺灣的官方語，就是極度爭議的問題，更何況「國語」本身就非常、非常具有爭議了。

三、拼音系統之國際視野

接下來要講的議題是拼音系統的國際視野。拼音的本質就是為了要跟國際接軌，如果在選用拼音系統的時候，能夠顧及國家尊嚴，又能顧及國際化，結果是雙贏，沒有人不要；雙輸，沒有人要，但是人生的選擇常常不是這樣，往往是夾在中間，例如愛情跟麵包該怎麼抉擇？兩個都有，當然最好。兩個其中只能選一個，你要選哪個？

很快地再做一個民調，在護照上面，你的中文名字是用哪一種拼音系統做對照？今天到外交部去辦護照的時候，假設你的名字是「王大偉」，要怎麼拼？外交部會提供你幾種選擇？教育部做為臺灣的教育主管機關，他會告訴你，你的中文名字「何萬順」，要轉成拼音，會有幾個系統提供給大家選擇？應該是沒有人知道。行政院有〈中文譯音使用原則〉，採用的是哪一個系統？知道的舉手。

一個都沒有。這就是我的重點：拼音系統在尊嚴上跟大家一點關係都沒有，因為大家根本不知道差別。外交部提供四種系統：漢語拼音、通用拼音、國音二式、威妥瑪式，更不用講這中間到底有什麼差異，因為你連名稱都不在乎。教育部提供五套系統，第一層次有漢語拼音、及通用拼音，兩者在臺灣的市場競爭最為激烈，兩個你都不滿意的話，還有第二層的注音二式、韋傑士拼音、耶魯拼音，三個選項可以選。

我們國家在政策上，2002-2008年阿扁執政的時候，最後採取通用拼音，中間還犧牲掉一個教育部長，那個部長叫什麼名字？

杜正勝。（臺下回）

不是，杜正勝是挺通用的。

曾志朗。（臺下回）

曾志朗，他是語言學家，他說當然是用漢語拼音，但後來他妥協了，表示轉換也可以。2008年馬英九上臺了，隔年就輕輕地悄悄地改用漢語拼音。蔡英文上臺後也悄悄地沒有去改它，很有趣。所以今天臺灣教育部、行政院公布的拼音原則就是漢語拼音。

就我的觀察，以今年大學部的學生為例，十八歲的孩子，英文拼音大部分都還是用Wade–Giles（威妥瑪式）；有些人也開始用漢語拼音；再少一點的人用通用拼音；至於注音二式和耶魯拼音更少人用；也有些人是亂拼、自己拼。

臺灣有一個學者，還是個語言學家，叫何萬順，他的英文拼音有人知道嗎？我的英文名字是Her One-Soon。我二十五歲要去美國留學的時候申請護照，我一看拼音系統，威妥瑪式的拼音是Ho，我想說我又不姓侯；漢語拼音是He，我又不姓He。最後想說用Her，還不錯，很接近，而且我媽媽是her，我是女人生的，所以就用Her。既然用了Her，那「萬順」兩個字要不要也用兩個現成的英文字，所以最後的結果就是亂拼的Her One-Soon。

可是，漢語拼音是全世界在臺灣之外，不要說是市占率，應該是唯一的拼音系統，你可以看一下這個表：

漢語拼音的國際連結

1977聯合國中文地名拼音標準
1977美國地名董事會中文拼音標準
1979聯合國中文人名及地名拼音標準
1982 ISO中文專有詞語拼音標準
1986聯合國中文專有詞語拼音標準
1997美國國會圖書館中文拼音標準
華語教學拼音標準
語言學學術論文拼音標準

臺灣現在的華語教學及語言學的學術論文，都是採用漢語拼音。

臺灣有兩個厲害的經濟學家，寫了一本書（朱敬一、林全。2002。《經濟學的視野》。聯經），其中一篇文章裡面提到了這兩個概念：

路徑依賴 Path dependence

鎖定效應 Lock-in effect

意思就是一旦走上了某一條路徑，就很難回頭；走久了之後，就完全沒有回頭的機會，被鎖定了。書中就恰恰好拿拼音系統舉例，就是說在世界上，漢語拼音已經是走上了一條漫長的不歸路，既然拼音系統已經產生鎖定效應，臺灣再怎麼去吵這個議題都是沒有意義的。

所以我特別在2005年專門寫了一篇文章[5]，從國家尊嚴、在地化、全球化的觀點出發，從經濟的角度，談論拼音系統的本質。

這文章的論證是：

一、各種中文拼音系統，都無關國家尊嚴

5 何萬順（2005），〈「全球化」與「在地化」：從新經濟的角度看臺灣的拼音問題〉，《人文及社會科學集刊》，17.4，頁785-822。

二、從國際連結的角度，漢語拼音最有利

結論：漢語拼音〔N/A國家尊嚴 ✓國際連結〕

一國多制〔×國家尊嚴 ×國際連結〕

在臺灣，英文的拼音系統跟國家的尊嚴沒有關係── 因為沒有人在乎。從國際連結角度來看，漢語拼音不僅是最穩定的，也是唯一的選擇。所以結論就是我們如果採用漢語拼音的話，跟國家尊嚴沒有關係，但跟國際連結有關係；就實際現狀來看，卻是一國多制，不管是從尊嚴的角度，或是國際連結來說，都是不利的。

四、臺灣的語言價值觀

最後從幾個例子來看臺灣的語言價值觀。

太陽花學運的這件T恤（按：T恤印有「自己的國家自己救」、「FUCK THE GOVERNMENT」）在我們的電視上晃了一個月。我請大家思考一下，這麼高尚的一句話：「自己的國家自己救」，我們用國語來說、用國語來寫，但是去幹譙政府的時候為什麼要用英文中最鄙俗的字眼？背後隱藏的意涵是什麼？大家再思考另一個問題，在那一個月當中，臺灣的媒體、政治人物、學者等，都沒有任何人出來批評底下的這個用語。在全世界所有的英語系國家，這個T恤出現在電視上的話都要打馬賽克，但臺灣沒有，所以你要問，why？

在賴清德提出英語作為臺灣第二官方語的政策之前，有一些立委在替他鋪路，包括邱志偉、劉世芳、許智傑。他們舉辦公聽會倡議這個想法。其中許智傑立委的這段話我覺得非常經典：「搪著外國人我攏講……我攏講（臺語）*My English is poor*，這攏是第一句話，較開始慢慢仔講，但是譀有影講了無好。譀……譀啊希望講以後（臺語）我們可以更敢講（華語）」。

這句話用了幾個語言？三個，綠色（粗體字）的是臺語，紅色（斜體字）的是英語，藍色（加底線）的是中文。多有趣，想一下。他主要是以臺語發言，其中唯一的英語，傳達的訊息是什麼？I am good？I am proud？不是。他是說My English is poor。他學了二十年的英語，但他說「如果遇到外國人，我第一句話就是My English is poor。」最後說的是「希望以後我們可以更敢講」。在全臺灣講任何語言都不需要勇氣。原住民在提倡自己的語言的時候，他不會說要「勇於說自己的語言」。我的好朋友李勤岸、張學謙在提倡臺語的時候，強調要大聲說臺語，盡量說臺語，回家盡量跟小孩說臺語，這並不需要勇氣，但說英語需要勇氣，真是有趣。而且，需要勇氣的這句話，不是用臺語講，而是用國語，因為國語比臺語有力。

回過頭來看，我們的前副總統陳建仁在回想1949年時期的事件，他為什麼會脫口而出說「足失禮」？為什麼他的爸爸不會講北京話、或者是普通話、或者是國語，他必須要說「足失禮」？他是替他的爸爸說「失禮」？還是替他自己說「失禮」？無論是哪一個，他都不需要說失禮，但這句話就是脫口而出。

小英總統在2016年5月20日就職之後，很快就接見了美國的訪問團，我們看一下剛開始的影片（2016-0524 蔡總統就任後接見美國訪華團），（看完影片後）我們來做英語聽力測驗，看你有沒有聽到，第一句話她說："With the cameras here, I have to say the things I want to say in Mandarin." 這邊要請大家考量的是，總統在總統府正式接見外國使節的正式場合，使用自己國家的語言，需要解釋嗎？蔡總統接見其他國家的外賓會解釋嗎？這邊她說，她必須說的語言是Mandarin。為什麼要說Mandarin？因為攝影機在。因為攝影機在，所以我要說Mandarin。賈朵德說"I understand."

底下是重要的聽力測驗。蔡總統說I apologize for that. 有聽到嗎？我們重播一次影片。

蔡總統：With the cameras here, I have to say the things I want to say in

Mandarin.

賈朵德：I understand.

蔡總統：I apologize for that.

蔡總統：看到美國的高層的訪問團來臺灣訪問。那麼，嗯，我瞭解，這是我們，嗯，嗯……（8秒）嗯，賈……（3秒）

賈朵德：Jadotte.

蔡總統：Yes, I, I have problem of saying Chinese language.

賈朵德：No problem.

蔡總統：I’m sorry.

I apologize for that.為什麼要apologize？

然後，她在講賈朵德的名字時卡住了。賈朵德就幫她講：Jadotte。臺灣媒體聽到以為他是說「知道」，「我知影你的意思啦」（臺語）。然後呢，底下這句話就更有趣了。蔡總統又說：“Yes, I, I have problem of saying Chinese language.”——你如果覺得蔡總統中文有問題，那可以去看看她跟馬英九、朱立倫，還有韓國瑜的辯論。

然後賈朵德說：“No problem.”

蔡總統就說：“I’m sorry.”

這裡還可以發現一件有趣的事，她一坐下來，先跟外賓解釋的時候，那句話是有備而來的。她準備好要說這句話，「我必須使用Mandarin」，可是等到她中文卡住的時候，Mandarin變成了Chinese。Chinese是dirty word，那Mandarin是什麼？在結尾的時候又出現了一段小小的插曲，完全沒有人注意到：

賈朵德：So, thank you very much for your warm welcome.

蔡總統：Thank you.

蔡總統：Well, after they leave, we can have a freer discussion.

賈朵德：Ha, ha!

賈朵德謝謝她，蔡總統說："Well, after they leave, we can have a freer discussion." 令人感到詫異的是，蔡總統這句話可以再等三秒後再說。她應該知道攝影機不會在講完Thank you後就馬上關掉。這句話她還是說了：「他們走了之後，我們可以比較自在、自由的討論」。賈朵德的回應則是：哈哈。我在想，如果是我，我不會笑。我會回答："That's right" 或是 "sure"，我不會笑。但他似乎察覺到了，那種微妙的、在價值上的差別。

所以我認為臺灣人心中有一把尺，這把尺非常明確，地位最高的是英語，國語在中間，其他的語言在下面。我很誠實地說，曾經我也有過這把尺，我很努力地在腦袋裡把這把尺拿掉，至於心有沒有改變，還不知道。因為也許哪一天講話的時候，心裡的尺就會不自覺說出來了，你懂我意思吧？

柯文哲在白色力量演講時，其中有句話講得非常好，跟大家分享一下：「每一次在改朝換代的時候，臺灣人改變的不是繳稅的對象，我們改變的是繳出靈魂的對象。」

這是在反省，每次改朝換代的時候，殖民者來了，拿著槍抵著你的頭的時候，你把錢給他就好了嘛！為什麼要把靈魂也給他？柯文哲這位外科醫生，用非常理性的腦，反省臺灣過去四百年的歷史。

所以我剛剛講，臺灣人心中都有那一把尺。我是臺灣人，我是外省第二代，曾經我覺得講國語很威風，後來我慢慢地開始自省。柯文哲在選上市長以後，接受了美國媒體（Foreign Policy）的訪問，就講出底下一句經典的話：「四個華人地區，臺灣、新加坡、香港和中國，被殖民越久越高級。」當你把錢和靈魂都交給了殖民者，請問你，誰最高級？當然是殖民者最高級，所以越像殖民者就越高級。被日本人殖民的時候，越像日本人就越高級；國民黨執政初期的時候，越像國民黨就越高級。現在沒有人殖民我們了，我們就自我殖民。找一個強權來殖民我們，越像那個強權就越高級。這反映是什麼？是從心，是靈魂直接反映出來的價值。

做一個結語：臺灣的語文教育不能只教「語」跟「文」，一定要傳達一個非常重要的價值，也是我的指導教授很喜歡講一句話，我非常喜歡。——用臺語說，就是「平平是人」。每一個語言、每一個文化都應該是平等的，都應該要受到尊重，並且是欣賞、享受多元。因為只有在這種情況下，無論在國內或者是在國際，才可以表現出不卑不亢的態度。我的英文講得好就講得好，講得不好就講得不好，我的臺語能講多少就講多少，我只會講一句客語、韓文也只能講幾句（*an nyong ha se yo*你好，*gam sa hab ni da*謝謝），也ok啊！也是一種尊重。

最後我要強調的就是，我們的語文教育裡，不能光注重溝通，如果最基本的價值沒有建立的話，教出來的就都是對於某些語言感到自傲或是對某一些語言又感到卑下的人。這樣子的一個世界公民，我寧可你待在臺灣就好，不要出去。

謝謝大家！

Q & A

Q：我想說你提到，我們在價值上「平平是人」，對語言的態度應該是不卑不亢。可是某些人他的價值觀沒有做到平行share，而他如果一直留在臺灣，那他怎麼樣強調國際視野？就這個問題，謝謝！

A：

我剛剛講的是開玩笑的。一是開玩笑，另外一個就是說，如果你碰到某一些語言或者是某一些人種，態度就矮一截；碰到了其他的一些語言跟人種的態度又高了一截，那麼，出去其實只是丟臉。懂我意思嗎？臺灣很多人是這樣啊！我很喜歡用政治人物舉例，因為政治人物後面都代表著一大群人。用韓國瑜舉例，他曾經說過「怎麼瑪莉亞變成我們的老師」，記得嗎？當時他在高雄商界一個很重要的會議裡——有人非常誠懇地建議韓市長，從菲律賓大量地引進高級的白領階級，來我們臺灣教英文或者是從事商業活動。當時韓國瑜抓抓頭表示：我覺得這個高雄市民，這個臺灣人民，這……這一定會覺得怎麼瑪莉亞變成我們的老師了？特別強調高雄市民、臺灣人民，因為他知道，他講的不是他一個人的觀念。

剛才那句話I'm sorry, my English is poor. 臺灣人不會跟菲律賓的看護或者是印尼的移工講的啦。

我做過很多次的實驗，請學生一人拿一張紙，眼睛閉起來，想像一下，如果跟一個外國人講英文會緊張，那個外國人長得什麼樣？是什麼性別之類？寫五個形容詞，形容剛才想的那個外國人。絕大多數出現的是handsome，handsome大概就會是男的，successful, professional, tall, white，絕對不會是dark, black, South East Asian，不會。

我的意思是說，臺灣人在講英文時覺得會比較卑下，其實是有特定的對象。換句話說，我們在語文教育裡面，這個是一定要建立的價值觀。就例如要客家人以說客家話為傲，並沒有什麼建設性，客家人說客家話，是理所當然，沒什麼好驕傲或者是卑下。

我今天跟一個韓國老師初見面，我不會講說：「你好，*an nyong ha se yo*（你好），對不起！我的韓文很差，所以我必須跟你用中文。」不需要！尤其在我的國家，不需要跟他道歉，更何況是在正式的場合，一切都理所當然的。所以我很喜歡不卑不亢，就是大家都一樣，都很迷人，你有你厲害的地方，我有我厲害的地方，就如同生物的多樣性。

Q：今天的分享我非常感動。何老師最後的論點結論，更是打動我的心，就是：大家攏是平平之人——*marry mo cu si mo ti co mo si hi ni co hi ni ho da woa*（按：布農族語）——我今天用我布農族的話來講的時候，我是不卑不亢。對於「2030雙語國家」政策我們是反對的，因為我們可以看到，在制定重大的政策的時候，我們被排除在外的，沒辦法參與。所以謝謝老師的分享，讓我更有力量，謝謝！

A：

謝謝！臺灣的語言政策確實有很大的問題，比方說像英語作為第二官方語，包括商業利益團體，以及政治人物的迷思，多方共同炒作出來的。大部分的政策都是從上而下，沒有跟學界溝通——如果跟學界溝通，應該就可以知道這政策的意涵是什麼、對臺灣是好還是不好。

「國家語言發展法」大概是唯一的例外。為什麼呢？我的指導教授夏威夷大學的鄭良偉老師，是臺語研究中非常重要的權威。從夏威夷大學退休之後回到臺灣，在交大客座。阿扁執政的時候，邀請鄭良偉老師當國語推行委員會的主委。我們聽了之後就一直哈哈大笑，開玩笑講說：「你去，怎麼是國語推行委員會？根本是國語推翻委員會。」我的老師就給我們點一下，他說：「誰說『國語』是一個語言？」他說：「國語，為什麼不是臺灣這個國家裡面的語言？」哇！一語驚醒夢中人！所以他最剛開始提出的版本，叫做「語言平等法」，就是我講的「平平是人」（臺語）。

「語言平等」，就是在臺灣這個國家裡，有一些語言，你認定是臺灣的重要語言，值得保留、值得復興、值得永續發展下去，他們的地位平等。你可以想見，就在那個時代的氛圍下，爭議非常多，辦了非常多的說明會，進到立法院之後，在法制局又邀請了很多人來討論，最後制定了「國家語言發展法」。所以「國家語言發展法」是跟學界有共識的，其他的大概都沒有。

序
追尋的過程就是回答

一、各國都必須面對的語文教育議題

該如何擬定國語文教育的目標？又該如何達到此目標？簡單的問題，卻是對應時代的大哉問。

從95課綱起，設定普通高級中學的國文課程目標為：1.提高閱讀、欣賞及寫作語體文之能力，熟練口語表達與應用；2.培養閱讀文言文及淺近古籍之興趣，增進涵泳傳統文化之能力。

到了當前108課綱，設定十二年國民基本教育的國語文教學目標為1.學習國語文知識，運用恰當文字語彙，抒發情感，表達意見；2.結合國語文與科技資訊，進行跨領域探索，發展自學能力，奠定終身學習的基礎。

對照歷屆的課程大綱，油然彰顯國語文教育在不同時代，同樣都強調語文的實用功能，但也承載著對人文教育的不同想像。如何定位傳統語文、文化，乃至於如何在快速更迭的社會環境中發揮應用功能，在人文與應用兩方面，都有待進一步深思。

正因國語文教育承載諸多的期許，各世代的期許又有所落差，因此需要反覆研商。以文言、白話文的選文比例問題為例：由於「建議選文」被普遍理解為「經典選文」，於是數度引發「文白之爭」，教育、文學、學術的不同領域專家，各有詮解。

然則語文教育面臨的時代需求，絕不僅是文言、白話文的選文而已，「國家教育研究院」揭櫫「素養導向」之教育目標，希望能「解決真實情境脈絡中的問題」，立意誠然宏大，但語文學科因為兼具形式、內容等雙重特質，因此，議題激盪得深邃繁複——

1. 精神與實用：精神價值如何對應真實情境脈絡中的問題？實用價值又該如何落實在教學方法？
2. 傳統與現代：各國的傳統語文與文化，如何與當代的情境接軌？不同族群間的母語傳統，又該如何傳承與再生？
3. 本土與國際：本國語文教育如何定位翻譯文學？在地的語文素養，又該如何接軌國際化的視野。

精神與實用、傳統與現代、本土與國際，這些問題絕非是本地所獨有，各國同樣面臨實用化、現代化、國際化的趨勢，讓我們不禁好奇：各國又是如何拿捏分寸？

二、在疫情的時代，切磋琢磨

逢甲大學國語文教學中心長期關注國語教育的趨勢，先於2018年「文白之爭」為主題，辦理學術研討會，下開：「傳統文學脈絡的語文反思」、「當代／臺灣文學脈絡的語文反思」、「官方課綱與教材體現」、「不同體系的教學現場」、「多元觀點，跨域發聲」、「語文教育背後的國族構圖」。從六面向集思廣益，並經審查後，集結出版為《文白之爭——語文、教育、國族的百年戰場》一書（2019年五南圖書出版）。

繼而深思：各國的傳統語文與文化，如何與當代情境接軌？因此希望從更開闊的視野，觀照各國的語文教育；如何在精神與實用、傳統與現代、本土與國際這三大面向中，拿捏平衡，走出自己的道路。

因此，於2020年9月4日舉辦「第四屆建構／反思國文教學學術研討會——國語文教育的國際視野」，邀集各領域專家切磋研商，借鏡各國如何施行語文教育，達到自我省視之效果。

當時正逢新冠肺炎疫情，幸賴各方鼎力相助。外籍學者部分，計有日、韓、馬來西亞學者，針對該國之教育方針提出見解。臺灣本地學者，則以跨族群（布農族、賽德克族）、跨語言（國語、臺語、客語）、跨學制（兩岸、大學中文教育）為目標，邀請專家蒞臨發表。會議邀稿共6篇；並開放投稿，計來稿20篇，錄用10篇，總計發表16篇。

除此之外，邀請何萬順教授（東海大學外國語文學系講座教授），在會前進行「國語文、國際視野和語言價值觀」專題演講。何教授敏銳指出「國語」一詞在臺灣的複雜意涵，並且針砭臺灣推動英語教育的盲點。

會後則辦理「學術、教育、出版三角座談會」，由李威熊教授（逢甲大學中國文學系榮譽教授）主持，邀請朱宥勳（奇異果版高中國文課本執行副主編）、洪蔌敏（南一書局高中國文處副組長）、陳嘉英（翰林版高中國文教材編著）、鍾宗憲（龍騰技高國文教科書主編）（以上依姓名筆畫排列），從教科書的編撰，探討近年國語文教育的趨勢。

三、經雙匿名審查，集結印行

歷經幾番波折，學者研精覃思的成果，終於在2023年底付梓，定名為「國際視野／在地觀照：國語文教育的多重面貌」。下分四子題：「跨國借鏡：韓國、馬來西亞的語文教育」、「語文教育的人文價值與實用功能」、「大學的國語文教育」、「母語教學的實踐」。原16篇會議論文，會後各經過兩位校外學者匿名審查，最終收錄11篇。

因諸多因素，出版時程屢屢耽擱。有賴曹靜嫻助教聯繫作者、審查人、出版社，並負責編輯校稿，出力最深。同時也感謝五南出版社的支持，方得以印行。

再回頭反問：什麼是國語文教育的目標？又該如何達到此目標？也許永遠不會有最終且唯一的答案。但拋出提問、激發反思、帶來改變，這些過程本身就是彌足珍貴的回答。

CONTENTS

目　錄

（以上主題論文依作者姓氏筆劃順序排列）

主題一

跨國借鏡：韓國、馬來西亞的語文教育

教科書所收錄的外國文學篇章：從韓國國、高中國文課本談起

（韓國）金尚浩*

摘要

韓國國、高中課本不但圖文並茂，生動翔實，還為每篇課文設立「主編解讀」，將學生難以理解的內容，編寫成易於施教的故事、幫助青年學生更好地了解外國文學及文化精髓和語言的無窮魅力。教材上有很多的圖例解釋，非常實用，課本讓他對學習外國文化的興趣更濃了。韓國出版社編選文章的情形來分析，指出國、高中國文課本在外國文學的編輯上有幾個問題：1.數量上仍有努力的空間、2.選文更動頻繁、3.多置於選讀中，可見其重要性仍不足（例如外國文學作品在大學聯考中幾乎都不會考）。因此若要了解現在國、高中國文課本中，外國文學編審的過程，就不能單純僅從文化和意識形態上來思考，而要更進一步探討政治和經濟力在其中所扮演的角色。由於二十一世紀早就面臨國際化的時代，韓國的國、高中生已經學習了一些外國文學作品，其實年級越高，語文教育的難度就要相應加深，因此外國文學的比例應該逐年拉高，使同學們對整個外國文化的理解應該要更多元。

關鍵字：韓國國高中國文課本、了解外國文學及文化、意識形態、更多元

* 修平科技大學觀光與創意學院教授兼院長

一、引言：教育部檢定的韓國國、高中國文課本

美國課程社會學家艾波（Michae Apple）與克里斯蒂安史密斯（L.K Christian-Smith）在《*The politics of the textbook*》一書中所言：「教科書不單只是文化產品，同樣也是經濟的產物，儘管教科書是知識的媒介，它們仍須在市場上出售，因此教科書經常陷入非常複雜的政治經濟的交互作用之中」。[1]

韓國國、高中國文課本，一貫課程實施後民間出版社出版的國文教科書為對象，整理各家出版社編選外國文學的情況，其範疇包括目前在市面上販售的教科書：如教學社、金星出版社、VISANG（以上國中）；天才教育、知學社、MiraeN、金星出版社、好書、做好EDU、創批（以上高中）。這些課本都是近一兩年出版的國、高中國文課本。關於出版社的部份，因考慮到市場佔有率，僅以顯現出較多人使用的出版社。國、高中國文課程欲培養之核心能力如下：

1. 建構自我體驗、省思與實踐的能力。
2. 具備自我學習、邏輯思考、價值澄清與解決問題的能力。
3. 培養探索、創造、休閒與生活的能力。
4. 養成自治、領導、溝通與協調的能力。
5. 涵養敬業樂群的團隊精神，具備合作學習之能力。
6. 激發同理心、親和力、服務他人和關懷社會的態度及能力。
7. 涵養尊重生命，關懷自己、他人與自然環境的態度及能力。

針對這些韓國出版社編選文章的情形來分析，指出國、高中國文課本在外國文學的編輯上有幾個問題：1.數量上仍有努力的空間、2.選文更動頻繁、3.多置於選讀中；可見其重要性仍不足（例如外國文學作品在大學聯考中幾乎都不會考）。因此若要了解現在國、高中國文課本中，外國文學編審的過程，就不能單純僅從文化和意識形態上來思考，

---

[1] Apple, M.W., L.K. Christian-Smith (1991.5). *The Politics of the Textbook*. N.Y..RPK.

而要更進一步探討政治和經濟力在其中所扮演的角色。本論文在韓國國、高中國文課本中所收錄的外國文學爲主，觀察其文學作品所反映的時代意義，如何將其培養或涵養或養成創造生活的能力中，當然在此介紹的並不能代表課本內容的全貌，僅能概略述。

二、在國文課本中，外國文學作品的整理與分析

㈠國中國文課本

原先幾家國中國文課本中，只有二上和三下版是收錄外國文學篇章，其他卻把外國文學作品刪除，都是印度電影或推廣閱讀和健康有關的篇章。因此進一步尋找國中國文課本中外國文學的相關文獻資料，希望釐清這當中的脈絡，結果竟發現目前開放民間編輯教科書，各家出版社對於外國文學的選入，幾乎是當成走馬看花似的加以宣傳而已。

1. **國中一年級第一學期**：國文課本剛好沒有收錄有關外國文學作品。
2. **國中一年級第二學期**

《三個白痴》（3 Idiots, 2009）：《三個白痴》是一部印度出產的電影，有笑有淚，頗逗趣又能引人思考。電影以Farhan在飛機上假裝昏倒，迫使飛機飛回機場爲開頭，由此可見，是一部無釐頭搞笑片，而Farhan又興沖沖地跑去找好友Raju，說找到Rancho了。當他們回到母校印度帝國理工學院的屋頂上，卻只遇到一個滿嘴炫耀自己現在成就的Chatur。所以，吊人胃口的Rancho到底是誰呢？電影以現在過去交替的爲兩條主線軸帶出故事：「現在」的這個軸是Farhan與Raju要去尋找失散多年的好友Rancho；「過去」的這個（主）軸描述Farhan、Raju、Rancho三人在帝國理工學院就讀時的故事。《三個白痴》這部電影有些很能引人深思的片段，例如Rancho被ViruS拖上講臺教工數，而他在黑板上寫下兩個字，並要同學在三十秒鐘找出定義，但事實上這兩個字根本就不存在，只是Rancho的兩個好友Fahan和Raju再加上一些造詞素造出的字。Rancho在這裡點出問題的所在：這間教室的人，沒有人對

要得到新知識而感到興奮，他們只是想比賽誰先找到誰搶第一；所以學校彷若一個壓力鍋，而不是學習知識的殿堂，值得省思的教育制度。

如Rancho有一副好心腸，他不願意成爲學習的機器人，也不願意以成績區分人的高低。他並不覺得每個人都一定要成爲工程師，是因爲Rancho本身的熱情就在於工程，所以他懷抱高度的熱情並鑽研於此，才能有優秀突出的表現。蘋果電腦執行長Steven Jobs在著名的史丹佛畢業演說中，也鼓勵學生也find what you love in life，而且要相信堅持自己的選擇（follow your heart）。

3. 國中二年級第一學期

丹尼爾・彭納克（Daniel Pcnak）[2]著，李正任譯，《就像小說一樣》（首爾，文學與知性社，2018年11月）。這是1992年法國暢銷書的英譯本，像聯合國羅馬，或者像一本小說配有昆汀布萊克的插圖。這是一本關於閱讀和書的力量的書，作者是一位著名的作家，manbet父母以前的老師，其中很大一部分是關於父母和老師如何破壞孩子對故事的天生熱情，這是一個非常非學校的教育書。這本比較譯文是相當容易的，因爲章節都是編號和簡短的。例如閱讀的悖論美德：它把我們帶出世界，這樣我們就可以從中找到意義（Homel）；閱讀的矛盾美德，也就是把我們自己從這個世界中抽離出來以便理解它（Ardizzone）。

4. 國中二年級第二學期

(1)阿爾貝托・曼格爾（Alberto Manguel）[3]著，鄭明珍譯，《閱讀的

---

2 他對法語的熱愛同他非凡的想像力構成了他文學創作鏈中兩個不可分割的環節。他出生於摩洛哥，現在是法國一位非常知名並深受讀者歡迎的作家。其代表作有1982年發表的第一部兒童讀物《卡波・卡波計》，1985年出版的《瑪洛賽尼家族三部曲》中的第一部《饕餮者樂園》，1990年的《賣散文的小女孩》（獲國際圖書獎）以及1997年出版的《娃娃先生》。對於丹尼爾的小說，有位法國評論家說：要寫出閱讀丹尼爾作品時的所感所想幾乎是不可能的，他呈現給我們的是一種介乎於黑色小說，人道主義批評和玄學哲理之間的作品。但最主要的特色是令讀者在不知不覺中思索世界，他的作品就像是一堂長長的引人入勝的哲學課。

3 阿根廷作家阿爾貝托・曼格爾被譽為「世界上最好的讀者」。那些表明閱讀也可以成為工作的

歷史》（首爾，世宗書籍，2000年1月）如果您去圖書館，那麼您會買的書越來越多。爲什麼我想看更多的書，即使我在圖書館時也沒看過？好像我現在需要閱讀的所有書都在那裡。有些書我還沒有在家看過，有些書還等著看，但是爲什麼我只尋找我沒有的書。這是一個可能以某種方式理解我的非理性行爲的人。《閱讀的歷史》是曼格爾的傑作。如果閱讀是一個集合，那麼它幾乎討論了可以與閱讀相交的所有內容。閱讀、讀者、圖書館、書籍、書桌和用於讀書的眼鏡等，閱讀歷史也是閱讀書籍的讀者的歷史。

⑵傑森・穆科斯基（Jason Murkoski）[4]著，金佑美譯，《閱甚麼》（首爾，潮流出版，2014年6月）在關注人類文化和交流的本質的數字化轉變的同時，作者指出了這一趨勢將對工業主題產生影響，例如讀者、作家、出版商和發行商。此外，它可以預測內容數字化將在與書籍有關的每個領域（如閱讀、寫作、圖書館和教育）中帶來哪些變化。它吸收了IT技術、文學、哲學、歷史、個人經驗和觀點，以多元化處理媒體和內容的商業行業的未來。它包括電子書設備的形式以及電子書本身的定義和價值的前景。該本內容的未來最清晰，最有力的前景，並關於超越電子書革命的矛盾和局限性的可能性，享受新的閱讀生態系統浪潮。

5. 國中三年級第一學期

克勞斯・奧弗比（Klaus Overbeil）[5]著，裴明子譯，《鹽陷阱》

人，失去視力的博爾赫斯（Borges）受到四年讀書的巨大影響，他接替博爾赫斯（Borges）擔任國家圖書館館長。

4　作者傑森・穆科斯基是亞馬遜電子書設備Kindle的開發總監，也是亞馬遜第一位技術傳播者。他還是一位工程師，發明了當今電子書中使用的多種技術。在擔任程序經理期間，他開發了Kindle軟件，並與Lab126合作開發了Kindle硬件。他在麻省理工學院學習物理學和理論數學，並在摩托羅拉開發了第一個電子商務系統。

5　作者克勞斯・奧弗比是德國醫學新聞記者和食品營養學家，他撰寫了許多健康領域的暢銷書。他

（2012年4月）。**鈉破壞了我們的身體**，這本書警告盡量少吃鹽。此外，它還提供各種信息，例如專業知識的內容，根據鹽（鈉）的攝入量而發生的身體變化以及可以用不含鹽的低鈉製成的菜餚。韓國人習慣了鹹味！應該要吃淡一點，還必須改變自己的飲食習慣，以便將來吃淡味！

6. 國中三年級第二學期

弗朗西斯科・希門尼斯（Francisco jimenez）[6]著，Ha jung-im譯，《弗朗西斯科的蝴蝶》（首爾，不同，2010年12月）。《弗朗西斯科的蝴蝶》是一部自傳體成長小說，描繪了一個墨西哥血統的貧窮家庭，他們非法移民到美國並過著直立的生活而又不失去他們溫暖的家庭之愛。十兩個悲傷而美好的情節融合在一起，以了解家庭之愛，希望和積極的生活態度。主題：在困難的情況下，不要失去希望！

㈡高中國文課本

在此，我們不難發現，在國中課本選入的外國文章，其實都與文學作品無關，並都是收錄了一、兩篇文章而已。但到了高中的課本，選入的外國文學作品有了增加的趨勢，且僅是外國文學作品或是哲學方面的

對細胞生物化學和遺傳研究特別感興趣，並且他分析某些食物（例如水、糖、醋和脂肪）對人體的影響的能力非常出色。他作為電視和廣播節目中的明星演講者而受到歡迎，以一種易於理解的方式解釋了複雜而困難的科學健康知識。這本書是有關鹽的實踐知識的探索，該課程講授了鹽攝入過多以及健康飲食和減少鹽生活方式的健康風險。

[6] 弗朗西斯科・希門尼斯帶著小孩子從墨西哥移民到美國。由於困難的家庭環境，他從六歲開始在加利福尼亞的一家農場工作，沒有接受適當的學校教育。然而，儘管有種種艱辛，他還是從哥倫比亞大學獲得了碩士學位和博士學位，目前在聖塔克拉拉大學擔任教授和當代語言與文學總監，並且是加利福尼亞州教師資格評審委員會主席。自傳性成長小說《弗朗西斯科的蝴蝶》被認為是現代經典，可與約翰・斯坦貝克的《憤怒的葡萄》相提並論。作者還被認為是墨西哥文化的傑出當代作家。這位藝術家一直到現在都沒有忘記過艱難的過程，儘管有政治上的反對和來自反移民團體的強烈抵抗，但在寒假期間，這位藝術家還是與學生組成了一個戲劇團體，為移民的農場工人表演戲劇。他們正盡一切努力教育遭受身分迷惑的非法移民兒童。

篇章。以下介紹皆於2017年9月8日教育部檢定的高中教科書，以出版社為主探討。

1. 高中課本《天才教育出版社》版本

(1)安妮・弗蘭克（Anne Frank）[7]著，崔智賢譯，《安妮的日記》（首爾，寶物創庫，2011年3月）。是一個猶太女孩，安妮・弗蘭克被遺忘了兩年，她決心要在躲藏國外期間以寫日記來逃避，而且日記中的「小貓」（親愛的Kitty），其特點是獨特的風格寫下來，就像在告訴朋友一樣。一些內容包括進入躲藏生活之前的內容（德國和荷蘭的成長過程），但是大多數內容都與躲藏生活有關。安妮她渴望成為一名作家，並且正在改寫日記。因此，日記有兩種類型：原始日記和她一直用心去感受的修訂稿。由於這些手稿都不是完整書的形式，因此，她的父親奧托・弗蘭克（Otto Frank）以補充形式編輯了她去世後出版的書。

(2)列夫・托爾斯泰（Lev Tolstoy）[8]著，《安娜・卡列尼娜（*Anna Karenina*）》（首爾，民音社，2009年9月）。安娜陷入了打破上帝的不忠統治的行徑，並面臨不幸的結局。但是，忠實於自己

7　作者安妮於1929年6月12日出生於德國美因河畔，是一個猶太家庭的第兩個女兒。1933年，她移居荷蘭阿姆斯特丹，以免遭受納粹猶太人的迫害。但是，當荷蘭被納粹占領時，他們於1942年開始躲藏。生命並沒有持續多久，1944年8月4日，一個藏身之處被發現並被某人的祕密逮捕。1945年3月的一天，她被帶到一個集中營，遭受了斑疹傷寒並死亡。安妮（Anne）夢想成為一名出色的作家和新聞工作者，她在躲藏生活中寫的日記中寫道，她必須以誠實和機智的表情在「隱藏」的特殊環境和「青春期」的普遍境遇中面對各種情感和憂慮。這本日記是在戰後1947年由家庭中唯一倖存的父親奧托・弗蘭克（Otto Frank）出版的。安妮的日記以「Het Achterhuis」（荷蘭語，意為「隱藏」）的標題出版，此後已被翻譯成多種語言。

8　大作家列夫・托爾斯泰（1828-1910年）出身於上層貴族，承襲先輩的「伯爵」爵位。他八十二歲的人生中有五十多年是在從事文學創作，身後遺有《托爾斯泰全集》九十卷（1928-1958年出全），代表作為《戰爭與和平》（四卷，1863-1869年）、《安娜・卡列尼娜》（兩卷，1873-1877年）和《復活》等三部長篇小說。托翁成就巨大，名副其實的「著作等身」，被譽為「俄羅斯文學的靈魂」。高爾基曾言：「不認識托爾斯泰者，不可能認識俄羅斯」。

的心情生活的安娜，無法由同一個罪人來評判。在一個虛榮的城市裡，安娜被一個貴族社會的死神追趕，而在農村忠實誠實地生活著的萊文則睜開了眼睛，充滿了信心，並獲得了幸福，這形成了鮮明的對比，揭示了人們的生活之路。生活主題：如何生活不後悔，托爾斯泰是一生都在考慮這一部分的作者。托爾斯泰的文學《安娜·卡列尼娜》及其對生活的反思。陀思妥耶夫斯基說：「藝術上完美的，現代的和歐洲的文學，似乎都無法與之媲美」。[9]這本以125位當代英美作家的票選在世界十大文學中排名第一。托爾斯泰發現的答案是成長。透過反思和學習不斷成長使人變得更好，成長本身就是一個過程。

⑶蘇珊·安東尼（Susan B.Anthony）[10]，是在美國第18屆總統選舉日，她被判犯有以女性身分進行非法投票的罪名，並被指控犯有激怒男性的罪行，並被處以100美元的罰款，但她拒絕這樣做，並發表了著名的演講：〈女人是人嗎？〉，這引起了很大的反響。她的努力在她去世十四年後的1920年取得了成果，並通過了《修正案》第19條，承認婦女享有選舉權。

⑷岸見一郎[11]、古賀史健[12]著，全璟娥譯，《接受憎恨的勇氣》（首

---

9 陀思妥耶夫斯基：《陀思妥耶夫斯基全集15》（川井正史新社，1973年），頁231。

10 1820年在美國出生的她，從學校畢業後，她最初成為一名教師，但是在意識到性別歧視之後，她放棄了教學職業，參加了社會改革運動。從1854年開始，她開始了反奴隸運動，從1856年直到內戰爆發（1861年），她在美國反奴隸制協會工作。1863年，她與人共同創立了美國婦女愛國聯盟，領導廢除了奴隸制和婦女選舉權運動。

11 日本哲學家，他於1956年出生於京都，現在仍然住在京都。從高中時代起，他就專注於哲學，進入大學後，他去了有天賦的人的家中討論。他已從京都大學文學研究生院的博士課程畢業了。他的專業是哲學，尤其是西方古代哲學，尤其是柏拉圖的哲學（柏拉圖主義），與此同時，他自1989年開始學習「阿德勒心理學」。他撰寫了有關阿德勒心理學和古代哲學的著作並發表了豐富的演講，並為精神病診所的許多「青少年」提供了諮詢服務。他是日本愛德樂心理協會認可的顧問和顧問。他的譯本是阿爾弗雷德·阿德勒（Alfred Adler）關於個人心理學的演講，《人類為什麼會變得神經質？》（入門）和其他許多內容。在這本書中，他負責原始草案。

12 在日本自由撰稿人，出生於1973年。在一家雜誌社工作之後，他專門從事書籍寫作（一種聽故事

爾，influentiali，2014年11月）。所有煩惱始於人際關係，不要害怕被他人憎恨，一切都是勇氣。

「阿德勒的心理是一種勇氣的心理。這並不是因爲過去的情況使人感到不快樂。不是因爲你缺乏能力，而是因爲你缺乏勇氣。可以這麼說，你缺乏『快樂』的勇氣」。

要快樂，還必須具有「被恨的勇氣」。當您有這種勇氣時，您的關係將立即改變。本書以「青年與哲學家之間的對話」的形式彙編了阿德勒的思想。這本書的格式結合了日本著名哲學家對阿德勒心理學的深刻見解和作者的美味著述。感覺就像在看一場戲。學習要點：我不改變，因爲我決定不改變自己。他說這是生活中的謊言，指的是試圖通過各種藉口避免生活中的任務。有「『可以改變的事物』和『不能改變的事物』。」

2. 高中課本《知學社》版本

(1)威廉．戴維德（William H. Davidow）[13]著，金東奎譯，《過度

和寫作的形式），並創造了許多暢銷書，例如商業書籍和非小說類書籍。它以充滿節奏感和寫實感的採訪手稿而聞名，採訪系列的「十六歲教科書系列銷量超過700,000冊。在二十多歲末接觸阿德勒心理學」後，對顛覆常識的想法感到震驚。在接下來的幾年中，他以問答方式訪問了基希一郎（Ichiro Kishimi），以了解阿德勒心理學的精髓，並根據經典的希臘哲學「對話」（Dialogue）以對話的形式撰寫了這本書。他的獨奏著作是「二十歲時我想推薦給我的講座」（歳の自分に受けさせたい文章講義）。

[13] 1935年出生於美國。從達特茅斯大學畢業並就讀研究生時，了解了美國的科學技術水平。在蘇聯發射人造衛星之後，這相對落後了，因此決定成為一名工程師。後來，他在加州理工學院（Caltech）進修電氣工程，並獲得了斯坦福大學的博士學位。在先後General Electric（GE）和Hewlett Packard（HP）等公司工作之後，他加入了Intel，負責微處理器設計和市場營銷超過10年，並成為高級副總裁。從那以後，他創立了Mohr Davidow Ventures，這是一家風險投資公司，為半導體和軟件公司的初創公司提供支持，並曾擔任董事會主席。他出版了《虛擬公司》（合著），《營銷高科技》（合著）和《全面客戶服務》等書，並在《福布斯》上撰文。它被序列化。目前，他是加州理工學院，加州自然保護基金會和斯坦福經濟政策研究所所長。

互聯》（首爾，Suibooks，2011年10月）。在過度連接的時代，源自網路的相互依賴性不斷增長和傳播，這是正常系統中固有的各種問題，從而導致失去控制和平衡政府的控制權。他強調了在我們的社會系統中可以確保多少利潤的重要性。連接的發展使我們的生活更加便利，但是過度連接的狀態顧名思義，小問題波濤洶湧，社會陷入混亂。可以說用頭可以堵住的東西不能用痰來堵住。我在各種案例中都持有這樣的理論，這會有些無聊，因爲這些案例集中在美國和西方，但這並不是一個過度聯繫的時代。造成全球金融危機和崩潰危機的過度聯繫離我們並不遙遠，因此通過過度聯繫的社會系統講述全球危機的故事非常有趣。

⑵馬丁．路德．金（Martin Luther King），在林肯紀念館演講：「我有一個夢想」（1963年）。超過20萬的黑人和白人來聽。他們乘飛機，汽車，公共汽車，火車和步行到達。他們來到華盛頓，要求黑人享有平等的權利。他們在紀念堂臺階上聽到的夢想成爲了一代人的夢想。爲了使美國成爲一個偉大的國家，這個夢想必須實現。

⑶安托萬．德．聖艾修伯里[14]（Antoine de Saint-Exupéry）著，《小王子》。基本上，它具有與童話相似的氛圍，但包括諷刺的內容（例如自稱是明星中的國王或黑白邏輯的信徒的人），因此童年的感覺和成年後的閱讀感覺有很大不同。他試圖通過對一個純潔的男孩和一朵玫瑰（女人）的愛情故事，或者通過她在其他反映

---

14 法國作家、飛行員，1900年6月29日生於法國里昂。1944年獲得「法蘭西烈士」稱號。在他的經典兒童小說《小王子》出版一年後，為祖國披甲對抗納粹德軍。在1944年7月31日執行一次飛行任務時失蹤。他以於1943年出版的童話《小王子》。在第二次世界大戰之前是成功的商業飛行員，在歐洲，非洲和南美的航空航線上工作。戰爭開始時，他加入了法國空軍，執行偵察任務，直到1940年法國與德國停戰為止。在從法國空軍復員之後，他前往美國，幫助說服其政府參加對納粹的戰爭德國。

各種塵世聖賢的星星中的經歷，對生命進行一種超驗的批評。但是，由於包括這種批評的詩歌與批評沒有脫節並且是統一的，因此作者的內心和道德觀念是混雜的和被漂白的。

3. 高中課本《MiraeN》版本

(1)維克多．雨果（Victor Hugo）[15]著，《悲慘世界》。它基於法國人民的悲慘生活和1832年法國6月的起義。故事的主線圍繞主角獲釋罪犯尚萬強試圖贖罪的歷程。小說試圖檢視他的贖罪行爲在當時的社會環境下的所造成的影響。這部宏大的小說，融進法國的歷史，以及巴黎的建築、政治、道德哲學、法律、正義、宗教信仰，檢視善、惡和法律的本質，同樣還有愛情與親情的種類和本質。儘管它被歸類爲社會小說，顯示出藝術家對人民的興趣以及他對社會改革的意願，但這也是作者對切實解決人類罪惡和救贖的答案。實際上，長巴爾讓撤離馬里烏斯的場景，馬里烏斯通過下水道參加內亂後被政府軍鎮壓而受傷，這不僅是藝術家對社會運動的興趣和支持，而且是透過行動對人類罪惡和救贖的渴望。

(2)柏拉圖（Plato）[16]著，《皮德羅斯》。皮德羅斯（Pydros）在聽了一個名叫盧西亞斯（Lucias）人的故事後發表講話，談到了蘇格拉底的愛和辯證法。因此，對話的主題是「我應該擁有什麼樣的愛？」和「我應該如何寫文字？」蘇格拉底是一個非常有趣的人。在交談中，他試圖用希臘和埃及神話來主張自己的思想，但他幽默，因爲他具有比喻性和幽默感。因此，儘管柏拉圖的對話包括哲學，但閱讀仍然很有趣。親人的相識會帶來巨大的神聖禮物，但無人之人的仁慈會照顧那些微不足道的事情，並使人們對

---

[15] 法國的作家，政治家。他是法國的主要作家之一，也是西方文學中最有影響力的作家之一。

[16] 是著名的古希臘哲學家，他的著作大多以對話錄形式紀錄，並創辦了著名的學院。柏拉圖是蘇格拉底的學生，是亞里斯多德的老師，他們三人被廣泛認為是西方哲學的奠基者，史稱「西方三聖賢」或「希臘三哲」。

卓越的讚美成為一種征服狀態，這種情感來自於朋友的靈魂，而他們卻無所顧忌地徘徊。

4. 高中課本《金星出版社》版本

⑴維克多·雨果（Victor Hugo）著，《悲慘世界》。

⑵柏拉圖（Plato）著，《皮德羅斯》。

5. 高中課本《好書》版本

⑴安妮·弗蘭克（Anne Frank）著，《安妮的日記》。

⑵埃里希·弗洛姆（Erich Fromm）[17]著，高永福等人譯，《擁有或居住》（首爾，東西文化社，2008年1月）。作者似乎是極端的人道主義者，他用純淨的筆跡解釋了存在方式和存在方式，它們可以被歸類為人類生存方式中最大的方式。就像太極，它是宇宙的完整形式一樣，可以分為兩種類型：陰和陽。如果將其精確地分為兩種，我們的生活將是「擁有者」或「存在」。我認為其他翻譯的「擁有或存在」的標題要好於上述標題。對占有或存在的社會，經驗和心理分析都刻在敏銳的思想家的劍上，並且得到了充分的理解，顯示出直擊膝蓋的見識。以自私為基礎的占有，會產生無窮無盡的貪婪，是不人道的，並且是導致生活毀滅的罪魁禍首。存在不擁有，而只有經驗。它不會變得迷戀或束縛，可以積極維持人類的生命並繼續增長，而無需擔心任何變化。科學技術飛速發展，使生活成為一個豐富而便利的環境，社會法律和民主程序不斷發展並生活在一個社會，在一定程度上保證了自由和平等，但我們的生活質量卻沒有改善，還是絕對貧窮，種族或宗教歧視，對戰爭的恐懼，精神焦慮和潛在的恐懼在增加？

---

17 美籍德國猶太人。人本主義哲學家和精神分析心理學家。畢生致力於修改弗洛伊德的精神分析學說，以切合西方人在兩次世界大戰後的精神處境。他企圖調和弗洛伊德的精神分析學跟人本主義的學說，其思想可以說是新弗洛依德主義與新馬克思主義的交匯。弗洛姆被尊為「精神分析社會學」的奠基者之一。

6. 高中課本《做好EDU》版本

⑴弗吉尼亞・阿克斯林（Virginia M. Axline）[18]著，《遊戲療法》（首爾，泉邊社，2011年12月）。我們所看到的可以以任何形式改變Dibs生活而有意義的改變必須來自孩子內部。這是因爲我們無法改變Dibs周圍的整個外部世界。我希望迪布斯通過我的經歷來學習對自己的責任感。因此，我希望我能有一個積極的頭腦來運用自己的能力與他人進行社交。在這個世界上，沒有人比他自己更了解自己的內心世界，而負責任的自由意識在自己的內心中成長和發展。教師必須全心全意地工作。這是因爲沒人知道老師給年幼的孩子呈現的東西以及他們會接受多少。此外，不僅每個孩子的接受方法都不同，而且一次獲得的經驗有助於他們生存。經驗有能力將我們的注意力轉移回去。這就是您的價值感。成爲別人需要的，受人尊敬的，被認爲具有人格尊嚴的人。

⑵弗雷德里克・布朗（Frederick Brown）[19]著，趙豪根譯，《世界末日》（首爾，Circus，2016年4月）。他在紙漿雜誌上發表許多文章的年代，無論其類型如何，如神祕，科幻小說和幻想，其作品充滿了早期布朗的漫畫和異想天開的科幻小說。由於隨著科學技術的發展進入了現代文明社會的時代潮流，總體上保持愉快氣氛的早期作品可以瞥見對未來的樂觀。隨著二十世紀科學的發展以及對未來的無限樂觀，一方面是核武器的發展以及冷戰時代的東西方對抗，弗雷德里克・布朗的科幻小說短篇小說與人類的未

---

18 是心理學家，也是使用遊戲療法的先驅之一。她寫了《尋找自我的Dibs》一書。她還是《戲劇療法》的作者。俄亥俄州立大學教授兼作家。它已被全世界公認為對患有心理和情感障礙的兒童的一種遊戲療法。他在《遊戲療法》一書中介紹了一種獨特的治療方法，使他們的孩子們的鞋子開闊了胸懷，並在芝加哥大學，紐約醫學院和哥倫比亞師範大學教過學生。「迪普斯」是作者通過遊戲療法直接經歷的一個故事，它是一個真實的故事，表明受傷的孩子如何找到自己的自我。

19 他最出名的是用幽默和微型小說的形式，來描述巧妙的設計和驚喜的結局。幽默和有點後現代的世界觀出現在他的作品。他是一位美國科幻小說作家，他的作品以神祕、科幻、幻想而聞名。

來比以往任何時候都更加不穩定的時代的陰影相交。批評，幽默和想像力巧妙地結合在一起，它們是二十世紀文學的傑作，超越了文學體裁。

7. 高中課本《創批》版本

威廉・莎士比亞著，《馴悍記》。這是莎士比亞的五大喜劇之一。它是莎士比亞早期的作品，可能成劇於1590年至1594年。也是一部描寫家庭故事的作品。對於《馴悍記》有許多不同的解釋。從現代的女性主義的角度來看這部戲顯然貶抑女性，尤其其結尾不可忍受。但是彼特魯喬在馴服凱瑟麗娜時自己也受了同樣多的罪——爲了餓凱瑟麗娜，他自己不吃飯；爲了讓凱瑟麗娜自己認識到自己的瘋狂，他本人也發瘋；爲了強迫凱瑟麗娜不睡覺，他通宵不睡。凱瑟麗娜的「狂暴」似乎只有通過他的這些極端手段才能被克服。最後凱瑟麗娜被塑造成一個被當時社會所接受的女性。一定程度上的爭議是，女子的不符合傳統及基本禮節，是否需要最後重新塑造成符合社會的模型，而當時社會中的女性是否爲獨立的現代女性。

三、教科書編選者意識形態之問題

教科書的發展是長期的歷程，需要作者、專業編寫者及教育學家等不斷在其中協調和妥協，也必須對於學生是否能接受及需求上進行實驗試用。然而民間教科書出版業者的組織爲何？各部門包括哪些人員？扮演的角色爲何？通常會做哪些活動？等等。教科書編輯者的主觀意識對於教科書中的選文影響甚鉅，因此對於其如何思考族群關係、想像族群意象進行探討，是了解外國文學在國文教科書中，會有比較多選入的第一步。

教科書開放後，民間出版業者以商業立場參與教科書事業，教科書發展過程多少涉及業務機密，而這可能造成教科書編輯歷程不易研究。在處理代表性的問題之前，還有一個更重要的問題，即是政治、經濟的作用與分配是否偏頗。如果政治經濟的分配結構是偏頗的，那麼即便出現具正面族群意識的人編輯，仍舊無法改變此種偏失。當然族群意識在教科書的編輯過程中具有重要的影響力，然僅停留於意識形態與文化權的討論，不足以觀照教科書生產的全貌。許多出版商可能會屈服於複雜的政治和社會團體壓力，以致所發展的教科書無趣、捉摸不定、不能感動讀者、充滿專制社會一元化的色彩、忽視少數族群文化等。因此，理想的教科書應該是要能增加學生學習樂趣的，有些像生死等問題都是經常被學生認爲很有興趣且想學習的主題，然而教科書裡卻可能加以重視。[20]

四、結語

韓國國、高中課本不但圖文並茂，生動詳實，還爲每篇課文設立「主編解讀」，將學生難以理解的內容，編寫成易於施教的故事、幫助青年學生更好地了解外國文學及文化精髓和語言的無窮魅力。教材上有很多的圖例解釋，非常實用，課本讓他對學習外國文化的興趣更濃了。由於二十一世紀早就面臨國際化的時代，韓國的國、高中生已經學習了一些外國文學作品，其實年級越高，語文教育的難度就要相應加深，因此外國文學的比例應該逐年拉高，使同學們對整個外國文化的理解應該要更多元。目前韓國政府藉以社會改革的名義，就干涉太多教育的種種問題。總之，文化和氣質的養成需要百年千年，破壞只需要一任「政府」。

---

[20] 吳俊憲，〈教科書編輯與設計的運作與內涵〉《靜宜大學師培實習服導通訊專題報導》（靜宜大學，2008年），頁9。

參考書目

一、引用專書

1. 朴秀賢等人：《中學校國語2-2》（首爾：教學社，2020年3月）。
2. 吳俊憲：〈教科書編輯與設計的運作與內涵〉，《靜宜大學師培實習服導通訊專題報導》（靜宜大學，2008年）。
3. 宋曘碩等人：《高等學校國語2-2》（首爾：金星出版社，2017年9月）。
4. 李祥炯等人：《高等學校國語1-2》（首爾：知學社，2017年9月）。
5. 李聖英等人：《高等學校國語1-1》（首爾：天才教育，2017年9月）。
6. 李璟淑等人：《中學校國語3-2》（首爾：VISANG，2019年8月）。
7. 沈有植等人：《高等學校國語2-1》（首爾：MiraeN，2017年9月）。
8. 金珍壽等人：《中學校國語3-1》（首爾：教學社，2019年8月）。
9. 陀思妥耶夫斯基：《陀思妥耶夫斯基全集15》（川井正史新社，1973年）。
10. 南美英等人：《中學校國語1-2》（首爾：教學社，2017年9月）。
11. 柳秀烈等人：《中學校國語2-1》（首爾：金星出版社，2018年9月）。
12. 崔元植等人：《高等學校國語3-2》（首爾：創批，2017年9月）。
13. 許育建：《國語文教科書設計理論與實務》（臺北：五南圖書出版，2016年9月）。
14. 閔炯植等人：《高等學校國語3-1》（首爾：好書，2017年9月）。
15. 鄭敏等人：《高等學校國語3-2》（首爾：做好EDU，2017年9月）。
16. Apple, M.W., L.K. Christian-Smith (1991.5). *The Politics of the Textbook*. N.Y.. RPK.

立基於「華文」的華文教育初探
以馬來西亞華文獨立中學高中華文課本爲例[1]

（馬來西亞）管偉森[2]

摘要

華教之於馬來西亞一直都離不開歷史脈絡的梳理和社會運動的爭取，它更是馬來西亞一直以來選舉、鬥爭，掌權者與華社之間不斷調節與衝突的議題。而回歸到教育本身進行探討、修正、革新也不是沒有的事，然而對於華文教育的「華文」二字，卻一直鮮有具體的論述。華文教育就僅止以華文作為教學媒介語嗎？其實並不然。至少參照《華文獨立中學建議書》以及〈華文獨立中學高中華文課程標準〉，華文教育與華文關係之密切，或許才該是華文教育的根本。為此，本文擬就獨中高中華文課本

---

[1] 本論文曾宣讀於「2020第4屆建構／反思國文教學國際學術研討會——語文教育的國際視野學術研討會」（臺中：逢甲大學國語文教學中心，2020年9月4日）。撰文後多方得討論人關啟匡博士後、編委會和諸位匿名審查委員的寶貴意見，謹申謝悃。惟一切文責概由作者自負。另，（該論文處理不易，除了因自度專業不在教育，也不易取得好些文本查閱內容。藉此特別感謝彭亨關丹中華李文傳老師／學長提點我論文可行的框架，並提供我有關他對於華文課的思考。同樣也感謝吉隆坡循人中學林芷薇老師，與我分享她在華文課教學的心得，並協助我遠距離獲得相關書目的出版資料。更該感謝臺大張嘉珊與廖菁菁同學，曾與我交換對於華文課的想法。還有學生陳愷德、劉欣茹與梁福盛三人，協助我拍攝不少課本附件內容，利於我進行參考。）

[2] 國立臺灣大學中國文學系博士生。

為例，通過當初「課程標準」與「教學目標」所能夠直指的文化與身分認同，辯證教學現場能做到和未能做到的部分，試圖以之勾連與學校彼此間緊密的互動關係，從而補充如何在可行與未可行之際，建立我們對於固有文化的自信。進而在不僅止於訴諸奮鬥辦學的悲情前提下，為「華文教育」提供正名的可能。而回到現實層面去看，當然有很多與理想之間的差距必須面對，其中更需要華文獨立中學有勇氣去承擔。總括來說，本文的價值在於：1.梳理並確認華文課不僅止於學科性的知識傳授。2.確認華文課是華文教育的根本，理應重新思考華文教育的定位。

關鍵字：華文教育、華教、獨中、高中華文課本、課程標準

一、前言

馬來西亞是作爲除了中、港、澳與臺灣以外，唯一擁有小學、中學與大專院校——完整華文教育（簡稱「華教」）體系的國家，其仰賴於民間開辦的性質與母語教育的極力維護，一直是馬來西亞歷來時政所不能回避的重大議題。其中各華文中小學校的誕生，更是各地華社聯合所有資源自籌經費，組織各自華團自行管理，才得以屹立不倒的生存與發展至今。

華文教育在馬來半島的辦學非常的早！早期較具規模又可考據的，計有新加坡的崇文閣（1849年）和萃英書院（1854年）。其後學界又有新證辨析，如詹杭倫教授便認爲：「在1815年前後，華人教育已在檳城、馬六甲、新加坡三地點燃新馬華教的星星之火。」[3]而在王琛發教授的觀點裡，他更傾向於把華文教育溯源得更爲前期，至少在他國殖民之前。[4]如此歷經歲月漫長的洗禮，其所謂華社的辦學卻一直流連

[3] 詹杭倫：〈從華人私塾到傳教士辦學〉，《東方日報》網站，2018.12.16。https://reurl.cc/zejQaQ。

[4] 王琛發：〈馬來西亞華文教育與五福書院歷史探源〉，《地方文化研究》第4期總第40期（2019年），頁70-83。

於歷史脈絡的梳理和社會運動的爭取。一如安煥然於二十年前便曾說道：「教育，不單單僅是一個教育課題，同時也被視爲是一個爭取民族權益，訴求於公平的社會運動，是馬來西亞發展的一個相當獨特的現象」[5]。又如黃錦樹後來也曾說過：「而華文教育問題在馬來（西）亞獨立後的這四十年來，一直是兩族政治衝突的焦點，也是每一回選舉在野黨與執政黨爭論最熾的政治議題。」[6]時至今日，似乎並沒有變得比較不同。

儘管已經來到2020年，馬來西亞也曾經歷過不那麼完整的政黨輪替[7]，然而承認或不承認馬來西亞華文獨立中學統一考試（簡稱統考）[8]，或華小師資常年短缺[9]，以至於華小不適合派任不諳華文行政或教員[10]等課題，都只是一年年不斷重複地被提出。教育作爲一國之本，馬來西亞的華文教育與華人權益之間的關係，正正也應了黃錦樹的那一句：「華人對自身權益的爭取，也隨著歷史的發展而從整體走向局部，政府的策略越來越走向全面的馬來化（以「馬來西亞化」之名）。」[11]且只要當政的右翼持續維護「馬來人至上」的主權信條，馬

5 安煥然：《本土與中國：學術論文集》（柔佛：南方學院出版社，2003年8月），頁322。

6 黃錦樹：〈中國性與表演性：論馬華文學與文化的限度〉，《馬華文學與中國性》增訂版（臺北：麥田出版，2012年9月1日），頁62。

7 馬來西亞聯邦政府首度政黨輪替於2018年馬來西亞大選，由此終結了巫統主導的國民陣線自馬來亞獨立以來近六十一年的政權。但卻於2020年初的「喜來登政變」而重新為執政權洗牌，原由希望聯盟勝出而組織的政府，在短短不到兩年内便逕自垮臺。

8 直至一個月前，新政府與民間仍對承認統考一事認知有別。〈指統考特委會沒呈報告　教育部無法研究〉，《東方日報》網站，2020.7.28。https://reurl.cc/n0nQeX。

9 地方華社或華教組織每每召開代表大會，都會有類似的呼籲。直至2020年仍時有見聞。〈蔡明永：免影響教學．盼華小師資短缺獲解決〉，《東方日報》網站，2020.8.11。https://reurl.cc/pymqqd。

10 華社對於華小行政層能否諳曉華文極其關切。〈2不諳中文者任校長　森中華大會堂嚴厲譴責〉，《東方日報》網站，2020.5.21。https://reurl.cc/9XroEv。

11 黃錦樹：〈中國性與表演性：論馬華文學與文化的限度〉，《馬華文學與中國性》增訂版，頁67。

來西亞華人社會也只能在諸多領域，包括最爲重要教育課題上疲於奔命，每每振臂一呼，進行抗爭。華文教育對於外圍環境的具體作爲，也就只能不斷輪迴在前述的種種議題當中，似乎就走不出更大格局的改革或開拓了。

當然這樣的主觀獲得或也並非事實的全部。有道是：「華教發展不能光喊口號。內部實質的教育工作，必須充實。」[12]譬如作爲「華人文化堡壘」（林連玉語）的華文中學——尤其是獨中，畢竟於深化內部系統、進行教育的改革作爲上尚且有一定的應對。正如寫於1973年12月16日的《華文獨立中學建議書》不再能符合二十一世紀的教育環境需求下，馬來西亞華校董事聯合會總會（簡稱董總）重新檢視2005年《獨中教改綱領》基礎的同時，他們花費了三年的時間進行擬議與修正，並於2018年推出了《獨中教育藍圖》，從而借鑑當今世界教育前沿的改革成果，爲未來華文獨中的十年發展做出一定的規劃。可以注意的是，時任董總主席的陳大錦曾表示，「獨中向來堅持兩大辦學使命，即重視『發揮中等教育功能，成人成才，爲國家及華教儲才』，及『維護民族語文，傳承民族文化』的特殊使命，而一般使命可隨當前需求做出必要調整，特殊使命則不可妥協。」[13]這也在在說明，支撐華文獨中運轉的華教這兩大使命一直並未爲華社所廢棄，且我們仍舊以之爲辦學的根本。

只是華教除了與政府斡旋的政治意義及回歸教育的本質之外，我們對於華文教育中這「華文」二字的論述，就似乎一直處於闕如的狀態。過去我們對「馬來西亞華文教育」的關注，或不斷將焦點放在這華教本身的過去、現在與未來；如此縱向式觀察的歷史回顧與展望。[14]而在於

---

12 安煥然：《本土與中國：學術論文集》，頁325。

13 〈獨中教育藍圖出爐提出願景樂教愛學、成就孩子〉，《中國報》網站，2018.8.12。https://reurl.cc/ygEye6。

14 以近年中臺碩博士論文而言，試圖以「馬來西亞華文教育」篇名為題，並進行華教相關發展及其

橫向關聯的部分，相關論述則多數旨在提出馬來西亞華教現狀的矛盾與因應對策，或是華人社團、華人宮廟、相關教育與文化傳播，或是周邊東南亞各國與馬來西亞華教體系之間的相互比較等等。其中眞正觸及「馬來西亞華文教育」的定位，甚至是定義問題的部分並不多見。其中應當數董總獨中教育改革專案項目主任黃集初先生的博士論文《馬來西亞華文教育体系的省思》[15]，才有著相對清楚的羅列與綜述。

以該論文簡而言之，在比對眾多馬來西亞與中國有關華文教育定位的研究之後，黃集初先生發現「眾學者對於華文教育的教學對象爲華僑、華人，教學內容爲語言與文化並重，基本上是沒有任何爭議……」[16]然而眾學者的卻往往對於東南亞的華文教育，尤其是馬來西亞華文教育的實際情況有所忽略，以至於在華文教育這學科定位上，往往將之視爲該國的第二語言教學。只是實際情況卻如華教園丁莫泰熙先生所言，除了國文（即馬來文）和英文個別是用原來的語文教學之外，華文學校的其他學科（當然包括華文本身）的教學、考試與學校行政工作自然都是使用華文來作爲媒介語的。華文就是華文教育裡的第一語

歷史與政治導向的研究者，計有胡春艷：《冷戰后「成就困境」中的馬來西亞華文教育研究》（廣州：暨南大學法學碩士論文，2006年5月）；趙欣：《馬來西亞教育政策改革對華族國家認同的影響——以馬來西亞教育為例》（廣州：暨南大學國際政治碩士論文，2010年6月）；陸建勝：《馬來（西）亞董教總與華文教育發展之研究（1951-2000）》（南投：國立暨南大學歷史系博士論文，2010年6月）；巫雪漫：《馬來西亞語言教育政策演變及其對華文教學的影響》（北京：中央民族大學漢語國際教育碩士論文，2018年6月）；黃漢仁：《馬來西亞華文教育的發展情況及分析》（武漢：華中師範大學漢語國際教育碩士論文，2019年5月）；楊梅芬：《馬來西亞華文教育政策價值取向研究》（杭州：浙江大學教育學原理碩士論文，2019年5月）……不等。又，楊華有一篇《文化軟實力視角下的馬來西亞華文教育》的碩士論文，其所強調的文化軟實力或與本文意欲強調與希冀建立的文化自信有關。惟不同在於我們的文化自信是固然有之，可以自立自強的，與他國的崛起應無積極的關係。詳見楊華：《文化軟實力視角下的馬來西亞華文教育》（廣州：暨南大學國際政治碩士論文，2013年5月）。

15 黃集初：《馬來西亞華文教育體系的省思》（上海：華中師範大學教育經濟學博士論文，2016年6月）。

16 黃集初：《馬來西亞華文教育體系的省思》，頁14。

文，也是就學華裔子弟的母語教育。[17]——即華文除了擔綱語文教學的角色，也具備了日常操作運用的功能，這點前提是我們必要的認知。

再者，黃集初建議（案：其實可看作界定）：「華文教育定位應該以文化傳承爲準，而語文教學只是達成其中一個手段。也就是說，不只是在課堂教學上，包括整個校園在內，都要起著文化傳承的作用。」[18]爲此，華文教育也就包括「語文教學」與「文化傳承」二者，而尤其以後者爲馬來西亞華教的根本。這樣的訊息大概可以涵括馬來西亞華教的基本內容。然而當我們再繼續刨根究底，即如果說「華文」包括「語文教學」與「文化傳承」二者，而尤其以後者爲根底，那麼此二者應當包括著什麼樣具體的教學內容？乃至於華文教育的「華文」如何能有別於其他非華文學校（尤其是私立學校和日漸成爲家長們選擇的國際學校[19]），發揮著語言文字以外的文化功用，且落實到華文學校辦學之方針與行政的管理，從而爲華教辦學進行實質的正名呢？

爲此，本人曾於2017年「馬來西亞華文獨中教育學術研討會」提

17　原文為：「除了國文（即馬來文）和英文，其他學科的教學、考試與學校行政工作主要使用華語的學校才是華文學校。在華文學校，華文為第一語言，而國文和英文則為第二語文，對馬來西亞的華裔子弟而言，華文教育就是他們的母語教育。」詳見莫泰熙：〈英文教育回流對馬來西亞華文教育的挑戰〉，《暨南大學華文學院學報》第4期（2003 年），頁6。

18　黃集初：《馬來西亞華文教育體系的省思》，頁15。

19　賴興祥曾於〈獨中董事：職責與挑戰〉一文中提及：「目前，國際學校的總人數已從幾年前的4萬人增至7萬，再多一兩年，若其人數超越獨中的8萬5千大軍，不會令人感到意外。（馬來西亞）政府於數年前解除對國際學校招收本國生的40%頂限後，國際學校數目如雨後春筍般不斷上升，學生人數也迅速增加」。詳見潘永強特約主編：《遲緩．停滯．低素質——迷路的中學教育》（雪蘭莪：大將出版社，2018年5月19日），頁147-148。至於實際的數據，以2017年為例，東南亞國際學校的需求都穩定成長，而學生的入學人數也持續提升。「全東南亞共有1027所國際學校，其中6個國家擁有超過100所國際學校，馬來西亞就是其一。全馬共有176家以英語為教學媒介語的國際學校，位居東南亞國家的第三位，排名在印尼和泰國之後。」詳見張溦紟：〈國際學校：卓越的離地教育，空中飛人培訓班〉，潘永強特約主編：《遲緩．停滯．低素質——迷路的中學教育》（雪蘭莪：大將出版社，2018年5月19日），頁252。

呈的一篇論文[20]裡，粗率地藉由網絡資料，交代「華文教育」在馬來西亞的具體語境，正包括著眼於華僑／華人在辦學，著眼於華裔子弟在受教，著眼於以華文作爲各科教學媒介語，以及將掌握華文視爲學習、繼承與發揚中華文化優良傳統的途徑。當時本人也僅就一些簡單的教學與行政現象，闡明無論是語言文字的學習，抑或是各獨中的辦學宗旨、理念及其使命，對應獨中華文課本中選文教會我們的自我期許、倫理道德、文化精神的共同價値，其實在在都一直是華文教育的根本內容，並提出了我們卻迷失在考試制度的需求、形成「背多分」現象，而無法讓學生深入閱讀課文的種種反省。也正因爲該篇論文的提呈未能深入探究這對應關係，即有關課本選文教會我們文化的廣度與深度，其體系架構爲何？其於教學現場的現實爲何？其於學校行政間又是如何不夠重視華文課？爲此才有鋪展本文的構想。

且到了2019年3月，時常於報章上撰寫與華教或時政相關課題的黃瑞泰先生[21]，亦曾在《星洲日報．言路》上的〈解構華文教育〉一文當中提出相同的疑惑。他除了在文中點出「內憂外患」[22]對於華文教育，尤其是「教育」本身給予了迫切的追問，而關於「『華文』卻常常缺席，剩下口號的功能」[23]。黃瑞泰還特別從語言和文化兩層面進行簡析。即就語言脈絡上，強調華文作爲學習的工具，在目前的教育競爭

---

20 管偉森：〈淺談華文教育的經典缺席——以獨中中文的經典教學為例〉，石清然主編：《獨中教師的實況與演進——2017年馬來西亞華文獨立中學教育研討會論文集》（雪蘭莪：馬來西亞華校董事聯合會總會，2019年5月），頁247-261。

21 黃瑞泰本身除了是馬來西亞吉隆坡暨雪蘭莪中華大會堂的文教委員，他更於吉隆坡某大型獨中教學地理科多年，並參與高中地理課本的編撰工作。黃瑞泰與筆者曾為同校同事，惟彼此並無聊及相關課題。而筆者對於「華文教育」這「華文」二字的疑惑，也曾與當時同為華文組的年輕老師論及有年。

22 內憂為董總人事紛爭導致的華教團隊分裂，並讓華教發展停頓；外患則為教育改革的浪潮與國內廣設的國際學校對獨中辦學產生影響。詳見黃瑞泰：〈解構華文教育〉，《星洲日報》網站，2019.3.7。https://reurl.cc/WL34Q5。

23 黃瑞泰：〈解構華文教育〉，《星洲網》網站。https://reurl.cc/WL34Q5。

的潮流下已顯得「相對弱勢」[24]。而就文化脈絡上，若只看重「中華文化」並以此作爲標準，且只抱有對中華文化自滿的想象，缺乏本土華人文化的參與，也將引起諸多紛爭。他認爲眼下務必要「鎖定本土文化建構的工作，一種從華人文化出發，跨族群互動、融合的辦學路線，並繼續加強內部科目專業發展」[25]，才有較具有本土性華文教育體系的立足之地。黃瑞泰的憂心與識見，也應是華文教育工作者念茲在茲的教育目標。惟礙於文章篇幅、體裁與專業領域的不同，黃瑞泰也因而未能深入探索語文教學的細節，及釐清存在於華文本身的文化底蘊，與教育未應只流連於物質或表演文化的層面上進行省思罷了。

爲此，藉由上述前人的基礎，本文擬就獨中高中華文課本爲例，通過當初「課程標準」與「教學目標」所能夠直指的文化與身分認同，辯證教學現場能做到和未能做到的部分，試圖以之勾連與學校彼此之間緊密互動的關係，從而補充如何在可行與未可行之際，建立對於我們固有文化的自信。即在不僅止於訴諸奮鬥辦學的悲情前提下，爲「華文教育」提供正名的可能。也唯有如此，華文教育才有可能實現族魂林連玉先生之所謂「多姿多彩、共存共榮」（Hidup berbilang, Makmur bersama）的終極願景。

二、並非僅止於學科性質的華文：從高中華文「課程標準」談起

那麼華文教育的「華文」二字既是內容豐富而深具意義的，我們當然可以斟酌在這大概念之下，各華文學校都是怎麼進行操作？而最能夠具體承載與展現的「華文」二字者，也無非是華文課本身了。

本文之所以會選擇高中華文課程作爲切入點，主要是因爲當我們翻開獨中課程的標準進行檢視，或其實就比較高初中二者課本目標的差

[24] 黃瑞泰：〈解構華文教育〉，《星洲網》網站。https://reurl.cc/WL34Q5。

[25] 黃瑞泰：〈解構華文教育〉，《星洲網》網站。https://reurl.cc/WL34Q5。

距，也就不難發現初中的教學較偏向於華語的溝通與應對能力，語文知識基礎的掌握，以及辨識和處理信息的能力。於是在這樣的課程的設計上，大多較爲突出「聽、說、讀、寫」的技能習得，其對於文學與文化的理解未必要達至深刻，但也要求得有文學基本的審美能力，及能夠理解多元民族文化習俗爲前提。[26]

然而到了高中華文的基本理念與課程目標，卻開始顯得略有不同。因爲高中華文課程即是「初中華文課程的延伸」，其目的乃在於「使學生在初中學習成果的基礎上，進一步進行閱讀、思考、表達、交流和創作」[27]。相較於初中華文課程那種偏重技能與工具性的掌握，高中華文課程著重的卻是「應具備時代性和生命力，關注學生的身心發展特質和學習基礎能力」[28]，而且更試著要「建立學生對國家、民族、社會、個人方面的正面價值觀」[29]，透過語文教學的功能與應用，「爲學生個性和智慧的發展奠定基礎」[30]。這也就是說，高中所意欲趨向的「教學目標」，其實更偏向於倫理價值與人文精神的認知、領受與經驗。

我們儘管試著從表1去對比初中「課程宗旨」與高中「課程目標」，會發現非常特別的現象：

---

[26] 董教總全國華文獨中工委會統一課程委員會擬訂：〈初中華文課程標準〉（2016年5月6日定稿），頁1-7。摘自《董總：馬來西亞華文獨中教學平臺資源站》網站。https://moodle.dongzong.my/。案：經與董總課程局學科編輯（華文）蘇燕卿女士電話聯繫查證，該文件皆為課程局學科文件，並未匯集成書。相關文件僅有一處發布，即為董總「馬來西亞華文獨中教學平臺資源站」。為此下列相關文件為同一出處者，將僅標示網站名稱及其網址。又，該網站將於2021年12月31日關閉，之後平臺内資料將遷移至E啟學平臺，謹備為參考。

[27] 〈高中華文課程標準〉課程目標，董教總全國華文獨中工委會統一課程委員會擬訂，2009年8月16日定稿，頁1。摘自董總「馬來西亞華文獨中教學平臺資源站」。https://moodle.dongzong.my/。

[28] 董教總全國華文獨中工委會統一課程委員會擬訂：〈初中華文課程標準〉。

[29] 董教總全國華文獨中工委會統一課程委員會擬訂：〈初中華文課程標準〉。

[30] 董教總全國華文獨中工委會統一課程委員會擬訂：〈初中華文課程標準〉。

表1[31]

初中課程宗旨（2016年定稿）	高中課程目標（2009年定稿）
提升使用華語溝通和應對的能力。	有能力閱讀與理解各種類別的文本，針對不同的閱讀材料，靈活運用閱讀方法，提高閱讀效率。
掌握語文基礎知識，提升閱讀與寫作能力。	在日常生活和各項學習活動中，能正確、熟練、有效地運用規範的華語華文進行口語交流和書面表達。
靈活運用思維方法，提高解決問題的能力。	具備語文思維能力，懂得在閱讀和寫作的過程中進行思維活動，加強讀寫效果。
提升數位素養，加強辨識和處理信息的能力。	具備蒐集、處理、提供口頭和書面信息的能力。
培養審美情趣與文藝鑑賞能力。	有能力鑑賞古今中外文學作品，具良好的現代漢語語感，對古典詩文有基本的感受力。
培養閱讀習慣，奠定終身學習基礎。	樹立積極的人生理想，培養正面的道德倫理與價值觀。
培養互助合作精神，建立良好的人際關係。	激發追求真善美的情感，培養健康高尚的審美情操。
培養愛國意識，加強社會責任感。	養成獨立思考與探異求新的習慣，培養主動學習與終身學習的態度。
了解中華傳統文化，培養正面的價值觀。	關心社會環境，呈現熱愛國家、尊重多元種族文化的精神面貌。
尊重多元文化，開拓國際視野。	體會中華文化的博大精深、源遠流長，能繼承並發揚華族文化的優良傳統。

首先，此二者其實不管分屬於「宗旨」還是「目標」，其具體內

[31] 為方便兩相參照，該表僅為本文自製比附之用。「初中課程宗旨」出自董教總全國華文獨中工委會統一課程委員會擬訂：〈初中華文課程標準〉（2016年5月6日定稿），頁1。「高中課程目標」則出自董教總全國華文獨中工委會統一課程委員會擬訂：〈華文獨中高中華文課程標準〉（2009年8月16日定稿），頁1。二者皆摘自《董總：馬來西亞華文獨中教學平臺資源站》網站。https://moodle.dongzong.my/。

容所指向的目的是一致的。此外，如果粗略去進行歸類，可發現不管是初、高中的類別，前五項都偏屬於技能性的掌握與運用，而後五項則都偏屬於思想人文的養成與展現。再者，儘管此二層級有許多面向貌似重複，舉如溝通應對、閱讀思維、數位素養與鑒賞能力等等，然而只要仔細比對，我們也不難看見這初中階段是較屬於提升、掌握、培養與加強的被動性訓練，而高中階段則是較屬於自覺、運用、樹立與激發的能動性實踐。從這樣的基本理念與課程標準去看待獨中華文教育，尤其是華文課所應具體達成的「教學目標」，其與前述所看見的眾人對於華文教育的期待，便有著彼此相互勾連的地方，並且可以將之理解爲是有層次、有階段、有目的去進行教育的。

可以說，獨中華文課程的終極取向，即這課程最終想要成就的人，其實也正是除了能掌握各種語言能力與技能之外，也能有著良好內在品質；既完備而又整全的一個個體，並且由此出發，在完善自我、成就自我之後，再推己及人，從而關心社會與國家，進而傳承自身優良文化，也延伸至其他。以之回溯獨中華文教育的存在，其實這也正如華教先賢所設想般的，不接受改制的華文中學，實能成就這樣具備文化精神的良好公民。[32]

檢視當初被奉爲圭臬《華文獨立中學建議書》的「總的辦學方針」，其第一要項便是：「堅持以華文爲主要教學媒介，傳授與發揚優秀的中華文化，爲創造我國（即馬來西亞）多元種族社會新文化而作出貢獻。」[33]因此這裡的華文除了作爲主要的教學媒介，其所承載的任務

---

32 案於1973年，在董教總發表的《華文獨立中學建議書》（簡稱《獨中建議書》）裡曾提及：「教育最重要的目的乃是培養下一代成為良好有用之公民，而母語經被世界公認為最有效率的教學媒介，通過母語，可收事半功倍之效，由此充份的掌握和發揮所學，發揚固有文化，培養人人必須具備的文化精神。」詳見〈文獻與資料〉，《董總「華教要聞與文獻」》網站，1971-1990年文獻。https://resource.dongzong.my/。本文所謂「具備文化精神的良好公民」的原意，實則源自於此。

33 摘自〈文獻與資料〉，《董總「華教要聞與文獻」》網站，1971-1990年文獻。https://resource.dongzong.my/。

也應當包括傳授與發揚優秀中華文化的教學功能。其內容必當是並不僅流於表面的知識傳授，而將透過各種學習——尤其是語文的學習，才能收到原先期待的效果。

如此看來，馬來西亞華文教育與其「華文」——特指華文課的關係，必然是密不可分的。無論是所謂技能或工具性，皆能很實質地透過教學達到一定能力的培養與掌握。就算到了高中階段，我們也可以在所謂運用、蒐集、處理、閱讀或書寫等等方面訓練學生，做到相當的研習與提升，甚至透過一定的考試進行各種程度的有效評量，從而檢驗學生各自掌握的成效。但其所謂人倫價值、精神文化層次，可真有同樣的指標可以進行操作？我們也可以透過有效的評量方式將之進行檢驗？

就當初的設立的「課程標準」來看，其在於教學要點的部分，也確實可以讓教師在閱讀、寫作、聽說、語文思維和語文知識運用這五個方向，涵蓋以上所說的「語言」與「文化」兩個層別上的學習與提升。而其中影響最巨者，即關係到能否教育出一個整備、完全而能傳承並延伸成良好公民的部分，當屬「閱讀訓練」這一項目。且在高中華文課程教學要點的設定下，這樣的學生無比鞏固初中之所學，能讀懂瞭解各種有關華文的知識面、背誦經典、加強語言感受力，善用所學的思維方法去解讀、分析所閱讀的材料之餘，教學者更必須使學生：

⑦ 鑒賞本土與外國文學作品，透過相關背景材料理解作品的內涵和思想精髓。
⑧ 閱讀中國古代優秀作品，汲取古人智慧，體悟中華文化，以現代觀念理解作品的內容價值。
⑨ 培養閱讀興趣，擴大閱讀視野，自主選擇課外閱讀材料，豐富精神生活，提升思想層次。
⑩ 結合個人的生活體驗和知識積累，發展想像、思辨和批判

能力，對閱讀材料發揮見解。[34]

我們可以注意到，這些項目所重視的，是藉助閱讀與鑒賞，進而提升內涵與思想。尤其是在閱讀中國古代作品時，那除了有一定的智慧汲取與文化的體悟，理當也應以現代觀念介入，從而達至最後一項之所謂結合個人生活體驗和知識，進而有著想象、思辨與批判的能力。簡單來說，華文作爲語文教學的一類，是深刻且一直希望訓練學習者能學會帶得走，且一生受用的能力。尤其是扎根於深處，而又自信於由內而外拓展的人文素養。

以至於就算寫作、聽說、語文思維和語文知識運用等其餘四個方面，更多趨向於技能與工具的操作，然而這與閱讀訓練之間畢竟是彼此互補流轉、環環相扣的關係。如果說閱讀是一種輸入，那麼寫作便是一種輸出，而聽說則是一種訊息的接收與表達。至於語文思維的訓練，則關係著各種邏輯思維活動的方法，從而提升閱讀與寫作的能力，並加強接收訊息與表達自我的效果；語文知識應用則是最基礎的認知與技能的展現。這樣的教學內容自是豐富、多元而重要的。而這樣的觀察，如果放回教育專業領域來看，這自當也是其學科的專業內涵。

查林國安早於〈中學語文教學原則研究——馬來西亞獨中華文教學原則體系構建的思考〉一文中便有相關論述的提出。尤其是他在文中整理出的「獨中華文教學體系」作爲一種雙層結構，其宏觀性原則或具體派生的六條原則，方方面面都涵蓋了華文課應包括的教學面向。而這樣的面向當然是有其本質上的相互關聯，及其體現著華文作爲語文教學固有的、科學的規律。且看轉引的表2如下：

---

[34] 詳見董教總全國華文獨中工委會統一課程委員會擬訂：〈高中華文課程標準〉（2009年8月16日定稿），頁1。摘自《董總：馬來西亞華文獨中教學平臺資》網站。https://moodle.dongzong.my/。

表2[35]

民族性原則		學科性原則		人文性原則	
華文教學與思想文化教育統一的原則	華文教學與智力開發相結合的原則	華文教學為形成語文能力服務的原則	聽說讀寫互相配合、互相促進的原則	華文教學與社會生活聯繫的原則	華文教學滲透審美教育的原則

由上所見，華文課的教學所必然扣合的不僅止於該學科技能與工具性的需求，反之華文就是民族母語的教學，所以理應透過華文的傳授，使學生可以依此讓語言與其思維活動相互依存，從而提升到思想文化層次，對具有文化載體的華文課涵茹更爲深刻的，對品質、情操、理想、心性與價值觀念等的思辨內容。而這些內容又並非完全脫節於他們現有的生活，且從中他們更可以透過審美觀的提煉，進而有更多眞善美的體驗、認同、追求，甚至是創造。這在在都是華文課應扮演的具體角色，而對照到華文教育的方針，乃至於辦學的使命[36]上，華文課在華文教育裡的重要性，自是不言而喻。

可以注意到的是，當然這樣語文教學原則必須貫徹在教學過程當

---

[35] 轉引自林國安：〈中學語文教學原則研究——馬來西亞獨中華文教學原則體系構建的思考〉，《馬來西亞華文教育》第3期（2005年7月15日），頁23。

[36] 依《華文獨立中學建議書》華文獨立中學之使命來看，其第四項便是這樣寫道的：「華文獨中兼授三種語文，吸收國內外的文化精華，融會貫通，實為塑造馬來西亞文化的重要熔爐。」摘自〈文獻與資料〉，《董總：華教要聞與文獻》網站，1971-1990年文獻。https://resource.dongzong.my/。

中，而這樣的原則必然會因應時代的變化而不斷重新檢視。然而其宏觀的本質應當不會有更大、更多的增刪，而只是於細部的操作上透過更新，持續與每個嶄新的時代與現實的需求相呼應罷了。

三、涵括於學習當中各種面向：高中華文課本的選文意義

華文課的基本理念與標準，既與華文獨立中學作爲「華教堡壘」的設立存在著呼應關係；華文課同時也作爲實踐華文教育最直接（甚至是根本）的媒介，其中選文與教課的內容如何反映出其華文教育的本質，而非僅在於學習華文、使用華文的技能，其實便有可一探究竟的價值。在眞正進入相關課文的分析之前，我們不妨先來瞭解目前使用課本的一些基本訊息。

就「課程標準」裡的課本體例而言，高中華文課本全書應按文體或專題組成若干單元，而每一單元則應有簡扼的內容說明和學習提示。每一單元含課文若干篇，且分爲必讀和選讀兩類。每篇課文設立注釋、作者簡介、課文簡析、練習活動等項目。且寫作訓練、聽說訓練和語文知識獨立於單元之外，也另編教學材料和實踐活動。這是華文課本原先設定的編制方向。

查目前高中華文所用課本，也就是2012年所編定的，沿用至今的第三版新版。[37]該套課本正是採用單元編排的方式，一年分爲上下兩冊，每冊書共有五個單元，而各單元則以文體爲綱進行編寫。也就是說，裡頭考量的是國學常識的傳授，並不完全以彼此關聯的某種專題式教學作爲編排、設立的初衷。而每單元課文教學各自以閱讀訓練、思想啟迪、情意陶冶爲主，並且有著簡要的內容說明和學習提示。且每個單元都依該單元文體類型，編入四至五篇課文，其中一或兩篇爲選讀課

---

[37] 案：初中華文課本（初一至初三共6冊）第四版已於2020年啟用，本文並未接觸過相關新課本的教學系統。

文。每冊書更於五個單元之外另設寫作訓練、聽說訓練和語文知識的教學材料和實踐活動。如此看來，這些都符合最初課程標準的設定。

那麼在選文上又是怎麼操作的呢？且看標準上說，選文應具多元性、典範性和可讀性。且選文應文質兼美，有助於提升學生的語文素養和整體素質。此外，選文的篇幅和難易度應適中，應切合學生的學習實際，並利於教學。再者，選文應涵蓋中國古今文學和哲理作品、新馬作家作品及中譯外文作品。[38]而最顯特殊的是，選文中的白話文與文言文的比例應逐年調整，隨即便有表3如下：

表3[39]

年級	白話文	文言文
高中一	70%	30%
高中二	60%	40%
高中三	50%	50%

實際參照第三版所能見的內容大綱，其編委單位所提供的數據，卻與原先設定有一定的出入。詳如表4：

表4[40]

	高一上冊	高一下冊	高二上冊	高二下冊	高三上冊	高三下冊
單元一	散文（寫人敘事）*白3 文2*	散文（寫景狀物）*白2 文2*	諸子散文㈠ *文3*	諸子散文㈡ *文3*	散文（抒情哲理）*白3 文1*	史傳散文 *文3*

38 為方便參照對證，本論文文末將附上新編高中華文課本目錄，謹供參閱。

39 詳見董教總全國華文獨中工委會統一課程委員會擬訂：〈高中華文課程標準〉（2009年8月16日定稿），頁3。摘自《董總：馬來西亞華文獨中教學平臺資源站》網站。https://moodle.dongzong.my/。

40 詳見董教總全國華文獨中工委會統一課程委員會擬訂：〈新編高中華文課本內容大綱〉（2009年8月16日定稿，2013年10月6日四修）。摘自《董總：馬來西亞華文獨中教學平臺資源站》網站。https://moodle.dongzong.my/。

	高一上冊	高一下冊	高二上冊	高二下冊	高三上冊	高三下冊
單元二	現代詩㈠：馬、中、臺 白5	現代詩㈡：中外經典 白5	說明文 白4	議論文 文1 白3	辭、賦、駢文 文3	議論文 白2 文2
單元三	唐宋詩㈠：近體詩 文2	樂府詩與古詩十九首 文5	魏晉詩歌 文5	《詩經》 文4	唐宋詩㈡：古體詩 文4	宋詞 文4
單元四	微型小說：馬、中、外 白5	現代小說：馬、中、外 白4	古代白話小說 白4	古代文言小說 文4	現代戲劇：馬、中、外 白3	元曲 文3
單元五	傳記 白3 文2	新聞 白3	書信 白2 文2	演說詞 白5	文藝評論 白4	雜文、隨筆、小品 白4
寫作訓練	如何寫好一篇作文	如何寫好一首詩	文章本天成	材料作文	小說創作	議論文
聽說訓練	簡述與復述	發問與答問	交談與討論	演說	訪談	辯論
語文知識	1.修辭 2.中國文化常識㈠：書法、對聯、謎語	1.邏輯思維與語文學習 2.病句修改	1.古代漢語知識：詞類活用、省略、倒裝 2.中國文化常識㈡：姓名稱謂、科舉制度、禮儀習俗	1.文學體裁知識 2.馬華新文學簡史	1.中國古代文學常識	1.中國現當代文學簡史

爲此，實際上的白話文與文言文的比例是有所增刪的。一如表5：

表5[41]

年級	白話文	文言文
高中一	70.45 %	29.55 %
高中二	52.5 %	47.5 %
高中三	45 %	55 %

基於上述資訊及其數據，本文大致可以歸類幾個觀察：

1. 就其捨人文精神專題而取文體的單元編排與設立，似有意讓學習者掌握學科性的知識尤多。
2. 就其選文的豐富，與單元之外的設立，亦明顯趨向於掌握學科性的技能習得。
3. 然而就其白話文與文言文的比例，檢視其逐年的升幅似有其不可忽視的意義。

這些訊息雖然在在告訴我們，作爲技能與工具性的掌握，作爲選文的主體及其授課的主要依據，就華文獨中的高中課程並未有所偏廢。究其原因，這畢竟還是語文教學不可逾越的過程。爲此我們很容易在課文裡找到很多知識性與技能性的教學，比如課本本來就是從諸文體進行教學切入，無非也是想讓學生掌握其文體的特徵、其寫作的技巧、其語言的藝術及其審美的價值等等。

舉如高一的唐宋詩如絕句三首（李商隱的〈夜雨寄北〉、王昌齡的〈從軍行〉、陸遊的〈示兒〉）和律詩五首（白居易〈草〉、王維〈山居秋暝〉、杜甫〈登高〉、崔顥〈黃鶴樓〉、蘇軾〈和子由澠池懷舊〉）。雖古人有道是「詩言志，歌永言」，然而在於初步的教學上，課文所要求關注的，卻是指導學生學習絕句與律詩的平仄、押韻、對仗

41 表為本文自製。數據則來自董教總全國華文獨中工委會統一課程委員會擬訂：〈新編高中華文課本內容大綱〉（2009年8月16日定稿，2013年10月6日四修）。摘自《董總：馬來西亞華文獨中教學平臺資源站》網站。https://moodle.dongzong.my/。

等基本格律知識。而就其內容思想與蘊含的豐富哲理、詩歌的優美意境畢竟只牽涉藝術通識的觀摩；除蘇軾的「人生到處知何似，應似飛鴻踏雪泥」或有些人生道理的延伸，但究竟難與該單元的所有詩歌作一有關連的、能相互統一的文化精神開展。

而這樣的現象當然也可以成爲高中三年，每一個單元的通則。比如同一年的寫人敘事或寫景狀物的散文、微型小說；高二的說明文、議論文、古代文言與白話小說；高三有關抒情哲理的散文、唐宋詩與文藝評論等等。加上每一冊單元之外的寫作訓練、聽說訓練以及語文知識的設立，課程方方面面希冀都有所點及的領域，其豐富（或龐雜）性是顯而易見的。然而，這並不表示這種種單元裡裡外外，僅能流於表面知識或技能的掌握。也就是說，這不等同於就是要學生也能夠如何把古代的議論文或小說給寫好，但我們卻能透過議論技巧的介紹，以及辯證形塑小說人物的手法，去讓學生思考更多技能層面以外的議題。

因此也受限於篇幅，本文自當不能逐一討論各個單元與篇章所能涵蓋的層面，但如果將其大致進行分類，我們其實不難發現除了學科性的基本層次，華文課的選文亦指涉了更多深層的自我期許、倫理道德、文化精神的共同價値。即如果說華文的選課，在文體限制的框架下必然離不開其審美的、藝術的、通識的習得，其實裡頭仍有不少的文章更能指向去高中生所能試著理解的「自我辯證」、「人際體悟」、「社會關懷」與「多元共存」的面向。而正因爲多了這幾個可以更深一層探索與教授的面向，華文課也才能不僅止於學科技能與工具性的掌握，或是審美教育的傳授，反之我們更能將之與當下的社會生活進行聯繫，進而透過更多邏輯思維的辯證，給予學生更多有關自我與他者，及其思想文化上的理解、體認與啟迪。

而在這眾多的課文當中，自我辯證分屬裡頭最爲大宗的課題。舉凡我是什麼？我從哪裡來？該往哪裡去？我的志向是什麼？我的價値是什麼？我該追求什麼樣的人生？我該怎麼對待學習？我該否隨波逐流還是擇善固執？我的世界觀該是怎麼樣的？……這些種種，於高中華文課本當中大抵都有一定的涵括。粗略分類，如高二的諸子散文，其中介紹了孔夫子思想的幾個大概念：即如何由推己及人，達至忠恕之道，從而以仁爲本，「己欲立而立人，己欲達而達人」，「己所不欲，勿施於人」。我們除了在教導學生認識孔子「仁」的核心思想，也可結合實際生活面貌，讓學生明白什麼是能近取譬，什麼是將心比心，進而再走入孟子魚與熊掌不可兼得，則「捨生取義」的道德主張。其思考的意義是正面的、積極的、向上的。延伸到實踐上，在儒家入世立論的嚮導，還可以結合到荀子的〈勸學篇〉，加以引導「學不可以已」的學習意義。

而就算退一步來看，倘若人生必然求而未得，困頓不遇，失意坎坷，遠既有高二曹操的〈短歌行〉可供慷慨悲歌，激盪一股早建功業的雄心壯志；近既有高一朱自清的〈荷塘月色〉，可摸索一股於不安時代下幻想超脫，而又不能超脫的心靈折射。若執意爲自己的堅持走到最後，仍不見得能被誰理解，又尚且有司馬遷〈屈原列傳〉、屈原〈涉江〉或溫任平〈流放是一種傷〉等等，可資辯證如何不僅止於是堅毅忠貞，也可擇善固執於一件自認爲是該做又當做的事。抑或是在認識議論技巧之餘，又可以如何看見那堅持改革、不爲流言俗議所動的王安石，而透過〈答司馬諫議書〉而想見其爲人。

再被動而消極者，我們尚且有高二莊子〈庖丁解牛〉的課文般，可教會學生如何在養生論道，順應自然之際，於處世與處事之時，依乎天理，因其固然，並保持怵然爲戒的審慎和關注的態度，還要懂得以藏斂之姿作爲自處的道理，這樣才能在繁複的多變的社會裡遊刃有餘。再退而求其次一些，我們還有安貧樂道、性愛丘山的五柳先生陶淵明，可供學生參照要是能不慕世俗名利、孤高不合流、復返自然，也不過是人生諸多選擇的其中一項。

這樣的議題在課本裡有太多可以開展與引導的地方。又如追問自我的鄉關於何處，我們可以讀高一余光中的〈鄉愁〉，崔顥的〈黃鶴樓〉，甚至是高三丘遲的〈與陳伯之書〉。對人對事，從自我中心思想的確立，到社會責任的履行，我們可以看高二愛因斯坦的〈我的世界觀〉。我們可以透過高三林清玄〈生命的化妝〉去理解什麼是改變表相最好的方法是從內裡改革起來。我們可以透過蘇軾的〈前赤壁賦〉進而理解面對人生的惆悵失意、歷史的興亡更替，人生的短促無常，是可以如何在豁達超脫、隨緣自適的悵惘失落中開脫出來。這尚且還沒說到高一范仲淹之所謂「不以物喜，不以己悲」、「先天下之憂而憂，後天下之樂而樂」，高三梁啟超之所謂〈敬業樂業〉，抑或是羅素所謂〈我爲什麼而活〉，甚至是一些可由學生自行選讀的課文等等。在面對傳授一般學科性內容之際，如此深刻豐富的中外文化之精神，才或許能爲華文教育成就一個人格健全，且素質齊備的大人。

再由這樣的自我作爲一個軸心而往外探索、延伸，所謂「人際體悟」者，如自我與家人親屬的關係，我們可以看高一何乃建的〈讓生命舒展如樹〉、歸有光的〈先妣事略〉、蘇軾的〈和子由澠池懷舊〉、方路的〈偷葬禮的男孩〉；高二楊子的〈十八歲和其他〉；高三《詩經·小雅·蓼莪》等等。如師生間之關係者，我們可以看高一方苞的〈左忠毅公軼事〉或高三韓愈的〈師說〉。如男女情愛之關係者，我們可以看高一鄭愁予的〈錯誤〉、舒婷的〈致橡樹〉、李商隱的〈夜雨寄北〉、戴望舒的〈雨巷〉、〈陌上桑〉、〈孔雀東南飛〉；高二林覺民的〈與妻訣別書〉、《詩經·周南·關雎》、白行簡的〈李娃傳〉；高三莎翁的〈羅密歐與朱麗葉〉等等。

更毋論談及社會關懷，我們還有高一托爾斯泰的〈窮苦人〉、洪永宏的〈陳嘉庚傳〉（節選）、〈東門行〉、魯迅的〈祝福〉、莫泊桑的〈項鏈〉；高二的《詩經·魏風·碩鼠》，皆能觸及對於窮苦、婦女、教育、禮教吃人、爲人處世、政風時弊等經得起一再思辨與議論的課題。而至於多元共存者，亦有論及環保意識，關心環境課題的高一星新一〈喂——出來〉、羅森塔爾〈奧斯維辛沒有什麼新聞〉、吳剛〈羅布泊，消逝的仙湖〉。關心族群多元文化及其權益平等的，如高一李永平的〈拉子婦〉，高二梅國民的〈峇峇漫談〉，馬丁．路德．金的〈我有一個夢想〉，甚至是那篇激勵維護華語爲母語教育，摯愛自我民族語言文化的演說詞——林連玉的〈在麻坡華校教師公會新會所開幕落成典禮上的演說〉等。如果論及愛護自由，擁護民主，設事立法且能因時制宜，我們還可以透過高二墨子的〈公輸〉、《呂氏春秋．察今》、林肯的〈在葛底斯堡國家烈士公墓落成典禮上的演說〉等獲取更多的思辨與論證。

綜上所述，正因華文課的意義不僅止於知識層面與技能性的學習，若能將課程上升到文化價值、精神內涵的高度與深度，且能從個體自我而延伸至他者，其實華文課必然能成爲華文教育的核心，從而使得受教育的學生能透過文化精神的熏陶，外化成爲與人競爭的實力，從而成就一個身心健全的或獨善其身，或兼善天下的獨特個體。進一步來說，在不同於國中、私中與國際學校那些道德或公民課程的設立之下，華文課甚至可以間接填補一些暫時因條件而無法進行的高素質教學，進而多方透過語文的便利增進學生可以帶得走的能力及其文化的底蘊。

四、現實與理想的差距：教學現場的達與未達之間

既然在辦學與設立「課程標準」的前提下都爲華文教育做出鋪陳與準備，其實若能按照課本的步伐，並在一定規劃與備課機制下彼此監督，利用學校的資源共同教學，其所呈現的面貌也許會相對理想，甚至能爲學生扎下穩固的人文素養。然而現實與理想往往存在差距；教學現場有著非常多的因素深刻影響著教學的成敗，更遑論能藉助華文課爲華文教育立下如何迥異的論述。可以注意的是，這些狀況多數反映在教育的最前線，也即是在教學的過程當中。正因爲那是最即時、當下必須面對的難題，這除了極容易打擊「教」與「學」彼此的信心，也折射出外在環境對教學本身極不友善的因素。以下我們分別從學生壓力、教師素

質、學校體制、家長介入等各方面試著做出說明。

首先是學生壓力的部分。學生作爲學習的主體，無疑接收的所有，都是爲人師表者努力爲他們準備最好的、最有利的教學內容。然而過度的接受紛雜與龐大的資訊，也必然會出現學習疲勞的問題。這情況也許不完全與他校、他國相同的地方在於，學生上課的時間表是緊湊且密集的。以獨中來說，學生大抵一星期有六天的上課時間，依據各校安排之不同，如果每一天有10-12節課，一節課需時35-40分鐘，一天也只有兩次的下課時間，間中他們是以密度極高的時間點進行課程的切換。[42]上一課的內容尚未講解或消化完畢，下一課的老師已經在門外張望。如此一來，學生的需求與老師的給予都是極濃縮的要點，而此要點的教學又必須以考試爲主導。在如此緊張的氛圍底下，要耗費更大的精神進行相關文化與人文課題的教學，那需要的前提條件自然是極度匱乏的。

其次便是教師素質的部分。華文教師自是有其中文學科的專業背景，然而一旦轉入教育的領域，其所重視的教學內容究竟是知識的全部，抑或有著知識以外更多人文素養的期許？而且在增進自我教學的技能與管理自我的情緒之外，教師能否謹守本科專業的底線，在「學而時習之」的前提下自我提升與增値，並且共享手邊擁有的資源，與團隊一同提升教學的效能，亦是要有自覺的前提。也就是說，教師除了要懂得「如何教」，更也要保持「一直學」的心態——學自己的本科專業，也要學自己的教師專業；不能停滯不前、畏首畏尾，也不能隨波逐流、人云亦云[43]。當然很多教師的自覺其實更像是把自己定位在一份普通的工

42 也有的可能是節數少，然而每一節的時間拉長至50分鐘。近年來各個獨中或都有因應課程的設計，而做出各校不一的時間安排。

43 教師在各獨中裡實際的工作環境其實難以細說。其中影響甚巨的是，獨中教師沒有國中教師有著政府公職的待遇。更不消說，因為好些中小型獨中辦學不易，獨中老師的薪資與津貼更是少之又少。且各校制度不一，未必身在大型獨中就有更優厚的款待，再說各校工作的氛圍、各處室內部的溝通、各華文組的內部安排、個人工作權益的忽視等等，在在都影響著一個教師如何能夠全心全意投入華教事業。

作罷了。為了生活，所賺的也只是微薄的薪資，為此在學校若能群居終日，言不及義，如果僅完成知識的傳授，似乎也並不為過。到了下班時若能準時打卡，也許湊幾個學生進行額外的、收費式的補救教學，亦總勝過耗費心思到不見實質回報的教學課程上。這些現象不能說、不好說，也不容易呈現出一定的數據。惟有依賴華文教師擁有相當的自覺，才有望在華文課與華文教育上有所突破。

再者就是影響最深的學校體制。各所常打著為華文教育旗幟招生的學校，其實一直都怎麼定位自己的辦學宗旨、教育理念？除了三語兼善，五育並重，與國際接軌，追求卓越與創新云云，大部分的學校都怎麼看待自己華文獨立中學的身分？如果所有的目的與意義其實都白紙黑字的昭告於天下，所有的條目與宣言都班班可考，學校如何檢驗自己所達至的目標與否，一如檢驗教師與學生的績效？其實光看馬來西亞各獨中辦學的形態，或早已經對《華文獨立中學建議書》有所違背。尤其在該建議書「總的辦學方針」底下，有一條項目明言道：「華文獨立中學不能以政府考試為主要辦學目標，若某部分學生主動要求參加，可以補習方式進行輔導。」[44]然而時移世易，大部分有能力的獨中因招收或主張問題，其實逐步走向雙軌制的辦學方向。其所謂「雙軌」者，即正課要以統考課程與政府課程並重。為此在已極為有限的上課節數中，納入迴異於華文獨中的政府課程，這是何其艱困的學習導向？有的甚至打著愛護華文的名義，更加入額外於華文課程的「中國文學」讀本（亦屬於政府體系的課程，後易名為「華文文學」）進入即有的教學系統，也就更一再打亂原有的獨中華文課程安排。

最為諷刺的是，雖然打著華文教育、傳承文化的名號力求獨中的生存空間，然而部分學校的在上位者卻也未必能真正掌握華文本身的專

---

[44] 摘自〈文獻與資料〉，《董總：華教要聞與文獻》網站，1971-1990年文獻。https://resource.dongzong.my/。

業知識。而這樣的現象一直是有跡可循，卻是不能與外人道的可悲，乃至於可惡。舉如以《弟子規》作爲校內經典教育，或是作爲學生品格規條的現象就尤其聳人聽聞。[45]這問題於近十來年裡一直蔚爲馬來西亞的教育風氣，乃至於校內每周的校訓，仍部分汲取《弟子規》（甚至是《靜思語》）作爲學校對學生的規範與告誡。抑或是到了各校的重大節日——一如校慶，則需在校外張掛大型對聯，以示祝頌。惟多年來已極少看見沒有毛病的對聯，但求形似，且意義明白，大家都看得懂，那就沒有問題了。[46]此等亂象種種不就尤其考驗著各校如何看待華文教育這「華文」二字的存在？原是上行下效，率先垂範的美事，卻總是在最該表現出專業的時刻，淪落至虛有其表，華而不實的造作。這都並非是向壁虛造，無中生有的問題。

最後則是所謂家長介入的部分。其實學生、教師、學校，乃至於教育環境是不斷在進步的，而家長在教育的行列也並沒有例外。尤其是眾多家長大都受過一定的高等教育，於是他們對自己孩子——即學生的學習品質有一定高度的要求。而最能顯現學生有無達至要求，有無更好表現的形式，也無非是可看見的數據資料，也就是成績之高低。然而成績並不代表學生的全部，以能力分班的學校似乎仍是目前辦學的主流。家長倘若無法理解常態分班的意義，或是無法接受更多實踐教學的活動——特指語文教學的部分，其實也是學校甚至是教師最爲忌諱的關鍵。正因爲如此，華文課如何能不只回到學科本身，即掌握技能與將它

---

45 筆者曾於拙作〈淺談華文教育的經典缺席——以獨中中文的經典教學為例〉一文便有提及。其時《弟子規》教學盛行於馬來西亞中小學。有檳城的獨立中學以之規訓學生的行為舉止，有吉隆坡的獨立中學曾以之作為經典教學的課本，其實亂象多有，不一而足。

46 以2020年南部某大型獨中分校百餘年校慶典禮，張挂於大禮堂内的對聯為例。上聯是「不畏艱辛承先啟後在華教路上跋涉」，下聯是「向著願景繼往開來朝嶄新世紀邁進」，毛病甚多。而這樣的現象並非單一事件。可參見馬華作家曾翎龍，於其專頁「曾翎龍不夠放肆」之所拍攝與記載：https://reurl.cc/yEjy22。又，筆者曾服務的獨立中學（此不作指實），也曾有相同的問題，可以說真不是一時一地的不同。

作爲工具而言，這仍需要長遠的時間得到校內外上下更大的理解與認同。

當然這些問題即使一直存在教學環境當中，且積重難返，然而在華文課的教學上，華文老師也不是沒有嘗試做出改變的努力。比如教學法的多元化；從原先沉悶的講述，到合作學習、學思達、MAPS教學法，甚至是因應新冠肺炎疫情才積極展開的網絡／線上視頻教學等等。然而主導教學法的改變，還是因應考試的需求而作出更動。抑或是只要涉及相關在地馬來西亞華裔文化歷史，華文老師也盡可能抽出可能的時間、空間，把學生帶往相關的會館、廟宇或紀念、展覽館進行戶外教學，並交由相關的專業人士講述課室內所無法企及的講課內容。只是這樣的方式也極受限於地理位置以及花費問題。且一日教學者無法釐清「華文」於華文教育中扮演的吃重角色，學校的在上位者亦無從提供有效的支援／資源，再多於框架內的創新，也只不過是緩不濟急，或飲鴆止渴的方式罷了。

縱觀上述種種，學校或應是當中最該義務承擔正名的單位。我們必須爲學生與家長，甚至是爲自己的崗位釐清：自己只是在辦「華人的教育」，抑或是「華文的教育」？其中有否具備華人思想文化的教授與傳承？這都是多年來更該關注的命題。[47]且學生雖然是學習的主體，而教育的責任正在於家長、教師以及學校。其中又以教師與學校分屬教育的專業——尤其是學校行政，奠定了一校之教育理念與目標，並交付教師共同努力，爲之實踐！那麼學校之於華文教育的擔子就更該一肩挑起。

---

47 黃文斌曾於〈論馬華文化的承傳與文化人才的培養〉一文中提及，「若從八〇年代以前的歷史觀察，馬華總會長除了陳禎祿，在陳修信到李三春的時代，他們對華社要求民辦華文教育大學都不太認同。他們更注重『實務教育』。只為華裔子弟尋求更多的『就業機會』，而欠缺培養承傳文化之『士』的理想與努力。有人稱此為『華人教育』，以別於華社大眾要求的『華文教育』。其實，所謂『華人教育』離開了『華人思想文化』，又何來『華人』特徵之可言？」詳見何國忠編：《百年回眸：馬華文化與教育》（吉隆坡：華社研究中心，2005年4月），頁80。

學校更不能在有損華文課的授課權益，反之要著力於提升華文教學的效能，從而使之較具規模，並作爲學校整體教學的重中之重。甚至在最基本的要求下，於教學時數上更不能減得比其他語文還要少，且以之作爲跨科教學的基準，亦是可行的選項。

又，在課程評量方式的多元化上，學校更必須再就高中華文「課程標準」的基礎，做出更具體的規劃，並推而廣之於家長知道，從而協同家長共同參與學生的學習成長，而不會只把眼光放在應試教育和成績多寡之上。再者，參與行政的專業只怕除了要有教育的背景，似乎更該有中文更深一層的專業／造詣，否則教學過程張冠李戴的事，其實只會不斷地發生。[48]而更重要的一點在於，我們也不能只把傳承中華文化的使命，僅僅落實在表演性質的文化活動而已。文化的自信從來不止有形式上的圓滿自足，而更多依靠的是內在文化底蘊，作爲立身處世的原動力。而華教之所以能延續至今，從來依靠的也就是那股再窮也不能窮教育的精神，才有持續發展母語教育的可能。要如何把華文教育的辦學根本帶出，從而有別於國立、私立和國際學校，這更該是要藉助此三者所沒有論述與立場——即華文本身，進而強化華文教育在馬來西亞生存的價值，使得華文教育能有所成長，並與他者有鼎足而立的空間。

五、結語

總而言之，華文教育的發展仍有諸多可能，應仍不止於訴諸悲情、口號、持續建設各種大樓，以及更新教育方法罷了。要說服新世代的學子持續維護母語的學習，本文以爲透過瞭解、定義，並具體化學習華文

---

48 這樣的情事在馬來西亞華文獨中的教育環境之下，只怕一直以來都有發生。就只是樁樁件件，不能夠化為實據，也尚且沒有檢驗的標準，無從成為白紙黑字的鐵證。然而《弟子規》的盛行，對聯的謬誤，送孩子們到天后宮為媽祖獻八佾舞等，卻是實實在在發生過的事。筆者更曾親身見聞，學校行政可以在周會一本正經地告誡學生要「吾日三省吾身」之際，他們可以把內文譯解為孔子都反省自己有無交功課云云。其身居華教前線要位，卻含混荒謬至此，著實可噱可嘆。

的意義，藉此提升教學華文的效能，改進虛有其表的教學亂象，爲華文教育正名，應有其更爲實際的價值。

當然，本文的考量或太過於理想，也許忽略外圍環境如政治鬥爭的詭譎，與華裔族群以外的壓抑與躁動。然而華社也正是一直在這樣的氛圍底下延續了這麼長久的華文教育，如果仍處處受特定因素、激進言辭的掣肘而無法自立自強，並擴大華文教育在馬來西亞國內外的影響力，那麼先賢們的努力才眞的將付諸東流。在多元種族的國家，要說在彼此間如何能「多彩多姿，共存共榮」，若無自我立足的根基，怕也只是空中結樓殿罷了。唯有確立了華文與華教之間的根本關係，並由此建立文化固有的自信，也才有與各類型的教育，甚至是各族文化對話與交匯的空間。

而且尤其弔詭的是，以高中華文課本爲例，其中的理念與課程的目標應在在契合著華文獨立中學「總的辦學方針」，從而塑造一個具有自身文化根基，且能夠推己及人的馬來西亞華人。雖然如此課綱的安排倘若看在他者眼裡，與臺灣或中國有「大篇幅的重疊」[49]。然而把選文放在馬來西亞的環境裡，卻有它在地、對人對事所肩負的意義。惟本文並不否認，課文所結合馬來西亞在地文學與文化的篇章仍極度匱乏。這點自待新版本課本的編選，進而做出該有的檢討。

而必須強調的是，作爲語文課的華文，眞不能僅僅只是一門文學課[50]。文學無疑需要教育，但不能只以文學去涵蓋教育。其中語文教學所涵蓋的「聽、說、讀、寫」畢竟還是前提，文學不會是最終目的，文化、倫理、德育等恐怕才都雜糅其中。也因此選文之艱難與教學之困窘，眞恐非站到教育前線的人所不能理解的。

華文教育，實則就是華人思想文化的教育。也只有把華文教育的層

49　祁立峰：〈那些年，我們一起學過的古文〉，林韋地主編：《季風帶》第7期（吉隆坡：三三出版社，2018年3月），頁80。

50　方美富：〈一九五八年的華文節〉，林韋地主編：《季風帶》第7期，頁75。

次提升，並藉由華文課深刻耕耘，以其扎根於馬來西亞這片多元種族的土地上，才不會只有能不能用、夠不夠用的詰問，而更能以文化自信與他族共同建設自己的國家。至於其他如三語是否果能並重，各校董事在學校辦學間所扮演的角色等等，也是本文沒能深入追索的地方，或留待他日持續進行更多的關注。

參考書目（依作者姓氏排序）

一、引用專書

1. 石清然主編：《獨中教師的實況與演進——2017年馬來西亞華文獨立中學教育研討會論文集》（雪蘭莪：馬來西亞華校董事聯合會總會，2019年5月）。
2. 安煥然：《本土與中國：學術論文集》（柔佛：南方學院出版社，2003年8月）。
3. 何國忠編：《百年回眸：馬華文化與教育》（吉隆坡：華社研究中心，2005年4月）。
4. 柯嘉遜：《馬來西亞華教奮鬥史》（吉隆坡：雪蘭莪中華大會堂，1991年4月20日）。
5. 黃集初：《有言不信：華教評論精選集（2011-2016）》（吉隆坡：三三出版社，2017年12月18日）。
6. 黃集初：《馬來西亞華文教育體系的省思》（上海：華中師範大學教育經濟學博士論文，2016年6月）。
7. 黃錦樹：《馬華文學與中國性》增訂版（臺北：麥田出版，2012年9月1日）。
8. 黃錦樹：《華文小文學的馬來西亞個案》（臺北：麥田出版，2015年3月5日）。
9. 董教總華文獨中工委會統一課程委員會：《華文》高一上下冊（雪蘭莪：馬來西亞華校董事聯合會總會，2011年9月）。
10. 董教總華文獨中工委會統一課程委員會：《華文》高二上下冊（雪蘭莪：馬來西亞華校董事聯合會總會，2012年11月）。
11. 董教總華文獨中工委會統一課程委員會：《華文》高三上下冊（雪蘭莪：馬來西亞華校董事聯合會總會，2013年10月）。
12. 潘永強特約主編：《遲緩・停滯・低素質——迷路的中學教育》（雪蘭莪：大

將出版社，2018年5月19日）。

二、參考論文

1. 王琛發：〈馬來西亞華文教育與五福書院歷史探源〉，《地方文化研究》第4期總第40期（2019年），頁70-83。
2. 莫泰熙：〈英文教育回流對馬來西亞華文教育的挑戰〉，《暨南大學華文學院學報》第4期（2003年），頁5-7。

三、參考網站

1. 《董總：華教要聞與文獻》網站，https://resource.dongzong.my/。
2. 《董總：馬來西亞華文獨中教學平臺資源站》網站，https://moodle.dongzong.my/。

附錄：新編高中華文課本目錄[51]

高一上冊

單元	主題	課文	必讀	選讀
一	散文 （寫人敘事） **讓生命舒展如樹**	一、梁實秋〈記梁任公先生的一次演講〉 二、何乃健〈讓生命舒展如樹〉 三、歸有光〈先妣事略〉 四、方苞〈左忠毅公軼事〉 五、海倫·凱勒〈我的老師蓙莉文小姐〉	✓ ✓ ✓ ✓ 	 ✓
二	現代詩㈠ **流放是一種傷**	六、余光中〈鄉愁〉 七、鄭愁予〈錯誤〉 八、舒婷〈致橡樹〉 九、溫任平〈流放是一種傷〉 十、海子〈面朝大海，春暖花開〉	✓ ✓ ✓ ✓ 	 ✓
三	唐宋詩㈠ **應似飛鴻踏雪泥**	十一、絶句三首 李商隱〈夜雨寄北〉 王昌齡〈從軍行〉 陸游〈示兒〉 十二、律詩五首 白居易〈草〉 王維〈山居秋瞑〉 杜甫〈登高〉 崔顥〈黃鶴樓〉 蘇軾〈和子由澠池懷舊〉	✓ ✓	

51　該目錄全載自董總《馬來西亞華文獨中教學平臺資源站》，https://moodle.dongzong.my/。

單元	主題	課文	必讀	選讀
四	微型小說 **喂一出來**	十三、列夫・托爾斯泰〈窮苦人〉	✓	
		十四、方路〈偷葬禮的男孩〉	✓	
		十五、星新一〈喂——出來〉	✓	
		十六、沈宏〈走出沙漠〉		✓
		十七、佚名〈差別〉		✓
五	傳記文學 **永不屈服的靈魂**	十八、司馬遷〈屈原列傳〉	✓	
		十九、陶淵明〈五柳先生傳〉	✓	
		二十、洪永宏〈陳嘉庚傳〉（節選）	✓	
		二十一、羅曼・羅蘭〈貝多芬傳〉（節選）		✓
		二十二、肖鳳〈冰心傳〉（節選）		✓
	寫作訓練	如何寫好一篇作文		
	聽說訓練	簡述與復述		
	語文知識	1. 修辭 2. 中國文化常識㈠：書法、對聯、謎語		

高一下冊

單元	主題	課文	必讀	選讀
一	散文 （寫景狀物） **醉翁之意不在酒**	一、朱自清〈荷塘月色〉	✓	
		二、范仲淹〈岳陽樓記〉	✓	
		三、歐陽修〈醉翁亭記〉	✓	
		四、楊牧〈亭午之鷹〉		✓
二	現代詩㈡ **在星輝斑斕裡放歌**	五、徐志摩〈再別康橋〉	✓	
		六、戴望舒〈雨巷〉	✓	
		七、華茲華斯〈我獨自漫遊，猶如一朵雲〉	✓	
		八、羅伯特・弗羅斯特〈未選擇的路〉	✓	
		九、艾青詩兩首		✓

單元	主題	課文	必讀	選讀
三	樂府詩與古詩十九首 **行行重行行**	十、陌上桑 十一、孔雀東南飛 十二、行行重行行 十三、東門行 十四、木蘭詩	✓ ✓ ✓ ✓	 ✓
四	現代小說 **爸爸的花兒落了**	十五、魯迅〈祝福〉 十六、李永平〈拉子婦〉 十七、莫泊桑〈項鍊〉 十八、林海音〈爸爸的花兒落了〉	✓ ✓ ✓	 ✓
五	新聞 **沒有什麼新聞**	十九、羅森塔爾〈奧斯維辛沒有什麼新聞〉 二十、吳剛〈羅布泊，消逝的仙湖〉 二十一、邢舟〈蔡國強引爆奧運進步腳印〉	✓ ✓ ✓	
寫作訓練		如何寫一首好詩		
聽說訓練		發問與答問		
語文知識		1.邏輯思維與語文學習 2.病句修改		

高二上冊

單元	主題	課文	必讀	選讀
一	諸子散文(一) **儒者的風範**	一、《論語・論仁》 二、《孟子・魚我所欲也》 三、《荀子・勸學》	✓ ✓ ✓	
二	說明文 **奇妙的克隆**	四、談家楨〈奇妙的克隆〉 五、梅國民〈沓沓漫談〉 六、呂叔湘〈語言的演變〉 七、大衛・布朗〈甲型H1N1病毒：我的前世今生〉	✓ ✓ ✓	 ✓

單元	主題	課文	必讀	選讀
三	魏晉詩歌	八、陶淵明〈歸園田居〉	✓	
	悠然見南山	九、陶淵明〈飲酒〉	✓	
		十、曹操〈短歌行〉	✓	
		十一、曹丕〈燕歌行〉	✓	
		十二、曹植〈情詩〉	✓	
四	古代白話小說	十三、施耐庵〈林教頭風雪山神廟〉	✓	
	不可抗拒的魅力	十四、曹雪芹〈林黛玉進賈府〉	✓	
		十五、羅貫中〈群英會蔣幹中計〉	✓	
		十六、劉鶚〈明湖居聽書〉		✓
五	書信	十七、林覺民〈與妻訣別書〉	✓	
	生命的慰藉	十八、王安石〈答司馬諫議書〉	✓	
		十九、楊子〈十八歲和其他〉	✓	
		二十、朱光潛〈談讀書〉		✓
寫作訓練		文章本天成		
聽說訓練		交談與討論		
語文知識		1.古代漢語知識（詞類活用、省略、倒裝） 2.中國文化常識㈡：姓名稱謂、科舉制度、禮儀習俗		

高二下冊

單元	主題	課文	必讀	選讀
一	諸子散文㈡	一、《莊子·庖丁解牛》	✓	
	智者的哲思	二、《墨子·公輸》	✓	
		三、《呂氏春秋·察今》	✓	
二	議論文㈠	四、黃永武〈愛廬小品選〉	✓	
	擺事實，講道理	五、朱光潛〈「當局者迷，旁觀者清」——藝術和實際人生的距離〉	✓	
		六、歐陽修〈伶官傳序〉	✓	
		七、方修〈愛因斯坦小故事〉		✓

單元	主題	課文	必讀	選讀
三	詩經 **關關雎鳩**	八、《周南‧關雎》 九、《魏風‧碩鼠》 十、《王風‧黍離》 十一、《小雅‧蓼莪》	✓ ✓ ✓ ✓	
四	古代文言小說 **奇情世界**	十二、干寶《搜神記‧干將莫邪》 十三、劉義慶《世說新語選》 十四、白行簡〈李娃傳〉 十五、蒲松齡〈口技〉	✓ ✓ ✓ ✓	
五	演說詞 **我有一個夢想**	十六、林肯〈在葛底斯堡國家烈士公墓落成典禮上的演說〉 十七、馬丁‧路德‧金〈我有一個夢想〉	✓ ✓	
		十八、林連玉〈在麻坡華校教師公會新會所開幕落成典禮上的演說〉 十九、愛因斯坦〈我的世界觀〉 二十、泰德‧佩瑞〈西雅圖宣言〉	✓ ✓	 ✓
寫作訓練		材料作文		
聽說訓練		演說		
語文知識		1. 文學體裁知識 2. 馬華新文學簡史		

高三上冊

單元	主題	課文	必讀	選讀
一	散文 （抒情哲理） **生命的化妝**	一、鐘怡雯〈垂釣睡眠〉 二、林清玄〈生命的化妝〉 三、諸葛亮〈出師表〉 四、琦君〈淚珠與珍珠〉	✓ ✓ ✓	 ✓
二	辭、賦、駢文 **與日月齊光**	五、屈原〈涉江〉 六、蘇軾〈前赤壁賦〉 七、丘遲〈與陳伯之書〉	✓ ✓ ✓	

單元	主題	課文	必讀	選讀
三	唐宋詩㈡ **與爾同銷萬古愁**	八、白居易〈琵琶行〉	✓	
		九、李白〈將進酒〉	✓	
		十、杜甫〈兵車行〉	✓	
		十一、文天祥〈正氣歌〉	✓	
四	現代戲劇 **瑰麗舞臺**	十二、曹禺《雷雨》（第二幕）	✓	
		十三、莎士比亞《羅密歐與朱麗葉》	✓	
		十四、陳政欣《有原則的人》		✓
五	文藝評論 **從感性到理性**	十五、季羨林〈漫談散文〉	✓	
		十六、吳中傑〈〈藥〉評點〉	✓	
		十七、錢鍾書〈讀《伊索寓言》〉	✓	
		十八、梁文道《噪音太多》之《江湖香港》（電影評論）		✓
	寫作訓練	小說創作		
	聽說訓練	訪談		
	語文知識	中國古代文學常識		

高三下冊

單元	主題	課文	必讀	選讀
一	史傳散文 **史家之絕唱**	一、司馬遷《鴻門宴》	✓	
		二、《戰國策・荊軻刺秦王》	✓	
		三、《左傳・燭之武退秦師》	✓	
二	議論文㈡ **真理的追求**	四、梁啟超〈敬業與樂業〉	✓	
		五、韓愈〈師說〉	✓	
		六、賈誼〈過秦論〉	✓	
		七、黃集初〈語言與平等──平反林連玉為了誰〉		✓
三	宋詞 **縱有千種風情**	八、李煜〈相見歡〉（無言獨上西樓）	✓	
		九、柳永〈雨霖鈴〉（寒蟬淒切）	✓	
		十、李清照〈聲聲慢〉（尋尋覓覓）	✓	
		十一、蘇軾〈念奴嬌〉（大江東去）	✓	

單元	主題	課文	必讀	選讀
四	元曲 **唱得梨園絕代聲**	十二、小令二首 張養浩〈山坡羊．潼關懷古〉 白樸〈沉醉東風．漁夫〉	✓	
		十三、睢景臣〈高祖還鄉〉	✓	
		十四、關漢卿〈竇娥冤〉	✓	
五	雜文、隨筆、小品 **能思想的葦草**	十五、龍應台〈什麼是文化〉	✓	
		十六、隨筆兩則 帕斯卡爾〈人是一根能思想的葦草〉 羅素〈我為什麼而活著〉	✓	
		十七、傅承得〈如果孔子駕車〉	✓	
		十八、蔣勳〈品味〉		✓
寫作訓練		議論文		
聽說訓練		辯論		
語文知識		中國現當代文學簡史		

馬來西亞華文獨中的「華文教育」之爭辯：以「霹靂華文獨中復興運動」後的辦學路線之爭爲核心[1]

（馬來西亞）關啟匡[2]

摘要

本文的「前言」指出，自1973年霹靂華文獨中復興運動以降，董教總《華文獨立中學建議書》提出「以華文為主要教學媒介」的華文母語觀或語言意識形態，以作為全國獨中「統一課程、統一考試」總策略的核心主旨，實有其複雜的歷史起源性。第壹節提出，該建議書中的兩大概念：「中華文化」與「以華文為主要教學媒介」，一方面固有其自然的聯繫性，且後者從屬於前者；在另一方面，建議書所提及的兩者，亦各有其歷史脈絡中的對應性。其中，強調大馬整個華文教育體系是為了維繫、發揚中華文化，才足以對應馬來（西）亞教育法令傳統中「方言學校」（Vernacular School）的觀念，以此突出華校在地的合法性。第貳節提

1　筆者獲得馬來西亞林連玉基金「『霹靂華文獨中復興運動』短期研究計劃㈠——以單篇論文為主」（仁毅文教基金為資助單位）贊助研究經費，以撰寫本篇論文。同時，林連玉基金借出辦公室內部資料室的書籍與參考資料，以供筆者書寫之用，至誠感謝。

2　馬來西亞籍，現任拉曼大學中華研究院助理教授（2023年2月～）、英國歐亞高等研究院—馬來西亞道理書院副研究員（2020年～2023年1月）、中南大學公共管理學院哲學博士後（2019年12月～2022年7月）、馬來西亞林連玉基金專案項目研究（2020年7月～2022年7月），電郵：kwankh@utar.edu.my。

出，建議書強調華文獨中務必貫徹「以華文為主要教學媒介」，是在回應1962年以降，華裔子弟教育權不平等的社會困境。1977年，培南獨中的陳郁菲校長在校內建立以英文為主要教學媒介語的「特別班」，對董教總統一策略的領導權威構成挑戰，掀起了一場獨中內部辦學路線的爭議。「結論」的部分，依循〈吳建成萬言書〉的歷史詮釋，足以清晰的展現出培南獨中培植英文「特別班」，與董教總統一課程的路線之爭，其更核心的或許是「精英教育」與「非精英教育」的路線之爭。

關鍵字：馬來西亞、霹靂州、華文教育、中華文化傳播、獨中、獨中復興運動

一、前言

關於霹靂獨中復興運動的基礎研究，已頗爲豐富。其中，已故鄭良樹教授巨著《馬來西亞華文教育發展史》中的〈第十五章獨立後的厲行政策〉和〈第十六章全面低潮與自救之道〉[3]，對運動的歷史脈絡有全面的敘述與考究；由博士論文改寫成專書者，有王瑞國博士的《馬來西亞華文中學的改制與復興》[4]，對運動許多的歷史細節、總體的理論分析和育才獨中都有獨到的見解；再者，由甄供（本名曾任道）以報導文學的方式編撰的《播下春風萬里——霹靂州華文獨中復興運動紀實》[5]，對某些史實的記述，相當有參考價值。當然，研究該運動最重要的參考資料，莫過於由運動的推動者之一——沈亭先生，於1975年所編著的《霹靂州華文獨中復興史》[6]。這些基礎研究與資料收集的成

3　鄭良樹著：《馬來西亞華文教育發展史》第四冊（吉隆坡：馬來西亞華校教師會總會，2003年11月），頁1-167。

4　王瑞國：《馬來西亞華文中學的改制與復興》（吉隆坡：王瑞國出版，2014年），263頁。

5　甄供：《播下春風萬里——霹靂州華文獨中復興運動紀實》（董總：加影，1996年12月），125頁。

6　沈亭編著：《霹靂州華文獨中復興史》（怡保：霹靂華校董事會聯合會，1976年7月），589頁。

果，已為我們做專題研究奠定了厚實的基礎。

從《胡萬鐸評傳》[7]、《近打河畔》[8]（陳郁菲校長自傳）以及李亞遨先生與筆者合編的《霹靂華文獨中復興運動與華教訪談錄初編》[9]的內容可知，培南獨中作為怡保區最早復甦與成功遷校的學校，在運動開展的幾年後，捲入了一場爭議性頗大的辦學路線之爭。這場辦學路線之爭，經常為知情者所提及，不過馬來西亞（按：後簡稱「大馬」）華教史對這個問題的專題研究，尚著墨不多。

大馬華人社會強調華文教育為華人的母語教育，而華文獨立中學（按：後簡稱「華文獨中」或「獨中」）領域經常陷入辦學路線之爭。於是引申出一個有待釐清的問題脈絡：到底董教總[10]的「華文母語觀」與培南獨中的辦學路線之爭有何關係呢？對於華文獨中辦學路線差異性的比較研究，王國璋先生在〈反思獨中的教學語政策：本土模式、新加坡模式與香港模式的比較〉[11]一文，已做了全面而系統的析論。王先生提出該文欲研究的問題：「這裡要強調的並非議論雙方觀點老套，而是希望思考究竟有什麼結構性的教育或非教育因素，會促使華教界一再為久經議論的老問題辯論？難道每一回的激烈爭論，都無法產生令彼此信服的結論？」；順此，他又進一步追溯出根源性的問題：「於是在教育實效的辯論之外，我們要問的，是雙方在語言意識形態（language

7 張樹鈞：《胡萬鐸評傳：六十載馬來西亞華文教育奮進史跡》（吉隆坡：天下人物，2015年），602頁。

8 陳郁菲：《近打河畔》（新加坡：玲子傳媒私人有限公司，2019年8月），368頁。

9 李亞遨、關啟匡合編：《霹靂華文獨中復興運動與華教訪談錄初編》（吉隆坡：林連玉基金．仁毅文教基金，2022年），436頁。

10 按：「董教總」是大馬華社最高的教育團體，由「董總」和「教總」所組成。所謂「董總」即「馬來西亞華校董事聯合會總會」；所謂「教總」即「馬來西亞華校教師會總會」。

11 王國璋：〈反思獨中的教學語政策：本土模式、新加坡模式與香港模式的比較〉，收入吳詩興編輯：《挑戰與革新：2014年馬來西亞華文教育研討會論文集》（吉隆坡：林連玉基金，2014年），頁136-167。

ideology）上的差異何在？」。[12]正如該文所述及，董教總的「正統」立場，是源自於1973年《華文獨立中學建議書》這份文件，而王先生對此的定位爲：「當然這是理想狀態（ideal type），董教總當年的領導層並非不食人間煙火、昧於現狀之輩，何況董教總雖扮演華校『民間教育部』的角色，也並無任何法定權威，可以去糾正各獨中教學語政策上的『偏誤』。」[13]

由於篇幅、問題意識與研究側重面等限制，王國璋先生是文點出了《華文獨立中學建議書》爲華文獨中提出了一種「理想型」，但卻尚未從該建議書形成的歷史根源，以釐清該建議書核心觀點的理論依據。就此，本文將嘗試補充這方面的探討。必須指出的是，《華文獨立中學建議書》雖然不具備限定華文獨中辦學方向的法定權威，不過放置在1973年前、後整個華文獨中史的脈絡中加以理解，其對華文獨中至今的影響力恐怕是持續而強大的。這裡涉及到的現實問題是，於1973年之後，董教總建立華文獨中工委會，以作爲統領全國華文獨中事務的建制，是否是一項必要的舉措？畢竟，我們不能忽視「統一」全國華文獨中聯合行動的方針，正是由《華文獨立中學建議書》所定下的總策略，而其具體化的行動就是要「統一課程、統一考試」，這項事實。所以確立《華文獨立中學建議書》在華文獨中史的定位，其關鍵在於「統一課程、統一考試」這項總策略的歷史根源、行動理由和落實成效。言下之意，除非董總所編訂的統一課程華文課本被廢止了，或者獨中統考不再舉辦了；反之，獨中統考與其文憑，越發表現其存在的學術價値，則《華文獨立中學建議書》越能展現其理論價値與歷史效力。

承上所析，本文嘗試將《華文獨立中學建議書》放置在整個霹靂華

---

[12] 王國璋：〈反思獨中的教學語政策：本土模式、新加坡模式與香港模式的比較〉，收入吳詩興編輯：《挑戰與革新：2014年馬來西亞華文教育研討會論文集》，頁138。

[13] 王國璋：〈反思獨中的教學語政策：本土模式、新加坡模式與香港模式的比較〉，收入吳詩興編輯：《挑戰與革新：2014年馬來西亞華文教育研討會論文集》，頁147。

文獨中復興運動前、後的歷史脈絡中，以釐清其核心主張的歷史根源，突顯華文獨中教育以「維護、發揚中華文化」爲核心的理由；在另一方面，通過培南獨中所引發的辦學路線之爭的個案，以展現出董教總「堅持以華文爲主要教學媒介」的華文母語觀的歷史成因。

二、《華文獨立中學建議書》對霹靂州華文獨中辦學路線的定向與其義涵

自1962年，馬來西亞霹靂州的華文中學經過改制以後，華文獨立中學尙處於各自爲政的狀態，並沒有統一的課程和統一的考試（後來簡稱華文獨中「統考」），所以並不明顯的存在著辦學路線的爭議問題。在1973年，當霹靂董聯會底下的獨中工委會，爲州內的九所獨中推動「百萬元基金的籌款運動」之後，統一州內九所獨中乃至全國獨中辦學路線的策略，才浮上了歷史的舞臺。爲了達到全馬華文獨中「統一課程、統一考試」的目標，在霹靂獨中工委會主席胡萬鐸先生的領導下，該會委任謝榮珍先生作爲霹靂州「統一課程小組委員會」主任；經一個多月密集的討論後，該小組提出了《霹靂華文獨中統一課程建議書》。在同年12月，董教總全國華文獨中工委會就推出了《華文獨立中學建議書》，以作爲全馬華文獨中辦學路線的指南，提出建立「統一課程編委會」和「統一考試委員會」的體制，以落實全國華文獨中「統一課程、統一考試」的措施。

可見，我們要探討在「霹靂華文獨中復興運動」開展之後，由培南獨中引進新加坡英文課程所引起的「辦學路線之爭」，必須要依據《華文獨立中學建議書》爲核心，以展開考察。至於《霹靂華文獨中統一課程建議書》的意義，本文在下一節才會論及。當年華教的全國與霹靂州內的領袖，曾經反對培南獨中引進新加坡英文課程，在校內設立「特別班」的作法；因爲，這違背了董教總《華文獨立中學建議書》所推動的「統一課程、統一考試」的新路向。

就內容而言，《華文獨立中學建議書》比起《霹靂華文獨中統一課程建議書》顯得更爲深廣而全面。畢竟，前者是董教總爲全國華文獨中規劃的辦學藍本；而後者則是在前者出檯前，給予霹靂州九所獨中短期參考的辦學指南。所以，一旦前者出檯後，就會很快的蓋過後者的影響力。至今可以確認的是，《霹靂華文獨中統一課程建議書》具體影響到霹靂九所華文獨中，於1975年舉辦過初中一、初中二級的統一考試[14]；但依據陳凱校長的記憶，這種霹靂州內的獨中統一考試，大概也就舉辦過一年而已。[15]

據上，《華文獨立中學建議書》是霹靂華文獨中復興運動之後，由董教總爲全國華文獨中辦學路線所定下的指南。在1973年12月之前，由於全馬逐步建立起來的華文獨中，在辦學路線上並沒有一份董教總的明文規範；可以說，此前的華文獨中，作爲大馬一種類型的私立中學，其辦學方針相對是因時、因地制宜的。但在《華文獨立中學建議書》出檯以後，雖稱作「建議」，實際上對大馬全國獨中與其董、教領導的辦學路線，明顯起著一定的規範作用。自1975年首次舉辦華文獨中的高、初中統一考試以來，由於「獨中統考」越辦越成功，其學術水平逐步獲得了世界上數百所大學的承認，使得該建議書對華文獨中具體的影響力有增無減。

《華文獨立中學建議書》第一章所述的「華文獨立中學之使命」，有四點：

---

14 依據沈亭先生的記載，「霹華董聯協助華文獨中發展工委會在辦好獨中的口號下，為了擬訂明年度之九校共同工作綱領，特於十二月一日假怡保客屬公會召開九間獨中校長以及工委會課程小組聯席會議，由胡萬鐸主席沈亭記錄，經過了冗長的討論，重要決議有：一、一九七五年底中一及中二舉行統一考試以促使學生程度有一共同水準。……。」見〈霹董聯助獨中發展委會議決，明年底中一、中二將舉行統一考試，以促使學生程度有共同水準〉，收入沈亭編著：《霹靂州華文獨中復興史》，頁86。

15 李亞遨、關啟匡合編：《霹靂華文獨中復興運動與華教訪談錄初編》，頁103。

一、中小學十二年的教育是基本教育，華文獨立中學即爲完成此種基本教育的母語教育。

二、華文獨中下則延續華文小學，上則銜接大專院校，實爲一必需之橋樑。

三、華文小學六年不足以維護及發揚博大精深的中華文化，必須以華文獨中爲堡壘，方能達致目標。

四、華文獨中兼授三種語文，吸收國內外的文化精華，融會貫通，實爲塑造馬來西亞文化的重要熔爐。[16]

首先，建議書的第一條使命提出，華文獨立中學是大馬華裔母語教育的一環。而建議書對母語教育的詮釋，在是文第二章「受教育乃人類的基本權利」有所述及：「教育最重要的目的乃是培養下一代成爲良好有用之公民，而母語經被世界公認爲最有效率的教學媒介，通過母語，可收事半功倍之效，由此充份的掌握和發揮所學，發揚固有文化，培養人人必須具備的文化精神」[17]。不過，強調華人受母語教育乃人類的基本權利一說，僅有理念上的意義，對政府教育政策的遊說力並不強。而主張「母語爲最有效率的教學媒介」，則深具實踐上的需求與意義。

在一九六〇至一九七〇年代，對大馬政府而言，正是積極建設國民教育體制的年代，而國民中學的教學媒介語，則由英語文逐步轉向馬來語文（作爲大馬的國語和惟一的官方語文）；另一方面，政府亦允許由其他源流，如華文中學所改制成的國民型中學，保留學習華文母語的一門課程。再者，作爲非國民學校源流的華文獨中，還是獲得了政府註冊爲合法學校的地位。那麼，何以華文獨中會是受到政府承認的合法

16　董教總全國華文獨中工委會：《華文獨立中學建議書》，收入鍾偉前主編：《董總五十年特刊（1954-2004）》（加影：馬來西亞華校董事聯合會總會，2004年），頁865。

17　董教總全國華文獨中工委會：《華文獨立中學建議書》，收入鍾偉前主編：《董總五十年特刊（1954-2004）》，頁865。

學校？其法律依據的歷史根源爲何？據筆者所識，相對於國民學校，大馬允許方言學校（Vernacular School）的設立，是起源於馬來西亞獨立前，英殖民政府教育體制的傳統。顯然，源自英國方言學校的理念，對大馬承認華文教育、淡米爾文教育與伊斯蘭傳統教育等多元文化體系，以作爲本土文化傳統的一環，具有法律上歷史根源的意義。這一點，表現在《1957年教育法令》的第3條(c)「同時維護與扶持本邦非馬來人的語文及文化的發展」[18]和《聯邦憲法》第152條中的規定：「國家語文必須爲馬來語文，其字體必須由國會立法規定，惟(a)：任何人不得受到禁止或阻止使用（除官方用途外），或教授或學習任何其它語文；及(b)本款不得影響聯合邦政府或任何州政府之權利去維護及扶助聯合邦內任何其他民族語文之使用和研究」。依據董教總的詮釋，固然不滿於當年的聯邦政府，不能將華語文列爲官方語言之一，以作爲保障華文學校的根本依據。不過，《聯邦憲法》第152條強調，大馬政府在必要時，可以「維護及扶助」所有族群的語文教學，既展現出了英國方言學校（Vernacular School）的傳統精神。[19]雖此，在冷戰格局和邁向單元國族建構的進程下，大馬教育政策要將全國各級學校，統一成一種國語（馬來語文）的教育體系[20]；相對於《巴恩報告書》主張單元國家教育的取向，《方吳報告書》則提出應該將馬來（西）亞建成以多元族群爲基礎的新國族，將中華文化視爲本土多元文化的要角。[21]依此，《方吳報告書》可以視爲在冷戰格局下，提出了一種保全馬來（西）亞中華文

[18] 鄺其芳編撰、陳松生整理附錄：〈教育報告書與教育法令〉，收入鍾偉前主編：《董總五十年特刊（1954-2004）》，頁373-374。

[19] 江嘉嘉：〈爭取華文為官方語文〉，收入鍾偉前主編：《董總五十年特刊（1954-2004）》，頁381。

[20] 關於這個脈絡的馬來（西）亞教育史的梳理，相關原始文獻和專著頗豐，其中鄭良樹教授〈第十一章：建國前的華教．第四節：本地化的討論和心理建設〉有詳細的敘述。見鄭良樹著：《馬來西亞華文教育發展史》第四冊，頁127-139。

[21] 鄭良樹著：《馬來西亞華文教育發展史》第四冊，頁140-168。

化傳承合法性的理論。

實則，英屬馬來亞將華文中、小學納入馬來亞方言學校的一員，既已承認在馬來（西）亞實踐了幾百年的中華文化傳統，早已是本土多元文化中的一個源流。所以，中華文化在馬來半島已立足數百年乃至更久，而中華文化於馬來半島的在地化，早在數百年前已經完成了；故我們不能將已作爲方言學校一員的華校，其所傳承的中華文化，視爲「外來者」且需要「在地化」的文化傳統。依循上述的脈絡，在英殖民治下以降，馬來（西）亞允許華文學校以方言學校的形式存在，即是要確保本土華人繼承與持續創造性的發揚中華文化的能力和權利。如此一來，無論是華文獨中、國民型（華文）中學、國民中學華文班以及國民型（華文）小學設立的合法地位，在馬來（西）亞體制下都是源自英式「方言學校」的精神傳統所賦予的。可以說，《華文獨立中學建議書》第三點使命中所提及的「以維護及發揚博大精深的中華文化」，才是在大馬維護華教體系，更具有法律依據的論點。

誠然，大馬華教領袖所要維護的母語教育，並非僅是華裔對華語文的教學權益，而是以維繫本土華人實踐中華文化的能力爲核心的；而華文母語的教學體系，顯然也是傳承中華文化至關重要的載體和媒介。所以，在大馬特殊歷史情境下的母語觀，其「華文母語教育」的概念，是密切聯繫著中華文化在大馬的當下實踐而言的。其中，建議書第二章「受教育乃人類的基本權利」便指出：「熱愛母語乃是天經地義的事。馬來西亞的憲法，也說明『任何人不得禁止使用（除了官方用途外）或教授和學習其他語言』，我們不能摒棄母語教育和文化遺產，否則我們將成爲毫無文化根基的馬來西亞人。由於我國特殊的客觀環境，我們對華文教育問題必須採取一項堅定與正確的立場，使到中華文化既能在我們的國家文化中扮演一個積極的角色，又能在一定的程度上保有自己固有之獨特性」[22]。順此，在建議書的「結尾」，亦明確強調大馬華人的「母語教育」與「中華文化」是關聯爲一體的：

由於華文是我們的母語，我們強調母語教育和民族文化的絕對重要性；通過它來維護和發揚華族的固有文化，才能奠定根深蒂固的根基以及建立更堅強的信念，致使人人具備一種承接數千年文化傳統的「文化精神」，而不至淪爲沒有文化根基的馬來西亞人。[23]

我們依循以上的視角，對霹靂華文獨中復興運動期間，華教領袖的言論作一種檢視，會發現他們確實有強調華文獨中合法性的觀念。

當年霹靂州華教領袖一再重申爲華文獨中籌款的合法性，因爲在國內的政治上是很敏感的。他們指出，華文獨中是獲得「憲法一五二條」保障的合法學校[24]，而此一合法性是源於華族文化是大馬多元文化一環的事實[25]。由於華文獨中是合法的，所以霹靂董聯會「獨中工委會」也是合法組織。[26]對此，胡萬鐸主席曾提出了綜合的說法：「只限於憲法範圍內工作——我們這個組織絕對不允許帶有政治色彩，更不要讓一般投機份子以公濟私，我們應該了解，我們的母文——華文——已獲得憲法明文規定准予自由發展。……。很多人還不清楚獨中是政府教育政策

---

22 董教總全國華文獨中工委會：《華文獨立中學建議書》，收入鍾偉前主編：《董總五十年特刊(1954-2004)》，頁865。

23 董教總全國華文獨中工委會：《華文獨立中學建議書》，收入鍾偉前主編：《董總五十年特刊(1954-2004)》，頁867。

24 見〈霹州董事聯合會月中將會商：籌募百萬元基金助州內獨中發展；全霹獨中提案建議將捐款存銀行生息，每年將全部利息按學生比例資助獨中〉，收入沈亭編著：《霹靂州華文獨中復興史》，頁10。

25 見〈霹華校董聯授權工委會，召全馬獨中聯席會商討擬定教育方針；抗議委派不諳華文者出長華校，要求教育總監及教長收回成命〉，收入沈亭編著：《霹靂州華文獨中復興史》，頁15。

26 見〈胡萬鐸重申辦獨中方針：保持固有特徵以華文為媒介，國、英並重以適應需求；中華公會聯合安順區華團大會召開〉，收入沈亭編著：《霹靂州華文獨中復興史》，頁17。

報告書中所准許並予以鼓勵。如果大家要深一層的去了解獨中在法律上的事宜，可參閱《達立教育報告書》便明白了」。[27]

再者，沈亭先生有云：「獨中乃根據我國政府教育政策之一種學校，受政府津貼之學校稱爲國民型學校，以人民出錢興學的稱爲獨立中學。津貼學校必須以官方語文爲要，唯獨中語文方面而可以自由選擇。華文獨中以華文爲教學媒介，承接華族文化擔子」。[28]此說，特別展現出「華文獨立中學」和「國民型（華文）中學」的法律依據，來自大馬政府原理上鼓勵設立方言學校的政策取向。不過，當我們閱讀相關的文獻時，又會發現同一批華教領導人，不斷的重申他們要爭取華教該有的合法權利。[29]那麼，爲何出自同一批人的說法，表面上出現了語意相違的情況呢？再者，早在1962年，大馬政府已經推動絕大部分原來的華文中學，改制成爲屬於國家教育體系一環的國民型（華文）中學，何以華社還需要堅持辦好華文獨中呢？而且，既然華文獨中是獲得政府註冊的合法學校，還要爭取什麼呢？

上述種種問題的原因在於，二戰以後隨著大馬內、外政治形勢的轉變，在冷戰的格局下，當政者對國內許多華人的忠誠度有所質疑，以致相繼推出一些與設立方言學校的本懷相違背的，帶有關閉華校傾向的教育政策；[30]另一方面，馬來（西）亞政府獨立前、後，在落實華教事

---

[27] 沈亭，〈「霹靂華校董事會聯合會協助華文獨立中學發展工作委員會」會議記錄㈠〉，收入沈亭編著：《霹靂州華文獨中復興史》，頁134。

[28] 見〈霹三文化團體假和豐熱烈成功演出迎春文娛匯演：十七晚將假怡續演出，收入悉數充獨中基金〉，收入沈亭編著：《霹靂州華文獨中復興史》，頁65。

[29] 王挺生先生的發言曾呼籲霹中華總商會支持董總及教總，在本月廿六日發表的聯合文告指，「華文教育必須確立其應有的合法地位及確保其永久不變質，並召開社團代表大會討論之」。見〈霹獨中發展工委會通過成立小組，負責統一州內獨中明年課程；胡萬鐸宣布明年以獎學金方法，助品學兼優窮苦生入獨中深造，將單獨資助三十至五十名學生〉，收入沈亭編著：《霹靂州華文獨中復興史》，頁80。

[30] 正如郭矩敏醫生所說，「在本邦獨立以後，由於政治上的因素，華文教育在各方面的發展都被有關當局所忽略，所以在發展方面並不很理想」。見〈霹華校董聯會代表團，訪問和豐區校董代表，胡萬鐸解釋此行目的〉，收入沈亭編著：《霹靂州華文獨中復興史》，頁72。

務上一直存在著行政偏差。雖然，每一種類的華文學校，都有維護中華文化持續發展的法律依據加以保障，但各級教育單位可以不照章行事，甚或故意刁難。再者，《1961年教育法令》第21⑵條文，其「最終目標」是將國民型小學統一起來，其中教育部長已經落實過一次，即將英文學校全數改制成馬來文學校。[31]以上種種，導致所謂允許、保障方言學校的法律依據，起不了實際上的作用，迫使全國各級的華教工作者，必須經年累月的維護華文教育這項基本權利。大馬華教領袖這種捍衛固有權利的意識，亦延伸到《華文獨立中學建議書》之中：「當行政與執行發生偏差，而影響實施方針乖離憲法精神時，人民應該盡力的表現他們的需求，以便糾正實施的方針。因此我們要爭取憲法賦予我們的權利，實現我們的願望，決不可靜默放棄了自己的權利和責任」。[32]對於這方面的問題，發表於1975年1月27日的〈全國華人註冊社團提呈部長級教育檢討委員會備忘錄〉，在敘述「（甲）華文中學被迫改爲獨立中學的由來」，指出兩項要點：

一、由此可見，華文中學原是國民型中學。但我們要遺憾地指出，行政當局卻無理地以共同考試爲公共考試，公共考試必須以官方語文爲考試媒介的藉口阻止華文中學成爲國民型中學。……。

二、華文中學雖名「獨立」，事實上卻和國民中學、國民型中學（即馬來文中學和英文中學）一樣遵照教育部長所制訂之共同

31　對此，鄭良樹教授在分析《1961年教育法令》的第二項要點時，指出：「法令第21條第2項說：『當部長認為國民型小學轉為國民小學的時機成熟，部長有權命令它改為國民小學。』根據此條文，法令不但將國家教育政策内的華文教育體系局限於小學階段以下，而且還賦予教長特別的權力，隨時操控華小的生命」。見鄭良樹著：《馬來西亞華文教育發展史》第四冊，頁68。再者，感謝審查教授的提醒，讓筆者這句話修正得更貼近史實。

32　董教總全國華文獨中工委會：《華文獨立中學建議書》，收入鍾偉前主編：《董總五十年特刊（1954-2004）》，頁867。

課程綱要及授課時間表，教育（學校紀律）條例，及法定之衛生條規等來辦理的。只是經濟獨立，教學媒介自由採用等等而已。所以在內容上，還是和馬來文中學及英文中學毫無二致。由於華文中學兼授三種語文，更是適合本國社會國家的需要。[33]

在獨立初期，大馬政府通過各種教育法令和報告書，「誘導」原本在英殖民時代已享有補助的「華文中學」，改制成只能教授一門華語文科目的「國民型（華文）中學」[34]，以便繼續享有政府津貼。直至1962年5月15日，全馬已有五十五所華文中學陸續接受了政府的改制方案。[35]屆時，那些不願意接受改制的「華文中學」，變成了由華社私人辦學的「華文獨立中學」，初期全馬僅剩十六所華文獨中[36]；隨著「國民型（華文）中學」衍生出大量的問題以後，許多已經接受改制的華文中學，重新在校園內附設華文獨中[37]。直至1969年以後，在馬來半島已

---

33 《全國華人註冊社團提呈部長級教育檢討委員會備忘錄》，1975年1月27日，收入鍾偉前主編：《董總五十年特刊（1954-2004）》，頁886-887。

34 對於原本的華文中學改制成「國民型（華文）中學」一事，鄭良樹教授在分析《1961年教育法令》的第二項要點時，指出，「它（指《1961年教育法令》）規定，在公款支付的中學裡，必須以英、巫兩種官方語文中的一種作為教學媒介語，並且以利用巫語教學作為最終目標。因此，法令規定自1962年起，馬來亞只有兩種中學：完全津貼中學（以巫語為教學的國民中學及以英語為教學的國民型中學），及私立中學（獨立中學）」。見鄭良樹著：《馬來西亞華文教育發展史》第四冊，頁68。

35 鄭良樹著：《馬來西亞華文教育發展史》第四冊，頁84-86。

36 鄭良樹著：《馬來西亞華文教育發展史》第四冊，頁86-87。

37 對於1962年，大量華文中學接受改制後的困境，鄭良樹教授曾述及，「華文中學申請改制後，華社還不知道前途吉凶時，立刻就付出極大的代價——許多超齡生；此外，每年70% LCE及升中學考試的落第生；這兩個源流的學生，都因為華文中學改制而被拒於校門外。無法繼續升學。從西馬到東馬，從北馬到南馬，華文中學改制越多的地區，這類無書可讀的學生越多；霹靂州是華中改制的重災區，所以，被拒於校門外的學生全國之冠。於是，為著照顧這些犧牲者，附設在國民型中學內的獨立中學乃因應而生，一些原本華文中學的校長及教師，也都順理成章地轉入獨立中學來，形成一校兩制的畸形現象」。見鄭良樹著：《馬來西亞華文教育發展史》第四冊，頁159。

接受改制兼辦華文獨中者共有約二十一所，而東馬的砂拉越有十四所，沙巴有九所，加上未曾改制的十六所，全馬共有六十所華文獨中。[38]

從1962年至1972年，由於招受改制的衝擊，這段期間的華文獨中，尤其是霹靂州尚存的十四所獨中[39]，面臨著嚴峻的考驗，直至後來僅剩的九所獨中[40]，亦走到隨時倒閉的邊緣了。在霹靂華文獨中復興運動開展之前，華文獨中僅剩超齡生和落第生兩種主要的生源，但在大馬教育部更改了升學規定以後，這兩種生源亦逐步斷絕。對此，鄭良樹教授指出：

> 在開首的三年內，這兩個源流的學生相當多，反而使這些獨中出現蓬勃的現象。1965年政府宣佈廢除小學升中學考試，小學生可直線升級全津國民型中學，一切升學手續甚至全由教育局負責分配，於是，第一源流的學生馬上斷源，只剩下LCE落第生要求補習的一條小溪了。
>
> 然而，這條小溪也並不可靠。參加LCE的學生一般上都已滿十六歲，落第出校時，事實上已十七歲，勉強可以離校就業了。只有小部分學生回來繼續補習，希望通過考試攀登更上層樓；然而，這類學生畢竟太少了。在這樣的形勢下，獨中實在隨時可以結業。以補習班的形式來和英語媒介的國民型中學相拼搏，先天上就註定失敗，何況補習班經濟短絀、設備簡陋及收費較貴！更何況補習班

---

38 鄭良樹著：《馬來西亞華文教育發展史》第四冊，頁156-158。

39 按：在1962年至1969年，霹靂州本來尚存十四所華文獨中，僅在1969年，就一口氣倒了五所，即：怡保的女子獨中、和豐的興中獨中、天定的天定獨中、華都牙也的育群獨中和美羅的中華獨中。見胡萬鐸：〈發展霹靂州華文獨中展望〉，收入沈亭編著：《霹靂州華文獨中復興史》，頁5。

40 按：碩果僅存的九所，分別是：怡保的育才獨中、培南獨中和深齋中學；金寶的培元獨中、太平的華聯中學、實兆遠的南華獨中、江沙的崇華獨中、班臺的育青中學和安順的三民獨中。見胡萬鐸：〈發展霹靂州華文獨中展望〉，收入沈亭編著：《霹靂州華文獨中復興史》，頁5。

連教室、校舍都從國民型中學「借用」過來！這種情形，全國各州一校兩制下的獨立中學都莫不如此。[41]

至此可見，當年全馬絕大部分華文中學的董事部，皆願意接受政府改制的獻議，大都源於不想再負起籌措辦學經費的重擔，而爲政府所答應給予的津貼所折腰。結果，改制後的國民型（華文）中學傳承中華文化的效能銳減，在教育部刻意的調整升學規定以後，以補習班性質慘淡經營的華文獨中，亦面臨關門大吉的命運。這就是大馬華人，何以在有了國民型（華文）中學以後，還要非辦華文獨中不可的理由！

由於國民型（華文）中學在落實時已有變質的傾向，已無法完好的支撐起大馬華人繼承中華文化的教育訴求；自1973年始，全國華文獨中成爲了1962年改制前的華文中學的眞正繼承者。在建議書出檯前，推動獨中復興運動的胡萬鐸先生，曾表達過這類觀點：「爲什麼要爲華文獨中籌募基金呢？我想大家都知道，因爲今天仍然保有華校特質的學校，算起來就只有華文獨立中學了」[42]。這就是何以華文獨中在華教上具有更正統的地位；雖然如此，董教總亦必須對國民型（華文）小學、國民型（華文）中學、國民中學華文班和華文獨中，都保持著一視同仁的態度。由於華社的資源是有限的，加上多年來全馬各地的華文獨中和國民型（華文）中學之間在生源上的競爭，致使各所華校校際的關係潛在著裂縫，而華社對許多國民型（華文）中學亦疏於照顧。就此，我們以華教在大馬實踐的核心精神——作爲華人繼承中華文化的教育體系，加以衡量；當年，大馬的華教領袖所重視的是本國所有華裔子弟的母文化教育的受教權，縱使華文獨中更具正統性，但華裔子弟在國民型（華

41 鄭良樹著：《馬來西亞華文教育發展史》第四冊，頁159-160。

42 〈霹文藝研究會籌募獨中基金學辦戲劇晚會：楊金殿局紳剪采籲華人堅決支持獨中；胡萬鐸冀華校教師給予精神物資支持；陳孟利會長強調從娛樂中去欣賞文藝〉，收入沈亭編著：《霹靂州華文獨中復興史》，頁66。

文）中學和國民中學華文班的受教權，也是同等重要的。[43]大約在1973年，霹靂董聯會在一次外訪活動中，其對外發言就展現出這種觀點：

> 該會稱，鑒於華文小學變不變質，關係到本邦整個華文教育體系存不存在的問題，該董聯會於本月十日全體常委會議中曾被提出討論。綜合到會各常委之意見，咸認爲團結乃圖存之最佳方法。查霹靂州有華文小學約二百間，華文獨立中學九間，改制國民型中學數十間，皆係先賢爲傳播華人文化而創立者。……。[44]

前已述及，大馬華教界所謂的華文母語教育，是以傳承中華文化爲核心的；故所要維護的華文母語教育在教育體制上，即是要維繫一個由華文小學、華文中學一直延伸到華文大專院校的完整的教育體系。因爲，惟有建立一個完善而全面的教育體制，才能確保本土華人有效繼承中華文化的傳統。這種觀點，呈現在建議書的第一點「中小學十二年的教育是基本教育，華文獨立中學即爲完成此種基本教育的母語教育」和第二點「華文獨中下則延續華文小學，上則銜接大專院校，實爲一必需之橋樑」。據此，建議書表現出當年董教總對國民型（華文）中學的判斷，或許他們認爲在行政偏差之下，這類型的方言學校的教育，根本無法達致母語教育的基本水平[45]；而他們更無法確保，教育部長會在什麼

---

[43] 對此，郭矩敏醫生指出，「維護華文教育，並不是單靠在獨立中學裡，而國民型（華文）中學對此也應該力起直追，與獨立中學聯合負起這項責任」。見〈霹華董聯訪問團莅玲瓏訪問，聆聽各華校代表意見〉，收入沈亭編著：《霹靂州華文獨中復興史》，頁72。

[44] 〈霹州華校董聯會組織訪問團：將訪各校董事會負責人，交換有關華文教育意見〉，收入沈亭編著：《霹靂州華文獨中復興史》，頁70。

[45] 我們可以參考沈慕羽先生的歷史見證，「早在十三年前政府為實現國民教育的計劃，誘導所有華文中學改制。曾說改制的中學將有三分一的華文時間，學校的經費全部由政府負責，政府還答應在原校可開辦獨立中學。軟硬兼施的手段下，好多學校簽訂了城下之盟，那知改制後的面目，隨日月而非，初時各項課程以英文為主，今則逐漸由國民型而蛻變為國民中學，華文不但從來沒有三分一的時間，甚至一星期才有九十分鐘或一百二十分鐘，是一種象徵式的語文科罷了。許多人

時候將國民型（華文）中學直接變成國民中學。於是，該建議書明確指出，自1973年開始董教總扶持母語教育的策略，是要在積極建設華文獨中的同時，往下確保國民型（華文）小學不會改制成國民小學，往上則以華社的名義創辦「獨立大學」[46]。

《華文獨立中學建議書》第三章「總的辦學方針」，共有六點：

一、堅持以華文為主要教學媒介，傳授與發揚優秀的中華文化，為創造我國多元種族社會新文化而作出貢獻。
二、在不妨礙母語教育的原則下，加強對國文和英文的教學，以配合國內外客觀條件的需求。
三、堅決保持華文獨立中學一路來數理科目之優越性。
四、課程必須符合我國多元民族的共同利益，且應具備時代精神。
五、華文獨立中學不能以政府考試為主要辦學目標，若某部分學生主動要求參加，可以補習方式進行輔導。
六、技術和職業課程可按個別學校的需要而增設，但華文獨立中學絕不應變為技術或職業學校。[47]

知道上當了，可是已後悔來不及了。起初還容許獨立中學在下午班上課，後來連獨立中學也被迫搬家，變成鵲巢鳩占了。一著之差，全盤皆錯，而成千古恨。……」。見沈慕羽：〈一九七三年九月十三日全霹註冊社團，代表大會席上全國教規主席：沈慕羽局紳致詞全文〉，收入沈亭編著：《霹靂州華文獨中復興史》，頁147。

46 在獨中復興運動期間，「霹州獨中工委會祕書長沈亭呼籲政府批準華文獨立學院的建立，俾使華文教育能具備完整的教育體系」。見〈霹州獨中工委會祕書長沈亭，籲請政府批準獨立學院，建立俾使華教具備完整教育體系；工委會獻一千四百六十八元獨中教師獎勵金，予三民獨中〉，收入沈亭編著：《霹靂州華文獨中復興史》，頁78。再者，沈亭亦說，「……華文獨立中學，為華文小學通往華文大學之橋樑，我們是不能讓此橋樑斷折，雖然，目前在我國仍無華文大學，但如果華文中學能存在和發展，相信日後是會有華文大學之成立。因許多事都是逼出來者」。見〈霹靂華校董聯會授權協助獨中工委會，召開全國獨中代表會議，討論如何擬定教育方針〉，收入沈亭編著：《霹靂州華文獨中復興史》，頁80。

47 董教總全國華文獨中工委會：《華文獨立中學建議書》，收入鍾偉前主編：《董總五十年特刊（1954—2004）》，頁865-866。

此建議書所釐定的諸項辦學方針，影響最爲深遠的是確立起華文獨中「堅持以華文爲主要教學媒介」的辦學定位。據筆者初步所識，從1962年至1973年，由於各種原因許多華文獨中的數學、理科和地理等科目的教材，皆以英文課本爲主。從當時客觀的角度來說，以馬來半島而言，由於華文獨中的學生人數不多，對本地印刷書局經濟上的吸引力不足，若要上華文本的歷史課，僅能引進域外的課本（有些學校引進當時香港地區的課本）[48]；至於數學、理科，有很多獨中選擇採取國民型中學的英文教科書，在上課時教師再以華語文來輔助解說。上述的情況，尤其普遍出現在當年霹靂州的華文獨中。顯然，缺乏適用的各科目的華文課本，是當時許多華文獨中的通病，而引進境外的課本或採取國民型中學的課本，是不能長久維繫下去的。

於是，華文獨中近十年（1962-1973）辦學的挫敗經驗，致使大馬各州的華教領導、教職員工與董教總，逐步形成了一個扭轉頹勢的共識——全馬僅剩的華文獨中需要團結一致，以統一其辦學模式。[49]而團結全馬六十所華文獨中，其具體的總策略和目標就是「統一課程、統一考試」。畢竟，華文獨中只有在董教總的領導下，集合全國獨中的人力、物力等資源，才有編撰各科華文課本的能力與經濟價值。再者，只有建立起全國獨中的「統一考試」，才能確保獨中學術水平的一致性；亦惟有建立起「高中統考文憑」的學術品牌，獨中生才能獲得世界各大學的承認與錄取。另外，由於國民型（華文）小學的教學媒介語是華語

48　按：依據陳凱校長訪談中的說法，1973年前、後班臺育青中學採用的歷史書，採用香港的中文版。見李亞遨、關啟匡合編：《霹靂華文獨中復興運動與華教訪談錄初編》，頁105-106。

49　依據沈亭先生的說法，霹靂九所華文獨中，亦是如此而團結起來，推動起獨中復興運動，「當此之時也另有別的一些有識之士，從『可以表現華人對教育辦學的大團結』一句話，悟出了『團結就是力量』來。原來時候已經到了人人自危的地步，而全數九間獨中依然各自為政，互不相涉，也毫無聯絡，既然大家同在一條顛簸欲沉的船上，『同舟共濟』古有明訓。既然大家都要求生存，大家就應該把力量集中起來，團結圖存才是一帖對癥的良藥。……」。見沈亭編著：《霹靂州華文獨中復興史》，頁9。

文，惟有將華文獨中的教學媒介語定爲華語文，才能構成華文小學與華文中學的教學實踐上的聯繫性。[50]總之，《華文獨立中學建議書》一方面突出了其華文母語教育必須建立成一個涵蓋小學、中學和大專院校的完整教育體系的觀點；另一方面，確立了這套華文完整的教育體系，必須以華語文作爲主要的教學媒介語。

不過，《華文獨立中學建議書》除了確立了華文獨中必須以華語文作爲主要教學媒介語，同時在「使命」的第四點和「總的辦學方針」的第二點，都提及要做到兼重華語文、國語文（即馬來語文）及英語文的三語教學。強調華文中學兼重華、國、英三語的觀點，在馬來（西）亞獨立前、後，已是華教人士相當普遍的主張。值得注意的是，霹靂州推動獨中復興運動的領袖，在運動期間亦特別強調華文獨中「三語並重」的觀點。其中，依據運動首領胡萬鐸先生提出「三語並重」的意義，在於：

1. 華語文：華文獨立中學，以華語爲主要的教學媒介語，使學生們掌握和應用華語華文，發揚和承繼華族優秀的文化使她在本國生根發芽，以服務本國的多元民族和文化的社會爲目的。
2. 國語文：華文獨中需要充分了解到國語的重要性，所以特別注重國語的教導，因爲馬來語除了是規定的國語之外，她還是溝通各民族思想感情所需應用的共同語文。
3. 英語文：爲了適合全世界客觀環境的需要，華文獨中需要也加強英文課程。[51]

50 在運動期間，董教總曾指出，「吾人支持華文獨立中學，是使華文教育有從小學到初中到高中的一貫性系統，也是捍衛華文小學不使其變質的實際行動。通過這種具體的實際行動，才是確保華文小學永不變質的正確途徑。確保華文小學，華文中學才有基礎，確保華文中學，華文小學才有依歸，這是相因相成的道理，忽視不得！」見〈華校董總教總聯合文告：支持籌款百萬協助吡州獨中，籲請當地熱愛華教人士，能夠慷慨解囊踴躍捐輸〉，收入沈亭編著：《霹靂州華文獨中復興史》，頁11。

51 這是根據胡先生演講內容概述而成。見〈霹三文化團體假和豐熱烈成功演出迎春文娛匯演：十七檢視獨中復興運動期間的所有相關的文獻會發現，華教領袖每當論及華文獨中要以華語文爲教學媒介語時，通常會連帶強調「三語並重」，而且還會特別強調學習國語文的重要性。胡萬鐸先生就曾表示：「在不損及學習母語母文的原則下，我們是積極鼓勵我們子弟學習國語國文的」。[52]這裡至少涵有兩個層面，在大馬現實的層面而言，國民能兼通三語，是生存在這個多元文化國度的重要技能。於是，華教人士認爲華文獨中「三語並重」的教育模式，是最符合大馬多元文化國情的教育體系，以此來突顯華文獨中該有的合法性。在國內政治的層面而言，從馬來（西）亞獨立至1973年，當局對許多本土華人的忠誠度有所疑慮，由此而延伸出對華語文所承載的近、現代中華文化思想體系的猜忌[53]，故一再強調國語文（馬來語文）的學習，是真誠且必要的主張。

另一方面，《華文獨立中學建議書》「總的辦學方針」的第五點，特別強調華文獨中「不能以政府考試爲主要辦學目標」，實際上就是要貫徹這份建議書的總策略——「統一課程、統一考試」。至於，建議書允許華文獨中爲有意報考政府考試的學生補習輔導，也是考慮到許多獨中生有現實上的需求。另外，建議書的第四章「統一課程」，亦提及：

> 華文獨立中學既有統一辦學方針，課程亦須統一。
>
> 統一課程必須以華文爲主要媒介，爲了配合客觀環境之需要，適量加強國語教學，以便能夠掌握溝通各民族思想感情所須運用的共同語文；同時爲了適合全世界客觀環境的需要，亦須加強英

晚將假怡續演出，收入悉數充獨中基金〉，見沈亭編著：《霹靂州華文獨中復興史》，頁65。

52 〈霹九間獨中假金寶培元中學，聯合舉行國文作文以及英語演講比賽；胡萬鐸稱此兩項賽反映獨中，乃最適應多元種族社會學校，裁判盛贊學生英語演講水準〉，見沈亭編著：《霹靂州華文獨中復興史》，頁87。

53 王琛發：〈陳新政與鐘樂臣的憂患歲月：馬來亞華人反抗《1920年學校註冊法令》一百年祭〉，《閩臺文化研究》，總第63期（2020年第3期），頁8。

文教學。[54]

此建議書對華文獨中語文教育的定位，具有兩大重點：其一，以華語文作爲教學媒介語，是要確立華文母語教育以繼承中華文化爲核心的特質；其二，就語文學習本身，兼重華、國、英三語，尤其強調國語文作爲大馬各族群文化交流的主體，以培養受母語教育的華裔子弟的愛國意識與適應在地生活的能力。依此分析，這套語文教育的定位，具有回應大馬教育法令的意義。建議書強調「以繼承中華文化爲核心」的辦學宗旨，是要呼應教育法令中允諾建設方言學校的多元文化精神，以維護其確立了數十年的辦學合法性；而刻意強調兼重國、英語文，且突出國語文的優越地位，則是要回應教育法令強調文化融合、國民團結的政治需求。通過《華文獨立中學建議書》，董教總爲獨中建立起「統一課程、統一考試」的整個體制，組織「統一課程編委會」以負責統一課程，再由「統一考試委員會」負責統一考試。[55]

1973年在新任董總主席林晃昇先生的領導下，通過《華文獨立中學建議書》確立了董教總以「統一課程、統一考試」，作爲發展大馬華文獨中的總策略。綜本節所述，該建議書讓大馬華教實踐了幾十年的理念——維護華裔繼承中華文化的權利，具體化成爲華文獨中「統一課程、統一考試」的辦學措施，以重建華語文作爲華文中學教學媒介語的傳統。本節的討論所及，是華文獨中「統一課程、統一考試」的歷史成因、理論源頭與內在義涵。但是，策略上有其道理，並不意味著在具體施行上的通暢無阻；實則「統一課程、統一考試」對華文獨中和大馬華教的全局有利，但個別獨中因時、因地、因人，卻不一定有貫徹董教總

---

54 董教總全國華文獨中工委會：《華文獨立中學建議書》，收入鍾偉前主編：《董總五十年特刊（1954—2004）》，頁866。

55 董教總全國華文獨中工委會：《華文獨立中學建議書》，收入鍾偉前主編：《董總五十年特刊（1954—2004）》，頁866。

統一辦學策略的意願。畢竟，在1973年之前，全國的華文獨中並沒有明確的統一辦學方針，作爲一種私立學校，皆處於各自爲政的狀態；董教總「統一課程、統一考試」的新路向，「迫使」個別獨中需要大力革新其辦學模式。以霹靂州的華文獨中而言，自獨中復興運動開展以後，州內九所獨中皆跨過了關閉的危機，但許多所獨中都無法完全貫徹董教總統一辦學的定位，甚至引發華教內部的爭論。就此，本文下一節，將以培南獨中曾涉及的教學路線之爭，展開討論。

三、「霹靂華文獨中復興運動」後的辦學路線之爭：以培南獨中的個案為例

自1973年，在胡萬鐸先生領導霹靂獨中工委會以及接手霹靂董聯會的領導權之際，始於4月1日在霹靂獨中工委會的籌備會議上，正式推動爲霹靂華文獨中籌款的運動，在一年多以內已成功籌獲超過一百萬元的獨中發展基金。[56]這場籌款運動的成功，直接扭轉了該州九所華文獨中的頹勢，全面振興起全馬獨中發展的信心。同年5月，雄心壯志的林晃昇先生接掌董總的主席職，在教總主席沈慕羽先生的支持下，於是年12月16日在全國發展華文獨中運動大會上發佈了《華文獨立中學建議書》，以「統一課程、統一考試」作爲呼應霹靂華文獨中復興運動，進而領導全國獨中復興運動的總策略。[57]霹靂籌募百萬元基金的成功推展，解了九所獨中短期經濟上的燃眉之急，亦提高了九校在州內辦學的聲勢；而由董教總所推出的《華文獨立中學建議書》，則奠定了華文獨

---

56 按：筆者主張，霹靂華文獨中復興運動，應該以由霹靂獨中工委會所發起的籌募百萬元獨中基金為核心。對此鄭良樹先生亦述及，「1973年4月1日在蔡任平圖書館舉行第三次會議後，即席通過沈亭的建議『由九間獨中聯函霹靂董事會聯合會，為全州九間獨中籌募一百萬之發展基金』，……」。見鄭良樹著，《馬來西亞華文教育發展史》第四冊，頁163。

57 關於林晃昇先生參與到華文獨中事務與領導華文獨中復興運動的歷史細節，敬請參考詹緣端主任〈第九章：林晃昇馬來西亞華文教育的無名英雄〉，收入林水檬主編，《創業與護根：馬來西亞華人歷史與人物．儒商篇》（吉隆坡：華社研究中心，2003年6月），頁334-344。

中往後幾十年茁壯成長的理論基礎與實踐指南。

在霹靂州方面，自1973年復興運動之後，九所獨中在一、兩年內，已逐漸呈現一些復甦的氣息。基本上，九所獨中的學生人數，從1974年至1975年的增長如表1[58]：

表1　霹靂州九所華文獨中1974年、1975年學生人數

校名	1974年學生人數	1975年學生人數
㈠深齋中學	184	345
㈡培南獨中	323	555
㈢育才獨中	200	560
㈣培元獨中	510	648
㈤三民獨中	218	272
㈥華聯中學	510	606
㈦南華獨中	310	360
㈧育青中學	280	358
㈨崇華獨中	710	884

這兩年，霹靂九所獨中學生人數的增長，意味著霹靂各區家長對華文獨中加強了信心，明顯扭轉了1973年前獨中慘淡經營的發展形勢。

培南獨中是復興運動後，總體校務快速復甦的學校，也是怡保區最早遷校的獨中。該校在1974年，尚與培南國民型中學共用校舍，已不足以應付全校323名學生。不過，在陳孟利董事長的領導下，獲得怡保名流李萊生先生捐助一塊新校地，使得該校於1975年4月遷入位處孟加蘭的新校舍。[59]依據該校教務主任莊明香老師於1982年度畢業特刊的

[58] 按：各校學生人數，依據〈霹靂獨中工委會（簡稱）第四次會議記錄〉，1975年2月2日，收入沈亭編著，《霹靂州華文獨中復興史》，頁139。

[59] 〈校史：本校資料室〉，收入陳郁菲總編輯：《1980年怡保培南中學校刊暨畢業刊》（怡保：培南獨中，1980年），頁29-30。

〈教務概況〉所述：「本校由1977年開始採用雙語政策，初中一新生必須參加入學編班甄別考試，以決定編入普通班或特別班」[60]。該校亦指出，走「雙語政策」辦學路線的理由與其內涵是：

> 由於客觀環境的因素，獨中爲了生存與發展，也爲了學生升學、出路問題，本校採用雙語政策，而有普通班和特別班兩種：普通班（初中）採用獨中統一課本；特別班除華文、歷史兩科，其他各科採用英文課本。[61]

可見，該校所謂「雙語政策」的辦學路線，是要在一所校園中，同時辦兩種幾乎完全分流的課程。而且，將落實華文獨中統一課程的班級稱作「普通班」；而將由新加坡引進的英文課程稱作「特別班」。在1982年，培南獨中全校高、初中生的總人數，已增至1,890人之多，其班級與人數分佈如表2[62]：

表2　1982年培南1890名學生的班級數量與分佈

<table>
<tr><th colspan="5">初中組</th></tr>
<tr><th>年級</th><th>分流</th><th>班數</th><th>分流人數</th><th>全級總人數</th></tr>
<tr><td rowspan="2">中一</td><td>普通班</td><td>5</td><td>254</td><td rowspan="2">385</td></tr>
<tr><td>特別班</td><td>3</td><td>131</td></tr>
<tr><td rowspan="2">中二</td><td>普通班</td><td>5</td><td>232</td><td rowspan="2">378</td></tr>
<tr><td>特別班</td><td>3</td><td>146</td></tr>
</table>

60 莊明香：〈教務概況〉，收入陳郁菲總編輯：《怡保培南中學一九八二年度畢業特刊》（怡保：培南獨中，1982年），頁11。

61 莊明香：〈教務概況〉，收入陳郁菲總編輯，《怡保培南中學一九八二年度畢業特刊》，頁11。

62 按：依據附表（4.1）重新整理。見莊明香：〈教務概況〉，收入陳郁菲總編輯：《怡保培南中學一九八二年度畢業特刊》，頁16。

初中組				
年級	分流	班數	分流人數	全級總人數
中三	普通班	7	325	434
	特別班	3	109	
共計		26	1,197	1,197
高中組				
年級	分流	班數	分流人數	全級總人數
高一	普通班	5	254	281
	特別班	1	27	
高二	普通班	5	232	250
	特別班	1	18	
高三	普通班	4	162	162
	特別班	—	—	
共計		16	693	693

依據表2所析，足見1982年培南獨中的高中部，其「特別班」僅有2班而已，其「普通班」則有14班之多，而高三那級爲1976年入學者，故該年尙未設立「特別班」；該校初中部，其「特別班」已有9班，而「普通班」則有17班之多。我們可以發現，自1977年該校推動「雙語政策」以來，其就讀「特別班」的學生人數趨向增多[63]，但就讀「普通班」的學生尙屬大宗。順此，進一步再考察「普通班」和「特別班」的學生，其運用三語授課的差別情況，僅舉初一級的情況爲例。〈教務概況〉對「普通班」的附加說明是：「上述各科除語文科外，各科均採用華文課本，華語教學，華文作答」；而對「特別班」的附加說明

63 對此，莊明香主任亦指出，「自從設立特別班，家長反應熱烈。今年計開中一特三班，中二特三班」。見莊明香：〈教務概況〉，收入陳郁菲總編輯：《怡保培南中學一九八二年度畢業特刊》，頁14。

是：「除華文及歷史科，其他各科採用英文課本，英語教學，英文作答」[64]。

筆者依據上述條件作對比，初一級的「普通班」，一週共上43堂課程：

1. 華語文媒介語：中文7堂、歷史3堂、地理3堂、數學6堂、科學6堂、音樂1堂、美術1堂、體育2堂，共29堂課程。
2. 國語文媒介語：國語6堂課程。
3. 英語文媒介語：英文8堂課程。

初一級的「特別班」，一週共上43堂課程：

1. 華語文媒介語：中文7堂、歷史3堂，共10堂課程。
2. 國語文媒介語：國語6堂課程。
3. 英語文媒介語：英文8堂、地理3堂、數學6堂、科學6堂、音樂1堂、美術1堂、體育2堂，共27堂課程。

承上，我們扣除掉音樂、美術、體育這三種副科（非學術類）的4堂課，在1982年作爲培南的初一生，「普通班」每週會上25堂華語文媒介語的課程，「特別班」會上10堂華語文媒介語的課程；而「普通班」每週會上8堂英語文媒介語的課程，「特別班」會上23堂英語文媒介語的課程。所以，每週「普通班」比「特別班」多上了15堂華語文媒介語的課程；而「特別班」比「普通班」亦是多上了15堂英語文媒介語的課程。可以說，當年該校爲了建立偏向英語文教學的「特別班」，實際上是執行「一校兩制」的辦學模式；如此一來，好像在一所培南獨中裡面，分別辦起華文中學和英文中學來。當年，從校內行政的角度而言，在資源極爲有限的情況下，執行類似「一校兩制」的模式，實是一步險棋。

---

64 莊明香：〈教務概況〉，收入陳郁菲總編輯：《怡保培南中學一九八二年度畢業特刊》，頁12、頁14。

陳郁菲校長開創「特別班」的做法，在時任董總主席的林晃昇先生和霹靂董聯會主席的胡萬鐸先生等華教領袖看來，並不符合董教總於三年前發佈《華文獨立中學建議書》，要求全國華文獨中「統一課程、統一考試」，以及「堅持以華文爲主要教學媒介」的辦學方針，進而群起加以反對。於是釀起了霹靂華文獨中復興運動後，州內首個顯著的獨中辦學路線之爭。

首先，是什麼理由使得作爲南洋大學中文系第一屆榮譽畢業生的陳郁菲校長，會引進新加坡的課程，建立起以英文爲主要教學媒介的「特別班」呢？對此，陳校長告知筆者說：「那時我的女兒到新加坡念立化中學。……。恰好我有很多南大的校友都在中學做校長，我就順道去參觀各所中學。我那些在新加坡做校長的好友就勸我，不要讓培南獨中只注重華文，眼光要放遠一點。所以，我們這批老友兼同行，就交流了許多辦學的理念。當然，我們堅持華校不能丟掉華校的優良傳統。但在另一方面，我們也要讓學生容易和整個世界接軌。我們爲何不用兩條腿走路，而只用一條腿來跳呢？」[65]再者，筆者亦提出一種合理的詮釋，在1977年的當下，怡保與鄰近地區存在著一批中產階層的家長，認爲掌握好英語文的學術基礎，是確保下一代成功邁向現代化、全球化學術精英的終南捷徑。這一點，表現在該校推行「雙語政策」第五年（1982年），全校已有431位特別班學生，足以顯示出這條路線確有其學生來源的。當陳校長接納了其新加坡籍南大同學的獻議後，在校內提出欲把新加坡英文教學課程引進培南獨中時，就獲得了大部分董事與教職員的支持。正如陳校長所述，她能夠引進新加坡的英文教學路線，不是她個人可以決定的，而是這條路線在培南獨中校內和怡保區一帶有足夠的支持者。[66]必須指出的是，培南建立「特別班」的社會基礎，是源自於追

65 李亞遨、關啟匡合編：《霹靂華文獨中復興運動與華教訪談錄初編》，頁126。

66 李亞遨、關啟匡合編：《霹靂華文獨中復興運動與華教訪談錄初編》，頁129。

求精英教育家長群體的存在；而具有這類教育取向的家長，是以中產階層、商人階層爲主的。但是追求精英教育，並不是大部分草根階層的華裔家長所能意識到或有能力追求的，也並非所有學生都適合接受精英式教育的；致使培南獨中同時必須保存傳統華文獨中的模式，作爲「普通班」。

除了培南獨中的內因與怡保區的社會條件，《華文獨立中學建議書》要求全國華文獨中「統一課程、統一考試」，本來就有其落實上的難度。因爲全馬的華文獨中乃至幾十年來的華文中學，並沒有全面而統一的辦學路線的傳統，所以正如王國璋先生所見，董教總要貫徹「以華文爲主要教學媒介」，是源自於對華文中學「理想型」的想象而提出的。問題在於，以馬來半島來說，或許「以華文爲主要教學媒介」是大多數華文中學的傳統，但長期實施用英語文教授數理科的華文中學也是一直存在的。況且在1962年大部分原本的華文中學改制以後，霹靂州僅剩的華文獨中已變質成爲了招收落第生和超齡生的近似補習性質的學校，會轉向使用國民型中學的英文課本，不足爲奇。言下之意，若大馬的華文中學原本是「以華文爲主要教學媒介」作爲統一的辦學方式，於1973年再次號召統一會顯得理所當然；事實卻是，在1973年爲了華文獨中的繼續生存，董教總才提出要「以華文爲主要教學媒介」來統一原本在教學媒介語上並不統一的華文獨中，那麼其阻力就不言而喻了。

這一點，也表現在運動期間，在謝榮珍主任領導下的霹靂課程小組所出檯的三份文件，即：《霹華獨中的路向》、《獨中辦學綱要》和《霹靂華文獨中統一課程建議書》的內容差異之上。由王瑞國博士所撰寫的專書《馬來西亞華文中學的改制與復興》，對於上述三份文件形成的歷程與其意義，有過清楚的交代。[67]或許出於解釋上的麻煩，王先生並未突顯《霹靂華文獨中統一課程建議書》所蘊涵的潛在問題。據悉，

---

[67] 王瑞國：《馬來西亞華文中學的改制與復興》，頁137-138。

發表於1973年8月14日的《霹華獨中的路向》和《獨中辦學綱要》，都是以「霹靂華文獨中工委會課程小組」的名義發佈的。[68]依據霹靂獨中工委會9月30日的會議記錄，時任霹靂南洋大學校友會主席的謝榮珍，是日才獲得「授權南大校友會主席謝榮珍先生爲：『議訂統一課程小組主任』，限於兩個月中完成工作」的大會議決[69]。所以，上述前兩份文件，很可能是在謝先生未獲得正式任命爲主任前的會議中，所討論出來的成果。我們對比一下《霹華獨中的路向》和《獨中辦學綱要》的內容會發現，其主張與董教總於同年12月所發佈的《華文獨立中學建議書》，已多有暗合之處。其中，這些文件都清楚強調華文獨中必須「以華文爲主要教學媒介」的觀點。再者，謝主任在9月30日會議上的發言大綱，亦表明了與8月14日所擬定兩份文件一致的觀點。[70]乃至於在謝主任向霹靂獨中工委會，提呈了《霹靂華文獨中統一課程建議書》以後，沈亭先生於1973年11月29日所發佈的〈獨中工委會總祕書歷次會議上工作報告㈡〉亦強烈的維繫著此前一致的觀點：

發展華文獨中，首要在保持先賢創設以華語華文爲媒介語文的一貫精神，本小組經多次集會研討，認爲有藉課程之統一，從而謀取考試之統一，然後達致財政行政之大統一的必要，經成立一由謝榮珍先生爲召集人之統一課程研究小組，專司研究課程統一細則，然後交由本董聯會通過執行之。

68　按：兩份文件，轉引自王瑞國博士《馬來西亞華文中學的改制與復興》一書的「附錄一」和「附錄二」。見王瑞國：《馬來西亞華文中學的改制與復興》，頁205-215。

69　見〈霹靂獨中工委會（簡稱）會議記錄㈠〉，1973年9月30日，收入沈亭編著：《霹靂州華文獨中復興史》，頁135-136。

70　〈霹獨中發展工委會通過成立小組，負責統一州內獨中明年課程；胡萬鐸宣布明年以獎學金方法，助品學兼優窮苦生入獨中深造，將單獨資助三十至五十名學生〉，收入沈亭編著：《霹靂州華文獨中復興史》，頁80。

承上所述，自1973年7月8日經霹靂董聯會議決，由胡萬鐸先生領導的「霹靂獨中工委會」成立以來，基本上已經確立了該工委會強調華文獨中需要「以華文爲主要教學媒介」的主張。除此，代表霹靂獨中工委會的《霹華獨中的路向》和《獨中辦學綱要》所呈現出來的諸多論點，與董教總後來推出的《華文獨立中學建議書》的觀點，密切相近的。所以，該工委會於是年10月29日，接納了由謝榮珍主任提呈的《霹靂華文獨中統一課程建議書》[71]；且不知何故，沈亭先生並沒有將該日工委會的會議記錄收入《霹靂州華文獨中復興史》之中，使得個中潛在變化的眞相，已難以稽考。《霹靂華文獨中統一課程建議書》的獨特之處在於，其內容不再強調「以華文爲主要教學媒介」的主張，卻提出了相當實際的理由。表面上看起來，這部建議書有違霹靂獨中工委會上下與謝主任一貫的主張，卻透露出相當重要的訊息。

《霹靂華文獨中統一課程建議書》清楚指出，該建議書是由統一課程小組謝榮珍主任，組織成員以執行「參酌南北馬各有聲望之華文獨中課程，對霹靂華文獨中今後之課程，提供建議，以求統一」[72]的工作而形成的。謝主任於10月25日就擬好了該建議書，同時指出其後續的目標爲：「最後小組認爲要達到全馬課程統一、考試統一，霹靂華校董事會聯合會應向全馬董總、教總提出這種制度及負起推動這項工作的任務。」[73]顯然，本建議書明確指出，霹靂九所獨中最後還是要聽命於董教總的統籌指導的。其中，在草擬此建議書之前，陳凱校長亦曾提議：

71　劉曼光：〈霹靂華校董事會聯合會會議錄㈢〉（附獨中工委會），1973年11月18日，收入沈亭編著：《霹靂州華文獨中復興史》，頁119。

72　謝榮珍：〈霹靂華文獨中統一課程建議書〉，收入沈亭編著：《霹靂州華文獨中復興史》，頁583。

73　謝榮珍：〈霹靂華文獨中統一課程建議書〉，收入沈亭編著：《霹靂州華文獨中復興史》，頁584。

班底育青中學校長陳凱說，要聯合全國獨中採取同樣的課程及考試制度，在時間上來不及可暫緩討論，但明年霹州獨中采取什麼課程卻是最逼切的問題，僅建議霹靂州明年獨中的課程先行統一，然後慢一步才進行全馬獨中課程統一，同時可請求教總予以協助。[74]

所以，《霹靂華文獨中統一課程建議書》本來就是一個提供給霹靂獨中兩、三年間的參考指南。正因如此，其內容會反映出最貼近當時霹靂獨中辦學需求的方案。謝主任指出其規劃小組討論的方法爲：「小組在討論時，曾對南北馬各有聲望之華文獨中課程，加以深刻的探討」。而謝主任所選定的八所著名的華文獨中裡的三所，即：檳城的韓江中學、吉隆坡的坤成中學和巴生的濱華中學，其數學和理科都是明確採用英文課本的。經過該小組的深切探討後，得到了在短期內，霹靂華文獨中的數學應該要「採用英文或中文課本」，而科學則要「採用英文課本」的觀點。該小組還提出了數、理課本，應該採用英文本的理由：1.數理科是以數字與符號表達爲主；2.語文不是決定性的因素；3.教材的來源較廣和；4.歐美的科學目前也較先進。[75]其中，在華文獨中數理課本未編輯出來之前，第三點在實際上是很成理由的；況且，那時霹靂獨中恐怕有不少都在使用英文本教數、理[76]，而教師上課時再以華語輔助教學。

再者，謝主任亦很明確的提出：「有關課本的採用，鑒於目前各校有不同的情況，不能即時統一。不過爲了獨中本身的完整體系，課本的採用必須在最遲不超過三年的時間予以劃一，以達到將來的統一考試，

74 沈亭編著：《霹靂州華文獨中復興史》，頁80。

75 謝榮珍：〈霹靂華文獨中統一課程建議書〉，收入沈亭編著：《霹靂州華文獨中復興史》，頁583。

76 按：依據陳凱校長訪談中的說法，1973年前班臺育青中學採用的數學課本，是英文本。李亞遨、關啟匡合編：《霹靂華文獨中復興運動與華教訪談錄初編》，頁106。

統一課程的目的」。[77]顯然，此建議書是從1973年霹靂獨中當下的角度出發的，在全國獨中落實「以華文爲主要教學媒介」的具體方案提出前，至少要緩衝個兩、三年才能達到「統一課程、統一考試」的策略目標，也是很合理的。其實，這份建議書有一句話，確是道出了全國華文獨中落實「統一課程、統一考試」的眞正難處：「由於地理環境及學生家長觀念的不同，故霹靂華文獨中應有自己獨特的課程」[78]。誠然，這句大實話說明了全馬六十所華文獨中的辦學路線，或多或少都要因時、因地、因人而制宜。不過時至1973年，全馬獨中已面臨不團結就滅絕的境地了，尤其是霹靂州的獨中，如果沒有董教總及時推出「統一課程、統一考試」的總策略，恐怕難以扭轉邁向覆亡的頹勢。自1973年以後，從董教總統領全國獨中的角度，華文獨中已不能如以往脫韁野馬般的選擇「自己的道路」了，其辦學的自由應該限定在「統一課程、統一考試」的範圍之內。

無論如何，《霹靂華文獨中統一課程建議書》卻很清楚的說明了一點，貫徹「以華文爲主要教學媒介」是1973年之後，由董教總爲華文獨中重建的新路向、新傳統。這就是何以，當陳郁菲校長引進新加坡英文教學路線，在遭到胡萬鐸先生、林晃昇先生等華教人士的嚴厲抨擊時，會深感不平的原因。對她而言，培南獨中並沒有拋棄董教總剛建立起來的統一課程；而其「特別班」學生上的華文課的水平，也一定在一般國民型中學之上，無論如何培南都不能算是華文獨中的「叛徒」。對很多期待英語文精英教學的董事成員和華裔家長而言，也會覺得培南獨中應有引進英文教學路線的辦學自由。顯然，陳校長並不認同純粹只走「以華文爲主要教學媒介」的辦學路線，就是華文獨中的表徵。

---

[77] 謝榮珍：〈霹靂華文獨中統一課程建議書〉，收入沈亭編著：《霹靂州華文獨中復興史》，頁584。

[78] 謝榮珍：〈霹靂華文獨中統一課程建議書〉，收入沈亭編著：《霹靂州華文獨中復興史》，頁583。

正因如此，在陳校長主導下的培南獨中，相當重視校內活動對中華文化的發揚。首先，該校除了教授一般獨中的華文課程，其某些班級還會加上「中國文學」的課程。[79]除此，極重視才藝教育的陳校長，還在校內不計工本的大力推廣各種深具中華文化元素的課外活動，其中包括中華傳統舞蹈[80]和華樂團[81]等等。再者，於一九七〇年代中期，馬、新一帶掀起了「講華語運動」，陳校長也多次禮請時任新加坡國立大學華語研究中心的盧紹昌先生，蒞臨培南以深入的推廣該校「華語月」的學習風氣。[82]從《1980年怡保培南中學校刊暨畢業刊》多少可以看出，培南獨中對外界反對聲浪的回應方式。為了顧全基本禮儀，無論陳校長或陳孟利董事長，都不可能在校刊中正面回應外部的質疑。是刊，在陳董事長〈序言〉的隔頁，刊出了《星檳日報》記者梁錦光先生對陳董事長的訪問稿，標題是〈訪問培南獨中董事長陳孟利，他說：「培中有充分事實表現絕對不是貴族化」〉；這篇訪問突顯出了步入1980年，培南獨中將以推動該校邁向現代化，作為回應外部種種質疑的主旋律。[83]而陳校長則在校刊中，一而再的引用她所崇拜的魯迅名言「不在沉默中滅亡，便在沉默中爆發！」，且創作了新詩〈怒吼吧！培南！〉作為校刊代序；在這首〈怒吼吧！培南！〉的背頁，還印上魯迅的另一句名言：「橫眉冷對千夫指，俯首甘為孺子牛」以銘志。[84]我們多少都能從陳校長所選用的話語中，讀出一些弦外之音的。總之，對她而言，在校內用

79　莊明香：〈教務概況〉，收入陳郁菲總編輯：《怡保培南中學一九八二年度畢業特刊》，頁14。

80　按：當年，陳校長以重金禮聘新加坡著名舞蹈編導家李淑芬女士，擔任培南獨中的舞蹈導師。見劉道亭：〈舞蹈編導家——李淑芬談舞蹈〉，收入陳郁菲總編輯：《1980年怡保培南中學校刊暨畢業刊》，頁233-234。

81　〈培南獨中董事長陳孟利披露樂器已獲准免稅將成立一華團〉，收入陳郁菲總編輯：《1980年怡保培南中學校刊暨畢業刊》，頁163。

82　《華語月特刊》，收入陳郁菲總編輯：《1980年怡保培南中學校刊暨畢業刊》，頁213-232。

83　梁錦光專訪，〈訪問培南獨中董事長陳孟利，他說：「培中有充份事實表現絕對不是貴族化」〉，收入陳郁菲總編輯：《1980年怡保培南中學校刊暨畢業刊》，頁7-8。

84　陳郁菲總編輯：《1980年怡保培南中學校刊暨畢業刊》，頁9-10。

盡全力去經營中華文化的元素，正是要向外界宣示，能夠展現、傳承中華文化，才算是華文獨中母語教育的本位。

但是，從華教領導人的角度看來，無論陳郁菲校長增強了培南獨中多少中華文化的元素，如何推動專業化的華語文教學，以及陳孟利董事長推動該校現代化轉型的種種努力，都不能減低他們對該校過於崇尚英語文精英教育的質疑聲浪。尤其培南獨中作為直接受益於霹靂獨中復興運動的學校，積極崇尚英語文的精英教育，絕對是逆那個時代華教發展的「潮流」而行的。當然，正如陳校長所埋怨一般，其實全國獨中逆華教「潮流」而行者，豈止培南獨中一所。奈何自1977年該校引進英文教學源流以後，已搭在反對者的風口浪尖上，久久不能脫逃。實則，除了培南獨中，地處實兆遠的南華獨中在復興運動不久後，其董事部也靜悄悄的把辦學路線改回國民型中學的國語課程，以迎合該地區華裔家長重視官方高中文憑和大學預科考試的傾向，導致堅持辦獨中統一課程的許瑞成校長被迫離任。至於全國華文獨中所衍生的各種辦學路線之爭，幾十年來也是從未停歇的。

當年，由於董教總與霹靂州的華教領導，必須盡可能的維護統一課程的戰略，故而將培南獨中引進英文源流的課程，視為洪水的決堤口來加以遏止[85]；他們私下甚至把雄辯滔滔的陳郁菲校長稱作「那個女人」，極盡嘲諷之意。[86]依據陳校長對當年爭議現場的回憶：「我記得當時自稱『華教鬥士』，全國『獨中的統領』還親自率團來訪問我校。我們在會議室招待他，他居然嚴詞厲色，拍桌子怒吼，說要我校數理

---

85 按：經審查教授的提醒，必須補充說明的是，在獨立後，英文教育對於大馬華社有著相當強的吸引力，倘若大馬政府在教育上並未走上獨尊馬來文的道路，反之走上新加坡以英文為主，其他語言為輔之路，華文獨中將難以復興。這就是林晃昇、胡萬鐸擔憂陳郁菲的培南路線，具有擴散作用的緣故。

86 陳郁菲：《近打河畔》，頁228。

教學改回中文本，條條大道理」。[87]由此隻字片語，足見雙方爭持之激烈。顯然，當時的華教領袖害怕的是，更多的獨中將會有樣學樣，都引進不同源流的教育課程，導致「統一課程、統一考試」的策略在未成功前，已經陷入分崩離析的窘境中。

當回到大馬華教史的脈絡，處在1973年霹靂獨中復興運動之後，由於華社遭受到政、經、文、教全方面的打壓，華文教育與華裔族群的命運已緊密相連爲一體。從馬來（西）亞獨立前、後，屢受當局打壓的華文教育，早已成爲了華族群體生存困局的顯著部分。以華文教育來說，自1962年華文中學被迫改制以降，多所苟延殘喘的華文獨中，成爲了許多華裔青少年教育上僅存的救命草。因爲，從1962年至1973年，國民型（華文）中學和國民型（華文）小學制度的轉變，造成華社出現了大量失學的超齡生和落第生。由於失去了華文母語教育的保障，構成了那個時代霹靂州華社最突出的難題是：草根階層的華裔青少年受教權不平等的困境。

顯然，1973年霹靂州以華裔爲主的草根階層，積極投入華文獨中復興運動，就是希望獨中能夠擔負起十多年來，華裔青少年的教育困境。就此，在江沙區積極參與這項籌款運動的陳俊平先生，敘述了草根華裔家長的心聲：「當年，我們江沙低層的小販對於華文教育是非常重視的。我們普遍認爲，無論生活如何苦，我們華裔子弟都要受到良好的教育，才能出人頭地。……所以，我們做下層工作的人，並不希望孩子繼續做我們的工作。爲何華裔的下層人士要支持華教？因爲這是他們心裡所要的東西，一旦有人呼籲他們支持華校，他們就會響應」。[88]這股由華社草根階層所支撐起來的力量，再次展現出南洋華社以群體的方式構築起具體的互助機制，以面對生存危機的華人社團傳統。就此而言，

---

87 陳郁菲：《近打河畔》，頁226-227。

88 李亞遨、關啟匡合編：《霹靂華文獨中復興運動與華教訪談錄初編》，頁228。

華文獨中的內在固然以中華文化的繼承爲核心；但在1973年以後，霹靂州的華文獨中必須要回應的更現實的社會問題是——華裔青少年受教權的公平性需求。在具體的教育實踐中，「以華文爲主要教學媒介」的母語教育模式，確實是回應此一問題的最有效答案。反之，追求精英教育絕對不是一九七〇年代以降，大馬華社普遍支持華文獨中復興運動的目的。

對於反對者而言，何以培南獨中所引進的英語文的精英教育不能回應此一問題呢？其一，一般資質的初一生，在受了六年華文小學的母語教育之後，突然面臨教學媒介語的轉變，自然會構成學習上極大的考驗。這也就是何以，1962年當大量原本的華文中學改制成國民型中學，其教學媒介語轉換成國語文或英語文之後，有許多華小畢業生根本無法吸收國民型中學的授課內容。就此，在獨中復興前，曾在國民型中學就讀過的培南獨中學生葉兆熊先生指出：「我覺得國民型中學的學習環境更糟糕。進了獨中以後，才發現原來什麼知識都是可以學到的。由於用母語教學，我的數學、語文科等，都有所進步。我想關鍵在於獨中用母語教學，用華語授課我們聽得明白，用英語不能明白」。[89]再者，於1974年入讀南華獨中的郭金燈先生告知筆者，在高中時代面臨校方突然轉換教學媒介語時的困擾：「從那時開始，南華獨中忽視華文獨中的傳統課程。南華獨中突然改變教學媒介語的影響是很大的！在我念初中一的時候，差不多有八十位同學，然而到我高三畢業時，把我計算在內，只有六位畢業生。其實，我念到高二時，因學業功課壓力大，已經萌生輟學的念頭。」[90]同樣的，這種突然轉換教學媒介語而造成學習焦慮的問題，亦曾出現在於1978年入讀培南獨中，隨後升上高中一理科班的學生身上：

---

[89] 李亞遨、關啟匡合編：《霹靂華文獨中復興運動與華教訪談錄初編》，頁47。

[90] 李亞遨、關啟匡合編：《霹靂華文獨中復興運動與華教訪談錄初編》，頁363-364。

由於（我們）初中念的科學是華文本，現在升上了高中，理科方面的課本——化學、生物、物理都改用英文本，一下子難以適應，所以我們都非常注重英文的學習。[91]

實則，這也是陳郁菲校長要引進新加坡英文課程的原因，她希望學生能夠提前適應英文教學媒介語，以便更有效的銜接上國外英文語系源流的大學課程。陳校長在其回憶錄《近打河畔》中論及「數理化教學英文版之爭」時，指出：

爲了加強學生應付未來職場的能力，……，就在當時的陳孟利董事長和董事部同意下，實行數理化課本用英文教學。據我所知，當時的柔佛寬柔中學、沙巴的崇正中學也用英文本的數理課本。雖然寬中在高中才英化數理，但我覺得讓學生們早一點學習、早點適應，不要輸在起跑線上，豈不更好？還有一個原因是我念南大時，看見那些在學校念中文數理的同學，正如我的母校育才中學的校友，都讀得很辛苦，別的念過英文本數理的同學考試時都準備好了，他們才慢慢查英文字典。[92]

所以，陳郁菲校長以引進新加坡課程的方式，在該校逐步建立起「英國劍橋文憑考試GCE班」，是希望該校學生比起受一般統一課程的獨中生，更能「贏在起跑點上」，這就是外界目之爲精英教育的原因。那麼，自1962年起，華文獨中本來就是爲了解決華校生難以適應非母語教學的問題而建設的，則落實英語文的精英教育顯然是背道而馳的辦學路線。

---

91 李篤能撰寫、傅金美資料收集：〈高中三（理）級史〉，收入陳郁菲總編輯：《1980年怡保培南中學校刊暨畢業刊》，頁4。

92 陳郁菲：《近打河畔》，頁225。

其二，一般資質的初一生，若想要克服教學媒介語轉變的挑戰，其家庭的經濟條件將成爲重要的因素。相對而言，中產階層的家長有能力爲學子聘請補習老師，尚有克服語言障礙的經濟條件；但草根階層的家長卻可能完全置之不顧，這也是升讀國民型中學的華小生所面臨的難題之一。在1971年入讀培南獨中的羅浩霖先生，曾說：「我們那代人的父母，從小學教育開始，並不關心我們的受教權。畢竟，他們也沒有足夠的教育程度，來教好自己的孩子。……。在我重新回到培南獨中念書的時候，我的母親是鼓勵我的，但我的父親是反對的。因爲我念書要用錢的。不過很慶幸的是，我在念書這麼多年，從來沒有跟他們拿過半分錢」。[93]可以說，羅先生在中學時代的處境，是大馬華裔草根家庭普遍的縮影。

其三，就算一位成績優異的華小生克服了英語文教學媒介語的考驗，也未必能適應精英教育過高的學術要求。據一九九〇年代末，曾在母校任培南獨中董事部學術主任的梅永華先生所述，由於培南獨中引進的是新加坡精英中學的GCE版本，其過高的學術水平，導致許多縱使在小學六年級檢定考試（UPSR）全科優等的學生，考入培南的「GCE班」後都讀不下去。[94]這麼一來，選讀該校英語文精英課程的學生淘汰率太高，造成原本資質不錯的學生，還是成爲了家長追求精英教育下的犧牲品。所以，陳郁菲校長引進英語文的精英教育，其想要培養出與全球化直接接軌的國際精英，確實有其理想的好意。但此一辦學路線，無法回應霹靂華文獨中復興運動所突顯的核心問題──華裔青少年受教權的公平性訴求，亦是事實。

或許，支持陳郁菲校長的辦學路線者會說，在培南獨中的「一校兩制」下，還是保留了「普通班」來接納一般資質的初一生，也設有爲貧

93　李亞遨、關啟匡合編：《霹靂華文獨中復興運動與華教訪談錄初編》，頁331。

94　李亞遨、關啟匡合編：《霹靂華文獨中復興運動與華教訪談錄初編》，頁345。

寒子弟提供獎學金的名額。就此，批評者則會認爲，在資源有限的情況下，當一個校園已設有「特別班」，則必然分散了關注「普通班」的力度。既然華文獨中有回應華裔子弟受教權公平性訴求的「本分」，則刻意在一所華文中學內創立一種英文源流的精英教育，誠是不必要的。況且對於董教總而言，自1973年始，正是要逐步將「以華文爲主要教學媒介」辦學路線，創辦成一種盡可能照顧各種階層家庭和各種資質學生的教育模式。依據《華文獨立中學建議書》的路線，入讀的華校生首先不必再面對轉變教學媒介語的挑戰，已最大程度的減低了就讀者的學習負擔。同時，資質優良的學生通過華文獨中的教學模式，仍然有兼通乃至精通三語的學習機會，通過考獲高中統考的優異成績，一樣能夠成人成才。發佈於1975年的〈全國華人註冊社團提呈部長級教育檢討委員會備忘錄〉，在申論「母語教育的重要性」時，已提出「華文爲主要教學媒介」是最符合大馬華裔受教權益的論證：

人的智力有高低之分，這種現象存於各民族之中，巫族這樣，華族也是這樣。就華族而言，要充分發展一個華人的個別特質，要使他有效地參與社會活動，母語教育是不可缺少的。智力高的華人，可先以自己的語文文化爲基礎，再通過其他語文去吸取更多的知識，充分發展他的天才與特質，使他有效地參與社會活動，華文教育是培養他的文化根基，使他成爲有魄力的人，所以母語教育對這批人是重要的。至於智力低的華人，由於他們先天或後天的不足，對於母語的掌握力不強，要求他們通過自己的母語來學習一些基本知識已感吃力；若要求他們先掌握其他語文，再通過它去吸取知識，那是難若登天，效果不堪設想。我國的教育政策的實施不應只爲英才著想，更應爲那批數目眾多的智力不高者尋求一條出路。如果華文教育沒有完整的體系，沒有受到積極的鼓勵與資助，那麼，智力高的華人可能失去了應有的文化根基；智力低的華人可能沒法從學校中學到什麼。既無文化根基以指導人生，又無知識和技能賴以生存，如何能「參與社會活動」？到頭來，鋌而走險，給社會帶來不安，破壞了「有紀律」與「團結」的社會。[95]

上文所述，已把董教總貫徹「華文為主要教學媒介」對所有華裔子弟全面有利的思路，作了精確的析論。承上所辨，作為一所私立學校，任何一所華文獨中都有獨立辦學的自由，所以培南獨中引進英文精英課程的辦學模式，僅是一種路線上的選擇而已。不過，當我們把培南獨中放置在整個霹靂華文獨中艱辛復興的歷史脈絡中；就會顯現出以下的疑問：那些近在眼前的草根華裔家庭對華文獨中的殷殷期盼，難道不該優先於對英語文精英教育的追求嗎？再者，經過一九七〇年代霹靂華文獨中所面臨的嚴峻挑戰，「統一課程、統一考試」難道不是應該信守的總策略嗎？對此，王國璋先生言簡意賅的指出了一種價值判定：「如果一心想辦菁英教育，那雙語或三語並重，或可一試。不過獨中資源大多取之於華社，而華社基層其實最需要獨中教育，菁英化的三語教育，某種意義上可謂是對華社的背叛」。[96]這誠然是一語中的之言。所以，董教總貫徹「華文為主要教學媒介」的母語觀，正是為了最大程度的解決中下階層與資質一般華裔子弟的就學需求。

不過，陳郁菲校長認為反對培南獨中辦學路線的兩大主將——林晃昇先生和胡萬鐸先生，都沒有批評該校足夠的道德正當性。陳校長指出：「在我們轉向新加坡英文路線的初期，胡萬鐸先生經常跟我吵架，……。但是，胡先生把自己的孩子送去英國留學了，若純用中文很

---

95 《全國華人註冊社團提呈部長級教育檢討委員會備忘錄》，1975年1月27日，收入鍾偉前主編：《董總五十年特刊（1954-2004）》，頁881。

96 王國璋：〈反思獨中的教學語政策：本土模式、新加坡模式與香港模式的比較〉，收入吳詩興編輯：《挑戰與革新：2014年馬來西亞華文教育研討會論文集》，頁167。

好，爲何不送去臺灣或中國大陸留學？眞的說起來，我們的林晃昇先生講話的時候，是一句中文接著一句英文講的。而林先生的孩子送到哪裡念書？送到新加坡聖公會中學。若華文獨中的路線眞的最好，爲何孩子不送進獨中念華文？眞的是講一套，做一套！」[97]陳校長的反駁是有其道理的，以當年林先生和胡先生堅持董教總的立場之烈，以身作則才能確立其推廣華文獨中統一課程的道德正當性。其實，陳校長點出了一個普遍的現象，大馬有許多非常知名的華教領袖，都把孩子送進國民型中學或新加坡的中學留學。

循著上述思路，依據吳建成校長的觀察，作爲深齋中學董事長的胡萬鐸先生到了1986年，開始公開表示希望該校改成以英文教授數理。身爲霹靂董聯會主席的胡先生，曾是培南獨中創辦英文「特別班」的主要反對者，在不到十年後卻開始轉向倡導英文教授數理，以致讓陳郁菲校長成爲了「先知先覺」，而陳校長也不得不目之爲「後知後覺」者。就此，胡先生曾親口解釋：「我認爲培南獨中是太早走上英文路線，太早這點我不認同。其實，我的內心是認同要英授數理，但是，不應該在華文獨中復興運動初期實行。後來我要提出自己英授數理的路線，又引起了左派人士對我的質疑」。[98]依據胡先生此一晚近的說法，他認爲培南獨中在獨中復興運動之後就提出英授數理是「太早」了，意指該校在1977年應該繼續支持董教總「統一課程、統一考試」的總路線。而他又說「我的內心是認同要英授數理」，則呼應了吳校長在提呈給胡先生的〈吳建成萬言書〉中的論斷：胡先生在1986年開始表露出其追求精英教育的辦學傾向。[99]若此，則胡先生當年支持「統一課程、統一考試」的路線，比較是出於歷史形勢上的所需，或出於苟同華教同道觀點之所需。正如吳校長所指出的，胡先生可能並沒有深切意識到，作爲霹

97 李亞遨、關啟匡合編：《霹靂華文獨中復興運動與華教訪談錄初編》，頁128。

98 李亞遨、關啟匡合編：《霹靂華文獨中復興運動與華教訪談錄初編》，頁14。

99 吳建成：〈吳建成萬言書〉，收入張樹鈞：《胡萬鐸評傳》，頁435。

靂華文獨中復興運動的首領，其對扭轉華裔青少年受教權不平等困境的歷史高度與其後續責任。[100]

作爲反對華文獨中走上精英教育路線的倡導者，吳校長的〈吳建成萬言書〉以一首打油詩《兩材／材詩》，尖銳的點出了精英教育辦學者在招生時的心態：「有財有材請進來，無財是材有優待；有財非材一樣愛，無財非材請滾開」。[101]這裡明確點出，當一所獨中走上了精英教育的辦學之路，就算該校能夠提供大量的獎學金，但這類學校會把獎學金頒給智力普通的貧窮學生嗎？此處，吳校長要突顯出精英路線對草根階層與資質普通學生的排他性；一旦華文獨中普遍都走上精英路線，全馬低下層與資質普通華裔子弟的命運，又會回到華中改制十年期間（1962-1973）的窘境。何以吳校長會成爲精英教育路線堅實的反對者呢？因爲他親眼見證了，在沒有了華文母語教育的保障下，大量華裔中學生所遭受的殘酷現實：

我看，還是讓我以過來人的身分向你訴說華校生轉受英文教育的悲涼吧！我小六畢業於江沙崇華小學，那時是1961年。1962年，崇華中學改制爲英校了。我是屬於改制第一年的預備班生。當時共有6班，少說也有兩百餘人。我在第二班。老師上課時，只要他用英語講解，我們就似鴨子聽雷；一旦他用華語講解，大家可就如沐春風。這是事實。但是考卷可是用英語出題的，能夠過關的就沒幾個了。當時，許多人都因不能適應媒介語而退學了。

我們這批改制後的「先頭部隊」，中三考了初級文憑（L.C.E）後，只剩下70餘人進入中四。中五考獲S.C／M.C.E全科文憑的，不上30巴仙。而之後能升大學先修班的，只有7名同學。

[100] 吳建成：〈吳建成萬言書〉，收入張樹鈞：《胡萬鐸評傳》，頁442-443。

[101] 吳建成：〈吳建成萬言書〉，收入張樹鈞：《胡萬鐸評傳》，頁441。

這7名打不死的「殘餘分子」後來都升上了大學，而我是其中之一。説得好聽，這些就是你（按：指胡萬鐸）所欣賞的「精英」了。另有6位則憑著校考成績，留學臺灣去了。我想，這些人都不符合你的「精英」定義。[102]

吳建成校長敘述了華文中學改制後，那代華裔中學生就學的「血淚史」，很清楚的詮釋了1973年霹靂華文獨中復興運動史內在的重要動因——華裔草根階層要爭取自家孩子的受教權。同一年，董教總所出檯的《華文獨立中學建議書》，決定要貫徹「以華文爲主要教學媒介」，以建立全國華文獨中「統一課程、統一考試」的總策略，此舉足以回應華社對華裔青少年受教權公平性的訴求。至此，本文已嘗試釐清了董教總近五十年來，強調「以華文爲主要教學媒介」的語言意識形態的歷史起源與所對應的華社困境。

另外，有一點經常爲研究者所忽視，在獨中復興運動期間，霹靂州許多華教領導和校長都認爲「以華文爲主要教學媒介」是扭轉獨中缺乏競爭力的有效策略。依據陳凱校長的記憶，1972年時任育青中學校長的他和南華獨中的許瑞成校長，曾經深切檢討當代華文獨中的辦學缺失，發現到獨中不能跟隨國民型中學辦學路線的「尾巴」走。因爲，華文獨中是需要收費的私立學校，若辦起跟國民型中學一樣的教學路線，華裔家長爲何要花錢送孩子進獨中接受本來就免費的教育課程呢？於是，這兩位校長發現獨中辦學若繼續走國中的「尾巴路線」，在競爭上將永遠吃虧。畢竟，華人家長一定會把資質較好的學生，先送進國民型中學，致使華文獨中僅能永遠收落第生和超齡生，這樣惡性循環下去，華文獨中永遠都只能做國中的補習學校，而且很快覆亡。由此，他們得出了一個結論，華文獨中若要永遠而有效的扭轉其頹勢，則一定要開創

102 吳建成：〈吳建成萬言書〉，收入張樹鈞：《胡萬鐸評傳》，頁440-441。

出與國民型中學相當不同的辦學路線，進而在辦學水平上全面超過國民型中學，才能存活下來。相形之下，華文獨中強調「以華文爲主要教學媒介」就是其辦學最大的特色，而編出統一課程，舉辦統一的考試，才能強化和國民型中學辦學上的根本區別。[103]

實則，當時華教領導中的有識之士大都持有相近的觀點。像怡保區堅定反對培南獨中辦英文「特別班」的黃仲軸先生[104]，以及培南獨中的家長鍾連賢先生[105]，皆是深明這個道理的人。後來，就連培南獨中本身也反證了這個策略的有效性。依據該校前執行董事學術主任梅永華先生所述，大約在2000年前、後，培南獨中學生人數跌至八百人，與大馬國際學校的迅猛發展是有關的。[106]當專授英文課程的國際學校林立，培南獨中的「GCE班」立馬面對強烈惡性競爭，一旦其教授統考的「普通班」又辦得不好，生源的流失是在所難免的。總之，除了確保受教權的公平性，「以華文爲主要教學媒介」亦具備華文獨中辦學的策略性。

四、結論

《華文獨立中學建議書》「總的辦學方針」的第一點，同時述及了「中華文化」和「以華文爲主要教學媒介」兩個關鍵的概念。依本文的分析，若放置在華文獨中教育史的脈絡中加以考察，會發現所有與大馬華教相關的文獻，強調本地華人需要繼承和發揚「中華文化」一說，都有對應國內教育法令中所涵有的「方言學校」觀念的意圖，藉以突顯華教的在地合法性；另一方面，於1973年以後，董教總華文獨中工委

---

103 按：本段說法，整理自陳凱校長的訪談內容。李亞遨、關啟匡合編：《霹靂華文獨中復興運動與華教訪談錄初編》，頁105-106。

104 李亞遨、關啟匡合編：《霹靂華文獨中復興運動與華教訪談錄初編》，頁185。

105 李亞遨、關啟匡合編：《霹靂華文獨中復興運動與華教訪談錄初編》，頁377。

106 李亞遨、關啟匡合編：《霹靂華文獨中復興運動與華教訪談錄初編》，頁354。

會，推動國內僅剩的六十所獨中務必貫徹「以華文爲主要教學媒介」的辦學理念；此一華文母語觀，是基於對1962年至1973年間，華文中學改制以後，國內某些地區華裔子弟的受教權面臨嚴重不公平的社會問題，以及華文獨中求存的策略性考量，而作出的決策。

從歷史發展的形勢來說，1973年董教總爲了要拯救一部分面臨倒閉的華文獨中，而構想出統一全國獨中的「辦學目的與方針」的總策略，且具體化成「統一課程、統一考試」的總目標。爲了達到《華文獨立中學建議書》所設定的統一策略，董教總通過華文獨中工委會，爲全國華文獨中做一種「統一化」、「中央化」的建制工作，分別組織了「統一課程編委會」和「統一考試委員會」，以集中全國獨中的各種資源，促進總體的發展。顯然，統一策略建立起了獨中之間的互助機制。其中，「統一課程編委會」集合了全國獨中與華教同仁的力量，在編撰統一的教科書時，取得了最高的經濟效益。畢竟，統一策略需要時間的經營，才能見其成效。因此，始自1973年，全國華文獨中能否統一在董教總領導的旗幟下，以落實統一策略，是至關重要的。所以，一旦曾經瀕臨倒閉的「重災區」——霹靂州的培南獨中，在董教總推出建議書的三年間，突然改變其注重於華語文媒介語的辦學方針，對董教總推行統一策略的領導權威構成挑戰。可以說，當年的林晃昇先生和胡萬鐸先生，明知道培南獨中有辦學的自主性，卻必須盡力遏止其「分裂」全國統一策略的行爲。實則，培南獨中一校到底有無貫徹「以華文爲主要教學媒介」尙屬小事，但其脫隊行爲所帶來的「離心」效應，才是華教領袖所憂慮的。

在陳郁菲校長的領導下，培南獨中是發展得相當好的，該校幾十年來的辦學成就是可敬的。値得一提者，在筆者接觸陳孟利董事長、陳郁菲校長、莊明香校長等培南一眾校友的經驗中，明顯發現他們有極高的向心力。這些校友都高度評價陳董事長和陳校長的功績，並捍衛培南辦學路線的成就與價値。倘若我們將培南獨中從艱困的華教史脈絡中抽離開來，作爲私立學校，偏向精英教育僅是一種辦學自由的抉擇而已。對陳校長而言，只要傳承、發揚好中華文化的元素，就已盡了華文獨中的責任；況且，培南獨中一直都有保留獨中的統一課程，以作爲「普通班」。無論當年爭議到何種地步，培南獨中並沒有離開獨中的大家庭，而董教總亦沒有把該校踢出華教的圈子。所以，培南獨中所釀起的辦學路線之爭，僅能算是獨中內部茶壺裡的風暴，反對者最多只能不斷批評抗議，在該校上下一心的頑強堅持下，也就不了了之了。說到底，所有獨中本質上都是私立中學，只要得到董事部的支持，校長著實擁有辦學的自主權。陳校長偏向精英教育的辦學路線，而她所眞正關心的是，培南獨中是否能夠成爲一所卓越的獨中，其他種種都是次要的。

不過，對於獨中精英教育路線的批評者而言，他們著重於將華文獨中的定位，置於整個華教史的脈絡來做考量。就像曾任職深齋中學的吳建成校長，他所關注的是，在華族青少年的教育權出現了不平等的情況下，華文獨中如何才能起著濟弱扶傾的社會功能。於是，華文獨中的辦學，已不是一所私立學校成功與否的問題，而是要如何面對華社內部受教權的均平化需求。依此，由於「以華文爲主要教學媒介」是華文獨中解決上述問題的根基，集中校內資源以貫徹此一辦學方針，才能確保獨中以最大的效能，來服務華社之所需。

綜上所述，發生在霹靂獨中復興運動之後的辦學路線之爭，是源自各方對華文獨中的定位與身分立場的不同所致。當年，董教總與陳郁菲校長之間的緊張性，眞正的交鋒點是華文獨中全國領導的建制權威，與個別獨中辦學自主權之間的衝突。陳校長以維護、發揚中華文化爲華文獨中的根本，同時亦主張一所私立獨中的辦學自由，更優先於華社教育平等化的訴求；她亦表現出，作爲校長的職責，是運用其辦學自主權，盡可能的將一所獨中辦成卓越的學校。但是，董教總之所以必須確立「以華文爲主要教學媒介」的語言意識形態，正是要回應霹靂華文獨中復興運動中，所突顯的華社訴求——解決華裔青少年受教權不公平的困境。依循〈吳建成萬言書〉，對華文中學改制一直到獨中復興運動（1962-1973）的歷史詮釋，明確彰顯出華文獨中具有背負起華裔教育平等需求的義務與責任。那麼，陳校長在校內培植一種英文「特別班」的路線，與吳校長強調獨中社會責任的路線，就會構成「精英教育路線」與「非精英教育路線」的爭持。這或許才是認同董教總「以華文爲主要教學媒介」的語言意識形態與否，更爲核心而深刻的交鋒點。

參考書目

一、引用專書

1. 王瑞國：《馬來西亞華文中學的改制與復興》（吉隆坡：王瑞國出版，2014年）。
2. 沈亭編著：《霹靂州華文獨中復興史》（怡保：霹靂華校董事會聯合會，1976年7月）。
3. 李亞遨、關啟匡合編：《霹靂華文獨中復興運動與華教訪談錄初編》（吉隆坡：林連玉基金‧仁毅文教基金，2022年）。
4. 陳郁菲總編輯：《1980年怡保培南中學校刊暨畢業刊》（怡保：培南獨中，1980年）。
5. 陳郁菲總編輯：《怡保培南中學一九八二年度畢業特刊》（怡保：培南獨中，1982年）。
6. 陳郁菲：《近打河畔》（新加坡：玲子傳媒私人有限公司，2019年8月）。
7. 張樹鈞：《胡萬鐸評傳：六十載馬來西亞華文教育奮進史跡》（吉隆坡：天下人物，2015年）。
8. 詹緣端：〈第九章：林晃昇馬來西亞華文教育的無名英雄〉，收入林水檺主編：《創業與護根：馬來西亞華人歷史與人物‧儒商篇》（吉隆坡：華社研究中心，2003年6月）。
9. 甄供：《播下春風萬里——霹靂州華文獨中復興運動紀實》（董總：加影，1996年12月）。
10. 鄭良樹著：《馬來西亞華文教育發展史》第四冊（吉隆坡：馬來西亞華校教師會總會，2003年11月）。
11. 鍾偉前主編：《董總五十年特刊（1954—2004）》（加影：馬來西亞華校董事

聯合會總會，2004年）。

二、引用論文

1. 王國璋：〈反思獨中的教學語政策：本土模式、新加坡模式與香港模式的比較〉，收入吳詩興編輯：《挑戰與革新：2014年馬來西亞華文教育研討會論文集》（吉隆坡：林連玉基金，2014年）。
2. 王琛發：〈陳新政與鐘樂臣的憂患歲月：馬來亞華人反抗《1920年學校註冊法令》一百年祭〉，《閩臺文化研究》，總第63期（2020年第3期）。

主題二

語文教育的人文價值與實用功能

解構譯體：思果論現代中文的歐化現象*
國語文教學角度的考察

高大威*

摘要

思果是蔡濯堂先生（1918-2004）的筆名，並以此名世。他畢生致力創作、翻譯，成果可觀，1972年出版《翻譯研究》，1982年又推出《翻譯新究》，二書固然探討的是英文中譯過程的種種問題與對策，然而他表示自己從事的不是翻譯研究，而是「抵抗英文的『侵略』，英文的『帝國主義』」，並稱自己「總在教人寫中文」。思果認為拙劣不堪的翻譯導致了嚴重的中文歐化，進而直接而普遍地影響了中文寫作，正本之道在於「訓練師資，改學生的作文，糾正學生的錯誤」。近年，大眾的中文表達能力每下愈況，由於缺乏現代中文標準用法的明確指引，所以無法對症下藥。在思果在論述翻譯時，著墨頗深的是如何避免中文不當的歐化，以符合清順的基本要求。他所詬病的情況，臺灣的國語文教育迄今未能有效改善，其主要原因是中文學界的學人和一線教師多半缺乏跨語種的「比較視野」，以致對中文歐化現象不敏感，尤其年輕世代就出生、成長於這樣的中文語境當中，語文的自然「習得」先於體制內教育的「辨識」，於是語文根柢越形不足，乃至惡性循環。本論文鎖定思果解構翻譯體的相關論

* 國立暨南國際大學中國語文學系教授

述，勾勒他對中文修辭、行文上所持的觀念與作法，進以探討如何將之轉用於當代的國語文教學。

關鍵字：思果、蔡濯堂、歐化、中文、白話文、翻譯體

我並不是說，中文要永遠保持原來的面目，一成不變。但是本來豐富、簡潔、明白的文字，變成貧乏、嚕囌、含混不清，這並不是進步，而是退步……。

～思果[1]

一、詞語及相關概念的指涉

本文從國語文教學角度去考察思果對現代中文歐化現象的論述，此先闡明本文所指涉的詞語及相關概念：

㈠思果

即蔡濯堂先生（1918-2004），筆名思果，發表文章時多用這個筆名，他的本名反而鮮為人知。考察現代中文歐化現象時，何以關注他的論述？為什麼他對翻譯的思考能為國語文教育帶來啟發？主要基於他數十年在中英翻譯以及中文寫作具有豐富經驗，根柢深厚，不蹈空論，而具體表現於以下三個面向[2]：

1. 創作：思果的散文創作曾獲得中山文藝散文獎、國家文藝獎，著作

---

* 本文為科技部專題計畫案（108-2410-H-260 -028）的部分研究成果，特此致謝。

1 這是思果對現代中文所抱持的基本觀點和態度。思果：《翻譯新究》（臺北：大地出版社，2007年），頁263。

2 以下作品多數依據香港嶺南大學之「中國當代作家口述歷史計劃」http://commons.ln.edu.hk/oh_cca/9/，以及國立臺灣文學館：「臺灣作家作品目錄」，http://www3.nmtl.gov.tw/Writer2，然兩處之收錄皆不完整，本計畫書所列乃多方考求所得，避免瑣細，不一一繫其來源。

頗富，有：《私念》（臺北：亞洲出版社，1956年）、《沈思錄》（臺北：光啟出版社，1957年）、《藝術家肖像》（臺北：亞洲出版社，1959年）、《河漢集》（臺北：高原出版社，1962年）、《綠葉成蔭子滿枝》（臺北：五洲出版社，1962年）、《思果散文選》（臺北：正文出版社，1964年）、《思果散文集》（臺北：文星書店，1966年）、《看花集》（香港：曉林出版社，1972年）、《落花一片天上來》（此爲合著；臺北：爾雅出版社，1977年）、《林居筆話》（臺北：大地出版社，1979年）、《香港之秋》（臺北：大地出版社，1980年）、《沙田隨想》（臺北：洪範書店，1982年）、《霜葉乍紅時》（臺北：九歌出版社有限公司，1982年）、《曉霧裡隨筆》（臺北：洪範書店，1982年）、《雪夜有佳趣》（臺北：九歌出版社有限公司，1983年）、《剪韭集》（臺北：大地出版社，1984年）、《啄木集》（臺北：遠東圖書公司，1985年）、《思果自選集》（臺北：黎明文化公司，1986年）、《黎明的露水》（臺北：九歌出版社有限公司，1986年）、《思果人生小品》（臺北：文經出版社，1989年）、《三言兩語》（臺北：見證月刊社，1990年）、《橡溪雜拾》（臺北：三民書局，1992年）、《想入非非》（臺北：大地出版社，1994年）、《遠山一抹》（臺北：三民書局，1994年）、《偷閑要緊》（瀋陽：遼寧教育出版社，1995年）、《浮世管窺》（香港：香江出版社，1998年）、《神修蟻想》（臺北：光啟出版社，1998年）、《如此人間》（瀋陽：遼寧教育出版社，1999年）、《塵網內外》（昆明：雲南人民文學出版社，1999年）、《林園漫筆》（臺北：大地出版社，2001年）、《聖人傳記》（臺南：聞道出版社，2002年）[3]，另

[3] 以上在選集當中的文章，有部分文章重複刊行，另外，不屬此類的實用類著作有：《怎樣自修英文》（臺北：洪範出版社，1984年）、《香港學生的作文：專談遣詞造句》（香港：香港文化事業公司，1986）年、《我82歲非常健康》（臺北：文經社，2000年）。

有未刊遺作《迷人的嘮叨》。思果累積的筆耕成果甚爲可觀，對如何運用中文表達自具既深且廣的親身體會。

2. 編輯：他曾在香港擔任《讀者文摘》國際中文版編輯，1965年，《讀者文摘》中文版創刊，總編輯爲林太乙女士（林語堂之女），這個刊物當時雖然無法銷到中國大陸，在自由世界的華人社區則發行甚廣，從創刊起就特別強調清順的中文，而思果負責修改名家的譯稿。

3. 翻譯：思果在翻譯實踐以及翻譯研究上付出了極大心力，曾獲行政院文建會第三屆翻譯獎，翻譯的作品有：林白夫人（Anne Morrow Lindbergh）著《海的禮物》（*Gift From The Sea*；香港：友聯出版社，1959年）、諾克斯（Ronald Arbuthnott Knox）著《五分鐘默想》（*Lightning meditations*；香港：眞理學會，1962年）、布克爾華盛頓（Booker Taliaferro Washington）著《力爭上游：布克爾華盛頓自傳》（*Up from slavery*；香港：今日世界出版社，1963年）、肯湼迪（J. S. Kennedy）著《日常的生活》（*Daily Christian living*；香港：眞理學會，1963年）、麥克斯．溫克勒（Max Winkler）著《福自天來》（*A Penny from Heaven*；香港：今日世界出版社，1963年）、卡斯納契夫（Aleksandr Kaznacheev）著《佛國諜影》（*Inside a Soviet Embassy: Experiences of a Russian Diplomat in Burma*；香港：中一出版社，1963年）、雲先．克魯寧（Vincent Cronin）著《利瑪竇傳：西泰子來華記》（*The Wise Man from the West*；香港：香港公教眞理會，1964年），格耳布雷（John Kenneth Galbraith）著《自由時代》（*The Liberal Hour*；香港：今日世界出版社，1964年）、莫拉罕（James Monahan）著《一息尙存》（*Before I Sleep: The Last Days of Dr. Tom Dooley*；香港：今日世界出版社，1964年）、馬克．吐溫（Mark Twain）著《湯姆歷險記》（The Adventures of Tom Sawyer；香港：今日世界出版社，1964

年）[4]、約翰·巴勒斯（John Burroughs）著《赫遜河畔》（*John Burroughs' America*；香港：今日世界出版社，1970年）、湯麥士（Henry Thomas）著《電氣大師》（*George Westinghouse*；香港：今日世界出版社，1970年）、A.薛盛澤（Arthur M. Schlesinger）著《源遠流長》（*Paths to the Present*；香港：今日世界出版社，1972年）、鮑雯（Catherine Drinker Bowen）著《天生英哲》（*Yankee from Olympus*；香港：今日世界出版社，1975年），海沃德（Susan Hayward）編選《為心靈點燈：解答心靈困境的智慧語錄》（*A guide for the advanced soul*；臺北：臺灣英文雜誌社，1999年），他所翻譯狄更斯（Charles Dickens）名著《大衛·考勃菲爾》上、下冊（*David Copperfield*；臺北：聯經出版公司，1993年）更屬力作。此外，他還譯了艾倫·斯普納（Alan Spooner）編著的《牛津英語同義詞詞典》（*The Oxford Study Thesaurus*；香港：牛津大學出版社，1996年），字斟句酌，極為考究。思果擔任過香港聖神修院中文教授，又在香港中文大學翻譯中心擔任研究員，教授「高級翻譯」，又獲選為香港翻譯學會的名譽會士，相關著作有：《翻譯研究》（臺北：大地出版社，1972年）、《翻譯新究》（臺北：大地出版社，1982年）、《譯道探微》（北京：中國對外翻譯出版公司，2002年）、《功夫在詩外：翻譯偶談》（香港：牛津大學出版社，1996年）等，另有針對翻譯的選評之作，如：《阿麗思漫遊奇境記：選評》（北京：中國對外翻譯出版公司，2004年）、《飄：選評》（北京：中國對外翻譯出版公司，2004年）、《推銷

---

4 此《湯姆歷險記》譯本的翻譯者署名蔡洛生，據賴慈芸考證就是思果的另一筆名，而且只用過這一次，賴慈芸說：「這是因為他這本作品不是自己從頭譯的，而是參考了『洛生』的『頑童奇遇記』（1952年新加坡南洋商報出版），我猜思果為了表示負責，他其實也改得不少，所以就兩個名字並用，出現了「蔡＋洛生」這個奇特的筆名。」臺灣好時年出版社於1984年曾重印該書，署名亦同，賴慈芸：《翻譯偵探事務所》網站，http://tysharon.blogspot.com/2015/03/blog-post.html。

員之死：選評》（北京：中國對外翻譯出版公司，2004年）、《賣花女：選評》（北京：中國對外翻譯出版公司，2004年）、《名利場：選評》（北京：中國對外翻譯出版公司，2004年）。思果討論翻譯的散篇猶多，此不細列。

綜合以上，足見思果一生在創作、翻譯和研究上累積的成果，其中特別值得注意的是他不僅深入於中、英兩種語文，而且由於長期致力於翻譯，使他在思考現代中文的問題時往往出自對比的視野。從歷史發展去看，現代中文的建構深受以英文爲主的歐洲語文影響，或有意或無意地出現了「歐化」現象。這對中西交流頻繁而只生活在母語場域的人來說，每每「習焉而不察」，而語文的比較視野正可避免「只緣身在此山中」的盲點。歌德（Johann Wolfgang von Goethe）說：「不知曉外語的人，對自身的語言一無所知。」[5]措辭或顯極端，卻點出了語文的比較視野有助形成母語者對自身語言的後設認知。從比較視野出發，思果不僅發現了現代中文的問題，更有大量的專門探討，某些部分雖待商榷，但其相關觀察和思考實爲後續研究打下了良好的基礎。

㈡歐化中文

這是指近代受到歐洲語文影響的現代漢語，「歐化」又稱「西化」，其中，「歐洲」之「歐」以及「西方」之「西」皆屬泛稱，主要以英文爲代表。歐化中文意謂在表達形式上受英文影響的中文，詞彙之外，它在語法、句式上表現得最爲明顯，約略相當於一般所謂的「翻譯體」或「翻譯腔」（translationese），是中文在染上英文色彩後的形態，有學者直接稱之爲「英化中文」（Anglicized Chinese）[6]。「歐

5 Johann Wolfgang von Goethe, *Maxims and Reflections of Goethe*, trans. Bailey Saunders (New York: Macmillan, 1906), p.414.

6 張振玉：《翻譯散論》（臺北：東大圖書股份有限公司，1993年），頁22、159。

化」的現象、命名於民國初年即已出現[7]，不僅思果屢用其詞[8]，在當代學界的相關討論也經常使用。

五四時期，中文的歐化現象已相當明顯，來自翻譯[9]而擴大到了其他應用場域，正如張志公所云——它「先由翻譯作品介紹進來，逐漸影響了一部分人的寫作，寫作再影響了口語」[10]，口說、手寫，不斷滲透，耳濡目染，漸以爲常而形塑了現代中文。對此，文化界人士的立場並不一致，劉復說：

> 我以爲保守的最高限度，可以把胡適之做標準；歐化的最高限度，可以把周啟明做標準。[11]

紛然眾議中，劉復採取折衷態度，問題卻不可能輕易解決，從實際發展去看，一個世紀以來，所謂理想的現代中文及其客觀規準一直沒有確立，多元的實驗仍多方並進。不過，儘管各家的看法分歧，其中許多反思卻有助我們對這個問題的觀照。中文歐化並非只屬語文問題，更牽涉了文化現代化的問題，朱自清說：

> 白話文不但不全跟著國語的口語走，也不全跟著傳統的白話走，卻有意地跟著翻譯的白話走。這是白話文的現代化，也是國語

---

7 若溯其源，明清時期隨著天主教教士來到中土，「歐化中文」已然出現，但是影響有限，並未朝向宣教以外的文本擴散，此詳袁進主編：《新文學的先驅——歐化白話文在近代的發生、演變和影響》（上海：復旦大學出版社有限公司，2014年），頁11-73。

8 思果使用「歐化」、「歐化中文」的說法，除了散見各文——如：《翻譯研究》的〈引言〉之外，並有一篇〈翻譯歐化結構探討〉，反覆論此，該文收錄於思果：《譯道探微》（北京：中國對外翻譯出版公司，2002年），頁47-54。

9 王力曾說：「歐化的來源就是翻譯，譯品最容易歐化。」王力：《中國現代語法》（香港：中華書局有限公司，2002年），頁141。

10 張志公：《修辭概要》（上海：上海教育出版社，1982年），頁69-41。

11 劉復：《中國文法通論》（北京：中華書局，1939年），頁121。

的現代化。中國一切都在現代化的過程中，語言的現代化也是自然的趨勢，是不足爲怪的。[12]

確如朱自清所言，西方事物經由翻譯而影響中國不僅是全方位的，而且未見歇止，至今在臺海兩岸的現代中文裡都可發現不少歐化元素。思果討論了中文的歐化，正視了這個普遍而嚴重的現象，他用功甚深，發表了許多研究心得，然而多數讀者則將那些論述限縮於專門的翻譯討論之中，忽略了它在翻譯外的重要意義。這不難理解，因爲他的種種論述確實是從翻譯專業展開，何況相關重要著作——《翻譯研究》、《翻譯新究》等，在書名上都明確地扣上了「翻譯」二字。然而，在《翻譯研究》的〈引言〉裡，他表示：「我更希望，一般從事寫作的人也肯一看這本書，因爲今天拙劣不堪的翻譯影響一般寫作，書中許多地方討論到今天白話文語法和漢語詞彙的問題，和任何作家都有關係，並非單單從事翻譯的人所應該關心的……。」[13]事實上，不僅「和任何作家都有關係」，和任何學習中文表達的人都有關係。此不意謂大家都得直接去研讀他的專著，務實的作法應是由國語文領域的教師、學者從其中擷取菁華，並將之轉置於國語文教學的語境。本文即從這個基本觀照展開，故以「出自國語文教學角度的考察」爲副題，從這個視角去勾勒思果論述「現代中文的歐化現象」的輪廓。

㈢破邪顯正

這個詞語體現了思果面對歐化中文現象所持的基本觀念與態度，也是他長期針對翻譯體撰文發論的目的。「破邪顯正」原是傳統佛學常用的詞語，吉藏（549-623）在《三論玄義》裡開宗明義：「總序宗要，

---

12 朱自清：《文學的標準與尺度》（濟南：山東文藝出版社，2006年），頁38。

13 思果：《翻譯研究》（臺北：大地出版社，1972年），頁13。

開爲二門：一、通序大歸，二、別釋眾品。初門有二：一、破邪，二、顯正。」[14]就其字面，「破邪」指破除誤說，「顯正」謂彰顯正理。思果長期辨析「歐化中文」與「中文」，一直抱著「破邪顯正」的意向，這個概念見於他的多本著作，唯有時略變其詞，如《翻譯研究》的〈引言〉中，他說：

在『去邪』的時候，我也不得不做些『顯正』的工作。[15]

在《翻譯新究》的〈翻譯與國文教學〉中，他說：

中文教師要教學生作文，做了「顯正」的工作不夠，還要做無窮盡的「破邪」的工作。[16]

這是把成詞移用爲比況，意態強烈，這樣的字眼常出現在思果論析如何去除中文歐化、力求清順之際。思果借用「破邪顯正」隱喻對中文「惡性歐化」的導正，從事翻譯、研究翻譯之外，此隱隱然成爲他的一樁志業，我們在他的論述中每每覺察到惡紫奪朱、振衰起敝的苦心孤詣，但是，「邪」與「正」的絕對化二元隱喻不免過激。從長期的發展來看，語文形式的審美標準變動不居，語言本身又屬約定俗成，期望全然靠著確立措辭的基本範式去抑制流變，難免成爲奢望，也可能阻擋了一些未必負面的表達形式。雖然如此，只要避免將他提出的種種措辭方式當成不可撼動的「極則」，那麼，他的意見仍頗具參考價值。這在國語文教學上尤其有用，所謂「文無定法」，固然「無定法」，它的先決則畢竟先得有「法」而後再言超越，「無定法」並不等同「無法」，否則正規

---

14 〔隋〕吉藏著，韓廷傑校釋：《三論玄義校釋》（北京：中華書局，1987年），頁1。

15 思果：《翻譯研究》，頁12。

16 思果：《翻譯新究》，頁263。

的國語文教學難以進行。因此，若避開思果捍衛正宗而過烈的「破邪顯正」之說，而從他討論的一個個具體修辭實例去探究，把它用在爲現代中文翻譯體適度卸妝，自具積極的意義。

二、現代中文的歐化處境

五四時期，文言在書寫的主流位置爲語體所取代，中國語文悠長的發展過程裡，一向文言、口語並行，兩者雖然偶見夾雜，大致上各有應用範圍，一般不識字或識字不多的大眾受限於讀寫能力，與主用於書面的文言體，關係自然較爲疏遠。讀書人——士、農、工、商的「士」則不同，他們說話、書寫時所具體呈現的形式已然刻意區分，即使文、白之間未必涇渭分明，但在文、白兩端所呈現的漸層上，讀書人很清楚當下用的表達形式居於什麼位置。以南宋朱熹爲例，他撰作《四書章句集註》時用的是文言，淺近卻仍屬文言。然而同樣講論儒學，他與門人的對話經記錄、修訂而印成的《朱子語類》，就明顯在文言中摻入了許多口語表達的成分，固然不是純粹口語，與口語卻挨得更近。

再如，1890年中國的基督教傳教士大會倡議各教派共同出版「和合本」《聖經》，這個聯合譯本起初規劃有深文言、淺文言、官話三種譯本，1907年則將深文言與淺文言譯本合併爲一，只推出文言、官話兩個譯本。這裡的文言、官話就分別對應了中文原本的書寫系統以及口說系統，前者適用於士大夫階層，後者則便於向普遍民眾宣講。這顯示表達形式的選擇直接和使用場域、參與使用者的身分有關。因此，西力東漸的衝擊下，中國必須由菁英居頂的金字塔型社會轉爲扁平的大眾社會，進以「鼓民力」、「開民智」、「新民德」[17]——這裡的「民」皆指普遍的個體，意義已由傳統的「子民」走向了現代的「公民」，轉型有賴個體知能的提升，而此又決定於可以普及的語文工具，於是有了書

---

[17] 相關論述參嚴復：〈原強（修訂稿）〉，收錄於馬勇主編：《嚴復全集》（福州：福建教育出版社，2014年），第7卷，頁23-36；當時知識階層中，如梁啟超、張元濟等皆持類似觀點。

面文字口語化的需求，這個趨勢在五四白話文運動之前已成氣候，五四不過是正式將它普遍落實而已。

從晚清到民初，面對西方挑戰，中國文化節節敗退，中國為了謀求國富民強，不得不積極學習西洋文明，除了一批批學生出洋留學，也陸續翻譯大量各門類的西方著作，這個階段，現代化和西化幾乎是相同的指涉。處於這樣的時代脈絡，所謂的現代中文，除了縱向繼承本土長期的文言、口語經驗外，也橫向移植了英文的語法特質——魯迅、傅斯年等甚至刻意追求中文歐化而認定那是「必要」，可使中文表達更加精密、更有邏輯[18]。

總結以上，形塑現代中文樣貌的，一方面承繼了中國傳統，屬於「我固有之」的部分；另一方面則來自以英文為代表的歐洲語文，在將它轉譯為中文的過程裡，出現了許多英文表達方式的變形，翻譯的強勢影響下，新的中文表達習慣漸漸形成，乃至在非翻譯的情境中也普遍出現「洋腔」或「翻譯體」。白話取代文言地位的初期，華洋共構的混合體已然應運而起，此印證了胡適所說：「歐化白話文的趨勢可以說是在白話文學的初期已開始了。」[19]客觀回顧百年來中文的發展，乃是在眾聲喧嘩、多方嘗試中行進，既然是先革命、再建設，自是勢所必然。不過，發展初期，對中文歐化的批評聲浪就出現了，林語堂甚而形容某些歐化形式為「孳相」[20]，批評之聲至今未止，劉紹銘就痛陳「我們的白

---

18 魯迅：〈玩笑只當它玩笑（上）〉，《魯迅全集》（北京：人民文學出版社，1991年），第5卷，頁520；魯迅這個立場一直很堅定，後來在給曹聚仁的信上也說：「精密的所謂『歐化』語文，仍應支持，因為講話倘要精密，中國原有的語法是不夠的，而中國的大眾語文，也決不會永久含糊下去。」見其〈答曹聚仁先生信〉，《魯迅全集》，第6卷，頁77；至於傅斯年的歐化主張，參傅斯年：〈怎樣做白話文？〉，歐陽哲生主編：《傅斯年全集》（長沙：湖南教育出版社，2003年），第1卷，頁130-135。關於魯迅文章中的歐化現象，可參老志鈞：《魯迅的歐化文字——中文歐化的省思》（臺北：師大書苑有限公司，2005年）。

19 胡適：〈建設理論集導言〉，見其編《中國新文學大系・建設理論集》（1935年上海良友圖書印刷公司影印本；上海：上海文藝出版社，2003年）頁24。

20 林語堂：〈說孳相〉，收錄於其《無所不談合集》（香港：天地圖書公司，2012年），頁230-233。

話文是毀於英譯中的『怪胎』」[21]。1956年，思果出版《私念》，當中一篇〈關於散文〉，寫道：

文言廢白話興以後中國的散文還在摸索它的道路；西洋文字對新的國文有很大的影響，好的壞的都有。本來許多大散文家在開路的工作上多少已奠定了基礎，但是「現代國文」還沒有完全建立起來是無可諱言的。[22]

多年後，他的好友余光中於〈白而不化的白話文〉也指出：

白話文運動推行了六十年的結果，竟然培養出這麼可怕的繁硬文體，可見不但所謂封建的文言會出毛病，即連革命的白話也會毛病百出，而越是大眾傳播的時代，越是如此。[23]

余氏晚年在文章和演講中，經常指出現代中文被惡性歐化的影響[24]，其基調與思果大致相同，余光中比思果小十歲（思果生於1918年，余光中生於1928年），兩人同樣兼擅中、英文並精於翻譯，對歐化中文的思考、論述，思果雖然開始得較早，卻被拘限在翻譯的門限，他的分析主見於《翻譯研究》和《翻譯新究》，兩本重要的專書阻隔了非翻譯領域的讀者，其實，他的論述大可脫開翻譯研究的語境、就中文表達去解讀。思果曾明白表示自己對中文的種種意見能擴散到翻譯圈外，在《翻

21　見劉紹銘為童元方《選擇與創造：文學翻譯論叢》所寫的序文，見童元方：《選擇與創造：文學翻譯論叢》（香港：牛津大學出版社，2009年），頁Ⅶ。

22　思果：〈關於散文〉，收錄於《私念》（香港：亞洲出版社有限公司，1956年），頁3。

23　余光中：〈白而不化的白話文〉，見其《從徐霞客到梵谷》（臺北：九歌出版社有限公司，1994年），頁283。

24　詳高大威：〈比較視野下的修辭思維：余光中論現代中文的歐化現象〉，《政大中文學報》，第22期，2014年12月，頁131-158。

譯研究》的「引言」裡，他說：

> 我更希望，一般從事寫作的人也肯一看這本書，因爲今天拙劣不堪的翻譯影響一般寫作，書中許多地方討論到今天白話語法和漢語詞彙的問題，和任何作家都有關係，並非單單從事翻譯的人所應該關心的。[25]

余光中閱讀思果的《翻譯研究》後，有感而發，說道：

> 這種貌似「精確」實爲不通的夾纏句法，不但在譯文體中早已猖獗，且已漸漸「被轉移到」許多作家的筆下。……長此以往，優雅的中文豈不要淪爲英文的殖民地？

並表示：

> 在這樣的情形下，思果先生的《翻譯研究》一書，能適時出版，是值得我們加倍欣慰的。我說「我們」，不但指英文中譯的譯者，更包括一般作家，和有心維護中文傳統的所有人士。至於「加倍」，是因爲《翻譯研究》之爲文章病院，診治的對象，不但是譯文，也包括中文創作，尤其是飽受「惡性西化」影響的作品。[26]

從以上幾段引文，可以看出身爲作者的思果以及身爲讀者的余光中抱有共識，然而思果畢竟是在翻譯的專著中發聲，對不是從事翻譯的人自然成了一道橫阻於前的藩籬。

---

[25] 思果：《翻譯新究》，頁13。

[26] 余光中：〈變通的藝術──思果著《翻譯研究》讀後〉，該文收錄於余光中：《聽聽那冷雨》（臺北：九歌出版社有限公司，2002年），頁96。

余光中不同，他並沒有將對中文歐化的討論侷限在翻譯研究的範疇，此外，他的相關論述多半先發表於大眾報刊而後結集成冊，余氏在人生後期更是勤於出席兩岸的演講與座談，把對現代中文的擔憂與期望面陳大眾，甚至參與了臺灣「搶救國文教育聯盟」的活動，又認爲搶救國文教育需要組織來長期推動，而發起成立中華語文促進協會，擔任了四年的創會理事。所以在歐化中文的議題上，當代華人社會知道余光中的很多，知道思果的甚少。

思果因研究翻譯而憂心現代中文的歐化現象，他在《翻譯新究》裡說：

> 近年來教翻譯，發見自己總在教人寫中文。不過這也不僅僅是我如此，任何教翻譯的人都有這個經驗。[27]

又說：

> 我教翻譯，發見百分之五十的時間花在教中文方面。[28]

甚而表示：

> 我最近才發見，我做的並不是翻譯研究，而是抵抗，抵抗英文的「侵略」，英文的「帝國主義」……。[29]

他十分肯定地說：「誰也不能否認，目前的翻譯已經成了另一種文字，

---

[27] 思果：《翻譯新究》，頁5-6。

[28] 思果：《翻譯新究》，頁187。又，思果行文，常見「發見」一詞，這是過去的書寫習慣，相當於現在用的「發現」。

[29] 思果：《翻譯新究》，頁5-6。

雖然勉強可以懂，但絕對不是中文。」[30]《翻譯研究》出版於1972年，他所說的「目前」也是近半個世紀前的事了，他認爲想要改善，就得「訓練師資，改學生的作文，糾正學生的錯誤」，但是，他說：

> 到現在爲止，還沒有一本像英國The King's English（浮勒弟兄H.W. and F.G. Fowler著）的，講現代中文標準用法的書。所以大家亂寫，也沒有辦法知道錯在那裡。我們現在怪學生的中文不通，未免太不公平；應該要先研究他們的中文爲什麼不通，然後對症下藥，幫助他們。[31]

這段引文出自《翻譯新究》，該書1982年問世，距《翻譯研究》已有十年，距今則歷三十八年，實際狀況並未大幅改善，相類於浮勒兄弟所爲而講述中文用法的書，也猶未出現。思果筆下經常提到浮勒弟兄的《標準英文》（*The King's English*）和《現代英文用法》（*Modern English Usage*），他深感於「現在的中文給劣譯和不讀中國書的人亂寫，積非成是，我們幾乎已經不知道中國話該怎麼說，中文該怎麼寫了」，曾有意仿照浮勒弟兄的書去撰寫《標準中文》和《現代中文用法》，確沒有實現，不過，《翻譯研究》、《翻譯新究》和其他零星篇章已廣泛而深入地辨析了歐化中文的特徵，也談及如何「去歐化」以確保中文清晰通順，足供國語文教學參資。

如前所述，中文歐化現象迄今已有百年，因此，它對老一輩的語文影響已很明顯，這裡檢視幾個實例：一是出自語言學家趙元任先生，他在《語言問題》的第一講「語言學跟跟語言學有關係的些問題」起始說：

30　思果：《翻譯研究》，頁11。

31　思果：《翻譯新究》，頁267。

……「語言問題」這一系列的演講，我覺得是一件很愉快、很榮幸、使我很興奮的一件事情。

次一段說：

語言是人類有史以前很早就有的東西；可是專以語言爲對象，成爲一門研究跟學習的一門叫得出名儿的科目，這只是最近幾十年來的事情。[32]

思果在《翻譯研究》、《譯道探微》分析英文不定冠詞的中譯時，則指出趙元任文中多次出現的「一件」、「一門」等，都直接受了英文影響[33]。其次，再看錢穆《國史大綱》的一段話：

將西洋史逐層分析，則見其莫非一種力的支撐，亦莫非一種力的轉換。……其使人常有一種強力之感覺者亦在此。……因此每一種力量之存在，……其發皇，則在一種新力量之產生。……西方史上革命，多爲一種新力量與舊力量之衝突……固不在一種力之外衝擊，而在一種情之內在融和也。[34]

---

32 趙元任：《語言問題》（臺北：國立臺灣大學文學院，1959年），頁1。

33 文中所舉趙元任的例子及相關討論，詳思果：《翻譯研究》，頁156-160，以及其〈散文的惡性歐化〉，收錄於他的《譯道探微》，頁84-93；又，在他的〈「一種」和「一個」〉也曾論及，該文收錄於思果：《林居筆話》（臺北：大地出版社，1979年），頁100-101。

34 這段話引自思果：〈散文的惡性歐化〉，收錄於其《譯道探微》，頁84；然該書援引時有兩處漏字、一個錯字，本文已據錢穆原書校正，見錢穆：《國史大綱》（臺北：臺灣商務印書館股份有限公司，1990年），頁23。此外，以上所舉趙元任、錢穆的例子，亦見於思果：〈翻譯歐化結構探討〉及〈散文的惡性歐化〉，收錄於其《功夫在詩外》（香港：牛津大學出版社，1996年），分見頁62-63、頁104-105。

文中，受英文不定冠詞的影響更爲嚴重，這也是思果舉出來的實例，他特別表示自己對趙、錢兩位大師的人和書都很佩服，全無不敬，他說道：

> 我提出來只是說明，劣譯和五四時期文人學者主張中文歐化，要學西方的文法，以求精密嚴緊，產生了效果；影響所及，連國學、語言學大師、都不能免，別人就更不用說了。[35]

思果舉出其他人犯有此病的例子後，也沒放過自己寫的文章，他說：

> 我的散文集《藝術家肖像》再版，我刪掉成千『一種』、『一個』，改完之後，不放心再看一次，又刪去上百！[36]

他在〈自己的文章〉裡對自己的舊作大加批判，表示日後出選集時要改掉其中的「英文句法」，甚至表示《翻譯研究》也有待改之處[37]。趙元任年輕時即遠赴美國接受西方教育，大半生在美國任教，屬於洋派學者，錢穆則是典型的中國本土學者，思果則在私塾與現代學校讀過幾年書，後來的教育多半仰賴自學；他們的成長軌跡不同，可是身處西學東

---

35 思果：〈散文的惡性歐化〉，收錄於其《譯道探微》，頁85；類似的例子確實不少，梁實秋、傅東華筆下亦可見得，童元方曾專文討論，參童元方：〈丹青難寫是精神——論梁實秋譯《咆哮山莊》與傅東華譯《紅字》〉，收錄於其《選擇與創造：文學翻譯論叢》，頁1-13。

36 思果：〈散文的惡性歐化〉，收錄於其《譯道探微》，頁92。實則不止於此，對照思果《私念》的初版以及1982年修訂版，原本的歐化語詞也刪了不少，如：〈私念（前記）〉初版：「其中最引我注意的部分是記載他本人（一個獨身漢）對某一個女子的迷戀。」修訂版把「 一個獨身漢」改成了「是個獨身漢」，又將「一個女子」改作「某女子」，詳思果：《私念》（香港：亞洲出版社有限公司，1956年），頁58，及其修訂版《私念》（臺北：洪範書店有限公司，1982年），頁3。類似的狀況也見於余光中，他所譯Irving Stone的《梵谷傳》，首譯本出版於1956年，1978年則大幅修訂，修訂之處上萬，泰半屬於歐化的措詞方式。

37 思果：〈自己的文章〉，收錄於其《林居筆話》，頁123、126。

漸的大環境，筆下的中文無不染有歐化色彩，尤爲特別的是：他們三位之中，相對而言，錢穆的文化態度最爲保守，在文字上染受的歐化色彩卻最濃，可徵西方文化力道之強。

若認定語文形式中不存在客觀的價值判斷，或者認爲語文並沒有客觀的美感意義，那麼，語文能用來溝通就夠了，這勢必令身居第一線的語文教師左右爲難、進退失據。這就如同要瞭解某個語詞的用法，固然可以透過演算法去處理大量數據，進已掌握現況，可是它並不能逕以取代專業辭典，它揭露的「實然」並不能取代「應然」，再者，「量」與「質」的關係乃是動態的、多元的，如前所說，「文無定法」並不等於「無法」。務實地說，語文表達形式在容納多種選項的同時，也不應罔顧專業人士所提出的建議。對此，各國的實際作法不一，比如法國由「法蘭西學院」（Académie française）負責編纂官方詞典，近年又在該學院的官網上設立了名爲「該說的和不該說的」（Dire, ne pas dire）專區，以回應世界各地對法語用法的諸多問題[38]，比如：該學院排除了電子郵件的英語單詞e-mail，而接受了源自魁北克法語的courriel[39]。法國的這種保護作爲罕見於他國，法國民眾卻不排斥。再看美國，雖無官方機構去負責「國語」，可是，指引英文正確用法的書卻從來不少，近代最有名、影響也最大的莫過於威廉・史壯克（William Strunk Jr.）所著《風格的要素》（*The Elements of Style*），該書1920年問世，書稿前身是他爲康乃爾大學寫作課程撰寫的講義，成書三十多年後，作者的學生、著名散文家懷特（E. B. White）著手擴充、訂正，於1959年推出了增訂版[40]。2011年，《時代》雜誌將該書列入百本影響最爲深遠的

---

38 http://www.academie-francaise.fr/dire-ne-pas-dire；精選並印成專冊的已有簡體中文的譯本，參法蘭西學院辭典委員會編著，張文敬譯：《法語：該說的和不該說的》（北京：商務印書館，2017年）。

39 其說明參法蘭西學院辭典委員會編著，張文敬譯：《法語：該說的和不該說的》，頁51-52。

40 Strunk, William & White, E. B.: *The Elements of Style*, New York: Pearson Longman, 2009；中文譯本有

英文著作。雖然這本小書有經典之譽，質疑之聲也未嘗稍止，較新的一本是當代研究認知、心理的著名學者史蒂芬・平克（Steven Pinke）所寫，名爲《寫作風格的意識：好的英語寫作怎麼寫》（*The Sense of Style: The Thinking Person's Guide to Writing in the 21st Century*）[41]，2014年出版，從原文書名就知道是擬仿《風格的要素》而來，平克在序文提到他並無取而代之的想法，只認爲「需要一本二十一世紀的寫作指南」，平克指出了史壯克《風格的要素》裡的疏漏，並強調應該用理性和證據去替代教條式的慣用法指導，這對指引現代中文表達也能帶來相當啟示。史壯克以其個人學養爲基礎，對寫作之法提出了具體指引，若干年後，懷特續作增訂，其他人的相關書籍也持續問世，既體現了「文無定法」，也證明各家觀念之中存在著「法」的共同預設，對各家揭示的「法」，除須寬容對待，也必須瞭解：任何法則在不同時空有其變亦有其不變，才是常態。

1921年9月10日的《小說月報》第12卷第9號，周作人就提出：

> 關於國語歐化的問題，我以爲只要以實際上必要與否爲斷，一切理論都是空話。反對者自己應該先去試驗一回，將歐化的國語所寫的一節創作或譯文，用不歐化的國語去改作，如改的更好了，便是可以反對的證據。否則可以不必空談。但是即使他證明了歐化國語的缺點，倘若仍舊有人要用，也只能聽之，因爲天下萬事沒有統一的辦法，在藝術的共和國裡，尤應容許各人自由的發展，所以我

數種，可參威廉・史壯克著，吳煒聲譯：《英文寫作風格的要素》（臺北：所以文化事業有限公司，2015年）。

41 Pinker, Steven: *The Sense of Style: The Thinking Person's Guide to Writing in the 21st Century*, New York: Viking, 2014；中譯本可參史蒂芬・平克著，江先聲譯：《寫作風格的意識：好的英語寫作怎麼寫》（臺北：商周出版股份有限公司，2016年）。

以爲這個討論，只是各表意見，不能多數取決。[42]

這樣的態度值得採納。考察思果在翻譯實踐和研究上做的，大部分即是「用不歐化的國語去改作」，多數也確實改得比歐化的表達方式好，這並不意謂要強制地去規範大眾，亦不應排斥其他的表達方式。簡言之，某種表達方式除非明顯有誤，否則，皆應視作措辭行文的「另一選項」。據《翻譯研究》序文裡所言，書中所論僅僅是他「個人的意見」，思果強調：「意見和眞理不同，眞理只有一個，而意見卻可以有很多。」[43]他的種種意見也得不斷接受檢視，後人不必以顚撲不破來預設，重點在揀其可用。

三、思果的比較視野與參照準據

思果對現代中文的種種討論，多見於《翻譯研究》、《翻譯新究》── 後者可視爲前書的續集[44]；這兩本書旨在探討如何翻譯，內容側重「譯文」（即一般所謂的「歸宿語言」、「目標語言」，target language；相對於此的是「原文」，有人稱爲「始發語言」、「來源語言」，source language），也就是中文部分，不只這兩本書，思果同類主題的其他文章亦然。《翻譯研究》和《翻譯新究》的內容值得重視，可從兩方面去說，一是「其然」部分，思果蒐集了大量歐化中文的實例，都是一般常犯的毛病，而非杜撰出來的；另一是「其所以然」部分，思果提出實例時總是隨加解析，每每親自修改以示。若缺乏長期的關注或紮實的功力，不可能做到這些。在《翻譯研究》的〈序〉裡，思

---

42 周作人：〈語體文歐化討論〉，見陳子善、趙國忠編：《周作人集外文：1904~1945》（上海：上海人民出版社，2020年），冊一，頁392。

43 思果：《翻譯新究》，頁8。

44 思果在《翻譯新究》的〈序〉裡，即直言此書大體上是《翻譯研究》的續編，詳其《翻譯新究》，頁7。

果說：

我寫了三十多年散文，譯了二十本書，研究了七年翻譯，看到了許多不同名家的譯文，比較中英文文法、結構、表現不同之處，遇到無數難題，想法解決，隨時記在心裡，事後加以整理、分析、歸納，寫了出來。原稿寫好之後，擱了好多年，一再修改，並拿來在中文大學校外進修部高級翻譯文憑班作爲教材，試用了兩年光景，觀察學生的反應，又曾摘要寫成十二章，充該部函授講義，這份講義還拿去供幾間專上學院做過翻譯教材。全書現在才印出來。所謂研究七年，是每天七小時半，連續不斷專業化地研究，逐字逐句推敲，跟朋友反覆討論。不是玩票。[45]

從後來成書的《翻譯新究》，也可看出他長期耕耘的紮實功夫。

判斷語文表達孰優孰劣時，不同的人往往各有所見，也各有所執[46]，思果申明立場，說：「凡是中國已有的表達意思的方法、字眼、句法，儘量採用，沒有的再想辦法。讀者如果不贊成我的主張，就不必費心看下去了。」[47]表達了基本立場之外，這也揭示了他在研究上參照的準據——中文被歐化前、既有的表達方式。面對語文橫向移植的各個變形，他採用縱向的原形去對照、斟酌。這也呼應了他說的「細聽中國人講的話」、「不能聽時髦人的話，因爲他們已經中了拙劣譯文的毒素」，乃至提倡「細讀中國的古文詩詞，舊小說如《紅樓夢》、《兒女英雄傳》」[48]，以上，就是返回母語者口頭上（語）以及書面上（文）

---

45 思果：《翻譯研究》，頁7。

46 他說：「也許我認為是不好的習氣，卻是他人認為美妙的地方，可能引起極大的辯論；我只能說，我的話只代表我個人的意見，還有討論餘地，大家不妨討論。」語見《翻譯研究》，頁152。

47 思果：《翻譯研究》，頁11。

48 思果：《翻譯研究》，頁16。

所使用的中國語文。倘使不這麼做，評判就容易流於過度主觀下的一己偏好。然而，思果要人細讀古文詩詞，而非取法於今，是不是厚古薄今呢？他說：

> 我希望不久誰能選出一本散文集，書名叫「白話文觀止」，裡面的文章幾乎沒有大錯，學生儘管仿效，不會出毛病，文法修辭家可以引來作爲例句，說明某一用法，讓大家知道對對在那裡。到現在爲止，國語文法學家只能在「紅樓夢」、「水滸」等舊說部裡找例句，這並不錯，也不能怪。但範圍太窄，包括不了現代白話文的種種特點。[49]

他確實嘗試過類似的工作，早年名爲〈論散文〉的文章裡，他寫道：

> 我和一個朋友合選過一本語體文集，結果細看下來，許多出名的、別的選本裡全收進去的文章，毛病卻很多，並經不起檢查，不適宜作爲範本。現在西洋語文影響我們的語體文，以致許多文句不像中國文，純淨更不能做到了。我並不主張復古，重新去做古文，不過古文裡保存了純淨的標準的比較多，單說東坡的書簡就夠證明我的話不是太有偏見了。這也不能怪，白話文學的歷史太短了。[50]

《翻譯新究》問世於1982年，收錄〈論散文〉的《沉思錄》則在1957年出版，兩段文字到現在分別有四十年、六十多年了，臺灣已產生了不少當代散文的選集，不過，多半著眼在文學內容，重視創意而相對忽略了語文形式，現在若要編出他所期待的散文選集，客觀條件勝過以往，

---

[49] 思果：《翻譯新究》，頁229；引文的「現代白話文」原作「現化白話文」，「化」應是誤植，逕予改正。

[50] 思果：〈論散文〉，《沉思錄》（臺中：光啟出版社，1957年），頁81-82。

但實際成品猶未出現，那麼，在他發聲的年代，強調到傳統經典裡找修辭實例，自不難理解。準據的問題，思果認眞思索過，他說：

胡適之提倡白話文沒錯，近幾十年大家寫白話詩文也沒有錯，錯卻錯在不去承受文學的遺產，以爲只要怎麼說話，就怎麼寫文章，行了。這是有文學遺產的國家不可以做的事情……。[51]

上面這段引文之後，思果敘述了現代西方重視古典傳統的實際情況，意思是現代語文的發展不應和傳統斷裂，應該去蕪存菁而非全然揚棄。思果討論中文措詞之際，常在傳統文本中旁徵博引，多是爲了在裡面找好的範例，例如論「代名詞」，他舉的文本有出自錢牧齋《列朝詩集小傳》的，有《喻世明言》的，也有《紅樓夢》的。古典中，他參照最多的就屬《紅樓夢》，比如曾引該書二十二回「聽曲文寶玉悟禪機　制燈迷賈政悲讖語」的一段，並用括號加上了主詞：

寶玉沒趣，只得又來尋黛玉。誰知（他）剛進門，便被黛玉推出來，（黛玉）將門關上了。寶玉又不解何故，在窗外只是低聲叫好妹妹。黛玉總不理他。……寶玉因隨進來問道，凡事都有個緣故，（你）說出來也不委曲。（你）好好的就惱了，到底是什麼起？黛玉冷笑道，（你）問的我倒好，我也不知爲什麼。我原是給你們取笑的，（你們）拿著我比戲子，給眾人取笑。寶玉道，我並沒有比你，也沒有取笑你，（你）爲什麼惱我呢？……[52]

思果指出英文的篇章中，主詞多半得一一說出，至於中文，只要無礙理

---

[51] 思果：《翻譯研究》，頁254。

[52] 思果：《翻譯研究》，頁97-98；這裡的《紅樓夢》文字，未詳其版本，概據思果所援引。又，中文主詞的省略問題，思果在《翻譯新究》裡曾以《紅樓夢》第二回為說，詳該書，頁27。

解，就可省略（如引文裡加註的名字和代名詞），否則就可能顯得囉嗦，歐化的現代中文就常犯此病。思果藉《紅樓夢》爲說，是強調不必捨棄中文原本靈活的特點而一味追踵英文習慣。中、英文表達的這種差異，以英語爲母語的人士在學習中文時尤難掌握，以下歐化中文的具體例子出自來臺外籍學生的筆下，恰可旁徵英語思考習慣下的中文表達，可特別注意其中可省而不省的主詞：

我們昨天去北埔和內灣，我們先去參觀新竹科學園區，我對這個地方滿有興趣，我覺得這個地方太小。我們去一家很老的餐館吃中飯，從前這家餐館是一電影院，現在我們吃飯的時候還可以看到老片。我們吃完中飯以後，我們去觀北埔的老街。北埔的小店賣很多不同的東西，像麻糬和黑糖糕。過了一個小時，我們去內灣擂茶，我們把芝麻花生和茶葉磨成變粉。我們喝完茶後，我們就回臺北了。[53]

對以中文爲母語的人來說，表達上雖會出現個別差異，但代詞通常不會用得那麼頻繁，一般的國語文教學過程更不會特別去教，怎麼運用代詞牽涉了語文素養的高下。針對上文，曾有學者分請三位教師去修改，這裡製成表格，以縮小方式呈現於下（說明：「教師A」是新任華語教師，「教師B」是資深華語教師，「教師C」是中國文學教師，他們各自修改而沒有其他參照，並未提示針對代詞，改多改少亦無限制，只需把握基本原則：一是合乎中文習慣，二是不背離原文的意思。），如表1：

[53] 這個例子採自宋如瑜：〈零代詞的「省略」──一個實境取向的教學探索〉，《中原華語文學報》，第1期，2008年，頁133。

表1[54]

老師A	老師B	老師C
昨天我們去了北埔和內灣。	昨天我們去了北埔和內灣，	昨天，我們去了北埔和內灣，
我們先去參觀新竹科學園區。	先去參觀新竹科學園區，	先參觀新竹科學園區，
我對這個地方滿感興趣的，	我對這個地方蠻有興趣，	我對那兒滿感興趣的，
可是覺得太小了。	可是覺得太小了，	可是地方嫌小。
之後我們去一家很老的餐館吃中飯。	後來我們去一家很老的餐館吃中飯。	中午在一家老餐館吃飯，
這家餐館以前是電影院，	從前這家飯館是一個電影院，	它的前身是電影院，
現在吃飯的時候還可以看到老片子。	現在吃飯的時候還可以看到老片子。	所以現在還能邊吃飯邊看老片子。
吃完中飯以後，	吃完中飯以後，	飯吃完，
我們去參觀北埔的老街。	我們去參觀了北埔的老街。	接著逛北埔老街，
那裡的小店賣了很多不同的東西，	那裡的小店賣了很多不同的東西，	街上小店賣的東西很多，
像麻糬和黑糖糕。	像麻糬和黑糖糕什麼的。	有麻糬、黑糖糕什麼的。
一個小時之後，	過了一個小時，	逗留了一個鐘頭，
我們到內灣擂茶。	我們去內灣擂茶。	又上內灣擂茶，
我們把芝麻、花生和茶葉磨成粉	我們把芝麻、花生和茶葉磨成粉沖茶，	把芝麻、花生和茶葉磨成粉，沖著喝，
喝完茶以後，	喝完茶以後，	喝完，
我們就回臺北了。	就回臺北了。	一行人就返回臺北了。

54 本表依照宋如瑜的研究而轉成表格，俾便對照，詳宋如瑜：〈零代詞的「省略」——一個實境取向的教學探索〉，《中原華語文學報》第1期，2008年，頁133-134。

對照三位教師的修改結果，他們在主詞和代詞的使用方面，互見異同，從主詞省略的狀況與代詞的表現方式去看，充分體現了中文的應用藝術。藉由多重版本的深入比較，不僅能夠提高外國學生的中文能力，對本國學生的修辭同樣有幫助，這也正是思果重視的。

回到思果以《紅樓夢》爲參照的討論，談到現代中文受英文影響而過度使用「當……（的）時（候）」，他說道：「《紅樓夢》第九回我一口氣看了三五十行，也沒有看見一處用『當……時』的。」[55]另外，分析「因之」和「因此」時，他也舉了《紅樓夢》第二十九、三十回的文本當例子[56]，類似的情形不少[57]；其中，思果最花力氣的是在討論「譯文體」時，他擷取《紅樓夢》第三十一回中的文字，刻意修改成了在日常很容易接觸到的譯文體。爲便對照，底下以表格形式將原文和改文並列，如表2：

表2

	原文	改文
1	話說襲人見了自己吐的鮮血在地，也就冷了半截，	在看到她吐在地上的一口鮮血後，襲人就有了一種半截都冷了的感覺，

55 思果：《翻譯研究》，頁143。

56 思果：《翻譯研究》，頁171。

57 其中也偶見需要修正的，如：思果說：「《紅樓夢》有些句子並不合現代文法，如第十五回『二人來至襲人堆東西的房門』，末了不加『口』字，現代白話就不行。」見其《翻譯研究》，頁88。思果所引，不見於第十五回，應是第五十一回之誤，至於「二人來至襲人堆東西的房門」這句，檢以《紅樓夢》，有版本之異，一是「襲人」，較早的庚辰抄本作「二人來至寶玉堆東西的房子」，見《庚辰鈔本石頭記》（臺北：廣文書局有限公司，1977年），㈢，頁1121-1122。夢稿、蒙府、甲辰、程甲諸本則如思果之引，作「襲人」，再者，各本未見作「房門」的，庚辰本作「房子」之外，夢稿、蒙府、甲辰本則作「房內」，以上具詳馮其庸主編：《脂硯齋重評石頭記彙校》（北京：新華書店，1988年），第3冊，頁1198-1199。因此，思果所稱房門不加口字的判斷乃由版本致誤。

	原文	改文
2	想著往日常聽人說：「少年吐血，年月不保，縱然命長，終是廢人了。」想起此言，不覺將素日想著後來爭榮誇耀之心盡皆灰了，	當她想著往日常聽人家說，一個年輕人如果吐血，他的年月就不保了，以及縱然活了一個較長的生命，她也終是一個廢人的時候，她不覺就全灰了她的後來爭榮誇耀的一種雄心了。
3	眼中不覺滴下淚來。	在此同時，她的眼中也不覺地滴下了淚來。
4	寶玉見他哭了，也不覺心酸起來，因問道：「你心裡覺的怎麼樣？」	當寶玉見她哭了的時候，他也不覺有一種心酸。因之他問：「你心裡覺得怎麼樣？」
5	襲人勉強笑道：「好好的，覺怎麼樣呢。」	她勉強地笑著答：「我好好地，覺得怎麼呢？」
6	寶玉的意思，即刻便要叫人燙黃酒，要山羊血黎洞丸來。	寶玉的意思，他即刻便企圖叫人去燙一種黃酒，要一種山羊血藜峒丸來。
7	襲人拉了他的手，笑道：「你這一鬧不打緊，鬧起多少人來，倒抱怨我輕狂。分明人不知道，倒鬧的人知道了，你也不好，我也不好。正經明兒你打發小子問問王太醫去，弄點子藥吃吃就好了。人不知鬼不覺的，可不好？」	她拉住他的手笑：「你這一鬧不打緊，鬧起了多少人來，人們倒要堅持我是屬於一種輕狂的人；我的病分明人們不知道，給你一鬧，倒鬧得他們知道了，你還是明天打發一個小子，問問那位王太醫去，向他弄一點藥給我吃吃，我將痊好。人們不知道，不覺得，可不好？」
8	寶玉聽了有理，也只得罷了，向案上斟了茶來，給襲人漱了口。	寶玉接受她的話，也只得罷了。然後他向案上斟了一杯茶來，給她漱了口，
9	襲人知道寶玉心內是不安穩的，待要不叫他伏侍，他又必不依；二則定要驚動別人，不如由他去罷，因此只在榻上，由寶玉去伏侍。	她知道他內心也有一種不安，她如果不讓他提供一番伏侍，他又必然不依，和必然驚動別人，她不如由他去吧！因之，她倚在她的榻上，由他提供他的伏侍。

	原文	改文
10	一交五更，寶玉也顧不的梳洗，忙穿衣出來，將王濟仁叫來，親自確問。	當一交五更的時候，顧不得他的梳洗，寶玉就急忙地穿了他的衣服出來，將王濟仁叫來，他親自作了一番確切的詢問。
11	王濟仁問其原故，不過是傷損，便說了個丸藥的名字，怎麼服，怎麼敷。寶玉記了，回園依方調治。不在話下。	當他問她的病的原故的時候，那太醫知道這不過是一種傷損。他便說了一種丸藥名字，教了他如何服吃和敷搽，寶玉記住它們，他回園來依著那方子進行了一項調治。這項事暫時停止去提。
12	這日正是端陽佳節，蒲艾簪門，虎符繫臂。	這天正是端陽佳節，每一個人家用蒲艾簪在他們門上，把虎符繫在他們臂上。
13	午間，王夫人治了酒席，請薛家母女等賞午。	在中午的時候，王夫人擺了一桌酒席，請了薛家母女等從事賞午，
14	寶玉見寶釵淡淡的，也不和他說話，自知是昨兒的原故。	寶玉發現，寶釵有一種淡淡的神態，和她的不和他說話，他知道這是為了他昨天得罪了她的緣故。
15	王夫人見寶玉沒精打彩，也只當是為金釧兒昨日之事，他沒好意思的，越發不理他。	王夫人看見寶玉的沒精打彩，也只當他是為了昨日金釧兒的事情的原故，他也沒好意思的，所以她也越發不理他。
16	黛玉見寶玉懶懶的，只當是他因為得罪了寶釵的原故，心中不自在，形容也就懶懶的。	林黛玉看見寶玉一副懶懶的樣子，只當他是因為得罪了寶釵的原故，所以她心裡也不自在，也就顯示出一種懶懶的情況。
17	鳳姐昨日晚間王夫人就告訴了他寶玉、金釧的事，知道王夫人不自在，自己如何敢說笑，也就隨著王夫人的氣色行事，更覺淡淡的。	鳳姐昨天晚上就由王夫人告訴了她寶玉金釧的事，當她知道王夫人心裡不自在的時候，他如何敢說和笑，也就作了一項決定，隨著王夫人的氣色行事，更露出一種淡淡的神態。

	原文	改文
18	賈迎春姊妹見眾人無意思，也都無意思了。因此，大家坐了一坐，就散了。[58]	迎春姐妹，在看見眾人都覺得沒意思中，她們也覺得沒有意思了。因之，她們坐了一會兒，就散了。[59]

思果說：

由上文可見，平空加許多「一個」，「一種」，「一番」，「他」，「她」，「他的」，「她的」，「當……的時候」，「這」，「在……」等等字眼、對於文義毫無好處，還有多用名詞來代替動詞、形容詞，「淡淡的」改成「有一種淡淡的神態」，也一點好處也沒有。[60]

就我個人觀察，顯然當今臺灣年輕世代的書寫表現多數接近上面的「譯文體」。從根本去說，中文的特質在「意合」，英文則在「形合」，中文歐化過程中，常常把原本的「意合」方式改爲「形合」，所以相較於過去，中文變得囉嗦而不那麼靈活自然[61]。身處在劣譯充斥的語文環境，中文歐化於是順勢發生，何懷碩在四十年前就指出：「『變質的歐化』是從中文不良歐化的文章裡模仿得來。尤其一般中文基礎訓練不足的人，儘管他不懂得外文，但是他的中文已是嚴重的『變質的

58 這裡所錄《紅樓夢》原文和標點，依據的是馮其庸整理的版本，詳馮其庸重校評批：《瓜飯樓重校評批〈紅樓夢〉》（瀋陽：遼寧人民出版社，2005年），上冊，頁492-493。

59 思果：《翻譯研究》，頁162-163。另外，討論「一種」、「一個」、「一項」時，思果也曾選擇《紅樓夢》的這個段落，並用括號形式添加了數量詞，參同書，頁158-159。

60 思果：《翻譯研究》，頁163。

61 中文的「意合法」之說，最早由王力提出，參王力：《漢語語法綱要》，收錄於《王力全集》（北京：中華書局，2015年），第9卷，頁175。

歐化』。」[62]長期以來，國語文教學對這個嚴重現象，不是無視就是無力，甚或許多教師本身的表達習慣也已如此而渾然無覺。即使學生在多年的國文課裡讀了些清暢的文章，還是很難不染上生活裡充斥的洋腔；除了各種課外的翻譯文本的影響，學生上英文課，師生把英文翻譯成中文的當兒，中文每每跟著變形，導致英文尚未學好，中文卻已先變壞了。

當然，思果衡量現代中文是否有惡性歐化狀況，並非只根據古籍，更不會單靠一本《紅樓夢》，他廣泛考察某個意思在日常中文裡是否有較好的表達方式。這類例子不勝枚舉，略摘如下：

○素食主義者→吃素的（《翻譯研究》，頁114）
○進行了一項歷時一週的觀察→觀察了一週（《翻譯研究》，頁153）
○做些什麼商談→談些什麼（《翻譯研究》，頁154）
○做了五年的奮鬥→奮鬥了五年（《翻譯研究》，頁154）
○提出答覆→答覆（《翻譯研究》，頁155）
○最好的……之一→數一數二的／頂兒尖兒的／屈指可數的／少有的／罕見的（《翻譯研究》，頁180）[63]
○每一行動→一舉一動（《翻譯研究》，頁190）
○建築正接近完成→建築快要落成（《翻譯研究》，頁190）
○慣常的地方→老地方（《翻譯新究》，頁91）
○他從事新職業→他改了行（《翻譯新究》，頁91）
○他能吃下去→他吃得下去（《翻譯新究》，頁92）

---

62 何懷碩：〈論中文現代化〉，《苦澀的美感》（臺北：立緒文化事業有限公司，1998年），頁275；這篇文章撰寫的時間是從該文〈後記〉推估出來的，參同書，頁304。

63 「頂兒尖兒」的儿化韻有問題，應作「頂尖兒」，也可去掉儿化韻，直接用「頂尖」。

○成功的婚姻→美滿姻緣（《翻譯新究》，頁101）
○並非表示自己軟弱→並非示弱（《翻譯新究》，頁101）
○我在絕境中→當時我陷於絕境（《翻譯新究》，頁135）
○作爲一個音樂家→身爲音樂家（《翻譯新究》，頁138）
○在未來的日子裡→將來／日後（《翻譯新究》，頁166）

以上各例，箭號左邊的不代表是「錯誤」，但摻有歐化色彩，右邊的則屬相對純粹的中文。思果說：「做翻譯工作的只要自己問自己，『這句話中文是怎樣說的？』如果不像中國話，不是譯得不好，就是譯錯了。這時就要用心想一想，改一改了。還有就是譯文雖然也像中文，可有沒有更現成的說法？如果有就要再改了。」[64]這原是針對翻譯工作說的，也可將它轉到提升國語文素養的語境。然而不論就什麼去說，解決的方法恐怕都不像他說得那麼簡單，當我們自問：「這句話中文是怎樣說的？」就已預設了某種相對清通的表達形式，包括句式、詞彙等；含混之處是：對一般國人而言，日常習慣決定了中文表達的形式——既可能來自好習慣，也可能出於壞習慣。習慣成自然，一有想法，脫口而說、信筆就寫，同樣的意思，腦子裡未必有別種措詞方式，即使有，判斷優劣也並不容易，況且我們日常接觸的表達方式良莠不齊，那麼，「這句話中文是怎樣說的」不成問題，難的是回應「這句話，中文怎樣說才好」，而這正是國語文教學亟需重視的地方，對此，思果固然不曾論及，他的相關分析則可帶來一些啟發，此詳下節。

四、對中文表達方式的擴展與比較

思果論述英譯中之道，表示譯文好壞可粗分三等：「像中文」、「過得去」（還可以讀得懂）、「不是中文」[65]。將此轉換到非翻譯的

---

64 思果：《翻譯新究》，頁102。

65 思果：《翻譯研究》，頁26。

中文，就相當於「優」、「可」、「劣」三級。教導學生辨明這三級的中文表達方式，語文教育者責無旁貸。可是，提升語文價值判斷能力的前提是具備多重選項，劉勰《文心雕龍．神思篇》所說的「積學以儲寶」，這裡也適用，學習語文的基本憑藉就是多聽、多說、多讀、多寫，聽與讀是輸入，說和寫是輸出，這還不夠，輸入的材料必須求好——這就是爲什麼範文在養成階段很重要，再者，還得學著比較與評價——所謂的「語感」、「審美意識」即是這麼形成的。

思果曾以一句簡單的英文爲例——Only a fool would underestimate you，他說若譯成「只有愚人才低估你」就不大像中國話，可譯爲「誰要看輕你就蠢了」，兩種譯法都沒錯[66]，他乃是透過對比來斟酌哪種說法比較好。語文學習，明辨正誤是初階，區別高下是進階，都得借助比較分析。思果認爲「誰要看輕你就蠢了」優於「只有愚人才低估你」，因爲前一說法在中文口語表達的情境中更爲眞實自然（按：這對今天年輕世代來說可能不無困惑）。這裡要強調的是：高下的評判標準建立於「比較」，而比較的前提是前面所說的「具備多重選項」。就前例而言，猶可擴展出許多不盡相同的選項，如：

○只有笨蛋才低估你
○只有笨蛋才看輕你
○只有笨蛋才看不起你
○只有笨蛋才看你不起
○只有笨蛋才瞧不起你
○只有笨蛋才瞧你不起
○誰看不起你誰就蠢
○誰看不起你誰蠢

---

66 思果：《翻譯研究》，頁22。

○誰看不起你誰就笨
○誰看不起你誰笨

非僅以上所舉，句子裡的「只有」也可以直接去掉，因爲後面的「才」字已隱含了「只有」的意思。另外，「低估」可以說成「貶低」；「笨」可以換成「傻」、「呆」，若用時下年輕人口頭流行的說法，甚至可代換爲「腦殘」、「弱智」；「笨蛋」可以改成「傻子」、「呆子」、「傻瓜」、「呆瓜」、「愚昧的人」、「無知的人」、「沒腦子的人」……。

再舉一例——「在那同時」、「在……的同時」；思果幾十年前認爲這是漸漸得勢的新中文，他不反對，但強調「同時」一語已有「在那同時」、「在……的同時」的意思，他舉了三個意思相同的例句：

○他預備了酒餚，同時生了一爐火。
○他預備了酒餚，在那同時，生了一爐火。
○他在預備了酒餚的同時，生了一爐火。[67]

在不脫離原旨的原則下，我們可以試著擴展：

○他預備了酒餚，生了一爐火。
○他預備了酒餚，並生了一爐火。
○他預備了酒餚，並且生了一爐火。
○他預備了酒餚，又生了一爐火。

這些，意思無異，而語感不同。相同的意思擴展成不同的語文形式後，

[67] 思果：《翻譯研究》，頁112。

味道必然跟著產生差異，只是程度或大或小。其間高下，有時從語句本身就能判斷，有時則必須把它放進上下文裡去判斷。思果又曾列舉：

○在困難情況下，怎樣應付？
○在困難狀態中，怎樣應付？
○遇到困難（時），怎樣應付？[68]

這幾種形式之外，還能擴展——「在……下／中／時」的句式，居前的「在」和置後的「下」、「中」、「時」等四個字眼，可任選其一，說成：

○在困難情況下，怎樣應付？
○困難情況下，怎樣應付？
○困難情況中，怎樣應付？
○困難情況時，怎樣應付？

這牽涉字詞的調整，而同樣的句子，一字不改，只調整標點方式，也能夠擴展出不同的形式選項，思果舉的例子是：

○他的意思是：叫你不要去。
○他的意思是，叫你不要去。
○他的意思，是叫你不要去。
○他的意思是叫你不要去。[69]

---

68 思果：《翻譯新究》，頁160；這三種說法，思果表示：「都可以，不過，『遇到困難』似乎最好。」

69 思果：《翻譯研究》，頁204。

思果分析：「這四個方法似乎沒有什麼好不好，因爲都可以用。我覺得第一個表示那個人重視這件事，叫你不要去。第二第三差不多，看一個人說話的習慣喜歡在那一個字後面頓一下。第四個不用逗點的辦法可以表示說話的人一氣說出，似乎比較性急、口直心快，也表示他說得慢，所以不用頓。不用逗點也可以取巧，反正沒有錯，誰也不能批評。」[70] 他也提出了另外一些例子（爲閱讀方便，本文將思果的意見直接附在各句後面），如：

○當地居民的死敵毒蛇咬了他。（*不大明白）
○當地居民的死敵、毒蛇咬了他。（*不大自然）
○當地居民的死敵——毒蛇咬了他。（*不大自然）
○當地居民的死敵——毒蛇——咬了他。（*有點外國樣子）
○當地居民的死敵：毒蛇咬了他。（*太鄭重其事）
○當地居民的死敵（毒蛇）咬了他。（*比較好）
○當地居民的死敵（毒蛇），咬了他。（*那個逗點實在用不著）[71]

以上七項都可以用，意思沒多大不同，語感卻有出入。或許有人質疑這是小題大作、吹毛求疵，然而要培養細膩的語感，捨此無由，不朝這方面加強，人際溝通就只能粗枝大葉——表達個大概，理解個大概。思果說：「我們譯一個英文形容詞，如果肚子裡沒有三五個可用的詞以供挑選，怎麼能顧到上下文有沒有重複，前後讀音有沒有雷同，輕重是否適當，有沒有引起讀者想到相反的或別的意思上的危險，怎麼知道能不能表達原作者心中要暗示的微妙的意思？」[72] 這原本是就翻譯去說的，將它轉入非翻譯的情境，用於提升中文表達能力，依然適合。要有「三五

[70] 思果：《翻譯研究》，頁205。
[71] 思果：《翻譯研究》，頁206。
[72] 思果：《翻譯研究》，頁105。

個可用的詞以供挑選」，這是著眼於詞彙，詞彙貧乏而無法從一個概念擴展出多重選項，中文就難精進；同理，只能掌握單一句式而無力擴展，也是精進中文的障礙，但是可以藉由適當的練習去克服。

中文歐化有個明顯的措詞方式是用來表現被動，現在大部分的形式是由英文「be+V-pp.」衍伸出來，中文本來也有相近的被動形式，如：「被罵」、「被打」、「被殺」、「被偷」、「被告」……等等，但是，這多半用在負面的陳述，有時則屬強調的用法，而被動的表現形式也不只這一種，或許因爲用起來簡便，這幾乎成了定式，思果舉了以下數例：

○他被許可來美。
○最近被注意到一件事。
○這地方被稱爲天堂。
○他被指定爲負責人。
○他被查出貪污。
○這條條文被修改爲……。
○這座大廈已被稱爲「偉觀大樓」。[73]

這些例子的用法都沒有錯，也已司空見慣，可是許多人忽略了各例若不使用「被」字，不僅意思一樣，在某些脈絡裡可能更顯清順，思果參考了高名凱的《漢語語法論》，列了多種表達方式的例句：

○被人欺負了。
○給人欺負了。
○讓人欺負了。

---

73 思果：《翻譯研究》，頁101。

○叫人欺負了。

○爲利所迷。

○被賊所敗。

○他唦得要死。

○挨了一頓打。

○不爲酒困（《論語・子罕》）。[74]

其實還可以補上很多，比方：「受贈」、「受命」、「受寵」、「受傷」、「受阻」、「受挫」、「獲頒」、「蒙冤」等、另外，「選爲」、「譽爲」、「尊爲」、「奉爲」、「誤爲」，這些形式在中文也有被動之意。這不表示不能使用「被字+動詞」的形式，而是提供了更多的措詞選項。歐化的中文不等同誤用，何況語言本是約定俗成，有時甚至會積非成是（如：「每況愈下」變成「每下愈況」，「不可自已」漸漸有變爲「不可自己」之勢），不過，某種單一用法用得氾濫，就會顯得貧乏，時下經常出現的「被看見」就是顯例，來自英文be seen。「被看見」之外，相當於be seen的中文說法隨著使用脈絡的不同還可以化爲許多說法，如：「受到重視」、「受人矚目」、「得到青睞」等。

中文有很多內動詞（不及物動詞）原本就不必加上「被」，思果引述了《紅樓夢》第二十八回的例子：

這汗巾子，是茜香國女國王所貢之物，夏天繫著，肌膚生香，不生汗漬……。[75]

---

74 思果：《翻譯研究》，頁100。

75 思果：《翻譯研究》，頁102，他只引到「夏天繫著」，為了更清楚，這裡據《紅樓夢》原書多引錄了兩句，見馮其庸重校評批：《瓜飯樓重校評批《紅樓夢》》，上冊，頁455。

這裡的「繫著」，就不會說成「被繫著」。思果又列舉了現代的日常用例：

○他（被）嚇得昏過去了。
○鐘（被）敲三下。
○賊的贓（被）接不得。
○房間已經（被）佈置好。[76]

這四個例子，通常不加「被」字，當中，「賊的贓接不得」絕不加「被」，其他的，一般也不加，但某些情境可以用來強調。僅僅被動的措詞，中文就有多種型態，使用上雖不如「被+動詞」簡單方便，然從審美、精緻去看，國語文課程裡至少應該介紹，若只顧著「約定俗成」，國語文的許多內容可能就不必特意去安排了。

以上的討論說明了為提升修辭素養，教學上宜善用「擴展→比較」的方式。擴展選項，用資比較，乃是古來修辭的舊法，賈島〈題李凝幽居〉的詩句裡，「僧推月下門」與「僧敲月下門」究竟「推」好還是「敲」好，藉由比較，美感體驗方能深化，進以產生較好的審美判斷；齊己〈早梅〉詩「前村深雪裡，昨夜數枝開」的「數枝」，鄭谷把它改成「一枝」，而獲得了「一字師」的美譽，兩相對照，孰精孰粗就易掌握；王安石的〈泊船瓜洲〉，當中，「春風又綠江南岸」的「綠」，原來考慮過「到」、「過」、「入」、「滿」等字，據說更換十多個字後，才選定了「綠」字；黃庭堅〈登南禪寺懷裴仲謀〉詩中的「高蟬正用一枝鳴」，在選「用」字之前，則先後考慮了「抱」、「占」、「在」、「帶」、「要」等字[77]。這些都是在多重選項中，感其異同，

---

[76] 思果：《翻譯研究》，頁102。

[77] 賈島之事，見胡仔《苕溪漁隱叢話前集》（臺北：世界書局，1976年），卷19，頁124-125。齊己、鄭谷的記載，原出陶岳所撰《五代史補》，此據傅璇琮主編：《唐才子傳校箋》（北京：中

辨其高下。類似作法在古代詩話、筆記裡常見，方法固然平實無奇，可是，經常這麼琢磨，語感必能漸漸提升。思果研究翻譯文字時，使用的方法正與此暗合。過去，這多半用於賞析古詩文，罕見運用在現代中文教學——尤其「消極修辭」的基礎教學[78]。假使這樣去規劃教學，不僅能引導學生認識修辭，更重要的是有助於建構他們對中文的後設認知。

五、餘論

針對中文歐化，思果討論的形式面向遠遠超過本文所述，諸如：主詞的省略與否，代詞、冠詞、副詞、數量詞、單複數、主被動、時態以及許多個別概念的表達形式等；至於詞彙的掌握、文言白話的使用乃至讀音、標點的效果等，他都提到了。本文的旨趣不在逐項檢視，而是申明許多他提出的問題也適爲國語文教學所無可迴避的。

從犖犖大端去看思果的研究，在三方面尤具意義：

1. 他從跨語種的、比較的角度深入掌握了現代中文歐化的各種現象。
2. 他透過具體的例子去探討，而不務空談。
3. 作法上，他每每先就表達方式去擴展選項，然後比較、分析，進而揀擇其中最切合的修辭形式，這有助提升國語文學習者的語感和後設分析能力，值得參資、轉用。

本文最後也應說明兩點：

華書局，1990年）校引，第4冊，卷9，頁179。王安石、黃庭堅的例子則出自洪邁《容齋隨筆》（長春：吉林文史出版社，1994年），頁248-249。又，前引黃庭堅詩，今本所見，多作「殘蟬猶占一枝鳴」。

[78] 「消極修辭」相對於「積極修辭」，陳望道說：「消極手法是以明白精確為主的，對於語詞常以意義為主，力求所表現的意義不另含其他意義，又不為其他意義所淆亂。但求適用，不計華質和巧拙。」見其《修辭學發凡》（上海：世紀出版集團．上海教育出版社，2006年），頁4；此後，學界討論中文修辭時普遍沿用這個分法，唯對兩個詞語有多種不同的稱法，在「積極修辭」，有稱作「藝術修辭」、「藝術性修辭」、「提高性修辭」、「特定性修辭」，「消極修辭」的，在「消極修辭」，有稱為「規範修辭」、「論理性修辭」、「基本修辭」、「一般性修辭」的，可參胡習之：《消極修辭論》，《阜陽師範學院學報（社會科學版）》，2005年第4期，頁60。

1. 思果維護中文表達品質的分析中，也時見可商之處。
2. 他在中文歐化問題上的終極立場。

㈠可商之處的分析

這裡列舉幾個可以討論的實例，思果在《翻譯研究》裡表示：

> 一個人被土匪劫持，警方得到消息，派警察來營救他，我們不能說「救兵就來了」只能說「營救他的警察就來了」。不用多說，兩軍交戰，援軍才能叫「救兵」。[79]

相較之下，「營救他的警察就來了」反而顯得僵硬、囉嗦。句中的「救兵」從隱喻的角度去看，並無不妥。又如：

> 嚴格說來，「這種衣料接觸到皮膚上的感覺」是不對的。這變成了衣料有感覺。應該說「接觸皮膚後給人的感覺」。[80]

「接觸皮膚後給人的感覺」的意思固然沒有問題，字面上似乎更合邏輯，不過，日常生活中如果非得這麼說，恐怕顯得僵硬。語氣若講求舒緩，可改成「這種衣料接觸皮膚，感覺……」；語氣若要明快，不妨就說「這種衣料的觸感……」。再如：

> 「取代」是個時髦詞。「A公司將取代B公司在歐洲的獨占地位」是時時碰得到的譯文，許多人也這樣寫。……不過這個詞實在是不大對的。我們的習慣是說「A公司代替了B公司在……」。

---

[79] 思果：《翻譯研究》，頁118。
[80] 思果：《翻譯研究》，頁118。

我發現許多用「取代」的地方，都可以用「代替」。當然用「A公司取B公司在歐洲的獨占地位而代之」是可以的，不過稍微累贅一些。[81]

他提出的例句，用「取代」、「代替」皆可，不過，詞意上，「取代」比較強烈，也潛含了掠奪之意。就如同既可說「我忘了」，也可說「我忘記了」；「忘」與「忘記」也不必以對錯或優劣去看待。至於「A公司取B公司在歐洲的獨占地位而代之」，修辭上實爲負面的用例，「取……而代之」是「取而代之」衍出的用法，兩者皆屬文言表達方式。中文的語體中，常見夾存文言語詞或者摻用了文言句式，只要自然、易懂，並無不當。可是，「A公司取B公司在歐洲的獨占地位而代之」於語法說得通，在修辭上則要不得，「取……而代之」的「取」和「而代之」相距不宜太遠，比方「張三取李四而代之」，尚稱平順；「張三取李四在企業的重要角色而代之」就太不自然了。又如，思果說：

每一種文字都有本身獨有的習慣，破壞了那習慣就破壞了這種文字。單說詞序就各有一定，甲文字的不能強加於乙文字。譬如「經過不知多少次」就不是中文的詞序。中文該說「不知經過多少次」。「越來越多的人喜歡抽香煙」應該改爲「喜歡抽香煙的人越來越多。」[82]

思果改的，字面似乎更合邏輯，可是，「經過不知多少次」、「越來越

---

[81] 思果：《翻譯研究》，頁123。另外，思果文中舉的兩個說法——「A公司將取代B公司在」、「A公司代替了B公司在……」，兩者不是平行的，前面的用了「將」，表示還沒發生，後面的有個「了」字，表示已然如此。

[82] 思果：《翻譯研究》，頁266。

多的人喜歡抽香煙」，並無不可，可能正反映出中文的靈活特質。與此同理，《儒林外史》第一回寫道：「這人姓王名冕，在諸暨縣鄉村裡住。七歲上死了父親……。」[83]其中，「死了父親」的說法，語法學家討論了半個多世紀，就字面看，「父親死了」的詞序固然無可爭議，然從修辭去看，「死了父親」卻用得更活[84]。

從上可知，思果對現代中文的個別觀點並非定論，甚至某些是偏頗的。這或是肇自時代的變化，或是個人語文習慣使然，類似情況，任何研究者都難完全避免[85]；思果自己也預想到了，他說：「我現在說的那些不恭維的話，二十年後可能要加以修正……。還有，也許我認為是不好的習氣，卻是他人認爲美妙的地方，可能引起極大的辯論；我只能說，我的話只代表我個人的意見，還有討論餘地，大家不妨討論。」[86]有些問題，學者間的看法會有分歧，而分歧也往往促使大家對這個論題的認識更加邃密。此外，前述的疑義多出現於細部，通盤去看，思果不僅切中了現代中文所面臨的重要課題，也提供了許多值得參考的意見。

㈡在中文歐化問題上的終極立場

思果對現代中文的立場偏於保守，他認爲中文環境裡，壞翻譯充斥，嚴重污染了中文，因此要力挽狂瀾，確保中文清通自然。不過，思

---

83 吳敬梓：《儒林外史》（臺北：聯經出版事業公司，1991年），頁1。

84 單就這個用法，學者還撰寫了專書探討，參劉探宙：《說「王冕死了父親」句》（上海：學林出版社，2018年）。

85 這裡可舉一個聊供參考的旁證，學者彭炫曾經指出：「王力先生認為把He may come tomorrow.譯為『很可能地他明天就回來』比譯為『他可能明天回來』要順口些，可是現在看來恰恰相反。」見彭炫：《「歐化」與翻譯　讀王力先生〈歐化的語法〉有感》，《廣西大學學報（哲學社會科學版）》，第25卷，第2期，2003年，頁88。的確，王力雖是漢語語言學的大家，然而現在看來，「他可能明天回來」反而遠比「很可能地他明天就回來」來得順口，並且無可質疑，若刪掉後一個句子裡的「地」字，變成「很可能他明天就回來」，就順口了，與「他可能明天回來」一句無分軒輊。

86 思果：《翻譯研究》，頁152。

果並非極端主義者，他說：

每個時代總有兩種人：純粹派（purists）和進步分子。其實那一派也不能走極端。純粹派最後也要讓步；進步分子等到年紀大些，看見年輕的人亂用字，亂寫文章，也會嘆氣，希望他們守些規矩。譯者接觸外文，能保存中文的純粹總是好事；他如果把中文寫成外文，害處就不堪設想了。[87]

他對現代中文的使用狀況深致憂慮，因爲他成長的過程中親身見識了相對精緻的中文——來自傳統經典，也來自老一輩的口語；再者，他中、英文根基俱佳，又長年致力翻譯，總站在中、英文交會的第一線，換言之，他是在比較視野下去觀察現代中文。他是虔誠的天主徒，英國文學方面，他推崇查爾斯．蘭姆（Charles Lamb）的文筆，英文的文法、修辭方面，他佩服浮勒兄弟（H.W. and F.G. Fowler），就此來說，不宜將他歸爲「語文義和團」的一員。但是，歐化中文當道，連一個英文字都不認識的中國人說話時也洋腔十足，又令他覺得像是文化的「亡國奴」，於是痛定思痛，針之砭之。雖然如此，思果也說過：

一味反對歐化是不對的，人家好的地方要學人家。[88]

又曾說：

本來中國人讀英文，寫英文以後，也會吸收英文的表現法、句法、文章作法，這是值得鼓勵的。不過翻譯的毛病卻不能相提並

---

[87] 思果：《翻譯新究》，頁184。

[88] 思果：《翻譯研究》，頁116。

論。[89]

顯然，他既非「歐化是務」，也不是「凡歐必反」，乃是希望在歐化之中區別好壞，並揚善去惡。思果曾表示：

中文經過的歐化，有兩種，一是良性的，值得鼓勵；一是惡性的，必須避免。[90]

並說他講的許多實例只限於惡性的歐化。中文歐化的「良性」與「惡性」之分，後來余光中也屢有發揮，但用的是「善性歐化」和「惡性歐化」兩個詞，並釐清所謂「歐而化之」和「歐而不化」的分別[91]。思果強調避免「把中文寫成外文」、不要將「翻譯的毛病」一併接受。思果和余光中兩人是同調的，關於現代中文，余光中說：

六十年後，白話文去蕪存菁，不但鍛鍊了口語，重估了文言，而且也吸收了外文，形成了一種多元新文體。[92]

思果當然瞭解語文會隨時代而改變，甚至不認爲自己寫的是「純粹的中文」，他說過：

我不得不承認，我之所謂中文，已經不是我祖父的，甚至不

---

89 思果：《翻譯研究》，頁152。

90 思果：〈散文的惡性歐化〉，《功夫在詩外》，頁104；相關的說法亦可參其〈翻譯歐化結構 探討〉，《功夫在詩外》，頁60。

91 有時，余光中則用「善性西化」、「惡性西化」以及「西而化之」、「化西為中」的說法，詳余光中：〈徐志摩詩小論〉，《分水嶺上》（臺北：九歌出版社有限公司，2009年），頁15；以及〈從西而不化到西而化之〉，《分水嶺上》，頁165-167。

92 余光中：〈論中文之西化〉，《分水嶺上》，頁133。

是我父親一輩的中文。我寫不出海禁未開以前的中文。我有時改青年的文章，發見我說它不像中文，結果我自己的中文也不是純粹的中文。我改今天的中文用的是二三十年前的中文。所以別人很可以批評我不徹底，不合理，過於守舊。因爲到了二三十年後，今天的中文極可能就是標準的中文，今天二十歲上下的人到了那時改當時二三十歲的人寫那時的中文，用的可能是今天我認爲不像中文的中文。

不過我仍然覺得，我們對中文如果還有絲毫愛護，愛惜，二三十年前的中文到底比現在的中文好些。我們已經費了二三十年功夫把它「磨得發亮」，看得順眼，就該好好保存它……。[93]

裡面有兩個重點值得注意：

1. 看待某些問題，與其出以「新—舊」觀點，不如著眼於「優—劣」。
2. 他認爲趨新並不意味與傳統斷裂，否則即如本文起首所引——「本來豐富、簡潔、明白的文字，變成貧乏、嚕囌、含混不清，這並不是進步，而是退步」。

但，換個角度看這個問題，似乎個人之力也難與集體的潮流抗衡，思果曾說：

中國譯者認爲，歐化中文到了一定時候就不算歐化了，即令初初介紹過來，大家會看不慣。這個想法也不能說完全沒有道理。不過一旦歐化成了時髦，大家放縱起來，就不能怪講究中文純正的人痛詆他們爲中文的罪人。[94]

---

93 思果：《翻譯研究》，頁177。

94 思果：〈翻譯歐化結構探討〉，見《功夫在詩外》，頁60。

並說：

> 説歐化破壞了中文的純淨未免欠妥。現在要避免語言上這個潮流，也是徒然。……説句公道話，中文經過歐化，姿彩更富，面目一新，雖然也變的累贅，音調刺耳，有時醜陋。[95]

思果也同意：「有些生硬的洋話，經過時間這個熨斗熨來熨去，也漸漸變得自然了。」[96]面對約定俗成的力量，即使語文品味、素養較高的人也很難「挽狂瀾於既倒」，當代中文的實際發展印證了他說的「歐化中文到了一定時候就不算歐化了」、「現在要避免語言上這個潮流，也是徒然」，即使「痛詆」始作俑者或興風作浪的人，亦無濟於事。

語文的精緻品味與大眾的方便取向，其間的張力一向存在，但也會相互滲透，如果不抱定強烈的「矯俗」企圖，而是在多元之下提出某種美感形式的選項，這樣的態度或許較爲適切而務實。

關於建立現代中文的規準，思果貢獻了豐富的研究成果，雖屬一家之言，固有可商之處，但對提升現代中文品質而言，許多地方值得「批判的繼承」，以及「創造的轉化」。

參考書目

一、思果論著

思果：《私念》（香港：亞洲出版社有限公司，1956年；修訂版《私念》，臺北：洪範書店有限公司，1982年）。

——《沉思錄》（臺中：光啟出版社，1957年）。

——《翻譯研究》（臺北：大地出版社，1972年）。

——《林居筆話》（臺北：大地出版社，1979年）。

---

[95] 思果：〈翻譯歐化結構探討〉，見《功夫在詩外》，頁67-68。

[96] 思果：〈翻譯歐化結構探討〉，見《功夫在詩外》，頁68。

——《功夫在詩外》（香港：牛津大學出版社，1996年）。
——《譯道探微》（北京：中國對外翻譯出版公司，2002年）。

二、中文專書

王力：《中國現代語法》（香港：中華書局有限公司，2002年）。
——《漢語語法綱要》，收錄於《王力全集》（北京：中華書局，2015年）。
吉藏著，韓廷傑校釋：《三論玄義校釋》（北京：中華書局，1987年）。
朱自清：《文學的標準與尺度》（濟南：山東文藝出版社，2006年）。
老志鈞：《魯迅的歐化文字——中文歐化的省思》（臺北：師大書苑有限公司，2005年）。
何懷碩：《苦澀的美感》（臺北：立緒文化事業有限公司，1998年）。
余光中：《分水嶺上》（臺北：九歌出版社有限公司，2009年）。
——《從徐霞客到梵谷》（臺北：九歌出版社有限公司，1994年）。
——《聽聽那冷雨》（臺北：九歌出版社有限公司，2002年）。
林語堂：《無所不談合集》（香港：天地圖書公司，2012年）。
洪邁：《容齋隨筆》（長春：吉林文史出版社，1994年）。
胡仔：《苕溪漁隱叢話前集》（臺北：世界書局，1976年）。
胡適編：《中國新文學大系·建設理論集》1935年上海良友圖書印刷公司影印本（上海：上海文藝出版社，2003年）。
袁進主編：《新文學的先驅——歐化白話文在近代的發生、演變和影響》（上海：復旦大學出版社有限公司，2014年）。
馬勇主編：《嚴復全集》（福州：福建教育出版社，2014年）。
張志公：《修辭概要》（上海：上海教育出版社，1982年）。
張振玉：《翻譯散論》（臺北：東大圖書股份有限公司，1993年）。
雪芹：《庚辰鈔本石頭記》（臺北：廣文書局有限公司，1977年）。
陳子善、趙國忠編：《周作人集外文：1904~1945》（上海：上海人民出版社，2020年）。
陳望道：《修辭學發凡》（上海：世紀出版集團·上海教育出版社，2006年）。
傅璇琮主編：《唐才子傳校箋》（北京：中華書局，1990年）。
童元方：《選擇與創造：文學翻譯論叢》（香港：牛津大學出版社，2009年）。
馮其庸主編：《脂硯齋重評石頭記彙校》（北京：新華書店，1988年）。

趙元任：《語言問題》（臺北：國立臺灣大學文學院，1959年）。

劉探宙：《説「王冕死了父親」句》（上海：學林出版社，2018年）。

劉復：《中國文法通論》（北京：中華書局，1939年）。

歐陽哲生主編：《傅斯年全集》（長沙：湖南教育出版社，2003年）。

魯迅：《魯迅全集》（北京：人民文學出版社，1991年）。

錢穆：《國史大綱》（臺北：臺灣商務印書館股份有限公司，1990年）。

三、中文期刊論文

宋如瑜：〈零代詞的「省略」——一個實境取向的教學探索〉，《中原華語文學報》第1期（2008年）。

胡習之：《消極修辭論》，《阜陽師範學院學報（社會科學版）》2005年第4期。

高大威：〈比較視野下的修辭思維：余光中論現代中文的歐化現象〉，《政大中文學報》第22期（2014年12月）。

彭炫：《「歐化」與翻譯——讀王力先生〈歐化的語法〉有感》，《廣西大學學報（哲學社會科學版）》第25卷第2期（2003年）。

四、外文文獻

㈠外文本

Johann Wolfgang von Goethe, *Maxims and Reflections of Goethe*, trans. Bailey Saunders, New York: Macmillan,1906.

Steven Pinker, *The Sense of Style: The Thinking Person's Guide to Writing in the 21st Century*, New York: Viking, 2014.

William Strunk, & E. B. White, *The Elements of Style*, New York: Pearson Longman, 2009.

㈡中譯本

法蘭西學院辭典委員會編著，張文敬譯：《法語：該説的和不該説的》（北京：商務印書館，2017年）。

五、網路資源

法蘭西學院：http://www.academie-francaise.fr/dire-ne-pas-dire

香港嶺南大學：「中國當代作家口述歷史計劃」http://commons.ln.edu.hk/oh_

cca/9/

國立臺灣文學館：「臺灣作家作品目錄」，http://www3.nmtl.gov.tw/Writer2

賴慈芸：《翻譯偵探事務所》網站，http://tysharon.blogspot.com/2015/03/blog-post.html

語文教育的人文價值理想與語文實用功能之間斷落的連結

陳達武*

摘要

「國民義務教育」在十九世紀是富國強兵的良方，二十世紀的大動盪孕育了聯合國，其首要之務是推動普及教育以促進世界的和平發展。

首先，教育的核心概念是「Literacy」，取代各國的尊君愛國教育，「Literacy」的具體定義是隨著時代的需求而調整的，例如聯合國剛成立時掃除文盲是急務，故「Literacy」和「識字率」幾乎是同義字。

掃除文盲後「Literacy」更積極的意義是協助提升個人以及社會的進步。因而先進國家將「Literacy」的概念制度化。就是將教育的形式延伸到和成人教育還有「永續發展」；而內涵則是提出符應時代挑戰的具體的定義以及衡量的指標，並定期評量以為改進之依據。

如何定義新時代的「Literacy」是先進國家的國家發展策略的一部分；這是一個跨領域、跨黨派和跨部會的專案，最終是通過國會授權的。

語文教育是「Literacy」的核心內容，能讀會寫是人建立個人內在和外在價值的能力。故接著談語文的三個功能：學習、互動和建立關係；語文從協助個人安身立命而向外擴張到參與形塑社會群體的價值；最後則從

* 國立空中大學人文學系副教授

「認知發展」的角度淺介語文能力和心智同步成長的互動過程，融合聽說讀寫的語文教育是一個探索心靈與求知的過程。

語文教育的「實用功能」在同時提升個人的價值與群體的和諧，故一個社會如何定義符合時代需求及個人發展的「Literacy」是挑戰。

關鍵字：義務教育、Literacy、語文的功能、內在的語言、認知發展、社會化、互動、適應、同化、均衡的狀態

一、前言

超過二千年的中華文化和西方文化在傳承文化的路上有不少相似之處：

1. 二者都累積了自豪的古籍經典，也都以這些經典爲文化的核心。
2. 二者都經由各種不同形式的考試使這些古籍經典成爲教育的核心，例如歐美傳統教育必修的「修辭學」[1]；中國到了二十世紀初的科舉考試仍是四書、五經爲主體[2]。
3. 二者都使用平民百姓不會的深奧語文，西方使用拉丁文，從宗教儀式到學術論文全用拉丁文；中國使用文言文，不同時期有不同的風格，如明清的八股文。
4. 二者的教育方式都是菁英教育，教育的本質是「擇優汰劣」。從希臘時期開始的「修辭學」一直都是社會菁英必修的課程[3]，羅馬時期開始的「拉丁文」更是所有初入學者必修；中國的「讀經」課的功能類似。
5. 這個傳統都在二十世紀初時遭到挑戰，「修辭學」和「拉丁文」都

---

1 美國在二十世紀初的大學入學考試的讀書清單仍是拉丁文的希臘羅馬古籍為主。請參見拙著《國語教學的本質》（2019年）。

2 歐美和中國在二十世紀初都開始挑戰這個傳統，歐美改革的進程較中國早也比較快。

3 美國許多大學今天仍有「修辭學」，很多大學都必修二年；當然都以英文授課，材料也多元。

失去顯學的地位；四書五經不再是國語文教育的主體。「修辭學」開放納入當代材料；原本不入流的英文，到二十世紀中葉成爲英美教育體系的主要語言。而古文在國語文教學淪爲選讀材料，白話文成爲主要語言。

今天在臺灣討論國語文教學，可以借鏡西方在這方面的演變歷程，畢竟，歐美的教育改革早從十八世紀就開始；這當然和歐美的社會變化有關。

在古代，中國的「士子」就和歐洲藏身在修道院的神職人員一樣，絕緣於大多是文盲的工農兵社會，他們潛心浸淫於古籍經典；他們是創造知識、發揚和傳承文化的菁英；他們也是能和統治者來往的菁英，他們讀書都有神聖的使命。

中國和歐美的教育方式都各自有一套豐富的經典古籍給學子研讀，例如中國的四書、五經；歐美則是從希臘羅馬時期傳下來的經典名著，如希臘時代的Homer, Plato, Aristotle, Demosthenes....；羅馬時代的Caesar, Cicero, Horace, Virgil....。中國和歐洲的讀書清單（Reading List）都經不同形式的教育和考試制度而僵化。

歐洲在1760年開始的工業革命加速了資本主義的形成，這促進了「民族國家」（Nation-State）的興起。歐洲各國的生存競爭加劇，國家的生存競爭不僅要依靠菁英的知識分子，也需要受過基本教育的現代國民。新時代的國民除了對所屬的教會和地方忠誠外，還要對代表國家和國君的文化產生認同，也要有基本知能足以勝任新時代的工作。因而，最早推動義務教育的國家才能在十八世紀到二十世紀的世界競爭舞臺上取得有利的地位。中國則仍安逸地停留在中世紀的狀態，渾然不覺「物競天擇」的壓力自海外踏浪逼近。

歐洲諸國推動義務教育而富國強兵，但是，由「修辭學」和「拉丁文」主導的教育傳統仍由高等教育向下影響到中學教育，因而，即使在教育普及的國家，完成基礎教育之後，學生依舊分成兩個階級：繼續讀中學步入菁英教育的和步入職場的民眾。例如英國首相邱吉爾，中學時就因爲拉丁文不及格，語文課只能去英文的「放牛班」[4]；再如美國二十世紀初的女子高中，極少升大學的，主要是給名門閨秀提升素質用，語文課只修英文，別名「Finishing School[5]」。

列強競逐霸業和資本主義的恣意擴張給二十世紀帶來空前的浩劫。除了大國間的對抗外，菁英階層和普羅大眾的階級衝突加劇，導致許多長期被壓抑的基層民眾成爲無政府主義、共產主義及法西斯主義煽動的對象。從十九世紀末一直到二十世紀中，歐洲大國在享受強權的榮耀時，國內社會及政局卻動盪不已，威脅到既有的體制，也爲未來更強烈的衝突點燃火種。法國政府在二次世界大戰前的頻繁更迭是個極端的例子[6]，俄羅斯長期累積的民怨則爲1917年的革命埋下火種。事後觀之，法國頻繁地倒閣相較於俄羅斯的暴力革命，法國進步到用選票取代斷頭臺來更換政治領袖的方式畢竟和法國是歐洲最早實施國民教育的國家[7]不無關係。

紛亂的社會一直找不到建立新次序的良方，無政府主義趁虛煽動個人以極端的暴力攻擊社會以發洩個人的不滿。1870-1920年間，歐美頻傳炸彈攻擊無辜民眾事件，也盛行刺殺政商名人[8]。而法西斯主義則藉著種族主義集結成國家的暴力。

這些暴行都發生在以千年文明自傲的歐洲，有識之士一直疑惑，

---

4 邱吉爾的傳記作者William Manchester認為邱吉爾能從中學畢業，主要靠顯赫的家世，而非學業表現。https://lehrmaninstitute.org/education/ed-winston-churchill.html。

5 Finishing 字義是將物品打磨拋光，使產品外表吸引人。

6 法國在1900-1914八月間，內閣換手14次；1919-1939年間，內閣更換33次。https://en.wikipedia.org/wiki/List_of_prime_ministers_of_France#Third_French_Republic_(1870%E2%80%931940)。

7 請參見拙著《國語教學的本質》（2019年），頁315-316。

8 被刺殺的名單從俄羅斯的沙皇、美國總統William McKinley、法國總統、沙爾瓦多總統到義大利、葡萄牙及希臘的國王、奧匈帝國的皇后、俄國及西班牙的首相等；最有名的就是導致第一次世界大戰的刺殺奧匈帝國王子。美國商業鉅子洛克斐勒就躲過3次暗殺企圖。https://en.wikipedia.org/wiki/Propaganda_of_the_deed#Notable_actions。

何以號稱文明大國的歐洲諸國會犯下種種嚴重傷害文明及人道精神的暴行？在發揚「理性主義」的哲學家康德和黑格爾的母國，竟然會舉國為法西斯主義瘋狂？何以這些擁有傲人文明和義務教育的國家卻也產出了無理性的暴徒？

二十世紀前半葉爆發了二次世界大戰其實就是深刻地暴露出由「社會達爾文主義」和資本主義推動的國家競爭的弊病。二十世紀的劇烈變動影響到的，除了國際政治次序，也涉及到文化和教育層面，不論歐美諸國或者是中國，傳統引以為傲的所謂文明和篤信不移的文化成就及社會體制都暴露出嚴重的階級對立問題。西方有識之士深刻體會到，貧窮、落後、社經地位的不公平所造成的社會對立和動盪都是戰亂與衝突的溫床。

因此，1941年，美國和英國的領導人呼籲：唯有全面提升各個國家社會的福祉才能確保爾後國際的持久和平；同時也積極推動戰後的世界普遍推行「國民義務教育」。因而，普及教育以消除文盲、無知與階級對立不僅是一個國家的內部事務，而是擴大到了關係全世界的禍福與共。

加以冷戰的對抗，西方陣營必須刻意掙脫共產主義所指控的「剝削」與「階級對立」的資本主義社會，也就是說，傳統的菁英階層主導社會及文化發展的局面必須學習融合於「民主」的招牌下，至少也要做出個「多元化」的樣子；最明顯的例證就是，在歐美大學及高中的語文教育更趨向生活化和當代作品，傳統不容置疑的古籍經典都要經過新時代氛圍的篩選，同時，拉丁文從橫跨宗教、政治和學術的強勢語言[9]退位成大學的選修課程，這些都是為了因應時代的變革。

歐美國家經歷過二十世紀的動亂，體悟到了教育改革除了普及義務教育的形式外，教育的內涵的改革也很重要。繼續堅持傳統的「修辭學」和「拉丁文」其實和普及義務教育是有衝突的，菁英教育和普

[9] 二十世紀初的美國高中，升學班讀拉丁文，不升大學的和女子高中才讀英文。

羅大眾的落差就是階級對立的溫床，第一次世界大戰和1930的經濟大蕭條，更讓有識之士明瞭，大學及高中的教育和當代社會必須有更多的連結方能彌平階級對立，進而促進社會和諧。例如大學調整入學考試的讀書清單，減少古籍經典的分量以化解高中的「升學班」和「Finishing School」的對立、高中語文課開「新聞英語」、「當代小說」、「寫作」、「戲劇」等課程（Applebee, 1974）。

中國則是經歷了百年的屈辱後，方才了解到普及基本教育、消除無知和落後對於國家發展的重要性；至於個人發展則仍附屬於國家發展。

《禮記．學記》是中國最早有關教育的論述，其「化民成俗」的觀念一直影響中國歷代的教育思想。這個觀念的主要動力畢竟是爲了方便帝王治理國家，「化民成俗」的核心就是「五常」或「五倫」，也稱「五典」，就是「父義、母慈、兄友、弟恭、子孝」；然而，「五典」對士大夫而言，是「三墳五典八索九丘」。可以說，中國傳統所重視的「普及教育」，對傳播禮教以完善社會次序的重視遠甚於開啟民智的教育，因爲創造知識和傳承文化是士大夫的職責。

在中國「士農工商」的傳統文化中，「教育」和「讀書」是兩個截然不同的概念，所謂的「讀書」是皓首窮經和追究天人之際的；「讀書」的主體是經史子集，學子學習格物致知之理時同時也養成詩詞歌賦的造詣。因而，所謂的「士子」是優遊於六藝的知識分子、也是社會的棟樑之材。

統治者需要遵循「五典」的庶民，也需要一批精通「五典」的「士子」幫忙治理國家。故而，「士子」讀書的終極目標和功名有關是必然的趨勢。因而，對「士子」而言，「經世致用」的社會功能和「人文價值」的造詣難分難解。從這個角度看，傳統的士的教育不能說沒有「實用功能」。

從史料看，中國向來都重視教育，漢武帝設立「博士」；班固《兩都賦》稱頌「四海之內，學校如林，庠序盈門」。然而，它的本質仍是菁英教育，加以隋唐之後越益僵化的科舉制度扭曲了從中央的博士到各地方的學、邑、校、庠、序的教育；這類似前面提到歐美的「修辭學」和「拉丁文」對中學教育的影響。要等到1840到1900年列強的船堅炮利才打醒了中國人，到二十世紀初才開始了教育改革的雛型。然而，眞正能開始普及教育是1949年之後。

在國際間，1945年聯合國成立後，向全球推廣「國民義務教育」來提升每一個會員國內全體國民的素質，迴異於傳統以篩選和培養菁英爲主的教育。「聯合國教科文組織（UNESCO）」的憲章就揭櫫，現代教育的內涵及意義爲「廣爲擴散文化，和教育正義、自由及和平的人道精神，這二者是個人尊嚴不可缺的」（Constitution of UNESCO, 1945，頁1[10]）。

達成這樣的使命的核心就是語文教育。語文教育的初步功能是掃除文盲，而在粗識之無後，則是對個人而言，語文協助瞭解與探索個人內心世界以及外在世界，最終則是建立個人立身處世的人道與實用的價值；而對社會，共通的語文是消彌階級對立和化解偏見和無知的溝通工具，例如在英國，一個簡單的「King's English」和「Commoner's English」當下就將人分成兩個高低差異的階級。

因而，在「國民義務教育」框架下的語文教育就勢必帶有不同的「實用功能」，這是個超脫了「生涯發展」或者忠君愛國的實用[11]，而是從建立個人及社會的人道價值爲起點的「實用功能」，再向外擴展到國家的發展以及國際和平。

從簡略的歐美在教育觀念的演變可見，「啟民智」是主要的目的，它的演變分兩個途徑：

1. 教育制度改變，從普及義務教育開始，後來延伸到成人教育。

---

10 原文是：that the wide diffusion of culture, and the education of humanity for justice and liberty and peace are indispensable to the dignity of man...。作者暫譯。

11 不僅中國的帝制熱烈擁抱尊君思想，德國和法國推動「國民義務教育」的一個主要用意也在從教會手中奪過教育的主導權，教育人民對國君及國家的效忠要高於對教皇的效忠。

2. 教育內涵的調整，二千多年來奉為經典的「修辭學」也因應時代的需求納入當代作品，例如1960年民權運動時納入黑人文學，後來又納入女性主義及環保意識作品。

中、小學的語文教育則更納入「認知發展論」，擴及兼顧學習者個人發展的需求。

從上述的簡略敘述去看我們的國語文教育，應該可以找到借鏡以協助我們摸索如何連結中文教學的「人文價值理想」和「語文實用功能」二者的機制。

二、「國民義務教育」的興起

㈠工業革命到二十世紀中

「國民義務教育」的概念是十七世紀中葉起在歐洲大陸的「啟蒙運動」後，國家的概念興起，國家為了生存競爭而採取的作法。1648年的「威斯特伐利亞和平協約（Peace of Westphalia）[12]」，終結了教會主導歐洲大陸政治的特權，開啟了主權國家的興起。少了教會的奧援，或者是干預，這些新興的國家必須在列強環繞的大陸上自謀生存之道，因此，這些國家一方面獎勵哲學和科學的菁英份子，同時也鼓勵「本土文學」和義務教育；這些都引發了近代文明的重大演變。

最早推動「國民義務教育」的先驅是丹麥（1739）、普魯士（1763）及奧地利（1774）。這個進程和當時歐洲列強新一波競爭的殖民主義以及帝國主義頗有巧合，而一七六〇年代開始的第一次工業革命[13]更是加劇了這個競爭；加上傳統各地的教會各自推動當地的教育，教導效忠教皇的教育和剛興起的主權國家的意識頗有扞格。因此，由國家推動義務教育有厚植國力和穩固內部統治的雙重正當性。

到了一八六〇年代，以蒸汽機為動力的第二次工業革命開始；同

12 維基百科：https://en.wikipedia.org/wiki/Peace_of_Westphalia。

13 這階段的生產方式的變化是以機械（齒輪、絞盤等）取代人力及獸力。

時，紙張開始普及。普魯士在十九世紀的快速崛起震驚了歐洲，1870年打敗法國後成立的德意志帝國改寫了歐洲的政治版圖。普魯士的成功成爲各國效法的榜樣，「國民義務教育」如雨後春筍般地在世界各地出現，例如瑞典（1842）、葡萄牙（1844）、美國麻塞諸塞州[14]（1852）、西班牙（1857）、義大利（1869）、日本（1872）、蘇格蘭（1872）、瑞士（1874）、英格蘭（1880）、法國（1882[15]）；1918年密西西比州是美國本土最後一個加入義務教育的州[16]，如表1。

表1　「識字率[17]」——1475-2010

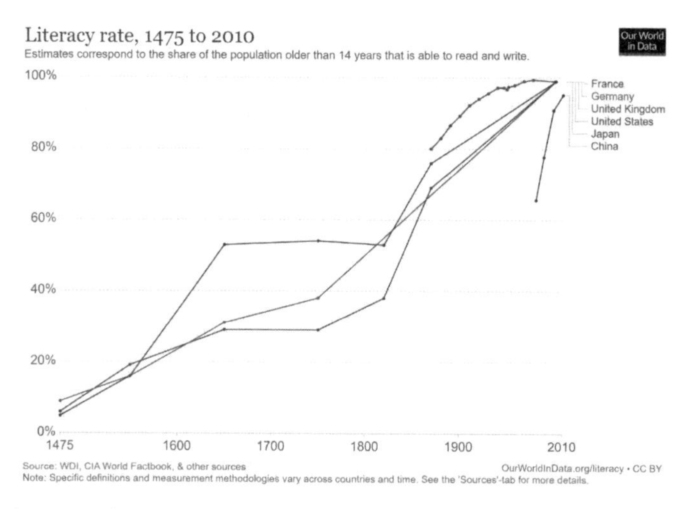

註：法國、德國、及英國自十五世紀、美國自十九世紀末即有資料可考，中國自1980年起始有資料；日本未提供歷史資料，僅是右上角與其他4個先進國家共同會合處一個點[18]。

日本的明治維新就是一個師法普魯士的成功範例，在1872年頒布

---

14 美國因為是聯邦制，是否推動義務教育是各州的權責，聯邦政府只能鼓吹。

15 法國很早就推動義務教育，1882年是正式將義務教育和宗教脫鉤，如前所述，是國家從教會手中奪回教育主導權。

16 維基百科：https://en.wikipedia.org/wiki/Compulsory_education#Europe。

17 Literacy的定義隨時代的需要而調整，參見拙著《國語教學的本質》（2019年）。

18 Our World in Data: https://ourworldindata.org/literacy#historical-change-in-literacy

《學制》，提出普及小學教育的目標：「邑無不學之戶，家無不學之人」[19]；到1937年，日本義務教育的普及率達到89%[20]，日本的義務教育的確達到了厚植國力和穩固統治的雙重目的。反觀中國在1949年的文盲比率爲80%[21]，光看這個差距就不難理解何以日本以彈丸之地能夠肆虐中國半壁江山；超過80%的文盲所顯示的其實是整個社會的文明發展和基礎建設的落後。因此，儘管清末的中國發起「自強運動」、「維新變法」和「庚子新政」，努力「師夷長技以制夷」或「中學爲體，西學爲用」都未能成功，實在是社會的能力和菁英層的願景無法連結。

㈡「聯合國教科文組織」與全球協同的努力

在1941年8月，世界大戰尚未全面展開，美國羅斯福總統和英國的邱吉爾首相舉行「大西洋會議」，論及未來戰後的世界新次序。二人在會後發表了八點共同聲明，通稱爲「大西洋憲章」（The Atlantic Charter）。

共同聲明的第五點是：「他們希望促成所有國家在經濟領域內最充分的合作，以促進所有國家的勞動水平、經濟進步和社會保障」[22]。

這二位領袖在大戰期間，以「大西洋憲章」爲基礎繼續推動「聯合國」的成立。其中影響戰後深遠的一個步驟就是於1942年[23]開始的「同盟國教育部長會議」（Conference of Allied Ministers of Education，簡稱CAME），討論大戰結束後如何藉著重建教育以恢復各國的社會次

[19] 史料皆稱頌中國歷代重視興學，但好像沒有如日本明治維新教育改革所宣示的這種目標。

[20] 維基百科：https://zh.wikipedia.org/wiki/%E4%B9%89%E5%8A%A1%E6%95%99%E8%82%B2#_%E6%97%A5%E6%9C%AC。

[21] 摘自維基百科：https://zh.wikipedia.org/wiki/%E4%B8%AD%E5%8D%8E%E4%BA%BA%E6%B0%91%E5%85%B1%E5%92%8C%E5%9B%BD%E6%89%AB%E7%9B%B2%E6%95%99%E8%82%B2。

[22] 摘自維基百科：https://zh.wikipedia.org/wiki/%E5%A4%A7%E8%A5%BF%E6%B4%8B%E5%AE%AA%E7%AB%A0。

[23] 第一次會議是1942年11月16日，最後一次是1945年11月16日，於12月5日結束；會議重點是通過「聯合國教科文組織憲章」，這次會議等於是「聯合國教科文組織」的籌備會議。

序，其終極目的是促進國際持久的和平。這個會議每年定期在倫敦召開，一直到1945年底。

1945年聯合國成立後，在11月16日最後一次召開CAME，會議主旨是「成立聯合國教育科學與文化組織之研討會」（Conference for the Establishment of the United Nations Educational, Scientific and Cultural Organization），提出「聯合國教育與文化之組織草案」（Conference of Allied Ministers of Education, 1945），這就是「聯合國教科文組織憲章」（Constitution of UNESCO）。其宗旨爲：「藉由教育、科學和文化以推動國際和平以及人類共同福祉的目標」；揭櫫了「和平，如果不讓它夭折，必須建立在人類智能的和道德的一致立場」（Constitution of UNESCO, 1945，頁1）[24]。

從1941年的「大西洋憲章」到1942年的「同盟國教育部長會議」，再到1945年的「聯合國」及「聯合國教科文組織憲章」，可以看到歐美的這些有識之士深謀遠慮國際和平時對於普及教育以提升整體國民素質的重視程度；這應該是爲何第一次世界大戰後成立的國際聯盟夭折，而聯合國成立至今已經77年的關鍵區野。

1946年經超過半數創始會員國的審查通過後[25]，於11月正式成立了「聯合國教科文組織」。這個組織的使命就是推動 1.所有人公平和完全受教的機會； 2.無限制地追求客觀的眞相； 3.自由交流意見和知識。以消弭因爲無知、猜忌和不信任而造成的對立及衝突。

第三點指出「聯合國教科文組織」所推動的普及教育和之前各個國家各自的「國民義務教育」不同之處，各國的「國民義務教育」所包括的忠君愛國思想容易淪爲統治者操縱爲軍國主義服務的教育，而「聯合國教科文組織」推動的是瞭解和包容不同的文化。

---

24 原文是：... and that the peace must be therefore founded, if it is not to fail, upon the intellectual and moral solidarity of mankind (p. 107)。

25 聯合國的創始會員為37個國家，1946年有20個國家通過 UNESCO的憲章，超過半數。

經過數十年的努力，可以清楚地看到普及義務教育和識字率的提升和一個國家的經濟發展有明確的相關性，如表2。

表2　識字率與個人平均收入之關係

識字率	個人平均收入
低於 55%	低於 600 元
介於 55-84%	約 2,400 元
介於 85-95%	約 3,700 元
介於 98%	約 12,000 元

註：資料摘自聯合國文件：E/2011/NGO/16

以臺灣爲例，1952年，臺灣的文盲率爲42.1%[26]（林玉體，民82）；而依據于宗先 & 王金利（2009），1980年，臺灣的文盲率爲9.83%，1990年爲5.12%，2000年爲1.88%，2007年爲0.57%；同時，臺灣的人均所得幾乎每十年就加一倍：「1990的人均所得爲1960的6.83倍」（頁107）。

㈢中華民國的義務教育

清末民初，有識之士深感教育改革的急迫，1905年廢除科舉。1912年中華民國成立後，民國8年的「五四運動」激盪成文化及教育改革之運動，推動了白話文的普及應是「五四運動」最直接的成效。

「五四運動」也促成國民政府於民國11年通過〔壬戌學制〕（黃春木，2000）。〔壬戌學制〕的小學分二類，義務教育僅四年，而「完全小學」則六年；中學分三類：普通、專業與師範。僅就法制面即可想見在當時面對內憂外患的國情，教育主要著眼點仍延續清末的思緒，教育的重點在培養當前國家發展所需要的專門人才與高等學術人才。

〔壬戌學制〕的時代意義有三點：

26　這是指對中文的文盲，有的人只識日文還不會中文。

1. 揚棄了之前袁世凱時期提倡的「尊孔讀經」[27]，改依教育調查委員會[28]所建議之「養成健全人格，發展共和精神」爲宗旨。
2. 取消「男」、「女」同學之差別，確立男女教育平等。
3. 確立「國文」課改爲「國語」課；推動語體文取代文言文，推動白話文教學（張昭軍 & 孫燕京，2018）。

可以看到，當時的中國面臨的不僅是政治體制的新舊交替，在教育界，各種新思潮與「尊孔讀經」的傳統的學制之爭是一場有關教育內涵的攻防拉鋸；這類似歐美爲了古籍經典及拉丁文的論戰。在當時的政治與經濟狀況下，即使只是四年的義務教育恐怕多是紙上談兵而已。

1949年，國民政府遷臺後，教育政策基本依循兩個現成的機制：
1. 延續日據時期留下的「國民學校[29]」，繼續六年制的「國民義務教育」。
2. 〔壬戌學制〕有關中等教育到大學及研究所的定位（黃春木，2000）。

民國57年，在臺灣將義務教育提升爲九年，改初中爲國民中學，同時，廢除初中的職業科教育；提倡「九年一貫」的教育。

這個創舉的起源，共同的說法都不外二點（李園會，1985；許智偉，1983）：
1. 世界趨勢，各先進國家都已延長義務教育年限。
2. 富國強兵的需求[30]。

民國103年，臺灣正式進入十二年義務教育。

在討論延長九年義務教育時經常會引用到的一句話是：「順應世界各國延長義務教育的趨勢」，或許在當時中華民國面臨聯合國席位保衛

---

27 民國13年的「憲法」中明訂「國民教育以孔子之道為修身大本」。民17年廢除此條。

28 由范源濂、蔡元培等19人組成。

29 1943年日本為落實「皇民化」，將公學校、番人公學校及僅限日本人的小學校統一改為6年制的「國民學校」，落實「日臺共學」政策，臺籍學生也受6年的義務教育，才有較公平的機會進入中等學校。

30 1967年8月17日，總統令「臺統㈠義字第五零四零號」：「茲為提高國民智能，充實戡亂建國力量，特依照動員戡亂時期臨時條款第四項之規定，經交動員戡亂時期國家安全會議第三次會議決定：國民教育之年限應延長為九年，自五十七學年度起先在臺灣及金門地區實施。」

戰，故必須跟得上聯合國的政策；然而，富國強兵的需求的確是當時臺灣亟迫需要的。而當臺灣宣布延伸義務教育爲十二年時，的確是順應時代的潮流。

然而，「順應世界各國延長義務教育的趨勢」只是趨勢之一，是體制的改變；另一個重要的趨勢：教育內涵的調整，卻進展有限，就是「聯合國教科文組織」推動將Literacy[31]制度化爲義務教育及成人教育[32]的核心，並且再往上延伸，和個人及社會的「永續發展」（Sustainable Development）連結。

下表是1960-2015年亞洲7個國家或地區識字率的進步情形。本表所呈現的識字率的成長排名和經濟發展的排名基本符合，如表3。

表3　十四歲以上人民識字率，1960-2015。

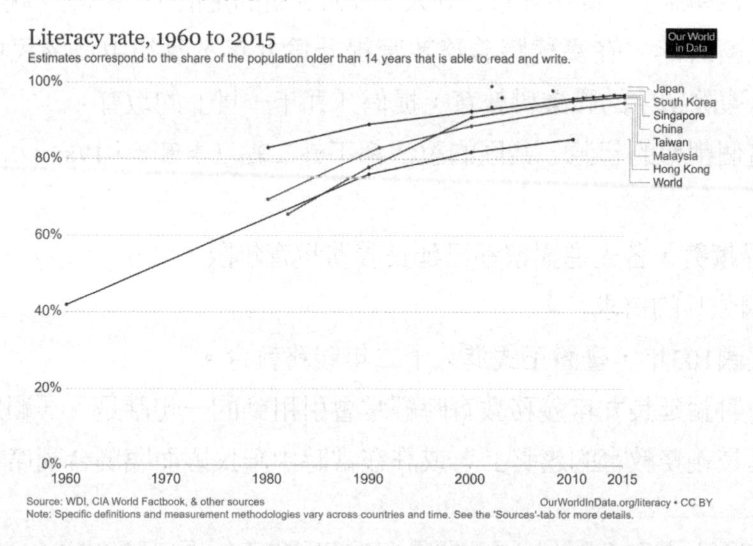

註：最下面也最長的那條是世界整體的上升情形；最上面的那一個點是日本，因為很早就已經達到了將近100%，沒有變化，所以是一個點；日本的右下方的那個點是臺灣；臺灣右方的那個點是南韓；臺灣左下方的一個點，疊在一條線上的是香港；和香港交會的那條線是新加坡；新加坡下方的線條是中國；中國的下方那條是馬來西亞。

31　本文只用原文Literacy，不用其中文翻譯「素養」，因為筆者認同聯合國教科文組織看法，Literacy的定義要因地因時制宜；「素養」一詞較適用於已有相當學養的，很難用來指基礎的能力。有關Literacy的詳細報導請參看拙著《國語教學的本質》。

32　國際間的成人教育指十六歲以上的人。

㈣國際上制度化「Literacy」的作法

所謂的「制度化」是指四個方面：

1. 制定對應時代需求的「Literacy」的具體定義以及衡量的指標。
2. 將「Literacy」延伸到和成人教育（職場競爭力、家庭和社會功能）還有「永續發展」連結。
3. 官方和民間共同推動「Literacy」。
4. 定期的評量以為後續改進之依據。

1. 制定對應時代需求的「Literacy」的具體定義以及衡量的指標

「聯合國教科文組織」剛成立時推動的「Literacy」的確是以掃除文盲為主，故而，普及小學義務教育是當時的重點；然而，隨著時代的進展，國際間對「Literacy」的定義也跟著調整。「Literacy」這個字從原本的「識字」或「不識字」的二分法的定義，逐步進化成一個多面向（Multidimensionality）的定義。

例如美國在1991年通過「國家『Literacy』[33]法案」（National Literacy Act of 1991），本法將「Literacy」定義為：

Literacy：能夠閱讀寫作和說英語、還有能計算和能解決問題，以應付職場和社會所需要不同層級的能力，以能夠達成個人的目標以及發展個人的知識與潛能[34]。

「聯合國教科文組織」在2020的官方網頁描述「Literacy」如下[35]：

跳脫傳統觀念認為是一組讀、寫及算的技能，「Literacy」現在被理解是在一個越趨數位化、訊息為媒介、資訊豐富且快速變遷

---

33 暫不譯，這個字的定義隨各個社會在不同時代而調整。

34 National Literacy Act 1991, Section 3 Definition. 作者暫譯。

35 https://en.unesco.org/themes/literacy。

的世界中，用以辨識、理解、詮釋、創造和溝通的工具[36]。

「Literacy」也是永續發展的推手，因爲它促使更大的參與勞動市場；改進兒童和家庭的健康與營養；減少貧窮和擴張生命的機會[37]。

「國際成人技能評量計畫（PIAAC）[38]」將「Literacy」定義爲[39]：

「Literacy」是辨認、理解、詮釋、創造、溝通和計算，各種情境下的印刷和書寫資料。「Literacy」包括持續的學習，以使個人能夠達成個人目標、開發個人的知識和潛能，還有能夠充分參與他們的社區和廣大的社會[40]。

PIAAC 說明它的定義涵蓋了三個不同的面向：

1. 標示出了和「Literacy」有關的各式認知過程：理解、評估、使用和投入（engage with）。
2. 專注在個人在社會中較積極的角色：參與。
3. 包括各式類型的文字，如敘述和互動式的文字，以及印刷和電子形式的。

值得注意的一點，上述的定義都是經過一個組織內部細密的立法的過程通過的，代表的是國家或者是國際組織官方的立場；這一點值得我

---

36 原文是：Beyond its conventional concept as a set of reading, writing and counting skills, literacy is now understood as a means of identification, understanding, interpretation, creation, and communication in an increasingly digital, text-mediated, information-rich and fast-changing world.作者暫譯。

37 原文是：Literacy is also a driver for sustainable development in that it enables greater participation in the labour market; improved child and family health and nutrition; reduces poverty and expands life opportunities,；作者暫譯。

38 「經濟合作及發展組織（OECD）」推出的。

39 http://www.oecd.org/education/innovation-education/adultliteracy.htm。

40 作者暫譯。OECD：《Adult Literacy》網站。http://www.oecd.org/education/innovation-education/adultliteracy.htm。

們努力效法。

另外，這些日益多面向的定義，用意是爲了配合可以實證的指標，藉以確立一個明確的努力目標，和後續可以判定成效的憑藉。

「Literacy」的指標一第一例：

美國自通過The National Literacy Act of 1991後，次年由教育部的National Center of Education Statistics（NCES，國家教育統計資料中心）委託進行The National Adult Literacy Survey（NALS，全美成人Literacy調查），針對Functional Literacy共區分三個指標：

1. Prose literacy〔散文、一般文章〕
2. Document literacy〔公文、文件〕
3. Quantitative literacy〔計算〕

調查評估的能力分五級，第一級約相當於美國小學一至三年級的閱讀能力。1992年的調查發現21%-23%的成人的Literacy水準屬於第一級。這一級的成年人沒法完成下列四個評量題目：

1. 沒法在一份員工福利表中找到自己適用那一條；
2. 沒法在社會福利卡的申請書上填寫本人的身分背景資料；
3. 沒法在一篇體育新聞中找到兩個重要的資料；
4. 沒法計算一次採購的總金額。

第一和第二題都是針對Document literacy，第三題則是針對Prose literacy。

「Literacy」的指標一第二例：

OECD（經濟合作及發展組織）爲推動「成人學習」，製作了一個「成人學習優先順序圖表[41]」（The Priorities for Adult Learning dashboard），分從七個面向來檢驗一個國家的「成人學習」系統的完備程度：

---

[41] 《OECD》網站。http://www.oecd.org/els/emp/skills-and-work/adult-learning/dashboard.htm。

1. 迫切性（Urgency）：更新「成人學習」系統的迫切需求。
2. 涵蓋面（Coverage）：成人和公司參與投入的程度。
3. 包容性（Inclusiveness）：「成人學習」系統有多麼包容。
4. 彈性和諮詢導引（Flexibility and Guidance）：成人學習的機會是否有彈性？諮詢導引機制是否便利？
5. 符合技能需求（Aligned with Skill Needs）：「成人學習」符應勞力市場之需求。
6. 預期的訓練效應（Perceived Training Impact）：「成人學習」的效應為何？
7. 經費（Financing）：「成人學習」系統的經費是否無虞？

教育屬於實證科學，嚴謹的定義搭配可以具體實證的指標，才能確保一個教育政策有具體的努力方向。

2. 將「Literacy」延伸到和成人教育（職場競爭力、家庭和社會功能）還有「永續發展」連結。就是從原本的「國民義務教育」延伸為「普及教育」。

「普及教育」的概念不僅僅限於義務教育，也延伸到十六歲以上的成人教育；而成人教育包括學校教育、推廣教育及非學校的教育。同理，「Literacy」的觀念也超脫了七十年前掃除文盲的單一標的，針對不同地區、年齡和身分所需要的基本的、功能性的「Literacy」都不同，因而，「Literacy」的概念延伸到和職場、家庭以及社會功能等也就不足為奇[42]。

例如美國繼1991年的法案後，接著在1998年通過更廣泛的「人力投資法案」（Workforce Investment Act of 1998: Title II-Adult Education and Family Literacy Act）。這個法案將「Literacy」直接和職場競爭力、成人教育和家庭教養連結。

[42] 再次證明，Literacy統一翻譯為「素養」實是無可奈何之舉，故本文用原文，避免誤解。

而英國的工黨政府在2009年在國會發表的政策白皮書：Skills for Growth: the national skills strategy（成長的技能：全國技能策略[43]），著眼點是提升成年人的職場技能[44]，然而仍將「Literacy」列為不可忽視的基本功夫：

> 這個技能系統要確保達到高階的技能和能力的管道盡量寬廣……我們必須持續改進基本的Literacy、語文和算術技能，以確保每一個成人都建立一個基本的就業能力（employability）的平臺（p. 4）。
>
> 在年長的人士中存在著較弱的Literacy及算術的遺緒，這些經常妨礙了他們子女的教育表現，有太多青少年既沒工作也沒有入學或受訓[45]。（Secretary of State for Business, Innovation and Skills, 2009, p. 5）

該政策還訂出了要在2020使95%的成年人能至少達到功能性的「Literacy」和算術能力（頁22）。

英國政府的這份白皮書清楚地將基本的、功能性的「Literacy」不僅和獲得就業的高階能力連結，甚至也連結到教養下一代的能力。

3. **官方和民間共同推動「Literacy」**。

最明顯的就是聯合國設置「聯合國教科文組織」推動「Literacy」，和「經濟與合作發展組織（OECD）」將「Literacy」和一個人終身的生存能力（包括就業能力、個人發展及社會參與）連結。

而英國則是設置「成人基本教育機構」（Adult Basic Education Service, ABE），這個機構的明確主旨就是協助十六歲以上、已經

43　作者暫譯。

44　這當然也是呼應「經濟與合作發展組織（OECD）」的PIAAC（國際成人技能評比）。

45　作者暫譯。

離開學校教育的人提供「職業訓練」[46]（Hamilton, Mary & Merrifield, Juliet, 1999, p.1）。而民間則有各種組織配合官方的政策，例如National Literacy Trust（https://literacytrust.org.uk/parents-and-families/adult-literacy/）。

美國則是設置「國家Literacy學院」（National Institute for Literacy）。這個學院是因1991年的National Literacy Act而設立的，其宗旨爲：「爲所有公辦或是私營的活動聚焦的機構，以支持開發高品質的地區性的、州的和政府的Literacy 相關服務[47]」。

此外，圖書館也是英美二國充分利用來提升「Literacy」的資源；圖書館不僅服務社區，也和學校合作；如何善用圖書館的資源於學校的教育目標及課程設計中是我們仍待大力提升的觀念。

4. 定期的評量以爲後續改進之依據。

這可以責成專責機構負責設計評量方式，或者加入「經濟與合作發展組織（OECD）」每三年舉辦的 PISA（Program for International Student Assessment，國際學生評比計畫）或者是PIAAC（Program for International Assessment of Adult Competencies，國際成人技能評量）。

OECD共推出了3種成人的知能測驗：「國際成人Literacy調查」（International Adult Literacy Survey, IALS），於1994-1998間實施；「成人Literacy及生活技能調查」（Adult Literacy and Lifeskills Survey, ALL），於2003-2008年間實施；2012年推出PIAAC。從名稱的轉變可以看出來，OECD隨著資訊時代的進展也調整了成人生存知能的基本需求：

---

46 原文就是vocational training。

47 The National Institute for Literacy官網說明（http://www.ldonline.org/resources_new/8351）。

這個架構擴大了Literacy的定義，藉著加入數位環境的閱讀能力，以使它與資訊時代相關[48]。

而這個PIAAC是配合OECD所推動的Skills Strategy，各個國家依據OECD的綱領制定各自的「國家技能策略」（National Skills Strategy）。前面介紹過英國的Skills for growth: the national skills strategy；這是德國的「國家技能策略」（https://www.bmas.de/EN/Our-Topics/Initial-and-Continuing-Training/national-skills-strategy.html）。

而OECD每一年依據參加PIAAC的國家的測驗成績，製作OECD Skills Strategy Diagnostic Report。

美國在1992年責付National Center of Education Statistics（NCES，國家教育統計資料中心）做了The National Adult Literacy Survey（NALS，全美成人Literacy調查）；2003年NCES又做了National Assessment of Adult Literacy（NAAL），這次改為分成四個等級：below basic, basic, intermediate, and proficient。

2010年起，美國改為參加PIAAC，配合PICCA的進程在2014年和2017年又做了2次調查。美國因為是聯邦制，各州自行決定教育的方式，聯邦政府只能以經費引導；加上自由派的學者反對測驗，因而，美國的教育界在能力評量這事情上一直是擺盪拉鋸。

歐洲的國家對全面的學習能力評量一向積極。以英國為例，英國的義務教育為五至十六歲，每一個學童在這十二年期間共要參加3次能力評量，就是在義務教育的第二年（六歲，入小學第一年），測驗語文、算數和科學；第六年（小學結束），測驗語文和算數；和最後一年

---

[48] 作者暫譯，原文是：The framework broadens the definition of literacy to make it relevant to the information age, in particular, by including the skills of reading in digital environments. 摘自OECD：http://www.oecd.org/education/innovation-education/adultliteracy.htm。

（十六歲），這個測驗是「中等教育合格證書[49]」（General Certificate of Secondary Education）[50]；這之後，十六至十八歲的學生進入「深入教育[51]」（Further Education），學生選擇考大學或者是進入技職教育，類似以前臺灣的國中畢業決定讀高中將來升大學或者是讀高職、五專的技職教育。進入職場的人則要面對PIAAC，英國政府以這個測驗搭配來推動「國家技能策略」。

中華民國近幾年有參加PISA，但是因爲有雜音，所以進行得相當低調；至於「國際成人技能評量」則尚未有計畫。

5. **語文教育的價值**

本文在前面投入如此的篇幅介紹義務教育的興起及「Literacy」這個觀念的普及過程。可以釐出兩個重點：

(1) 普及教育，從義務教育延長至十二年，乃至於教育往上延伸至成人教育以提升全體國民的素質是聯合國成立以來全球的共識，且已獲得多數國家積極的回應。

(2)「Literacy」的定義隨著時代的演進以及適用對象擴大至十六至六十五歲的成人而調整，而「Literacy」的核心之一的語文能力勢必須隨著「Literacy」定義的調整而進化。

我們討論語文教育的「價值」，必須從如何定義符合時代需求的語文教育目標，還有具體化相附隨的指標，這樣的檢視過程中才能獲得一個明確的輪廓。

簡言之，如何定義新時代的「literacy」是文學藝術和實證科學的結合，這也是一個國家的發展策略的一部分；因此，這不是文學系或教育系單獨可以完成的、這也不是教育部單獨一個部會的責任、這更不只是一個行政處理的程序。

---

49 作者暫譯。

50 摘自：https://www.futureschool.com/england-curriculum/。

51 作者暫譯。

以美國、英國和德國等爲例，義務教育階段的「Literacy」至少都是教育部和衛福部[52]共同合作；而成人教育部分，至少都是教育部和勞動部共同合作。而相關的政策的制定過程的最後一關都是經過國會同意的，像英國和德國等內閣制的國家，每一任政府的教育政策是送交國會通過的；至於美國1991年立法通過National Literacy Act 1991，不再贅述。

易言之，語文教育的價值不純是個人的文學造詣、文采的價值，這是攸關個人發展和國家發展的核心能力之一，而且也是無可取代的。也就是說，語文的能力不僅是個人能力的基本功，也是一個國家整體發展的基礎建設，這是爲何從聯合國到歐美各個先進國家，處理「Literacy」的過程會如此地廣諮博議。

展望未來，這是一個永無止境的挑戰。首先，我們要確認語文的功能爲何。

普遍的認知是，語文至少有三個重要的功能：學習（Learn）、互動（Interface）和建立關係（Bond）；在當今行動上網的時代，簡訊的使用如山洪暴發，給語言的功能帶來新的面貌。有人憂心正統語文被網路語言霸凌，會導致語文的庸俗化；英國語言學者克里斯多（David Crystal, 2008）則主張，使用簡訊不但沒有妨礙「literacy」，反而助長了「literacy」的發展：

學童如果沒有先發展出相當的「literacy」的意識是不可能流利使用簡訊的[53]。

而站在語文教育的立場，這是一個無法逆轉也不容忽視的趨勢，也是爲何「literacy」的定義會涵蓋到電子媒體的文字，我們勢須面對。

---

52 各國政府部會組織及名稱不盡相同，這裡為了方便而用我們的講法來統稱；下面勞動部亦同。

53 原文是：Children could not be good at texting if they had not already developed considerable literacy awareness.。摘自The Guardian: https://www.theguardian.com/books/2008/jul/05/saturdayreviewsfeatres.guardianreview

以前勉勵人讀書的目的是「經世致用」，這是指語文的學習（Learn）功能，應不是指詩詞歌賦的內容；而「以文會友」則是互動（Interface）和建立關係（Bond）的功能。因而，所謂的文采其實是發揮這三個功能的工具。在以前，「經世致用」是主要的功能；在當今時代，語文教育必須「經世致用」和「以文會友」並重。

換從「功能」這個角度看，討論語文教育的價值就有明確、具體的方向。

傳播學的觀點看語文的功能—以傑考森的理論為例。

傑考森（Jakobson, Roman, 1960）是最早從傳播學的角度來談語言的功能，他的理論仍廣受討論，本文篇幅有限就以他的說法為代表。傑考森提出語言的六個功能如下：

⑴互動的功能[54]（Phatic）

這個「互動」指兩個對話者用來「使對話保持暢通，是兩個對話者確認不僅對方有聽到、而且也瞭解己方說的內容；這是對話中和交換意思無關的部分，它本身是沒有內容的[55]」。例如我們對話時說的：「知道吧」、「眞的啊」、「嗯」、「了」、「OK」、「是嗎」、「好、好」等等。簡言之，這種字眼沒有表達任何內容，但卻是控制了對話的進行方式。

⑵詩的功能（Poetic）

傑考森的定義是：「面對文字本身的一種態度，以文字本身為中心[56]」。

這種作品中的語文通常較傳統的文章所用的隱晦，以其強調指示符號和媒介，或者形式、風格或者代碼……這種作品是「自我參考

---

54 國家教育研究院雙語詞彙資訊網：http://terms.naer.edu.tw/detail/3265941/?index=1

55 摘自Oxford Reference: https://www.oxfordreference.com/view/10.1093/oi/authority.20110803100321840。

56 原文是：「the attitude towards the message itself, centering on the message itself.」

的[57]」（self-referential）：形式就是內容，以及語言的媒介本身就是訊息[58]。

也有人稱這個詩的功能爲「美學的功能」（Aesthetic Funciton），顧名思義，應是指考究文字之美的。

⑶**後設語言的功能**[59]（Metalingual）

就是用來說明、確認、區別所使用的語言的語文，例如「這個句子太長」、「推？還是敲？」、「語法結構混亂」、「春風又綠江南岸中的『綠』是動詞」等等。傑考森認爲這種語文的發展和我們語文能力、甚至於思考能力的提升都有密切的關係，因爲它是一種「內在的語言（Inner Speech）」（Jakobson, Waugh 1987 [1979], p. 82），這個「內在的語言」是剝離了社交情境的「自身語言（Intrapersonal language）」（Linask, 2018），這個語言是外顯的語言和內在的思想這兩個層面的介面；它溝通了語言和思想。

因而，這個功能是學習和使用語文過程中的一個關鍵能力；傑考森主張學習語言和「後設語言的功能」的進展有密切的關係（Jakobson, 1985 [1972]）。換個角度看，傑考森認爲「失語症」（Aphasia）和「後設語言的功能」失能有關（Jakobson, 1971 [1956]）。因此，這個功能是伴隨者語言使用者終生的：

> 「後設語言的功能」在我們的一生中一直都發揮其功能，同時也會經歷相當的變化，它也一直在我們使用語言的活動中有意無意地彰顯其功能（Jakobson, 1985[1980], p. 160）。

傑考森將「後設語言的功能」和「內在的語言」結合，意圖將這

---

57 國家教育研究院雙語詞彙資訊網

58 摘自Oxford Reference: https://www.oxfordreference.com/view/10.1093/oi/authority.20110803100333199

59 國家教育研究院雙語詞彙資訊網：http://terms.naer.edu.tw/detail/3264310/?index=1。

個功能和認知心理學派的思想發展的理論結合。簡言之，這是一個省思自我使用語文的機制，經常都是以精簡的語法提示當事人所使用的語文當注意之處，很少是以明文的、檢查表單的方式進行；這是爲何傑考森說：「它也一直在我們使用語言的活動中有意無意地彰顯其功能」。

有關思想和語言之間的關係，留待下一節另外討論。

⑷**情緒的功能**[60]（Emotive）

又稱Expressive/Affective Function，這個是說話者經常會用到以表達出情緒，例如感嘆、驚訝、恐怖等，這些語文並未表達任何訊息，但表達出說話者的感覺。

⑸**行爲功能**[61]（Conative）

這是用來影響或指揮聽話者的行爲的語文，重點在說服[62]。常見於命令句或是祈使句，例如過來、夠了吧！拜託啦！。

⑹**參考的功能**[63]（Referential）

這個就是傳達訊息的，這個功能是和「情境（Context）」對應的[64]。

從傳播學的觀點，使用語言溝通的過程可細分爲數個組成的部分，以個別分析。以傑考森爲例，他將溝通的過程分成六個組成部分，這六個組成部分是：說話者（Addresser）、聽話者（Addressee）、情境（Context）、訊息（Message）、接觸（Contact）以及代碼

---

60 國家教育研究院雙語詞彙資訊網：http://terms.naer.edu.tw/search/?q=emotive+function&field=ti&op=AND&group=&num=10

61 同上註。

62 摘自Oxford Reference: https://www.oxfordreference.com/view/10.1093/oi/authority.2011080309563 0278。

63 國家教育研究院雙語詞彙資訊網：http://terms.naer.edu.tw/detail/3267361/?index=1。

64 摘自Oxford Reference:https://www.oxfordreference.com/view/10.1093/oi/authority.201108031004103 28。

（Code）。每一個組成的部分都有一個相對應的語言功能，因此，傑考森用一個簡單的表4來表示。

表4　傑考森的溝通模式及語言功能

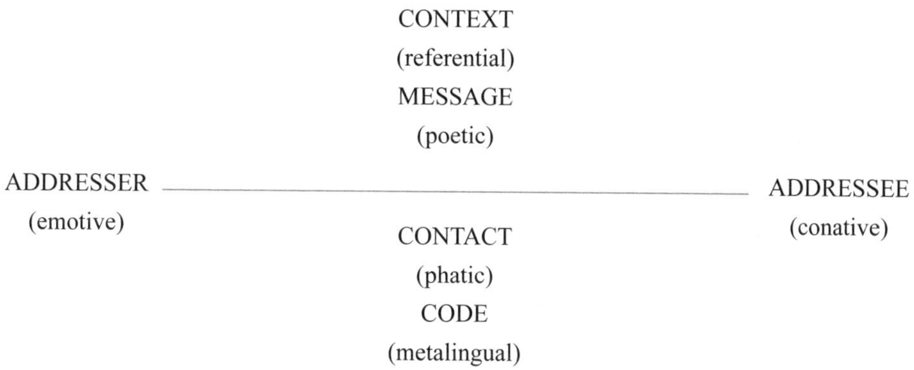

CONTEXT
(referential)
MESSAGE
(poetic)

ADDRESSER (emotive) ———————————— ADDRESSEE (conative)

CONTACT
(phatic)
CODE
(metalingual)

Jakobson's (1985 [1976]) communication model and language functions.

前節提到傑考森將語言的功能和「內在語言」連結，思想和語言之間的關係是教育界關注的課題，接下來就從「認知發展論」的角度來簡略介紹語言對思想發展的功能。這個學派自從一九三〇年代興起，其中兩個開創性的人物：維高斯基（L.S. Vygotsky, 1896-1934）和皮亞傑（Jean Piaget, 1896-1980），他們二人對教育（尤其是語文教育）基礎理論的影響至今歷久不衰。皮亞傑因爲學術生命長，故而較爲知名。本文就簡略介紹此二人對思想和語言的發展的看法。

「認知發展論」的觀點看語文的功能—以維高斯基和皮亞傑爲例。

簡言之，維高斯基和皮亞傑都認爲思想和語言是在和環境不停的互動過程中相互刺激而同步成長。維高斯基提出兩個重要的觀念：社會化（Socialization）和互動（Interaction）；而皮亞傑的兩個重要的觀念則是：適應（Accommodation）和同化（Assimilation）。

1. 人之初：

思想和語言二者的發展過程迥異，依維高斯基的說法，人初生時的所謂的語言是「無思想內容的語言（Thoughtless Speech）」，例如哭聲有好幾種可能的原因；而所謂的思想是「無語言的思想（Speechless Thought）」，例如想要甚麼就手一指，嘴一哼。此時的思想和語言是兩個毫無關聯的能力。

而後因為與週遭的環境密切接觸，嬰、幼兒藉此而認識了週遭的環境，這個過程提供了思想和語言學習的素材，幼兒漸漸地熟悉簡單語言的音、意、型式和用法，維高斯基稱此為一「社會化」（Socialization）的過程。

另外還有一個與社會化同時進行的動作，就是「互動」（Interaction）的過程。嬰、幼兒很早就發現藉由某種動作或某些的音，他們可以要大人幫他們達到心願，從剛開始的手一指，嘴一哼，到「ㄋㄟㄋㄟ」、「喝ㄋㄟㄋㄟ」、「要喝奶」、到「我要喝奶」，嬰、幼兒由單音、單字、漸漸進入片語、短句；剛開始多是模仿，接著就逐漸地自己構句，幼兒從每次使用語言後週遭人物的反應來判斷剛剛的表達是否恰當，從別人的反應幼兒學會了如何及何時使用語言來達到目的。

在嬰、幼兒時，思想初萌芽，故而只是單向式的思考，完全只能從自己的眼光看世界，也就是以自我為中心的（Egocentric），此時的思想和語言的最大特色就是以我為中心：我要甚麼、我做甚麼、我看到的才是眞的（躲貓貓）、這是我的。

所以，這個時期的所謂「互動」，其實絕大部分只是片面的表達小孩個人的意願，因而在表達完自己的意思後，對於大人的回應通常就只是：好、不好、要、不要，只會從自己的角度看。換言之，這個時期的小孩根本無法認識到另有其它的個體、意見、和利益的存在[65]。

待年齡漸長，和周遭的「互動」經驗久了之後，小孩逐漸地認識到還有別人存在，除了他的想法還有別人不同的意見，這就開始了他漫長

65 這是為何經常看見兩個同齡小孩一起玩，沒多久就發生爭搶玩具的事情。

的「解自我中心」（De-Egocentric）的旅程[66]。

關鍵就是，在「社會化」和「互動」的過程中，小孩發現，除了自己的想法外，還有別人的意見，他需要試著瞭解別人的意見，對別人的意見表示看法，同時也聽聽別人對自己的意見所表達的看法。因此，就「認知發展論」的角度，語文教育的聽、說、讀和寫也附帶了促進「解自我中心」的功效。

就這樣，一方面接觸（社會化），同時又表達和溝通（互動），小孩學習和使用語言的能力伴隨著思想的發展而增強。

換皮亞傑的說法則是：人一方面努力的去學習和適應他週遭的環境中使用語言的方式（適應）；另一方面則依據他自己的背景來瞭解所學來的語言，也配合他自己的意圖來試著使用所學來的語言（同化），關於後者另有一個說法是「內化」（Internalization），也就是吸收、消化所學的使其成爲自己的一部份。

如果一個人這樣的對外的適應和對內的同化（內化）的二股力量能達到一個「均衡的狀態（Equilibrium）」（Piaget, 1969），則是一次成功的學習，否則，就表示這個人仍無法將這次所學的充分的消化、吸收爲他的知識，如圖1。

這個圖1顯示的是：Schema[67]（個體吸收知識的基本架構）一個生生不息的過程。

「均衡的狀態」就是從「適應」到「同化」而導致「基模的更新」，這是一個循環反覆、不斷更新的過程。

用在語文教育上就是學生一方面能適應學習的環境和學習的過程（如良好的課程設計、教材、師資、和教法）；另一方面又能經由實際

66　這也就是為何英、美的語文教育很重視各種型式的創作、發表、討論和表演，以讓學生學習如何一方面珍重自己的想法外，也同時尊重別人不同的想法。

67　正式名稱是Schema，「教育大辭書」譯為：「基模」，《國家教育研究院》網站。http://terms.naer.edu.tw/detail/1309437/?index=5。

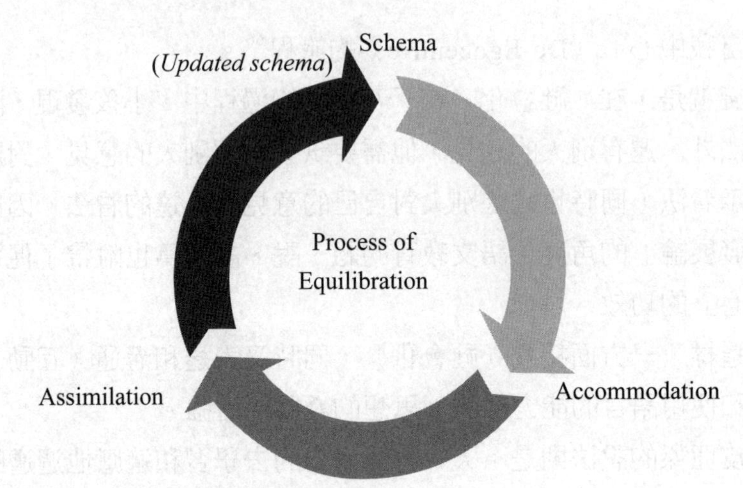

圖1 皮亞傑的「均衡的狀態（Equilibrium）」

的演練或活動將所學的語文熟練的運用出來，使得所學的內容眞正地成爲學生的語文能力，甚至是生活的一部份。在這樣的狀態下，相信學生一定會對學習的機會和過程充滿興趣，對自己學習的能力則充滿信心，如此不就是學習的條件和學習的成果皆處於一個「均衡的狀態」？

換言之，成功的學習必須是外在的學習環境（課程設計、教材、師資和教法）和個人的學習動機與學習能力皆能配合良好時才有可能。其中的關鍵點應就是「認知發展論」加入了對學習者個人的思想和語言發展的考量，而能夠刺激學習者的動機和興趣的最有效方法當然是訴諸於學習者個人的心智成長的需求，而這種對人的關懷使得教育的本質終於開始產生了根本的改變。

因而，思想和語言就在如此一個「社會化」與「互動」的過程中累積一次又一次的均衡狀態而逐漸發展。如此一個從學習開始，經過內化，而最後達到一個學習環境和學習動機均衡的狀態的學習過程，他的原動力是來自於爲了瞭解週遭以及爲了和外界溝通而致思想和語言二者相互刺激，而他所促成的則是思想和語言二者同步的發展。

就這樣，思想和語言發展的軸線由最初的毫無交集而交會（用簡單的語言表達淺顯的意向），隨著接觸和使用語言日益精密與頻繁，思想和語言的發展也越益精密，這二條軸線開始糾纏盤旋，相互刺激和相互依賴。從此，小孩的語言和思想的進展日越複雜和精準。

因而，維高斯基（1962）說：

思想和語言的關係不是一件事情，而是個持續的過程，是一個從思想到語言，又從語言到思想的一個持續地來來回回的動作。在這個過程中，思想和語言的關係經歷了一些變化，這些變化從功能性的觀點也可說是發展。思想不是僅僅透過語言表達，它是透過語言才得成型（p. 125）。

「過程導向的教學」因此而得名。皮亞傑（1969）也表達了類似的看法：

我們所使用的語言和我們思考推理的方式有著令人驚訝的關聯性……這表示語言非但不是構成邏輯的源頭，反而是爲邏輯所規範（p. 90）。

唐朝詩人賈島爲了應是「僧推月下門」還是「僧敲月下門」而撞上了韓愈的車駕，賈島當時的「推敲、推敲」不就是指的這種「一個從思想到語言，又從語言到思想的一個持續地來來回回的動作」？

2. **及其長也：**

進入青春期後，青少年的思考能力漸漸趨向邏輯式的思維，最具體的特徵，就是國中開始學數學。在此之前的小孩因爲還沒有抽象思考和把事務仔細分類的能力，因而對世界的瞭解還有思考的內容都和具體的事物密不可分，所以，此時的小孩所用以思考的工具和他所用來表達的語言都有很直接的關聯，小孩思想的內容也和外在世界有直接的連結，他們所表達出來的內容也反映出這個現象。

所謂的「內心的世界」（Inner World）此時才只是小孩整體思考活動中極小的一部份；最明顯的例子就是小孩子說謊很容易被抓到，光是他們的肢體語言就足以洩漏許多破綻。

抽象思考能力的一個前提是能將事物分類，例如小孩對車子的認識是從一輛輛具體的「車」開始，等到了青少年時期，能夠詳細的分類，同時也能夠歸納出一個「車」的概念；另一方面，演繹的能力也使青少年開始關心一些長遠、巨大的問題，例如生、死、人生、愛情等等。結果就是，青少年開始能夠接觸一些抽象的概念，如主觀、客觀，也可以開始瞭解事物的多面向，如：一方面、另一方面、就某個角度看。

能精細的分類和抽象的思維能力是互爲因果的，從具體的諸多事物中分析出其相同與相異處，並加以歸類和推論，這種思考活動會導向邏輯的思考，從此，語言和思想二條軸線則開始各有一部份分離而各自發展（主要的軸線部分則仍是緊緊的纏繞著的）：一方面，邏輯式的抽象的思考能力開始萌芽，例如空間的概念和對某些清談式的議題的探討（如死亡、愛情和友情、人生的意義）；而同時間，語言也有一部份進入抽象的、意會的層次，例如詩所呈現的意像和猜迷等需要廣泛聯想的語言遊戲。

在這個階段，所謂的「內心的世界」開始發展，維高斯基和皮亞傑都稱之爲「內在語言」（Inner Speech）[68]。維高斯基認爲「內在語言」是「從小孩子的外在語言分支出來，同時也和語言的社會化功能以及自我中心的功能區隔，最終，這個語言的結構也就是他的思想的結構[69]」（Vygotsky, 1986, p. 94）。

維高斯基認爲「內在語言」就是「無聲的語言（soundless speech）」

68 維高斯基在他的書中對皮亞傑的批評主要都在這個部份，如本書之註27所言，皮亞傑在1962年公開宣稱其實他們二人並無顯著的不同，所不同處他（皮亞傑）在維高斯基死後多已修正。

69 作者暫譯。

（Vygotsky, 1986, p. 84），每一個人都對「內在語言」有親身的體驗。「內在語言」和自我中心的語言有相同的功能，除了是伴隨的活動外，這種語言「提供心智的指引和有意識的理解；協助克服困難；這是為自己發聲的語言、親密地且有意義地和小孩的思考連結[70]」（Vygotsky, 1986, p. 228）。

因此，「內在語言」是每個人發展思想過程中必經的程序。用簡單的比喻，「內在語言」類似釀酒，食物先經過發酵，然後才能成酒；思考者經過「內在語言」這段歷程後，最終以文字或語言清楚陳現的才是我們說的「思想」。所以，維高斯基認為「思想的發展是由語文決定的，尤其是思想的語言工具，還有小孩的社會文化的經驗」（Vygotsky, 1986, p. 94）。

維高斯基進一步說「內在語言」這種語言是「濃縮、精簡的」：

> 它的句法是文書用語的語法的相反，口語的語法則介於這二者間……「內在語言」幾乎完全是敘述性的，因為思考者完全清楚場景和主角為何，而文書用語則必須完整解釋場景才能讓人理解[71]（p. 182）。

做為思考工具的「內在語言」還有一個「濃縮、精簡的」特色，就是即使只是個簡單的單字或片語，思考者是用單字或片語的「字的意識」（the sense of a word），而不是以「字意」（meaning）（Vygotsky, 1986, p. 244）為思考工具；這就超脫了日常語言受到語法和使用習慣的制約，所以才能「濃縮、精簡」。維高斯基說它是：

---

70 作者暫譯。

71 作者暫譯。

在「內在語言」，一個字代表好幾個思想和感覺，有時還替代了一長串有深度的論述[72]（p. 248）。

因爲「內在語言」的這種特性，因而，當人要將思想轉爲文字時遭遇很大的挑戰，就是如何將「濃縮、精簡的」語言，用完整的語法清楚表達，這個過程中要補述只有思考者自己知道的、省略的場景和主角，同時，還要用具體的字義將一個個「字的意識」清楚的重現和完整連貫。

因此，原本只是一個「簡單的」想法，用筆化爲文字時就不簡單了。也就是說，寫作的過程是一個腦力激盪的過程，是一個將原本的點點靈光化爲具體、清晰且連貫的圖像的過程，維高斯基（Vygotsky, 1986）說的：

從草稿進化到定稿的過程反映的是我們的心智歷程[73]（p. 242）。

青少年一方面開始了邏輯的抽象思考能力[74]，有了內心世界，同時也開始接觸了語言的藝術的層次，抽象思考能力使青少年的思考可以跳脫具體事物的限制，使用「濃縮、精簡的」「內在語言」思考；而掙脫了具體事物的語言則使得青少年可以恣意的遨遊在語言的遊戲中。於是，語言的具體意思和語言的藝術性、思想的邏輯性和「內在語言」的高度精簡，這些相衝突的特性使得語言的表達和捕捉語言的具體內容的企圖就很難達到一個均衡的狀態，因而，如何使用語言以清楚地表達我

72　作者暫譯。

73　原文是：The evolution from the draft to the final copy reflects our mental process (p. 242).

74　依據維高斯基的說法，有此能力並不表示就一定會做邏輯的思考，只是表示青少年有此能力而已，真正的邏輯是存在於數學語言中。

們的意圖，以及如何透過語言來完整地瞭解別人的具體思想內容，這就成了我們人類亙古的挑戰。

㈥以人爲核心的語文教育

從國中到大學的青少年時期，正是人的生理和心理發生巨大變化的時期，也是型塑人生價值的黃金時段。因此，先進國家的教育政策都會配合學生的生理與心理的發展，這是爲何英國和美國的教育政策經常都和衛生及社會福利部門合作；光是看看英國政府的「教育部」的全名在過去四十年的變化就可以看出端倪[75]；再如美國在2000公布的National Reading Panel Report[76]（全國閱讀專案報告），這個專案的主政單位是The National Institute of Child Health and Human Development（國家兒童健康與人類發展研究所，NICHD），教育部只是協辦單位。

在先進國家，莘莘學子的「教育」，不是單純由教育部管學校和課堂的事務而已；就事務性質看，這是要兼顧學生、家庭、學校和社會的分工合作；就教育內涵看，這是要兼顧學子的身心發展和社會發展的需求。

不論從Literacy或「認知發展論」的角度，語文是其核心，因而，青少年需要甚麼樣的語文教育？或者說：甚麼樣的語文教育最足以協助青少年在滿足其生涯的實用功能之外，也能同時找到足以面對生活和生命的人文價值？

---

75 1964改名Department of Education and Science; 1992改為Department for Education; 1995改為Department for Education and Employment; 2001改為Department for Education and Skills; 2007改為Department for Children, Schools, and Families; 2016從解散的Department for Business, Innovation and Skills接手高等級深造教育和技職教育。

76 美國國會在1997責成The National Institute of Child Health and Human Development (NICHD) 專案探討可以有效運用在課堂的閱讀教學；這是美國國會第三次要求行政單位針對閱讀教學提出專案報告。2000的專案因為有更豐富的研究論文供檢視，報告更有公信力，至今仍是美國中小學閱讀教學的指導綱領。

本文接著試著分從認知發展的過程以及教育的內容這兩個角度來談。

1. **認知發展的過程：**

青少年開始使用「內在語言」探索內心世界，這個階段的挑戰在二端：

如何運用有限的「字的意識」作爲思考的語言。「字的意識」是對個別字、詞的熟稔程度的精華，不熟悉、不常用的字是很難產生「字的意識」；因此，「字的意識」和語文程度有直接的關聯。青少年此時猶如搭著梯子架梯子，一邊摸索一邊前進。

如何將「濃縮、精簡的」「內在語言」用具體的文字清楚、完整的陳現。上一節已有簡介。用文字表達比用口語表達更難，這也是爲何古今中外的語文教育都重視寫作，各種學術測驗也以筆試爲準的原因。

這個時期等於是一邊穩固基礎同時繼續往上建設，一切都是邊做、邊改、邊學。這是爲何語文教育不可偏廢聽說讀寫任一環的原因，我們的國語文教育傳統的作法對說和寫的態度和西方從認知發展的角度頗有差異。關鍵在於，現代的語文教育，說和寫不僅是表達的工具，更是探索和定型心中眞正意思的工具。

2. **教育的內容：**

青少年開始用「內在語言」思考，內心世界是最經常觸及的領域，而青少年最經常關心的是和自身有關的議題，這些和生活及生命有關的議題也是最容易觸發「內在語言」的；另一方面，青少年的抽象思考能力也給予他們玄思冥想的能力，因而，他們會對魔幻的故事產生興趣，因爲這類故事可以讓心靈遨遊其中。因而，這個時期的語文教育的內容應該盡量貼近青少年關心的議題。

英國和美國有專門的「青少年文學」（Adolescent Literature），故事題材多是針對青少年看待人生、生與死（因爲經歷長輩的老與死）、愛情、友情、刺激的事物如毒品和熱門時尚等等；另外，魔幻類的故事更是市場寵兒，近些年最轟動的當屬《哈利波特》熱潮。

認知發展的過程和教育的內容這二者相輔相成，都是透過聽、說、讀和寫的過程，學習、探索和成長，青少年在這過程中成長的不僅是知識和語文，更重要的是心智能力的成長以及人生價值的探索。

因而，從這個角度看，語文教育若有人文價值，是因為語文課提供青少年充分的機會去學習和探索，探索和個人在當前成長階段所關心的議題，最終的探索議題則是搜尋自己的定位。研讀經典名家之作，能提供參考，但無法替代個人的探索。美國大學從十九世紀末開始，針對「修辭學」所引發的長期論戰，表面看是古籍經典和當代文學之爭[77]，同時也是爭論那一種更符應追求Meritocracy（卓越[78]）的高等學府的學子的成長及社會發展的需求[79]。

綜上所述，探討如何連結語文教育的人文價值理想與實用功能，本文的重點並非提出一份讀書清單，而是提出一個工作架構：

1. 青少年的發展所牽涉到支援單位的除了學校外，家庭和社會也都同等重要，故而，這些支援單位的分工合作不可或缺。
2. 青少年時期的身心變化敏感，而結果卻可能影響終生，因而，教育的內涵需納入各時期身心變化的特殊需求。
3. 青少年有共同的發展特徵，也有各自獨特的特質，故而，教育的內涵及方式須有適度的彈性。

簡言之，青少年的語文教育不必侷限於從古籍經典或特定的意識形態挑選，而是在於 1.如何從浩瀚的文學材料中挑選符合青少年關心的議題；2.如何在課堂上將挑選的素材和青少年關心的議題連結；3.運用聽、說、讀和寫的活動以深入探索議題，同時也達到促進心智發展的目的。

---

77 參見拙著《國語教學的本質》。

78 一般翻譯為「任人唯賢」，此處暫用「卓越」以表達整個社會對卓越者的喜好和尊崇。

79 1970-1980，美國民權運動的高峰時期，又是另一個大學「修辭學」爭論Classics的高峰。

簡言之，國語文課堂的所謂「學習」，應是動態探索的多於靜態的、被動的研讀。

三、結論

本文花相當的篇幅略述二十世紀初歐美教育改革的背景及歷程，企圖呈現出一個趨勢，就是教育爲因應時代變革的需求而擔負的重任，而語文教育是「廣爲擴散文化，和教育正義、自由及和平的人道精神[80]」的關鍵。在傳統歐洲，一門「拉丁文」就足以區分可造之材和「蠢材[81]」；中國傳統的讀經教學應該也類似。但是，資本主義的民主社會，那種傳統不復存在的理由。

美國自從十九世紀末步上國際舞臺後，表面上看到的是美國的國力日增，其實，同時間在國內也有一股改革教育的浪潮在湧起，而其核心就是語文教育；首發其端的是哈佛大學在1874年首創「大一英文」取代拉丁文教學的「修辭學」；接著，這個浪潮衝擊到大學入學考試方式，因爲這個直接影響到高中的語文教育。因此，二十世紀初，美國的語文教育改革分兩個途徑：1.減緩大學入學測驗方式對高中語文教育的箝制；這就需要從源頭改進，就是2.大學端對「文學」的重新定義和詮釋。

杜威（John Dewey）等人提出實用主義哲學，爲這股風氣鋪下理論基礎，呼籲教育要能配合民主社會的發展，學校教育和「文明社會」（Civil Society）是兩個民主社會的基石。因此，語文教育從傳統的嚴格學術導向和道德教育的理想轉向爲教育要和生活和經驗結合。

二次世界大戰之間（1918-1941），1930年的經濟大蕭條更加深了人們對學校教育和「文明社會」這二者緊密關係的體認，這也促使語文教育的改革加速。例如在大學端，新的文學理論取代傳統「修辭學」精

---

80 見註9。

81 邱吉爾在自傳My Early Life，自嘲，他和學不好拉丁文的同學是一群「dunces」，蠢材是也。

讀文本的方式，例如「新批評」（New Criticism）開始盛行於大學的文學課；同時，小學到中學嘗試新的、非升學導向的教育方式，如非正規教育、夜間補習教育等；而在課程方面也新增許多非學術性的科目，例如大學開設「兒童文學」、「英語語言學」、「職場英文」等[82]，明顯地騰出資源也結合「文明社會」的發展需求。臺灣在這方面起步較遲，參照美國的發展經驗，可以知道，這個趨勢是普遍性地。

「新批評」出現是因應當時的背景，是在精讀文本的「修辭學」學術傳統之外的一個替代科目。因此，大學中文系勢須擔負起嚮導的角色，研究如何重新定義和詮釋「文學」的「人文價值」和「實用功能」，以爲中學的語文教育開風氣之先。而二十一世紀新時代的國語文教育所要納入考量的已不只是「社會適應」而已，還有至少三個面向要考慮。

本文在前面分從三個角度談略語文教育的價值 1.國際對「Literacy」的趨勢；2.從傳播的角度看語文的溝通功能；3.從認知發展的角度看語文的功能。

聯合國推動「Literacy」已有七十七年，對於「Literacy」定義以及執行的指標也隨著時代的進步而經常調整。在形式上，國際的趨勢早已將「Literacy」從義務教育擴大到了普及至成人教育；而在內涵上，「Literacy」也隨時代需求調整，先進國家已經立法程序將「Literacy」的理念融入教育及勞工政策，也多加入聯合國組織的各種評量。中華民國在教育內涵的調整跟先進國家的腳步是有脫節。

至於認知發展的角度對於聽、說、讀和寫的態度和我們傳統的國語文教育的態度仍有相當差異。簡單說，我們的國語文教育偏閱讀，且偏重精讀；另外，聽、說、讀和寫是各自獨立的活動，特別是讀和寫；

---

82 以匹茲堡大學（university of Pittsburgh）的英文系為例，在一九三〇年代開設這些課程（http://english-old.pitt.edu/history/1930-courses）。

而認知發展的角度則是⑴聽、說、讀和寫整合運用；⑵於閱讀是鼓勵泛讀[83]，以量保障質的提升；於寫作則是定位為一個探索如何將內在語言予以明確化和具體呈現的過程，所以，歐美的寫作教學都鼓勵反覆修改，決不是「胸有成竹」。

綜合聯合國鼓動「Literacy」的做法，還有先進國家將認知發展融入教育規劃的作法，可以清楚看到一個明顯的趨勢：語文教育除了外顯的語文能力外，更重要的是人文面以及智能發展面的價值；這不僅是個人的發展需要，也是社會發展需要的。所以，語文教育這個任務不是單一學系、單一政府部門或單一教材就可獨立承擔。這是一個跨領域的學科，也是一個跨政府部會的專案。

簡言之，這不是一個如何提出一個讀書清單的專案，重點更不應該是討論文言文的比例佔多少；而是一個長期的跨領域研究和對話的工作架構，就像聯合國對「Literacy」的關注，雖歷七十七年而彌新。

青少年時期總共就這短短的十年黃金時間，能否發揮最大的教育效果，關係到的不僅是學生個人的成長，也是國家社會發展的支柱。

參考書目

一、引用專書

1. 于宗先、王金利：《臺灣人口變遷與經濟發展》（臺北：聯經出版社，2009年）。
2. 李園會：《九年國民教育政策之研究》（臺北市：文景，1985年）。
3. 林玉體：《臺灣教育面貌40年》（臺北：自立晚報，1993年）。
4. 張昭軍、孫燕京：《中國近代文化史》（城市：北京出版社，2018年）。
5. 許智偉：〈論三十年來我國國民教育的發展〉，載於郭為藩等：《當代教育理論與實際》（臺北市：五南，1983年），頁247-280。

[83] 英美從學校教育到成人教育都會充分運用圖書館，鼓勵泛讀是其源頭之一；臺灣的學校教育和圖書館的連結有待加強，純靠「查資料」而不鼓勵泛讀的風氣是難竟其功的。

6. 黃春木：〈壬戌學制〉，劉真主編：《教育大辭書》（臺北：文景出版社，2000年）。

二、引用論文

1. 陳達武（2018）：〈「國語」教學的本質〉，《逢甲大學2018「第三屆建構／反思國文教學學術研討會—文白之爭」論文集》，頁310-342。

英文參考書目

1. Applebee, Arthur (1974). *Tradition and reform in the teaching of English: a history.* Urbana, IL.: National Council of English Teachers.
2. August, Diane & Shanahan, Timothy (2006). *Executive Summary: Developing literacy in second-language learners: Report of the national literacy panel on language-minority children and youth.* New Jersey: Lawrence Erlbaum Associates.
3. Churchill, Winston. 1960 (1930). *My Early Life*. London: Oldhams. pp. 17-18, 19, 23.
4. Conference of Allied Ministers of Education (1945). *Draft proposals for an educational and cultural organization of the United Nations.* London, England.
5. Constitution of the United Nations Educational Scientific and Cultural Organization (1945).
6. Jakobson, R. (1960). Concluding Statement: Linguistics and Poetics, in Style in Language, T. Sebeok, Ed. Cambridge: MIT Press.
7. Jakobson, R. (1971 [1956]). Two aspects of language and two types of aphasic disturbances. Selected Writings II. Word and Language. The Hague: Mouton, 239-259.
8. Jakobson, R. (1985 [1976]). Metalanguage as a linguistic problem. Selected Writings VII. Contributions to Comparative Mythology. Studies in Linguistics and Philology, 1972-1982. Th e Hague: Mouton Publishers, 113-121. [Originally presented in 1956].
9. Jakobson, R. (1985 [1980]). On the linguistic approach to the problem of consciousness and the unconscious. Selected Writings VII. Contributions to Comparative Mythology. Studies in Linguistics and Philology, 1972-1982. The Hague: Mouton Publishers, 148-162. [Originally presented in 1978].
10. Jakobson, Roman; Waugh, Linda (1987 [1979]). The sound shape of language. Selected Writings VIII. Completion Vol. 1. Berlin: Mouton de Gruyter, XVIII-314.
11. Linask, Lauri (2018). Differentiation of language functions during language acquisition

based on Roman Jakobson's communication model. Sing Systems Studies. 46 (4): 517.

12. National Reading Panel (2000). *Teaching children to read: An evidence-based assessment of the scientific research literature on reading and its implications for reading instruction* (NIH Publication No. 00-4769). Washington, DC: U.S. Government Printing Office.
13. Piaget, Jean & Inhelder, Barbel (1969). *The psychology of the child*. Translated from the French version by Helen Weaver. New York: Basic Books.
14. Piaget, Jean (1962). *Comments*. Cambridge, MA.: MIT Press.
15. Secretary of State for Business, Innovation and Skills (2009). Skills for growth: the national skills strategy, United Kingdom, ISBN: 9780101764124.
16. Vygotsky, L.S. (1962). *Thought and language*. (E. Hanfmann & G. Vakar, Trans. & Eds.). Cambridge, MA.: MIT Press, 1962.
17. Vygotsky, L.S. (1986). *Thought and language*. (A. Kozulin, Tran. & Ed.). Cambridge, MA.: MIT Press, 1962.

主題三

大學的國語文教育

思考了沒？問題導向學習法融入「大學國語文」課程

林俞佑*

摘要

109學年起，高中全面實施108課綱，訓練學生須具有「核心素養」之能力。然而這樣的教育變革直接衝擊高等教育的教學模式。2022年後，高教體系的教師將面臨這群接受「核心素養」訓練的學生，傳統單向的講授模式或許已難刺激這群學生的學習思維與興趣。因此，語文課程的設計勢必做適當修整，才足以因應這場高教變局。

設計與素養導向的教學方法很多，問題導向學習法（Problem-based Learning，簡稱PBL）是可以用來設計素養導向教學的方法之一；且PBL教學理念在教育部政策強力的推動下，已在國內各大學系所課程實施多年，但卻鮮少運用在大學共同必修基礎科目。

本文將透過大學國語文課程導入PBL教學，設計情境故事，引導學生發現線索、探究、思辨、解決，進而整合人文價值與寫作知識。這樣的教學模式可以讓學生在閱讀文章或理解事物時，鏈結生活經驗與先備知識，期許面對未曾體驗的經驗感受時，能類推同理作者的感受，進而對文本提出具備自我觀察的省思評鑑。

關鍵字：問題導向學習法、設計思考、大學語文、學習成效

---

* 國立高雄科技大學高瞻科技不分系學士學位學程專案助理教授

一、前言

自109學年開始，高中全面實施108課綱，訓練學生須具有「核心素養」之能力。然而這樣的教育變革直接衝擊高等教育的教學模式。二年後，高教體系的教師們將迎來這批接受「核心素養」訓練的學生，單一的傳統講授模式或許無法因應這批學生的學習態度與思維。因此，課程設計勢必調整，並做滾動式修正，才足以因應二年後的高教變局。

設計與素養導向的教學方法很多，問題導向學習（Problem-based Learning，簡稱PBL）是可以用來設計素養導向教學的方法之一，且Problem-based Learning教學理念在教育部的推動下，已在國內各大學教育課程實施多年。然而在推動這幾年仍有許多教師對於project-based learning與problem-based learning這二者之間的差異存在著定義上的疑惑。前者源於杜威的實用主義而來，後者則是源於加拿大醫學院教授在前者的基礎上，提出以問題爲中心（problem-centered）的方式統整課程進行教學。（張民杰，2018）大學國語文較適合操作problem-based learning，其因有三：1.教材以選文爲主；2.以閱讀教學爲主；3.文章多富有生命內涵，高思維度的典範。以選文的情節脈絡設定第一階段的故事問題，引導學生了解文字背後的思維，再藉由第二階段的假設情境，導入與生活經驗相關的訊息線索，藉由類比推理的過程，解決眞實生活中的生命問題。反之，如果是以project-based learning，則著重點會是「專題」而非「問題」，這樣將削弱學習者對於文本中於作者的生命感悟。

不論是project-based learning或problem-based learning，均有其在教育學上的理論脈絡，不能等同視之，亦無法直接套用於各學科領域之中。它必須針對各學科領域的知識屬性與精神而轉換，從最根本的源頭去思考「解決什麼問題？」、「執行什麼專案？」（黃俊儒，2010）據此，回頭審視大學國語文課程需要解決什麼問題？執行什麼類型的專案？甚至，它如何與一般專業科目的專案做區分？再進一步思考：如何設計情境問題？問題與學科知識的整合應用？專案能不能算是另一種的問題解決？從語文教育本身著眼，我們可知學生雖能以語文爲基礎的溝通表意工具，然而卻鮮少能巧妙使用，使其靈活整合知識，產生有條理、有邏輯的表述架構。學生對於大學國語文教育產生抗拒，或未能達到預期的學習成效，可歸納出三個主要原因：

1. 學生停留在國、高中的字詞語文解釋背誦體驗框架，因而產生排斥的心態。
2. 學生缺乏自主覺察，因而產生去脈絡化的無感學習。
3. 未能鏈結學生的生活經驗，導致無法整合語文與思考論述的實踐行動。

於此，本文透過探討PBL研究文獻的方式，輔以對照研究者實際操作大學國語文課程經驗的反思，說明問題導向學習法在大學國語文課程的教材設計與步驟，並嘗試分析背後所隱含的教學理念與想法。

二、問題導向學習法的特徵及其情境故事設計

問題導向學習法旨在訓練學習者透過情境故事的問題假設，引發學習動機，並透過小組團隊合作的方式，促使觸類旁通，能將資訊整合成有效率、可統整的知識（Barrows & Tamblyn, 1980）。以下擬將說明PBL的起源與意義特徵，以及如何設計編製情境故事。

(一)PBL的起源與意義特徵

PBL起源於加拿大麥瑪斯特大學醫學院（McMaster University）醫學系教授H. Barrows於1963年，爲了解決臨床教學的複雜問題的綜整與解決能力，因而發展出PBL學習法。1980年，巴洛斯（Barrows）及坦博利（Tamblyn）認爲傳統大班授課無法有效訓練學生在臨床經驗上的判斷能力，因此將原本以教師爲中心的教學流程加以改變，成爲以學生

爲中心，並透過模擬情境故事讓學生遭遇眞實的病人問題，藉由小組合作探究、討論、推理，進而提出有效的判斷決策（張民杰，2018；徐靜嫻，2013；楊坤原和張賴妙理，2005）。

PBL的發想緣起在於，醫學院學生若僅是背熟醫藥知識，卻不能針對患者複雜病徵作出判斷與運用，所學便是徒然。同理，如果高等教育訓練出的學生只知默誦，而無法靈活運用於生活情境，亦是沒有意義的學習。再者，隨著科技日新月異，資訊的汰換速度快，許多的現實生活議題已難以用單一學科知識去解釋。誠如學者楊坤原、張賴妙理（2005）所指出的：

倘PBL的問題設計能顧及各學科領域的連貫性，則其更可達成培養學生發展如Howard Gardner所言之八種多元智慧（multiple intelligence）的作用（Nagel, 1996）。……越來越多的研究發現，實施PBL可使學生在眞實性的問題（authentic problems）中進行探究，經歷和學習科學知識與科學研究過程所須之管理資料、動手操作（hands-on）、推理、判斷、實驗驗證、提出解答等與解題相關的高層思考技能，亦有助於養成小組合作與溝通能力，……於是，PBL遂獲學者重視與各級學校的青睞，成爲一種培養學生必備科學知能的教學與學習法。

問題導向學習法是一種以醫學臨床案例作爲上課情境主要案例的討論教材，透過小組合作分工與自主閱讀，對問題初步探究，研擬需要學習的目標，繼而蒐集相關學科知識，推理、驗證，最後提出解決方案。因此，PBL學習法具有四項特點：1.利用情境故事問題整合學習者的知識；2.以學生爲中心的學習模式；3.以解決問題作爲觀察評估的學習成效；4.訓練學習者能自發運用先備知識解決複雜的問題。

學生若無法將所學的知識活用在現實生活情境中，那就會只是單純的符號化知識，無法成爲內隱的行動知識。眞實的情境才能引出意義脈絡，而這眞實的情境是需符合即時性，又兼具長效性。即時性表示學習經驗是愉悅的，長效性是指經驗的連續性，如果只著重即時性，卻不見經驗的連續性，不僅無法連結過去，更難以開展未來。學生需要透過串接情境產生脈絡，以建構事實背後的意義（藍偉瑩，2019）。

承上述，在語文教育的教學實踐中，導入PBL有以下優勢：一來打破學習者對語文教育以字詞解釋、課文背誦爲主的刻板印象；二來可透過小組的探究討論與解決，讓學習者內化成爲一種「態度」和「技能」。所以，要探討解決的問題除了是「古人的問題」、「作者的問題」之外，它應該會是一種「眞實情境」的問題，一種「跨域與統整」的問題，甚至是一種「可終身追尋」的問題（黃俊儒，2020）。

㈡情境故事的設計編製

先思考一個問題：對學習者而言，最迫切的待解問題是什麼？又語文學科該給學習者哪些必須具備的知識／能力，以因應未來的生活需求。一個「歷史事件」和一篇「文學創作」，在事件發生的同時與傳遞過程中，所牽涉的各種元素可區分爲社會、作者、文本、讀者等四個向度。其中「社會」指的是歷史事件、文學作品所發生的社會脈絡，包括當時的政治、經濟、歷史、文化背景等；「文本」是歷史事件轉譯成的故事，以及作者對事件感觸的論述方式。那麼，學習者迫切的待解問題便呼之欲出：能面對生命情境中的種種問題。於是，我們可以透過議題面向的分類，讓每一篇選文都能在生活各種價值取向中找到座落的位置，標誌出獨特的人文意涵（黃俊儒，2020）。

如何編制擬眞情境問題（problem statement）爲教學素材，是PBL的首要條件。問題必須是符合教學目的與學習者的學習目標，換言之，教師希望學習者學什麼？因此，情境故事問題陳述的設計有三個考量：

1. 了解課程目標，分析所要教導的主要概念、技能和態度。
2. 搜尋相關眞實的生活事件，寫成故事問題初稿。
3. 依學生的特質、興趣、能力加以修改（張民杰，2018）。

以下是研究者根據國立高雄科技大學共同基礎必修科目：大學國語文課程所設計的情境故事。此外，因大學國語文課程涉及選文較爲廣泛，故本文以司馬遷〈伯夷列傳〉爲舉例範疇。

首先，讓學生自行閱讀〈伯夷列傳〉後，再由教師設計「複述性」、「詮釋性」、「評價性」等三個理解層次（章熊《中國當代與閱讀測試》）的問題，檢測學生的閱讀成效。

利用由簡到難的題目，讓小組各自討論，並透過Zuvio隨機抽點小組上臺分享。接著，導入二則文本的情境故事：「司馬遷遭遇宮刑，活下來完成《史記》」、「伯夷、叔齊餓死首陽山捍衛個人價值信念」，他們都是遭遇生命難以承受之困頓，同樣名留千古，卻有不同的選擇方式，自由與命運如何促使他們做出不一樣的決定。最後，設計擬眞的情境問題，讓他們學習面對挫折的當下，如何做出讓自己「開心」的決定。

文本的情境故事陳述：生命價値與現實如何取捨？

情境一：

司馬遷為了李陵事件，因而獲罪入獄。也因為天子震怒，沒有官員為他講話申辯；再加上，沒有多餘的錢，可以讓他減刑。因此，他遭受了比死刑還要死刑的──宮刑。**司馬遷要怎麼做，才能讓自己活下去**？

情境二：

伯夷與叔齊二兄弟，一心嚮往著仁政治國的天下理念。於是，徒步走路前往投靠西伯姬昌，走到一半，遇到了他的兒子要去討伐全天下的共主。他們覺得不妥，便拉住馬車勸姬發不要亂搞，結果身邊的人覺得觸霉頭，本來要拖去斬了，姜太公出言勸阻，他們就這樣活下來。可是他們覺得活在這種的人統治下，實在太可恥了。因此，絕食抗議而亡。**伯夷叔齊可以怎麼做，維持自己的價值又能達到維持生命**？

情境三：

小賈與小真向來交好，小賈視小真為生死至交。有一天，小真發現小賈一個不為人知的祕密，他為了要能出人頭地，總把別人的成果占為己有，去跟主管邀功，其中還有小真的作品。他覺得小賈這樣不對，便好言相勸。結果，小賈不買帳，跑去跟主管說，小真抄襲他的作品。讓小真被公司解聘了。**小真要怎麼做，才能讓自己過得了心中的那道坎**。

首先，古今中外文學教材文本已蘊含情境故事，所以引導時不須再獨立設計情境故事，只需沿用或稍作改編。其次，藉由文學教材故事，輔以現實生活可能發生的情境或眞實新聞事例，導入生命倫理價值，讓學習者思索人文素養的必要性與可能性。因爲在學生的現實生活裡，不乏出現蹭分數的豬隊友，甚至如情境所述的情節。面對不公不義時，無法抽離情緒，理性解決困境，是人之常情。當情境故事一公布時，多數學生的當下反應是：「找人海扁他一頓」、「直接跑去跟主管陳情」、「拿刀把他給砍了」等。因此，可利用「六頂帽子思考法」轉換情緒，讓學生明白解決問題的方法有很多，我們可以選擇不傷害自己，又可以讓壞人得到報應的方法。自由的心靈才是戰勝情緒惡魔的最佳武器。

由此觀之，「大學國語文」課程的問題大致可以分成三種類型：1.解釋或發現歷史事實；2.解決問題的程序或策略；3.道德困境或兩難（張民杰，2018）。上述〈伯夷列傳〉情境一與二皆是源自於歷史必然之結果，透過問題，讓學生深化對歷史事實的解釋與比較；情境三傾向於解決問題的程序或策略、道德困境或兩難。

三、問題導向學習法的教學步驟

PBL的實施可分爲「引起注意」、「分析問題」、「探究問題」、「呈現解決方案」、「評估學習成果」五個階段（張民杰，2003；林麗娟，2004）。在設計這五階段的前置作業前，應掌握五項概念：1.清晰與內省的問題意識與理念架構；2.以學生爲中心的學習設計；3.開放與眞實的問題情境；4.漸進式的問題解決導引；5.多元的評量方式（黃俊儒，2010）。換言之，在實施PBL教學步驟前，需先規劃教學架構，如表1所示：

表1　BL課程架構規劃思考

1.思考課程內容（要教什麼）。
2.規劃課程目標。
3.思考課程目標與學習者的需要。
4.設計教學活動。
5.銜接教學活動與問題導向學習法。
6.設計情境故事案例。
7.引導並滾動修正教學法。
8.決定學習者的評量方法。
9.隨時掌握班級經營與討論氛圍。
10.課程評鑑並修正。

資料來源：修改自"Design of a problem-based curriculum: A general approach and a case study in the domain of public health," by Wiers et al., 2002, Medical Teacher, 24(1), p.45-51.。

「清晰與內省的問題意識與理念架構」：教師應當思考的是我們要教給學習者是自己認爲的專業，還是他們在生命歷程中可能會使用到的知識？然而，「子非魚，焉知魚之樂」，如何確認這是學習者需要的？黃俊儒（2010）提到：

雖然每位大學教師幾乎都在自己的研究領域上學有專精，但是當面對一群可能跟自己的專長不明顯沾上邊的聽眾時，常常需要有不一樣的考量。尤其是如果教師只是一廂情願與無限上綱地擴大自己專業領域的偉大及重要性，恐怕不僅對於學生的幫助會極爲有限，所收到的回應亦難有共鳴。這時，或許需要思考的是自己的學理專長與這群聽眾的生命歷程究竟可能有什麼樣的交會？在想像究竟可以協助學生面對與解決什麼樣的問題時，其實也提供給教師自己去思考，自己的研究及專長在這一個廣大的社會文化脈絡中，它的意義及價值究竟爲何？

雖然無法完全百分百吻合學習者的需求，但當教師換位考量，站在學習者的生命歷程思考，那麼「要教什麼」就有可能打破教師本位的專業學科。而這背後是教師的跨領域學習，在設計每個教學活動時，便需要援用其他學科的基礎學理。因此，設計教學活動與問題導向學習法、情境故事的引導就存在著必要的關聯性。教師該如何設計問題引起學習者注意、引導分析問題、探究問題，最後呈現解決方案，及成果評估，就需要花些心力。以下就「大學國語文」中的〈伯夷列傳〉爲示範。

㈠PBL操作方式

第一階段「引起注意」，可利用Zuvio線上即時互動教學軟體，設定閱讀層次的引導提問，讓學習者明白歷史的文本資料與生活經驗的關聯性。吸引學習者深入探討司馬遷撰寫的動機與策略。透過閱讀文獻資料的爬梳，建立學習鷹架。在一個看似塵封許久的歷史事件背後，可幫助學習者體驗一種內在生命的衝突，一場突如其來的的噩耗，和可能面對的種種狀況與抉擇，這些狀況所涉及的知識範圍包括當時候的律法、政治、人性、倫理價值等議題。

第二階段「分析問題」，可建立問題討論框架，逐步引導學習者理解、思辨教師所設定的議題。以下參酌張民杰設計的KND（know, need, do）討論框架，將「生命價值與現實如何取捨」情境故事問題陳述表如表2：

表2 PBL教學過程引導討論的KND

學習者知道什麼	學習者需要知道什麼	學習者需要做什麼
1.司馬遷遭遇宮刑。	1.造成這樣的結果有哪些因素？	1.透過閱讀了解當時的政治社會、人性等因素。
2.伯夷叔齊餓死首陽山。	2.伯夷叔齊為什麼最後決定要以死殉節？	2.寫下伯夷叔齊讓位出逃，叩馬而諫，到餓死的過程。
3.許由、務光的史料是如此的缺少。	3.為什麼司馬遷要寫出「閭巷之人，趨舍有時，若此類名堙滅而不稱，悲夫！閭巷之人，欲砥行利名者，非附青雲之士，惡能施於後世哉？」	3.分析司馬遷為什麼要一開始寫許由、務光這些人的故事情節？
4.司馬遷說出：「余甚惑焉，儻所謂天道，是耶非耶？」	4.「天道無親，常與善人」這句話有沒有道理？	4.當正義原則不存在現實世界時，該如何自處？

資料來源：修改自張杰民，〈運用問題導向學習設計與實施素養導向教學可行性之探究〉，頁48-49。

表2中的「學習者知道什麼」設計策略，主要以學習者的先備知識作爲問題安排的先後順序，讓學習者不要產生學習挫折。在這過程中，盡量鼓勵他們把知道的事實提出來。同時，教師可以將學習者所理解的事實和評論作一說明。接著，「需要知道什麼」，需透過教師引導，提供資料網址，讓學習者可進一步蒐集資料閱讀，釐清觀念，並於小組內部發表看法。此時，教師不需要先做評論。最後，「需要做什麼」是一個小組統整論述的教學環節。同樣的，教師不須評判對與錯，但可以建

議在推論的過程如何取得信服。

第三階段「探究問題」與第四階段「呈現解決方案」，可透過擬眞生活情境故事，引導學習者重複操作「KND」的問題討論框架。此時，可援用「六頂帽子思考法」，讓學習者思考在面對內心衝突時，該如何學會抽離情緒，轉以理性客觀的方式解決問題。簡單來說，透過閱讀層次的引導，類比生活經驗，進而運用在實際生活情境當中。學習者的人生閱歷也許無法和作者、教師一樣，但透過一個與文本相近的生活情境，讓他們理解人生其實可以有很多不一樣的選擇，每次的抉擇將會引導你走向不同的生命狀態，無關對錯。只要忠於自己的價值觀，那就是最好的選擇。

承上所述，帶領學習者在操作〈伯夷列傳〉的PBL學習法時，發現不少學習者在受挫時，會先以情緒解決事情，但是經過一連串的分析與探究，他們會逐漸明白情緒不見得是最好的解決方法，便會開始意識如何處理情緒，並理性解決問題。其次，學習者一開始會以「想當然耳」的角度看待事件，但是經過細究分析後，便發現原來的問題是扣合著另一個問題的，因此，要解決此一問題前，必須先解決影響它的問題。這些的學習效果都是在實施PBL過程中，逐一浮現產生的。學習者從PBL的探究過程中，運用知識，訓練邏輯、推理，進而獲得解決問題的能力，也從解決問題的過程中，潛移默化型塑價值觀和態度，從中培養較爲良好的人文素養。

㈡PBL結合寫作教學

藍偉瑩在《教學力──深化素養學習的關鍵》提到：「學科本質決定學習經驗的內涵」。學科本質是它存在大學課程規畫表裡的意義，是社會期許的價值，也是作爲理解世界的方法。大學國語文的學科本質，便是教導學生理解社會有許多的普世價值，作家透過「文字」讓我們了解這世間的完美與不完美，告訴世人他所理解世界的價值經驗是什麼。

所以除了讓學生思考作者的「結果」之外，也需要讓他們學會用「文字」表述自己的價值理念。於此，先透過PBL教學環節中的「文本提問」與「小組討論」，啟動學生的「思考」能力，讓他們對於作者所處的生活經驗產生興趣後，並以「情境故事」鏈結他們的生活經驗，進而鍛造出個人的價值取捨，最後再透過寫作引導策略，養成思辨、統整、論述兼具的書寫能力。其寫作論述能力的整合圖示如圖1：

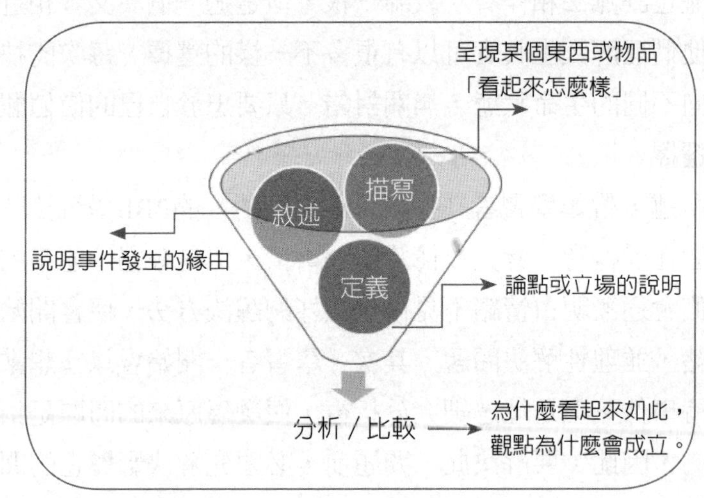

圖1　議論：論據（描寫、敘述）+論點（定義、分析）

學習〈伯夷列傳〉單元時，課堂的習作題目設定爲：請以命運與自由爲題，思考司馬遷、伯夷、叔齊、劉大潭老師（演講者）四人的遭遇，探索自由與命運的眞諦，並寫出自己對「自由與命運」的看法。擷取學生作品如圖2。

承此，「評估學習成效」除了教授相關概念的知識外，也包括許多的小組討論、口頭報告與書面寫作。所以評估學習成效的方式，大致分爲：1.小組同儕互評；2.小組討論評量；3.個人書寫論述。例如同儕互評會使用線上軟體Zuvio的互評功能，設定評量項目，分別給予量化與質化的回饋。小組討論評量，則是利用量表尺規，讓各小組內部評量組自由的特性，便是自我決定。生命的目的並不是避免犯錯，或是保持著光亮無瑕疵，而是去面對生命中的挑戰，並且在迎面而來的挑戰裡尋求自由。生而為人有屬於集體文化以及個人遺傳的限制，環境的侷限，對於人的自由來說，這些限制就是命運。了解命運，選擇才變得可能。人總有不順利或是疲倦的時候，沒有足夠的勇氣跟放下的天真，不是帶著遺憾過一生，就是遺憾自己覺醒的太晚。對於來不及有所領悟，就被推著跑的成長歷程；對於過去，我們無法取消經驗，但可以改變態度。司馬遷就是憑著一股意念堅持下去，完成史記這本歷史巨著，命運可能是一個殘酷的考驗，也可能是一個契機。我們需要的是強烈的意志在心中成為砥石。走過陰暗山谷，才能領略山頂風光的豁達；見過暗潮洶湧的海潮，方能感受風平浪靜的廣闊；度過坎坷難行命運中的逆境，才能體會順境的輕鬆。

人與命運對抗的結果，不一定和心中所想的一樣，這就是命運的不可預料性，如同魯迅所說：「命運並不是中國人的事前指導，而是事後的一種不費心思的解釋。」而且我認為人的命運就是會被思想自由與行動自由而改變。如同叔齊及伯夷，他們如果沒有堅持自己思想與心理上的自由，那他們也許就不會被心中所定義的「忠義」所捆綁，命運也就不會如同事實上所說的活活被餓死；司馬遷也是堅持了心中的信念為李陵求情，結果卻被判了宮刑，這對他而言是種恥辱，一度想輕生的他，改變了但念想父親的遺願，他選擇發憤完成史記，改變了自己的命運；劉大潭老師雖然天生就因小兒麻痺使他失去了行動上的自由，當時大家看見他都說他未來只能當乞丐，大家的思想都覺得劉老師一生都要靠別人才能養活自己，不過他的思想並不如此認為，他一心覺得人的一生沒有什麼是做不到的，只要不放棄一切皆有可能，他因為思想的改變，創造了許多對自己有幫助的發明，使他獲得了不一樣的行動自由，也改變了自己的命運，成為了厲害的發明家。這些例子也令我感受到自由的力量是無比強大的，強大到能夠改變人的一生。

圖2

員的表現、教師評量各小組討論情況；個人書寫論述，則是偏向傳統的紙筆測驗，教師給予題目，檢測學習者的論述邏輯與寫作能力。

四、問題導向學習的成效分析

美國教育學家克伯屈（W. Kilpatrick）在1951年提出「同時學習原則」。認爲學習不是片段知識的獲得，而是在學習過程中，同一時間內，都可以直接或間接學習到相關知識、技能、態度、理想、觀念、興趣、情感等。同時，他也將學習區分爲主學習（primary learning）、副學習（associate learning）和附學習（concomitant learning）三種。其中，主學習是指教學時，所設定的教學目標，它可能是技能，也可能是態度或理想，這取決於科目性質而定；副學習是與主學習有關的思想和觀念，多屬於知識的學習；附學習指在學習的過程時所養成的態度、理想、情感和興趣（簡紅珠，2000；Kilpatrick, 楊絢雲譯，1992）。

克伯屈所設計的教學方法是以問題爲中心（problem-centered）的方式統整課程進行教學。因此，他所提出的同時學習原則，若對應PBL整個實施的過程，可將學習目標分爲：學科能力、一般性能力、跨域能力這三大項。茲舉〈伯夷列傳〉單元爲例。

讓學習者了解司馬遷、伯夷等人的歷史文獻，以及認識文本中的字詞意義，爲主學習（主要學科能力）；理解司馬遷、伯夷面對事件的人生抉擇、司馬遷處理史料的原則、歷史人物的價值理念等，爲副學習（一般性能力）；透過文本與情境問題的設定，讓學習者類比生活經驗，模擬現實生活的衝突抉擇，使其產生覺察意識，爲附學習（跨域能力）。對大學部一年級學生而言，當自幼被教導的倫理價值觀被社會現實所挑戰時，內心的衝突其實是不言可喻的。但是與其告訴他那是社會現實，不如教他學習抽離並轉化情緒，不以情緒主導理性。

PBL在問題結構不明的概念底下設計故事，主要目的是讓學習者透過探索，擴充學習的層面，因此，PBL所獲得學習成效大多是落在副學習區塊，然而，如果副學習設計得好，則會形成主學習的知識學習架構。所以，教師教學不應只侷限於課本教材範圍，需多拓展學習者的知識經驗，引導他們學習有關的思想和觀念，利用副學習帶動主學習的深化，使其未來可以自然的援用該知識。

許多學者曾針對PBL的課程與教學之學習所造成的影響進行實驗研究，他們比較傳統教學與PBL模式實施教學的學生表現。據學者楊坤原、張賴妙理的研究整理，PBL大致具有以下五點具體成效：

1. 發展出較好、能獲得了解之學習或研究方法（Bridges & Hallinger, 1992; Coles, 1985）；能成爲較好的自我指引學習者（Dolmans & Schmidt, 2000）。

2. 對科學（化學、物理學、生物學、生物化學）概念有更好的了解（Dods, 1996, 1997; Williams, 2001）、保留（Dods, 1996, 1997）和成長（Bridges & Hallinger, 1992）。
3. 在進行科學解題時，較能由組織所收集的訊息而發現問題（Gallagher, Stepien, & Rosenthal, 1992; Stepien et al., 1993）。在解決醫學問題時，其解題過程與內容較具精確性和解釋的一致性；由於使用向後做（backward）、假說驅使的（hypothesis-driven）推理策略，故呈現較有系統的思考，可使用較長的推理鏈（reasoningchain）並產生精緻化的解釋，也涉及較多的臨床訊息（Hmelo, Fotterer, & Bransford, 1997; Patel, Groen, & Norman, 1991）。因問題分析的過程，可促成科學概念的改變（DeGrave, Boshuizen, & Schmidt, 1996）。
4. 較能將所習得的專業知識和技能遷移至其他的學習或解題情境（Dahle et al., 1997）。
5. 持有正向之「對學習環境的態度」（Bridges & Hallinger, 1992）；對參與解題過程持有正向的情緒反應（Sobral, 1995）。

整體而言，上述的五項具體表現亦能反映在「大學國語文」這門課程。第一、四項的學習表現尤為顯著。第二、三項則是針對科學學科所做的表現陳述，本研究援引該項的具體核心觀念，將「科學」改成「人文素養」、「寫作技巧」進行分析評估。第五項則因一學期的課程較難全面的評估，但若就單一學期而言，則有近一半的學習者，是持正向的肯定。請見附圖3：

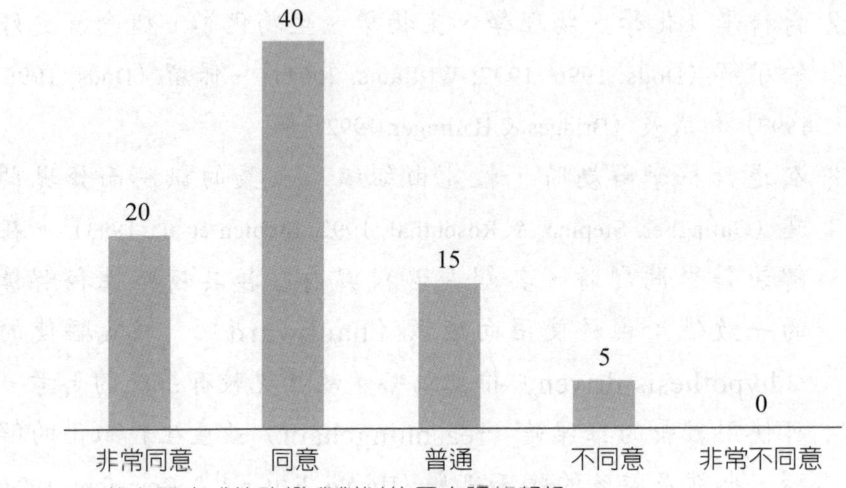

圖3　PBL的上課方式能改變我對以往國文課的想像

以下略說明這門課程學習者的學習狀況：

1. 透過閱讀引導提問、情境故事假設等步驟，學習者較能清楚知道課程單元所傳授的知識與技能如何銜接未來的生活。舉例來說，在未實施PBL之前，〈伯夷列傳〉只是一個單純的文本，司馬遷和伯夷發生了什麼事，學習者是無法理解和感同身受的。縱使透過問題討論，讓學習者歸納文本的創作動機、人物遭遇等，但仍無法引起太大的學習興趣。然而，透過PBL的情境故事，逐步類推，鏈結生命經驗，讓他們產生有感的學習，並能自我指引，對於挫折容忍力應有相當程度的提升。以下爲修課學生的課堂回饋：

六頂帽子的思考模式，我覺得是一種很理性分辨的思考模式。我覺得它可以訓練到以各種不同角度去分析一件事情的能力。而且透過小組討論的方式，可以讓我思考作者想要表達的意思或隱含的意義。……（略）。（A001）

關於評論的部分，可以讓我們更加學習站在不同立場的角度思

考，透過小組的成員的分享討論，能看到每個人不同的觀點，進而學會傾聽。我認爲分享意見的過程，非常有趣。（A002）

2. 更能理解人文素養（倫理價值、歷史知識、文化）的概念。人文價值、文化是抽象的，須透過經驗感受，慢慢累積成爲一種內化的技能。學習者藉由情境假設，能逐漸明白這些經驗是可以借鏡依循的。下文爲學生的課後感想：

從〈伯夷列傳〉文中，列舉各式各樣的角度切入點可做深入討論，同時更能從不同的方向去了解不一樣的看法和立場。什麼是正？什麼又是邪？當立場調換的時候，我們又眞的能秉持絕對的正與邪嗎？……（略）。（A003）

PBL教學法在眞實世界中能有效訓練學習者「有計畫的思考」，並且在小組討論的過程中，學習如何組織想法。因此，他們需要連結先備知識、舊經驗與新知識，在分析問題中，學會辨別需求與情緒、事實與假設之間的關聯性，進而檢查謬誤的推理和推論。此爲學習者在大學國文系列課程呈現出的學習成效。

五、結論

改變學習者對大學國文課程的抗拒與排斥，並且能將所學的人文知識與寫作技巧活用於生活與職場的實際問題，是目前國內學者一致的目標。語文教育的重心應強調使學習者能對人文知識、文字使用能力、閱讀理解能力都有深入的理解與提升，透過語文學習的發展歷程，能與眞實世界接軌，讓學習者產生自主學習與問題解決能力。環顧當前各種語文教學與學習模式，各界大抵致力於強調打破傳統的單一講授方式，將課堂的焦點轉移至學習者身上，這是目前許多教師專業成長的核心。

傳統的大學國語文過於強調文學的經典與美感，忽略了文學背後對人生、社會現象所產生的吁嘆，而現象所反映的正是「問題導向學習法」的情境故事，透過每篇經典文本的「情境故事」，分析角色的選擇，再進一步提供擬眞的情境故事讓學生反思：「如果是你，你會做如何的抉擇」。在文學的眞實情境揣摩作者的心境，利用擬眞故事訓練解決問題的能力，爲本論文的第一個教學策略。其次，透過小組討論，相互聆聽他人對事件的看法，並以個人寫作總結反思，形成自我經驗，爲本論文的第兩個教學策略。

透過PBL的小組討論、情境故事等教學環節，激發學生「思考」興趣，養成思辨習慣，並從文本的生命經驗鏈結個人的生活經驗，理解挫折是必然的，學會解決與轉化才是生活的義務。接著，藉由有感的文本討論與經驗鏈結，期能鍛鍊非文學院專業的學生，可透過文字的編排與論述，清楚且明白地寫出自己的觀點。

PBL教學模式的設計，融合Dewey的「做中學」、情境學習、合作學習、閱讀策略等各項理論，以定義模糊的問題，讓學習者作爲學習的生活情境，透過小組合作與自主閱讀學習，使學習者經歷擬眞的生活與職場的解題訓練。也因爲實施PBL教學，使其不排斥文學閱讀與賞析、寫作論述，也因爲利用小組問題討論的方式，更能發展學生思考、解決問題與相互合作的技能。尤其，導入PBL教學，可打破單一的機械寫作練習，讓學生在情境故事中習得寫作能力。於此，PBL也許能爲教育帶來改變的契機。

參考書目

一、引用專書：

1. 黃俊儒：《你想當什麼樣的老師？從科學傳播到經營教研》（新竹：交通大學出版社，2020年）。
2. Ron Ritchhart, Mark Church, Karin Morrison著，伍晴文譯：《讓思考變得可見》

（臺北：大家出版社，2019年）。

3. 親子天下編輯部：《設計思考：從教育開始的破框思維》（臺北：親子天下，2017年）。
4. William Heard Kilpatrick著，楊絢雲譯：《教學方法原理：教育漫談》（臺北：亞太出版社，1992年）。
5. Barrows, H. and Tamblyn, R. *Problem-based learning: An approach to medical education*. (New York: Springer, 1980).

二、引用論文：

㈠期刊論文

1. 張民杰：〈運用問題導向學習設計與實施素養導向教學可行性之探究〉，課程研究第13卷第2期（2018年），頁43-58。
2. 徐靜嫻：〈PBL融入師資培育教學實習課程之個案研究〉，《教育科學研究期刊》第58卷第2期（2013年），頁91-121。
3. 黃俊儒：〈為什麼行動？解決什麼問題？——以行動或問題為導向的通識課程理念與實踐〉，《通識教育學刊》第6卷（2010年），頁9-27。
4. 楊坤原、張賴妙理：〈問題本位學習的理論基礎與教學歷程〉，《中原學報》第33卷第2期（2005年），頁215-235。
5. Reinout W. Wiers et al.. "*Design of a problem-based curriculum: A general approach and a case study in the domain of public health*", Medical Teacher, 24(1) (2002): 45-51.。

㈡網路資料：

1. 簡紅珠：〈國家教育研究院辭條解釋〉，2000，http://terms.naer.edu.tw/detail/1309137/。

「深度討論」教學模式對國語文課堂學習成效之探究

紀俊龍*

摘要

本文以大一共同必修通識課程「國語文能力表達」為實施核心，嘗試應用「深度討論」（Quality Talk, QT）教學模式，討論「品德教育」精神內涵並搭配多元學習評量設計，以評估學習者「思辨與批判」與「品格信念」能力之表現觀察。本文透過課程實施「深度討論」學習模式，析論學習者增強思辨、團體合作與討論互動能力的學習表現之實證效能；再加上選擇貼近生活且具備品格教育內涵之教材，促發學習者「道德思考」與「反思關懷」、「團隊合作」之思辨，相信能改變學習者對國語文課程之刻板印象。本文藉由學習者量表評估與反思回饋單之資料為研究依據，分析其經過「深度討論」學習後「思辨批判」與「品格信念」能力之觀察評估。初步研究發現，此一學習模式能有效刺激且提升學習者的思辨能力，並具體展現在通過聆聽他者和考量多元因素後的問題思辨；就促發道德思考之品格信念觀之，亦能有所提升於個體操守與群體利益維護之層面關懷；同時，學習者也能在歷經此一學習模式後，反思自身團隊合作能力，

* 大同大學通識教育中心副教授，E-mail: jlchi@gm.ttu.edu.tw。本文承蒙兩位匿名審查委員給予的寶貴建議，使本文能更臻完善。

並進一步提出自我精進的具體作法。爰是，嫁接「深度討論」模式、聚焦「品德教育」議題學習於語文課程之實施，應能改變傳統語文課程的授課模式，更能有效促發學習者之學習成效。

關鍵字：深度討論、國語文教學、思辨與批判、品德教育

一、前言

放眼現今高等教育，相信教育工作者多能發現一個值得深思之處，即當前大學生呈現之網路世代數位居民特質，將會如何影響、甚至威脅大學課室學習，導致學習成效不佳的可能？亦即現今教學現場，經常呈現教師授課僵化、大學生冷漠以待（或低頭滑手機），形成課室缺乏互動、師生相互怨懟之窘境。其次，專注於手機螢幕的大學生，習慣於流傳快速、片段知識、影像圖解的資訊接受與學習方式，致使缺乏建構知識學習、議題觀察、闡述觀念價值的能力，進而呈現思辨批判能力弱化之嚴重問題。再次，「人手一機、一機一世界」的現象，大大改變了大學生表達意念情感的模式，間接造成其不擅與人溝通、缺乏同理關懷、團隊合作精神與能力下降的問題。

爰是，本文以導入「深度討論」（Quality Talk, QT）教與學操作模式之共同必修基礎課程「國語文能力表達」爲準，並以大同大學事業經營系一年級學生爲課程規劃、課堂實施、學習成效分析之實踐主體，強調以改變課室氛圍並以學習者爲中心之研究核心，嘗試培養學習者從大一開始強化思辨與批判、團隊合作、國語文表達等能力，期望精進學習成效以提升學習者能力素養，並可將之運用於未來世界。

歐盟曾提出個人面對知識社會所需的八大關鍵能力，包括「國語溝通能力、外語溝通能力、數學素養及科學與技術能力、數位能力、學習如何學習、人際及社會能力與公民能力、企業與創新精神、以及文

化表現」等八項關鍵能力；[1]世界經濟論壇提出因應未來競爭所需的十大技能，依序爲：「複雜解難能力、批判性思維、創意、人員管理、與他人協調、情緒智能、判斷和決策、服務導向、協商能力、靈活思考能力」，[2]足見思辨與批判能力、團隊合作能力及國語文能力，毫無疑問是未來人才必須具備的核心素養。因此，本文闡述論證導入「深度討論」教學／學習模式之課程學習成效，以回應人才培育之教育目標。

二、課程實施與分析思路

㈠課程實施說明

本教學設計聚焦於扭轉大學端國語文課程之傳統模式，跳脫單向傳授知識取向，導入「深度討論」之教學理論與實務，並融入「品德教育」之學習內涵，以實踐改變教學現場並促進大學生學習成效的目標。課程實施強調藉由互動性較高的討論學習，且嫁接於品德觀察與反思之閱讀引導，透過分組討論、共同發表、同儕互評等學習模式，希望能改變大學課室僵化冷漠的學習氛圍；於此同時，藉由文學閱讀與討論（提問與回應）、地方關懷與實踐海報、道德觀察與故事再創學習作業設計，期望藉由高度互動之參與式討論的學習模式，能有效改善大學生批判思考能力弱化、表達溝通能力下降的學習問題，並能刺激團隊合作精神之提升與落實文學教育功能。

然「深度討論」是什麼？深度討論「認爲討論由各問題事件組成，問題事件係指一個問題被提出來之後的各項互動，直到另一個問題展開對話」[3]，且某些類型的對話可以有助於高層次理解。而在賓夕法尼亞

---

1 劉蔚之、彭森明：〈歐盟「關鍵能力」教育方案及其社會文化意涵分析〉，《課程與教學季刊》第11卷第2期（2008年），頁56-65。

2 〈The future of job〉，《World Economic forum》網站，https://www.weforum.org/reports/the-future-of-jobs（檢索日期：2020.7.7）。

3 陳昭珍：〈導論：深度討論教學法概述〉，載於胡衍南、王世豪主編：《深度討論教學法理論與實踐》（臺北市：元照，2020年2月），頁16。

州立大學所建置的深度討論網站中，[4]說明深度討論是一種提升學習者對文本高層次理解力的討論管道，其是指對於文本的批判反身性思考與知識信念；深度討論由四個要素組成，分別爲：教學架構、論述要素、教師示範與鷹架、教學原則。再者，引進深度討論教學法的臺灣師範大學陳昭珍教授則彙整四種要素的內涵：

1. 教學架構：詮釋與討論權交由學生主導，教師爲引導角色，引導學生將個人經驗與文本做情感性的連結、閱讀過程從文本獲取資訊、鼓勵學生提出假設及論點的質疑。
2. 論述要素：教師提出誘發學生提問與討論的問題，並在回應之後進一步探討。論述的要素囊括各種提問與回應類型的指標，提問的指標有：測試型問題、求知型問題、追問型問題、分析型問題（高層次思考[5]）、歸納型問題（高層次思考）、推測型問題（高層次思考）、感受型問題（支持性討論）、連結型問題（支持性討論[6]）；回應模式爲：解釋性談話、探索性談話、累積性談話。
3. 教師示範與鷹架：教師須在學生進行小組討論時，提供適時引導以觸發學生的批判思考與分析能力，據以建構相對應的知識。
4. 教學原則：對語言的掌握營造對話式學習氛圍，循序漸進地將討論的主導權轉回學生身上，並透過核心問題開啟討論，而此核心問題是在文本的理解上佔有相當重要性。[7]

前述四要素是深度討論提供培養討論與深度思考的教學模式，讓學生藉由浸淫於對話、討論、教師引導批判思考與分析的學習環境中，增

4　〈Quality Talk〉，《Quality Talk》網站。https://www.qualitytalk.psu.edu/2014/03/18/quality-talk/（檢索日期：2020.7.7）。

5　高層次思考即包括分析、歸納、推測等類型之問題，是帶出新而非舊的資訊，或無法用常規知識所得知，即可被判斷為高層次思考的問題種類。

6　支持性討論即用來支持論述的問題類型，如生命經驗與文本的連結感受型問題，以及能和先前討論與知識連結的連結型問題，皆屬支持性討論的問題種類。

7　同註3，頁3-20。

進思辨反思、溝通表達、團隊互動等能力。

回顧目前深度討論所進行相關的教學實踐研究，有胡衍南、王世豪主編之《深度討論教學法理論與實踐》與王世豪《深度討論力》，其是以臺灣師範大學學生爲教學對象，將深度討論教學法帶入國文課程中的閱讀、思辨、寫作之實施狀況，並展演示範相關教案設計；[8]此外，亦有如徐筱玲、陳浩然、林微庭將英文課程結合深度討論教學法，成功促進學生高層次思考與理解力。[9]再者，蔡娉婷、許慶昇、林至中則是運用深度討論結合ePUB3電子書翻轉式學習模式，優化學生閱讀理解之學習成效。[10]可見，運用「深度討論」教學模式於語文課程的實際案例仍未普遍，而討論援用此一教學法之學習者學習成效分析，亦尚未多有。[11]

是以，本課程設計之精神乃是以學習爲中心，將學習主導權交回給課室中學習者，並藉由文本精讀、觀點闡述與相互討論、共創團體作業與發表展演等端點出發，深刻落實於個人生命／見聞經驗之連結，期待能促進學習者國語文課程之學習成效；亦即藉由「深度討論」教學理論與模式之實施，引導其透過文學閱讀、自述己見、聆聽他者、團隊討論、整合觀點、口頭發表、回應挑戰等系列化的學習模式，能刺激學習

---

8 胡衍南、王世豪主編：《深度討論教學法理論與實踐》（臺北市：元照，2020年2月）；王世豪主編：《深度討論力：高教深耕的國文閱讀思辨素養課程》（臺北市：五南，2019年9月）。

9 徐筱玲、陳浩然、林微庭：〈Quality Discussion and High-level Comprehension: An Analysis of Taiwanese College Students〉，《教育資料與圖書館學》，第56卷第1期（2019年3月），頁107-130。

10 蔡娉婷、許慶昇、林至中：〈深度討論應用於ePUB3電子書翻轉式閱讀理解學習之課程設計與教學實務〉，《教育資料與圖書館學》，第56卷第3期（2019年11月），頁343-372。

11 關於深度討論相關文章，亦有謝秀卉、黃子純：〈妖怪從哪兒來一從「深度討論」中誕生的神怪故事〉，《通識教育學刊》，第24期（2019年12月），頁31-78、謝秀卉：〈QT國文課的預備課程：引導學生解讀臺灣「魔神仔」新聞的教學實踐與省思〉，《通識教育學刊》，第26期（2020年12月），頁81-112，唯內容主要以教學方法及課程設計的觀察與討論，較缺乏探討學生課堂學習成效之論述。

者之學習意願與強化學習效能。

「國語文能力表達」爲學年、2學分之大一必修課程，本文分析範疇爲上學期課程實施後之學習成效觀察。期中考前，課堂學習以「道德兩難困境之抉擇」思辨及製作「走讀海報：校園周邊問題發現與解決方案思考」爲主體，安排道德難題探索短片、敘述中山北路、大稻埕地區歷史之文章閱讀，透過引導討論，刺激學習者理解自我與了解校園週邊文資歷史。此階段之「討論」模式爲深度討論教學法實施之前導醞釀時期，是以教師引導發問、學習者團隊討論並回答問題方式進行，目的在於累積學習者閱讀思辨與口語表達之能力。

期中考過後則以「深度討論」之學習精神進行。課堂先以一週學習時間說明「深度討論」學習模式與精神，並由教師以《世說新語・德行》篇章示範「深度討論」之提問模式（包括問題類型介紹、說明問題內涵與歸類原則等）；往後各以一週課堂學習，由學習者團隊針對〈如果記憶像風〉、〈外祖父的白鬍鬚〉、〈羅生門〉等選文進行閱讀、提問說明（個人問題）、討論（問題緣由及類型歸納）、共識建立、提問發表（具團體共識之問題）、他組回應等步驟；呼應深度討論教學法所述之四要素，如前述步驟爲完整之深度討論教學架構與應用教學原則，提問說明與討論、發表與回應則爲實踐論述要素的作爲，且提問與討論甚至回應皆由教師適時引導即符合教師示範與鷹架之要素，使學習者完成「深度討論」之學習內涵。

「教育部品德教育促進方案」中清楚說明「品德教育」的內涵爲「包括公私領域中的道德認知、情感、意志與行爲等多重面向，亦可謂一種引導學習者朝向知善、樂善與行善的歷程與結果。」同時，促進方案中亦明確指出：「『品德核心價值』係指人們面對自我或他人言行，基於知善、樂善及行善之道德原則，加以判斷、感受或行動之內在根源與重要依據，其不僅可彰顯個人道德品質，並可進一步形塑社群道德文化：諸如尊重生命、孝悌仁愛、誠實信用、自律負責、謙遜包容、欣賞感恩、行善關懷、公平正義、廉潔自持等」。[12]依據上述，課程設計除以提升學習者思辨能力之目標外，同時也以涵養學習者品德精神爲培力思辨之學習媒介，故選擇之指定閱讀教材（如上所述），內容涵蓋中國古代品格道德之呈現與思辨、現代校園霸凌之感受省思、家庭親族言行舉止、自我行爲反思之品德闡發等覺察，促發學習者藉由個人閱讀、自我思辨、團體討論、完成共識、提問發表之學習步驟，深化其閱讀與思辨能力。團體討論期間，教師則巡迴各組且引導、參與學習者討論，以觀察其學習狀況，並於提問發表時整合他組回饋，進而給予廓清指正、問題後續延伸之思辨意見，刺激其觀看、論述問題之深度思考。

㈡分析方法

爲了驗證學習成效是否呼應扣合問題假設，本文採取質性資料與量化統計並陳分析的方式，勾勒學習者學習成效之呈現樣態。量表前測實施時間爲課程第一週（108年9月20日）、後測實施時間爲課程最後一週（109年1月3日），亦即於正式課堂教學前及歷經完整課堂學習後，分別實施量表前、後測，以檢視課堂教學之學習成效。本文透過質性研究方法中之文件分析法，所分析之原始資料爲學習者所書寫的「深度討論學習反思回饋單」，並將每份文件均進行編碼；編碼方式以代號呈現，本次研究對象爲事業經營學系一年級B班學生（50位），每份文件皆用B作爲編碼代號第1碼，因該班每位學生皆參與課堂並撰寫反思回饋單，因此文件編碼以座位序號作爲第二碼。本文透過學習者所撰寫之深度討論學習反思回饋單，經彙整、爬梳、編碼與分類後，結合「批判思考意向量表」及「品格信念量表」[13]之描述性統計結果，質量化資料

---

12 見「教育部品德教育資源網」中「教育部品德教育促進方案」之說明。網址為：https://ce.naer.edu.tw/upload/policy/policy.pdf（檢索日期：2021.6.7）。

13 本文採用葉玉珠教授所開發之「批判思考意向量表」（6點量表）、「品格信念量表」（4點量表）以作為檢證學習成效之評量工具，且亦已獲得葉教授授權使用。

相互參照，進行更為客觀的詮釋與分析。

三、學習成效論析：思辨能力與品格信念成長變化

㈠思辨能力變化之考察

近年來，思辨能力儼然成為國內重要的議題，教育部於107年1月所公告之「十二年國民基本教育課程綱要：語文領域－國語文」基本理念中，明確說明國語文教育是「培養學生語言溝通與理性思辨的知能」，[14]藉由閱讀與賞析各類文本而開闊視野、培養思辨與批判的能力。思辨能力（Critical Thinking, CT）即批判性思考，溫明麗曾探討其教學目標、功能、定義及教學方法，從而論析思辨能力是包括個人生活與社會生活，一為自我理解、反省與實現，二則為社會的和諧與文化發展。[15]根據Peter A. Facione所提出一份來自美國哲學協會所實施的思辨能力（CT）的調查「德菲報告（The Delphi Report）」，說明思辨是一種有目的且能自我調整的判斷能力，思辨所導出的結果是經過「詮釋」、「分析」、「評估」和「推論」，以及對於證據、概念、方法、標準或脈絡考量的解釋；思辨能力是教育的解放力量，亦是個人和公民生活的強大資源。[16]

「德菲報告」調查結果中顯示，思辨能力應包括技能與情意面向。[17]技能面向囊括六個核心技能：「詮釋（interpretation）」、「分析（analysis）」、「評估（evaluation）」、「推論（inference）」、「解釋（explain）」以及「自律（self-regulation）」，而六個核心技

---

14 國家教育研究院：https://www.naer.edu.tw/files/15-1000-14113,c1594-1.php，（檢索日期2020年7月8日）。

15 溫明麗：〈批判性思考與教學—對話、解放與重建〉，《臺灣教育》，675期（2012年6月），頁2-3。

16 Peter A. Facion. Critical Thinking: A Statement of Expert Consensus for Purposes of Educational Assessment and Instruction (The Delphi Report). The California Academic Press, 1990, P.2-3.

17 同前註，P.5。

能又分別有各自的基礎能力：[18]

1. 詮釋的基礎能力為分類、解碼重要意義、釐清含意。
2. 分析的基礎能力為檢視想法、分辨論點、分析論點。
3. 評估的基礎能力為評估說法、評估論點。
4. 推論的基礎能力為質疑證據、推測替代方案、得出結論。
5. 解釋的基礎能力為說明結果、證明程序、提出論點。
6. 自律的基礎能力為自我反省、自我修正。

再者，調查報告中闡釋思辨能力所呈現的情意面向，展現在一般生活時包括對廣泛的問題保持好奇心、對於各種消息保持關心與靈敏度、對於使用思辨能力的機會保持警覺、相信理性探究過程、對自我的推理能力保有自信、對不同世界觀保持開放心態、靈活考慮替代方案與意見、理解別人的意見與想法、公正地評估推理、誠實面對自己的偏見／刻板印象／自我中心，以及願意重新考慮和修改觀點，誠實地反思與表明需要改變。而在解決具體問的方法時，思辨能力所帶有的情意面向則包括清楚地陳述問題或所關注的論點、井然有序地處理複雜問題、努力蒐集相關資訊、選擇和應用準則的合理性、將注意力集中在手邊的事情、即使遇到困難也要堅持，以及對於主題和環境適切性的精準度。[19]

是以，本文採用「批判思考意向量表」作為檢視學習者思辨能力之學習成效的工具，以回應學習者思辨能力變化之掌握。依「德菲報告」指出之六項核心技能，與量表各題項之關聯為：詮釋之技能對應第1、2題，分析之技能對應4、5題，評估之技能對應3、6、7、12題，推論之技能對應8、9、10、13、15題，解釋之技能對應11、16、17題，自律之技能對應第14、18、19、20題；學習者歷經「深度討論」學習後的能力成效值如表1所示：

---

18 同前註，P.7。

19 同前註，P.14-15。

表1

批判思考意向題目	前	後
1.我嘗試採取不同的角度去思考一個問題	4.7	4.7
2.我嘗試去應用一些新的觀點或概念	4.4	4.5
3.在討論的情境中，我試著去尊重他人的觀點	5.0	5.3
4.即使是在面臨複雜的問題時，我仍然設法保持理性和邏輯的思考	4.4	4.6
5.在使用一項訊息之前，我會先思考此一訊息是否可靠	4.7	4.7
6.我嘗試去檢證新觀點的價值性與可靠性	4.3	4.5
7.在做決定時，我會將情境的影響因素納入考慮	4.9	4.9
8.在處理問題時，我嘗試先將問題定義清楚	4.5	4.6
9.我嘗試藉由自我質疑的方式，來決定自己的觀點是否有足夠的信服力	4.3	4.4
10.在解決問題時，我設法使自己保有最新與最完整的相關訊息	4.4	4.5
11.在討論或觀察當中，我很快就能了解他人的感受與想法	4.6	4.7
12.當證據不足時，我會暫緩做判斷	4.5	4.7
13.在解決問題時，我試著去考慮各種不同的可能解決方法	4.7	4.9
14.當有足夠的證據顯示我的觀點有所偏頗時，我會立即修正我的觀點	4.6	4.8
15.在著手解決一個問題之前，我先試著去找出此一問題的發生原因	4.8	4.8
16.對於新進發生的爭議性問題，我先試著去找出此一問題的發生原因	4.8	4.7
17.當他人提出一個論點時，我試著去找出這個論點中所隱含的主要假設	4.5	4.3
18.我嘗試去進一步探索新奇的事物或觀點	4.6	4.7
19.在討論的情境中，我會仔細聆聽他人的發言	5.1	5.2
20.在做成決定之前，我試著去預測所有變通方案可能產生的結果	4.7	4.8

量表結果顯示，學習者批判思考的思辨能力大多微幅成長。若以能力指標的面向言之，大致可區分爲：1.改變不願思考的現象、2.進一步思考教材文章的深層意義、3.優化對事物判斷的能量、4.突破直線式單向思考等四個值得分析討論的層面。德菲報告所指之六項核心技能亦與四項能力指標互相呼應：1.對應詮釋、推論、自律等核心技能；2.對

應評估、推論等核心技能；3.對應分析、評估、推論、解釋、自律等核心技能；4.對應詮釋、評估、推論、解釋、自律等核心技能。而四種能力面向分別對應：1.為第2、13、18、20題；2.為第12、13題；3.為第4、6、8、11、14題；4.為第1、3、9、11、19題。以下將針對學習者學習成效進行質、量化的統整闡述與分析。

㈡有效刺激學習者，改變不願思考的現象

考察「改變不願思考的現象」的量表成效值變化而言，學習者經過「深度討論」學習歷程後，不僅願意嘗試探索、應用新奇事物或概念觀點，更願意試著在面對問題解決的情境下，思慮各種不同的解方，亦能學習預測著變通方案結果之評估能力，顯示學習者逐步產生改變其懶得動腦、不願思考的變化。

不可諱言，學習者歷經學習後的能力養成並非一蹴可及，所以教育無法規避培養能力過程中的「時間」必要條件，特別是著重語文能力深化與素養型塑的學科，更無法以「速成」的角度來闡明學習成效。因此，對照學習者之質性闡述回饋資料，相信更能貼近學習者學習成效的階段性眞實樣貌，故此處思辨能力變化觀察之質性資料分析說明，亦將呼應上述量化結果呈現說明，呈現如下：

其實以前我是蠻排斥「深度討論」的，因為自己總是提不出有用的意見，但是現在有比較沒那麼排斥了，只要腦袋慢慢的思考，答案很快就會出現了。（B-03）

在深度討論的學習方式中，我覺得很燒腦，必須讓自己去思考一些平常所顧及不到的議題……我認為我的思考能力提升了……而我的專注力也因此提升了，因為我若是想知道問題的答案，我就必須專注思考。（B-08）

我本來的觀點或是固有的想法，可能因爲深度討論而改變或顚覆了我的想法或思考，看著別人的想法或觀點跟我不一樣，我覺得蠻有趣的，我滿喜歡這種思想的碰撞……我不會只看事物的表面，更多的是看事物背後隱藏的意義，甚至我會反向思考，從不同立場、角度去看事物，一定有不一樣的想法和變化，也可能因此想到以前沒想過的新想法。（B-36）

不會單看事物表面，在不清楚事件來龍去脈時馬上表態；會試著多看不同面向的想法，並從中瞭解對方的理由。（B-50）

從上述回饋可知，透過「深度討論」模式可以改變學習者疏懶於思考的變化。暫且不論造成學習者不願思考的成因，然從質性敘述的內容即可發現，其因「深度討論」學習模式而漸次改變排斥思考、不願動腦的變化；甚至爲了探求問題及其解答，反而在思考討論的歷程中，提升其專注力。此外，對於思辨事物之深度、議題涵蓋之多元廣度、他人觀點之思考辯證等，則展現與過去迥不相同的經驗能力樣態。

㈢強化學習者閱讀素養，使其進一步思考教材文章的深層意義

以量化成效檢視學習者能「進一步思考教材文章的深層意義」觀之，其於閱讀教材以及與同儕討論的過程中，不僅可以強化其考量不同情境下的多元解方能力外，更能深入理解「證據說話」之思辨，而能於閱讀討論時，越發客觀深刻地探尋文章深層涵義。以〈羅生門〉閱讀討論單元爲例，教師於課堂學習中引導學習者（團隊）評斷「兇手」爲何者之前，必須從文本中尋覓確切證據後才能論斷；易言之，教學策略即著重在引導學習者認知到論斷的結果，必須立基於充分的證據與審諦事件發展的歷程脈絡之上，以避免證據不足而作出錯誤的判斷。課堂學習除了討論之外，更安排1週時間由學習者團隊於確認〈羅生門〉中的

「兇手」後，改編「武士之死」的戲劇橋段並公開演出，目的在於訓練學習者如何以更完整的歷程來貫徹「兇手是誰」的判斷，且於此學習歷程中，思考如何合理化地解決「兇手是誰」的問題解決方案，並由其他學習者評判戲劇呈現之合理性，藉以深化閱讀素養。另外，對照學習者之質性敘述，則能有更客觀完整的觀察，呈現如下：

「思辨事物」與「反思關懷」是我認爲這課程中帶給我的收穫，能思辨作者在文字中隱含的意義或是反面的意義，而作者傳達的事情又讓我進一步去思考他爲何會寫這篇文章，所以深度討論是一項很有意義的活動。（B-02）

尚未學習這門課之前，讀一篇文章只是了解故事的內容，單方面的接受它所帶給我的資訊，但現在我會去反思故事的呈現以及角色的編排，這也讓我對任何事物的思維及觀察能力有小部分的提升。（B-13）

深度討論讓我能夠對故事不只是看過而已，還能更深入的了解這個故事，也因爲比較投入，所以在思辨能力有了提升。（B-18）

藉由這樣的學習模式，讓我們看到更多不同的文章，也讓我學到如何提出問題，如何解決問題，從解決問題的過程中，或許也有作者想讓我們知道的事，不是從文章就可以找出答案的。（B-30）

在深度討論時，不斷的提出問題，閱讀文章時，我會不停反問自己爲什麼？眞的是這樣嗎？不停思考作者的觀點是否正確？（B-37）

觀察回饋敘述所言，不難發現「深度討論」模式能帶給學習者深入閱讀的刺激與思考；更重要的是其透過「深度討論」可以促發其閱讀深度、探究文章隱含意義或弦外之音，同時亦能開展詮釋作者意向、評估觀點判斷之更高層次的思辨網絡。

㈣增能學習者慎思明辨，優化對事物判斷的能量

據量表統計結果呈現，學習者「優化對事物判斷的能量」也有明顯的進步，從而具體展現於問題釐清、觀點檢證、依客觀證據導正主觀偏見等學習效能；最重要的是，學習者能於此歷程中增能對於他人感受與想法的掌握，並提升理性邏輯思考之穩定度。

思辨能力、道德思考以及反思關懷都有一定能力的提升，除了能比較詳述的表達意見及需要花費精力去思考這些議題，更能夠更加精準的判斷事情的是非對錯，而不是一股腦兒的衝動行事，能反覆的思考問題的癥結點，提出問題的所在。（B-07）

像最近很多社會或政治議題，當大家在攻擊一個人時，我就會去思考說有些人眞得很愛跟風，完全不先思考或查證。新聞案件也是，大家只會當「鍵盤手」，讓我不禁覺得很多人都不用腦去思考，這些省思讓我在看待事時，更理性了。（B-10）

深度討論的過程中，使我在日常生活中，處理事情的角度更加多元化，面臨問題時更加理性、懂得思考，明辨是非。因此「思辨事物」、「道德思考」、「反思關懷」方面都有明顯的進步。（B-25）

大家一起討論，提出各自的觀點、想法，我覺得是一件很有趣而且很棒的事。因爲大家看到重點不盡相同，從組員各自分享討論中總會聽到我沒注意到的細節。發現一件事情原來可以用不同的角度去思考、觀看，之後在閱讀其他文章，也會更敏感的閱讀文字。我覺得自己思辨事物的能力有因爲深度討論而提升一點。（B-33）

大家都在思考，組員跟組員間也都一來一往討論著，在此學習後「思辨事物」的能力應該是有提升的，畢竟經過了反覆思考，邏輯應該也會更清晰。（B-40）

思辨事物的能力，我認爲是有提升的，在討論期間，各自都想說服對方認同自己的想法，思辨能力也隨之提升。（B-41）

思辨事物的能力應該是超高提升，100分不能再多。……思辨報告該怎麼做會比較好？這樣做是對的嗎？透過這項能力讓我能理性思考問題，詳細的判斷出對錯、後果會如何。（B-49）

顯而易見，「深度討論」模式帶給學習者的能力改變，一方面展現於思維深度的成長，另方面則呈顯在反覆思考、多元辯證、謹愼判斷之顯著成長變化；質言之，學習者能憑藉優化的理性思考、邏輯辯證及證據檢視能力，從而進行更爲全面、正確、合理之決策判斷，並能評估決策後成果之預想。

㈤促發思辨模式轉變，突破學習者直線式單向思考習慣

最後，則是學習者「突破直線式單向思考」能力的正向改變，其中重要的關竅即在於討論情境中，學習者能明顯提升聆聽他人的專注程度，並能接榫於尊重、吸納他者觀點的基礎上，透過反思與質疑的方式批判自我觀點之意義，進而修正直觀式、單向式的思維模式。除量表結果呈現外，學習者質性回饋更是不可或缺的分析素材，所述如下：

不再會認爲事物只有單一性，而是多元且稍爲複雜，複雜反而是好事，這樣才會多方思考，而且很充實。（B-12）

深度討論的學習有讓我在思考上的能力都有提升，會在事情上多想幾個面，也會思考和我不一樣的想法，在自己想法受到質疑或反對時也能清楚表達自己的意見。（B-14）

因爲深度學習讓我能用各種不同的方向、想法去思考這個問題。（B-15）

每次閱讀文章後，老師都會讓我們小組討論及提出問題，經過這樣的學習方式，也使我的思辨能力提升不少，開始會站在各角度思考問題。（B-22）

想法能更深入，很多事物沒有絕對的正確或錯誤，讓我能夠以換位思考的角色去了解事情的樣貌。（B-23）

上述與量化成效質相互呼應，顯示學習者不單是觀察思辨能力持續深化外，更能因「深度討論」之學習，突破直線性的單一思考慣性，更能增強橫向性、關聯性、多元性意義之判斷，呈現擺脫單向並且換位思考的思維辯證。

四、品格信念變化之考察

學習者之品格信念雖然難以完全客觀量化，然而透過質性回饋與量表之顯現，應可觀察並掌握品格信念之成長變化。對照前述，強調課程涵養學習者品德精神爲培力思辨之目標，本文採用「品格信念量表」作爲檢視學習者歷經課程學習後，其品德反思轉變之依據；而「品格信念量表」之題目內涵，符合並應對「教育部品德教育促進方案」所指「品德核心價值」之尊重生命、孝悌仁愛、誠實信用、自律負責、謙遜包容、欣賞感恩、行善關懷、公平正義、廉潔自持等內涵要求。本文彙整學習者回饋，此處將以「道德思考」、「反思關懷」與「團隊合作」三個能力面向進行闡釋。

㈠道德思考

依據實施「品格信念量表」前、後測之描述性統計結果顯示，學習者歷經課程實施後，關於品格學習之效能呈現全面微幅成長的趨勢。觀察學習成效與「道德思考」有高度關連性的能力指標，又可細分爲「個人操守」與「群我關係」兩個層面，「個人操守」對應之題項爲：

第1、7、9、13、22、27題，「群我關係」對應之題項為：2、6、10、16、17、23、33題，如表2。

表2

個人操守	前	後
1.我考試不應該作弊	3.5	3.8
7.我應該對朋友忠誠	3.4	3.7
9.我應該做到答應別人的事	3.6	3.8
13.我說話應該要誠實	3.3	3.6
22.我不應該占別人的便宜	3.4	3.6
27.我作決定時，應該考慮後果並勇於承擔	3.5	3.8
群我關係	前	後
2.別人說話時，我應該仔細聆聽	3.5	3.8
6.我應該遵守學校合理的規定	3.7	3.7
10.我應該遵守團體中的遊戲規則	3.4	3.7
16.我應該對抗違反公平正義的人或事	3	3.4
17.在大眾交通工具上，我應該禮讓老弱婦孺	3.4	3.7
23.我應該主動關心家人或朋友	3.5	3.7
33.我應該遵守社會合理的規範（如法律）	3.7	3.9

以個人品格操守觀之，學習者對於誠實不欺、忠誠守信、廉潔耿直等道德修養的思考，皆能展現更加自律的學習成效，而勇敢肩負起經過審慎考慮後的決策後果，則更顯示學習者思辨之深化與果敢承擔的道德品格。再以群我關係之道德思考言之，學習者展現對於遵循公共性規範、規則、法律的深刻認知，並且能刺激其主動關心周遭親友、相對弱勢的陌生群體之情，充分體現學習者學習品格、思考道德的現象。

雖說在量化學習成效顯現成長的趨勢，然而我們亦不能忽略質性資料之考察，故學習者於期末反思回饋單中的陳述，必然得納入探究且並置同觀。從質化反饋資訊中，得以發現與量表結果相互吻合呼應之處，亦有更爲廣闊深入的呈現：

「道德思考」提升，當一件事情發生後，你必須思考過自己該如何處理，以及在道德上的進退，處理的方式是否損及道德上的平衡。（B-04）

道德思考的部分，是懂得不要被世俗的看法所左右，並不是每一件事情都有一定的對錯。（B-09）

「道德思考」上用更多想法去評斷一件事，不會馬上下定論。（B-14）

「道德思考」能了解作者遇到的事情，爲何他這麼做，以一個旁觀者的角度；「反思關懷」上能在閱讀文章後，細細咀嚼作者遇到的故事，反觀現在的情況。（B-21）

思考過後去分辨是眞是假，提出一些批判。每個人的道德標準不同，得依據當下的環境才能判斷。這些能力在經過課程後，我覺得都有提升。（B-24）

我認爲在「思辨事物」和「道德思考」有提升，這讓我在看待事情時，會仔細思考：「這件事對我的意義」和「這件事是正確or錯誤的」。我現在經常會多思考以上兩種再付諸行動。（B-31）

學會反思，不一定作者說的都是正確，道德標準每個人不一，堅持自我論點並尊重他人想法是我所學到的。（B-35）

在你看來這是正確的選擇時，未必是正確的，就會不斷進行思考，爲什麼是錯誤的或是爲什麼是正確的，還有後果會變成怎樣，好還是壞，對你好還是對你壞的方向發展，各種各樣的問題浮現於腦海裡。（B-46）

在深度討論的過程中，和組員進行同一件事情並且完成，是一個很好的經驗，並且可以知道每個人對問題的思想和思維是什麼，

提出問題時，也可以藉由互動來培養團隊的溝通能力。（B-47）

從質性回饋呈現中，可以發現學習者省思自我與傾聽觀察「他者」的能力，產生了成長變化。學習者一方面深入思辨自我定位、價值及看待、判斷事務的權衡之餘，更能透過旁觀、傾聽、反思與整合的模式，以展現尊重他者思維且融入同儕之間的討論，能深化整體性、全面性地考量具團隊共識之決策，表現精進「個人操守」學習與「群我關係」經營的正向發展。

此外，上述資料顯示學習者在「道德思考」層面的學習成效，亦包括幾個重要訊息。首先，學習者對於道德品格之評判，呈現深度更深的獨立思考現象，顯示學習者不盲從、不被世俗制約之學習效能；其次，學習者能在深化同理他者的思辨中，擺脫本位思考習慣，嘗試以換位思考的模式進行道德思考與評判；最後，也是最重要的是，學習者於評價或思辨道德議題時，能將「眞實」的人生情境及其背後隱含的影響因素納入思慮，而非直觀性地立即判斷，進而呈現更爲全面性之道德思考評述，展示其道德思考之成長變化。

㈡反思關懷

誠如前述，「人際及社會能力與公民能力」是因應未來知識社會所需的關鍵能力之一，因此，學習者如何反思己身並在群我關係的語境脈絡中思考其與社會、世界之關係進而發揮關切情懷與實踐，正是重要且必備的核心素養。關聯於此項能力的指標成效值，如表3所示：

表3

個人操守	前	後
2.別人說話時，我應該仔細聆聽	3.5	3.8
5.我應該幫助需要幫助的人	3.5	3.7

8.我應該設身處地為別人著想	3.4	3.6
11.我不應該苛薄或傷害別人	3.5	3.7
14.我應該欣賞想法或行為上，與我不同的人	3.2	3.6
19.我應該替別人保守祕密	3.4	3.7
20.我做事應該考慮別人的感受	3.6	3.8
21.我做錯事時，不應該找藉口或責怪別人	3.4	3.6
26.我不應該道人長短或談論別人隱私	3.4	3.6
29.我對他人不幸的遭遇應該感同身受	3.2	3.7
反思關懷的公共性題項	前	後
12.我應該參加學校的公共服務	2.6	3.1
24.我應該維護住家周圍環境的整潔	3.3	3.7
30.我應該參與社區性的公共服務	2.7	3.3

依據量表結果顯示，其與「道德思考」中「個人操守」的學習反思具有關聯性，除卻重誠信、不諉責、善寬容等道德問責外，我們更能察覺學習者對於關懷他者與生活環境之學習效能；除了自身及群體之外，學習者亦能了解自己身爲社會群體一分子，從而該主動參與公共性服務，並且實踐維護環境空間責任的情懷，顯示經過課程學習而有所成長的社會責任意識。

學習者自省己身的反思能力成長，具體展現於仔細聆聽他人、保守他者秘密、不道人長短、反省自身錯誤等面向；而對於「群我關係」則能更爲深刻的呈現積極助人、同理／同情他者、寬厚待人、欣賞他人的獨立特質等思維。進言之，關於學習者反思關懷學習成效呈現，或可歸納爲能更深入自我檢視與反省、能更主動同理與關懷他者的表現。

進一步對照學習量表成效值，我們也發現由學習者書寫之質性反饋，同樣得以窺視其反思己身、同理他者之深度思辨與說明：

「反思關懷」提升……多多設想社會及平常發生的瑣事，不要總是事不關己的活著。（B-04）

反思關懷上，比以前更懂得換位思考的重要性，給予每一個人不同的處事方法以及對待事情的方式應有尊重。（B-09）

「反思關懷」上會將自己站在他人立場上想再做決定，多一點同理心去想面對的問題。（B-14）

我覺得深度討論在以往國、高中課程是相對少見的，透過討論，可以知道每個人不同的想法，也能多方面了解一件事物的不同面貌，任何事情都是一體兩面的，並沒有如此絕對，透過不斷的反思、思辨事物的能力也逐漸提升，這樣的學習方式是值得被推廣下去的。（B-32）

練習換位思考在這個活動中也相當重要。我們在提出自己的看法後，同時也要尊重他人，理解他人提出想法的出發點，才會讓討論更有意義，並且讓組內有更多元的意見。（B-38）

從反思回饋可知通過「深度討論」學習歷程後，學習者同理及尊重他人的素養能力，明顯進步。這種跡象並非是學習者鄉愿盲從，而是透過設身處地之同理感受、換位思考、溝通並接納他者、理解並尊重每一個體的獨立存在性等深度思辨之後，進而產生的學習量能；因此，學習者的能力產生上述轉變後，進一步地闡述「不要事不關己的活著」、「多一點同理心去想面對的問題」、「讓組內有更多元的意見」等對於所身處之社會與世界的關懷之思，從而深化學習者之學習能量。

於焉，奠定在反思己身與關懷群我的思維基礎上，學習者進階性地思辨自身與外在環境的關係，從而刺激其公民意識之揚升，且更爲深入思考批判自身行爲與社會、世界之樣貌：

會開始去思考、去反思這個社會存在的問題，當一個有意識的公民人。（B-03）

讓我開始關注校園霸凌以及香港等的議題，以前會覺得好像不干我的事情，但現在換個角度思考若這些事情事發生在自己或親朋好友身上的話，還能那麼事不關己嗎。上過語表課後發現很多事情不像表面上看到的那樣，如果再更深入理解或思考，得到的答案也許就會不同。（B-20）

現代人社會冷漠，透過閱讀文章瞭解他人故事，提升自己對事物的關懷，擁有更溫暖的心與和樂的社會。開始對不是自己的事感到興趣，試著去瞭解，想想該如何改變，幫助他們，哪怕只有一點點也好，不斷累積會有所改變。（B-35）

透過深度討論除了能提升自身的思考能力外，更重要的，是讓自己開始去關注自己未曾注意到的議題，開始去瞭解同溫層外的世界，嘗試去傾聽不同的聲音。……開始去思考自己是否太過冷漠，沒有好好關懷這個社會。（B-50）

學習者不僅表現出更具深度層次的思辨能力，同時亦顯示其公民責任意識之成長；除了體認到過去的自己對於外在環境太過冷漠、疏懶於觀察思考之外，更能從同理假設、多元接觸、積沙成塔的思辨角度，辨析外在環境存在之問題，並能激發其關懷社會的情操。

㈢團隊合作

檢視量表中與「團隊合作」相關之能力指標成效值，可察覺學習者之學習有明顯的成長，如表4所示：

表4

個人操守	前	後
10.我應該遵守團體中的遊戲規則	3.4	3.7
14.我應該欣賞想法或行為上，與我不同的人	3.2	3.6
15.我應該妥協安排自己的時間及生活	3.5	3.7
25.我做事應該要讓別人放心	3.4	3.8
27.我作決定時，應該考慮後果並勇於承擔	3.5	3.8
28.我應該讓別人也有機會做我想做的事	3.2	3.7

如量表結果所示，學習者經歷學習歷程後，無論是對於團隊共識之建立過程及所屬自身本分責任的認知，抑或是接納團隊成員異質性的包容力、時間規劃之安排等能力表現皆有成長的趨勢，可見運用「深度討論」教學模式能帶給學習者的學習效能。

再以質性資料觀之，反思內容之設計，除讓學習者回顧省視自己參與團隊作業的情況外，最主要的是透過自省團隊合作能力之分析，以自我提升的學習角度，剖析自身所欠缺與將來增能的探索及實踐。學習者反饋彙整舉例如下：

1.分工時自己的部分早點開始，提升速度；2.多跟組員討論想法，並在有需要的地方盡力配合；3.努力做到自己能做的事。（B-01）

盡量每個人都可以有分配到工作，才不會造成分配不均的問題。還有專心聆聽組員提出的意見，再去討論可行的答案。（B-03）

1.先想好結果，再決定如何走向結果；2.把握自己的一分一秒來有效利用；3.提出自己內心所想的，大方展現想法給組員參考。（B-04）

我會更積極提供我的想法，並給予意見；多聽其他組員的意見、想法，不執著在自己的思想。（B-06）

1.再多積極參與並多加思考組員的所有想法；2.試著關切小組成員的工作內容並協助；3.把自己的意見大膽說出來並加以討論。（B-08）

若下次的團隊作業分工及合作，除了小組的分工要再更仔細之外，自身的行事效率；思維模式以及膽量都需要有所提升。不要因爲太不果斷而導致進度未達標，不要只會單向思考。（B-09）

我認爲我們可以更分工些，因爲很多事我會習慣攬在自己身上，眞的來不及才會想到給組員們幫忙，所以要一開始的時候就要講好誰負責什麼。（B-12）

1.多發言表達自己的意見；2.多站在他人的立場想他人的想法……。（B-14）

大量的討論達到發自內心的認同。一個組沒有向心力的話，無法有效率的執行，要使每個成員都能認同。分析每個人的優缺點，發揮每個人所長，讓每個人都能在這組裡找到其擅長的。（B-19）

1.分工可以定得更明確與更細心；2.將負責的工作訂一個明確的期限；3.當有不同的意見時能適時提出並修正。（B-23）

1.增加溝通，有些時候我都會將自己的工作全部做完，再將成品與大家討論，而我認爲之後能增加與組員溝通，融合更多大家的觀點，想必能將質量提升……。（B-27）

第一個一定是提早規劃工作內容，分配工作事務，第兩個是如果自己工作提前完成，就去協助別人完成工作，第三，列一份進度表，每天查看以督促自己即期完成份內工作。（B-28）

1.用溫和的方式讓大家能夠快速提供想法……。（B-44）

1.溝通更加確實……有問題也會藏在心裡，所以必須要讓團員

更有想表達的勇氣。（B-47）

1.要有負責任的心，當做一件事時，你沒有心肯定做不好，有心可能做不好，但你會持續進步……。（B-49）

整合上述可以明顯發現，學習者反思團隊合作中「闡發己見」、「討論溝通」及「建立共識」的能力表現最爲強烈深刻；但看似各自分開的反思現象，卻是構成團隊合作成功與否的關鍵，因爲這是決定團隊工作進行方針、分工安排、進度規劃等後續發展的重要核心。然從學習者的反思回饋中，卻可察覺「畏懼」將自己內心的想法表達出來、「消極」地表現自己的意見，或是認爲自己的表達「不夠溫和」、表現得像個「小孩子」等現象，顯現學習者於團隊合作中「闡發己見」能力之弱化；因此，當團體中的個人意見無法被清楚地傳遞時，團體合作中的「溝通討論」與「建立共識」自然無法順利推展，進而影響團隊合作成果之質量。

據此，學習者歷經「深度討論」學習之後，能更具思辨性地體認到團隊合作所需的能力自省；質言之，當學習者思辨強化未來團隊合作能力之時，正也顯現其已覺察到自身不足之處，亦即：缺乏闡述想法的膽量、討論能力之欠缺、無法落實團體成員之間的意見表達與溝通，導致因缺少共識而無法完成高質量作業的現象。不僅如此，學習者亦反思體認到團隊合作中應積極參與、善盡己責、提升效率，並敦促團隊成員各司其職的責任意識。除了深刻體認到自身應盡職責的基本品德之外，更對於提醒團體成員工作進度、協助團體成員完成進度、追求高效率等團隊合作精神之體現，有著深切的省思，充分反映學習者對於身爲團隊的一分子所該應盡的責任義務。

値得注意的是，透過學習反思資料呈現，可察覺學習者在如何提升團隊合作的思考命題下，普遍呈現團隊工作中「分工與進度」的感受及關注。本文發現，現今大學生對於團隊分工之適切性與妥貼性的觀念仍有所欠缺，而此也反映出學習者經營「群我關係」能力之不足，此一質化訊息所傳達的絕非是單一學習個體的心態，而是本文察覺的共通現象；質言之，學習者缺乏與團隊成員的溝通技能，再加上傳統教育模式之積累，導致其於團隊合作經驗中「不會」也「不敢」表達自己的意見，而這樣的結果自然影響合作分工的質能。

準此，藉由「深度討論」的學習經驗，學習者從團隊合作的實務經驗裡覺察「個人特質」對團隊的影響，進而增強個體特性之觀察與安排個體適性適用之運用能力，呈現更爲深層之思辨觀點。另外，由於對「分工」的溝通技能不夠嫻熟，連帶亦使學習者省思團隊合作之「進度」問題，我們從質性反饋的呈現，即可發現學習者深刻體認到必須提前制定完成時間、落實完成進度規劃與自我督促、相互提醒的重要性並深化其學習經驗和思辨。

五、結論

本文上述論證已能展現「深度討論」模式，可以有效強化學習者「思辨能力」與「道德思考」、「反思關懷」、「團隊合作能力」之學習成效。然而，學習者歷經「深度討論」學習過程的整體感受及反饋，乃是刺激學習效能正向發展的重要因素：

> 深度討論是一項很有意義的活動，可以使我在閱讀過後去思考作者想傳達的事情，也令我學習了每個人在看待同一件事情擁有的不同想法，與組員討論的過程也非常有趣。(B-02)
>
> 深度討論，顧名思義是將某事物、議題做詳細、深層的探討，而也會因此加入許多元素，如：在多種角度思考、對不同的行爲反思……對此進行解析，這是一項在一基礎事物上不斷疊加事情又同時不斷分析的事情，雖然非常花費精力，但也是投資回報率不錯的活動，因爲每經過一次，自己的各項能力都肯定能有所提升。

（B-27）

「深度討論」的學習方式令我感覺相當震撼，一件事可以用不同角度思考，我們卻往往侷限於一個角度。這使我思辨事物的能力變得更條理化，道德思考變得更敏感，反思關懷變得更加寬大。（B-28）

這樣的學習模式比起傳統的老師教學生學更加深我對每一堂內容的印象！用這種方式在一些分組討論的課程，也激發了更多對那門課的想法，和以前高中的學習相比，有趣太多了！（B-39）

學習者對於「深度討論」教學模式實施的感受，大多呈現正面接受且能回應學習成長之反饋；析論學習者肯定「深度討論」學習模式的原因，可細分爲外在性的課堂學習氛圍之改變，與內省性的學習反思成長。

就改變課堂學習氣氛觀之，導入「深度討論」模式的教學效果，最明顯體現在突破單向講解、單向接受、單一價值、單一觀點之學習生態與習慣。從學習者反饋的質性意見資料可見，透過適時適當地閱讀引導和刺激討論，扭轉傳統上課堂「應該」全由教師講授的刻板感受，並且能憑藉參與討論來強化「學習」本身的意義；更重要的是，學習者奠基於文章教材內涵所提出、發掘的閱讀問題，歷經同儕間相互提問、對話、辨證、建構共識的過程後中，漸從教師單向式授業的教與學模式出走，轉向強調提問與論證、說服與被說服之互動性強的同儕討論模式，而此一轉變不僅能改變傳統較爲嚴肅沉悶的課室學習氣氛，更能藉由活絡互動式的討論，提升課室學習的樂趣、擾動刺激國語文科目的學習動機，進而引發學習者反思自省。

再依內省學習成長分析觀之，則可掌握學習者轉向內在，思索自身不足的學習心境。首先，學習者透過「深度討論」學習模式，覺察到自己於閱讀文章時欠缺細觀的現象，並且深刻體會到爲了具體掌握文章內涵，必須更加專注細膩的閱讀，才能越發理解文章涵義。同時，藉由「深度討論」之同儕互動，不僅能透過聆聽他者的分享，一方面反思自身閱讀與提問之不足外，另方面則能藉由「一人一義、十人十義」的討論，體認生命情境未必有所謂單向判斷之「標準答案」的省思，深化了學習者的閱讀與思考能力，再者，透過「深度討論」學習模式，學習者能於觀摩同儕論述議題之觀點與想法後，反饋於檢視自身之盲點或知識不足之處，有助於提升學習與思辨的廣度；而透過文本閱讀、深度討論之教與學歷程後，亦能促使學習者自我反思並連結到社會群體之觀察，進而深化「道德思考」、「反思關懷」與「團隊合作」之品格信念。

最後，學習者能突破曩昔畏懼發言、不敢表達自身想法的困境，亦能將此能力實踐運用其他科目之學習。由於傳統國語文教學模式似乎較著重於知識記憶、理解與文字表述，是以，大一學習者較不習慣也不敢透過口語來表達自己的想法，因此，「深度討論」模式，不僅能誘發學習者藉由深入閱讀、發掘問題、聆聽他者以深化自己的能力之外，更能改善「因爲怕講錯話」而「不敢講話」的現象，提升學習者發問表達的能力。

整體來說，本文析論導入「深度討論」模式之「國語文能力表達」課程設計，不僅能有效改變課室學習氛圍、引發學習者學習興趣外，更能藉由閱讀、聆聽、提問、討論等高度互動性的學習方式，提升思辨能力與品格信念之學習成效，這或許也能成爲革新國語文課程規劃實施的有效參考。

然而，本文闡釋課程規劃、課堂實施、成效分析之歷程，雖論證「深度討論」教與學模式確實能提升學習者學習成效並扭轉課室學習氣氛之餘，但卻也面臨一些挑戰與困難，例如學習者進入大學之前，普遍較少有「討論」與「發問」的學習經驗，因此，初步實施「深度討論」模式時，時常會有學習者無法表述自身想法、無法提問的現象；抑或學習者習慣單向接受的學習習慣，導致於團體討論時表現出「因爲不習慣」而冷漠排斥的情況。是以，建議欲導入「深度討論」模式之教育工作者，可於閱讀教材文本之討論前，運用簡單互動活動促進學習團體間之認識，同時鼓勵團體間發言較爲踴躍之學習者帶領團體討論，以刺激同儕之間的觀摩學習。此外，可選擇貼近學習者生命情境之文本教材，亦能激發學習者思辨討論的動力，例如本課程挑選描述「校園霸凌」議題之文本，不僅能使學習者回顧己身或曾聽聞之經驗，亦能於討論表述與關懷省思之歷程中，深化議題思辨與品德思考的能量。

參考書目

一、引用專書

1. 王世豪主編：《深度討論力：高教深耕的國文閱讀思辨素養課程》（臺北市：五南，2019年9月）。
2. 胡衍南、王世豪主編：《深度討論教學法理論與實踐》（臺北市：元照，2020年2月）。
3. 陳昭珍：〈導論：深度討論教學法概述〉，載於胡衍南、王世豪主編：《深度討論教學法理論與實踐》（臺北市：元照，2020年2月），頁3-20。
4. 溫明麗：〈批判性思考與教學—對話、解放與重建〉，《臺灣教育》，675期（2012年6月）。
5. 蔡娉婷、許慶昇、林至中：〈深度討論應用於ePUB3電子書翻轉式閱讀理解學習之課程設計與教學實務〉，《教育資料與圖書館學》，第56卷第3期（2019年11月）。
6. 劉蔚之、彭森明：〈歐盟「關鍵能力」教育方案及其社會文化意涵分析〉，《課程與教學季刊》第11卷第2期（2008年4月）。
7. 謝秀卉、黃子純：〈妖怪從哪兒來—從「深度討論」中誕生的神怪故事〉，《通識教育學刊》，第24期（2019年12月）。
8. 謝秀卉：〈QT國文課的預備課程：引導學生解讀臺灣「魔神仔」新聞的教學實踐與省思〉，《通識教育學刊》，第26期（2020年12月）。

二、英文文獻

1. 徐筱玲、陳浩然、林微庭：〈Quality Discussion and High-level Comprehension: An

Analysis of Taiwanese College Students〉，《教育資料與圖書館學》，第56卷第1期（2019年3月），頁107-130。

2. Peter A. Facion. "Critical Thinking: A Statement of Expert Consensus for Purposes of Educational Assessment and Instruction (The Delphi Report)". The California Academic Press (1990).

三、網路資料

1. 〈Quality Talk〉：《Quality Talk》網站。https://www.qualitytalk.psu.edu/2014/03/18/quality-talk/（檢索日期：2020.7.7）。
2. 〈The future of job〉：《World Economic forum》網站。https://www.weforum.org/reports/the-future-of-jobs（檢索日期：2020.7.7）。
3. 《教育部品德教育資源網》網站。https://ce.naer.edu.tw/upload/policy/policy.pdf（檢索日期：2021.6.7）。
4. 《國家教育研究院》網站。https://www.naer.edu.tw/files/15-1000-14113,c1594-1.php（檢索日期：2020.7.8）。

論兩岸三所高校的中文寫作教學[1]

張期達*

摘要

本文嘗試總結筆者近年在兩岸三所高校（中央大學、玄奘大學、廈門大學嘉庚學院）的中文寫作教學實務經驗，以具體描繪三間高校寫作課程的定位及操作。本文亦將討論不同教學單位負責寫作課程的優勢與劣勢，案例則選擇筆者熟知的臺灣高校情況。接著，本文擬通過逢甲大學《大學國文魔法書》與廈門大學嘉庚學院《大學寫作基礎教程》兩套教材，來討論寫作教材的兩種類型：實用性寫作與文藝性寫作。最後，本文將反思兩岸高校的寫作教學並提供一點淺見。

關鍵字：兩岸、大學語文、寫作、實用性、文藝性

一、當代語文教育的改革浪潮

寫作課程是當代語文教育改革浪潮中的重要議題，兩岸皆然。

臺灣方面，非中文系的寫作課程，在一九九〇年代臺灣高校國文通

---

1 本文原題「論兩岸的大學中文寫作教學與教材」，發表於2020年9月4日逢甲大學主辦「第四屆建構／反思國文教學學術研討會——國語文教育的國際視野」。感謝會議上彰化師範大學周益忠教授的精闢講評，提供許多修訂的具體建議，筆者據之為論文進行初步修訂。再感謝主辦方會後委請兩位學者進行匿名審查，筆者得以再根據兩份審查意見進行二次修訂；此次修訂包括題目更為「論兩岸三所高校的中文寫作教學」，另及摘要、正文等多處增刪，容不贅述。

* 廈門大學嘉庚學院漢語言文學專業副教授

識化後，可說得到高度重視與多元發展。[2]例如臺灣教育部近年推行的「全校型中文閱讀書寫課程」，又或臺灣高校引進學思達、反轉教學、PBL、反思寫作等多元教學法，都說明寫作課程在當代語文教育中的重要性越發明顯。臺灣師範大學2020年將大一國文更名並分流爲「中文閱讀與思辨」、「中文寫作與表達」，也是這股改革浪潮迄今猶然的一個旁證。有趣的是，臺灣高校中文系的寫作課程卻多不是專業核心課程。例如臺灣大學中文系將寫作課程掛靠在「大學國文」與「詩選」等必修課程，政治大學中文系的基礎課程與核心課程並未包括寫作。[3]

中國大陸方面，寫作課程是中國教育部規定漢語言文學、漢語言、

2　臺灣學術界對於「大一國文」發展史的研究，可參梅家玲、詹海雲、王靖婷、蓋琦紓等學者研究。這類文獻標舉的時間節點，包括1985-86年《國文天地》雜誌社主辦大一國文檢討會議，1993年教育部取消部訂大一國文必修課程，1995年後納入通識課程。這類文獻重點，則突顯大一國文的傳統、困境與對策。教學傳統，即講授中國文學「經史子集」選文，以肩負文化傳承傳播的責任。根據王靖婷論述，困境包括 1.「國文」定義及教學目標模糊； 2.課程設計不理想，教材支離破碎； 3.不注重教學法，評量不夠嚴謹客觀； 4.教師學養不足，授課態度輕忽隨便。王靖婷建議的對策則為： 1.將國文課程通識化、人本化、生活化，是國文教學改革的新趨勢； 2.國文教材的編選詮釋，須與時代背景、學生思想、生命經驗相結合； 3.透過多元教學與多元評量，培養學生人文與科技、人文與專業結合。梅家玲：〈臺灣大學的大一國文教學現況概述〉，《通識教育季刊》第1卷第4期（1994年12月），頁119-125。詹海雲：〈大學國文教學的回顧與前瞻〉，《人文及社會學科教學通訊》第5卷第3期（1994年10月），頁45-60。王靖婷：〈大學國文教學面面觀：相關研究之回顧與展望〉，《通識學刊：理念與實務》第1卷第4期（2009年1月），頁139-171。蓋琦紓：〈生命美感與文學解讀——大一國文課程的教學設計〉，《高醫通識教育學程》第5期（2010年12月），頁1-14。以上，略為本文討論臺灣高校的「大一國文」改革提供背景知識。

3　根據《臺大課程地圖》，臺灣大學中文系必修的寫作課程，表現在邏輯類似的兩個面向，一是與「大學國文」結合的大一基礎課程，如「大學國文：文學鑑賞與寫作」、「大學國文：文化思想與寫作」、「大學國文：閱讀與寫作」；二是「詩選及習作」、「歷代文選及習作」等進階課程。《臺大課程地圖》網站。https://coursemap.aca.ntu.edu.tw/course_map_all/class.php?code=1010（檢索日期：2021.6.29）。根據《109學年度國立政治大學中國文學系課程手冊》，政治大學中文系基礎課程為「國學導讀」、「文字學」、「聲韻學」、「訓詁學」，核心課程為「詩選」、「中國文學史」、「歷代文選及習作」、「詞選」、「中國思想史」、「曲選」。前述這些課程，可說很典型反映臺灣高校中文系的知識傳統與養成。

漢語國際教育等本科專業的核心課程。[4]非中文系的通識寫作課程則是當前趨勢，課程名稱爲「寫作與溝通」或「大學寫作」。例如2018年北京清華大學成立「寫作與溝通中心」，領頭開設通識課程「寫作與溝通」，主題式小班制教學，目標「大一全覆蓋」；2020年該課程列入大一必修。[5]整體而言，中國大陸高校的通識寫作課程起步較晚，極少數高校在全校學生實現全覆蓋教學，但伴隨對美式教育的關注與研究，中國大陸高校也意識到寫作課程的重要性，且「逐步擺脫多年來與文學寫作課、應用文寫作界限不清」的狀態。[6]

通過前述討論，可見在當代語文教育改革浪潮下，兩岸高教對於寫作課程的理解與期待，有同有異。相同處是兩岸高教都積極發展「全校型」或「全覆蓋」的通識寫作課程，相異處則兩岸高教中文系對寫作的重視程度不一。然事實上，寫作是語文教育的必要環節，高等教育自然該重視培養學生的寫作能力。但寫作課程的設計，無論中文系或非中文系，牽涉的問題相當複雜。寫作教什麼，學什麼，師資與教材從哪裡來，與院系的專業屬性如何相關，開設在哪個年級，幾個學分，必修還是選修，理想的修課人數等，都是棘手的問題。

本文嘗試總結筆者近年在兩岸三所高校（中央大學、玄奘大學、廈門大學嘉庚學院）的中文寫作教學實務經驗，以具體描繪三間高校寫作課程的定位及操作。本文亦將討論不同教學單位負責寫作課程的優勢與劣勢，案例則選擇筆者熟知的臺灣高校情況。接著，本文擬通過逢甲大學《大學國文魔法書》與廈門大學嘉庚學院《大學寫作基礎教程》兩套

---

4 中華人民共和國教育部高等教育司：《普通高等學校本科專業目錄和專業介紹（2012）》（北京：高等教育出版社，2012年）。

5 梅賜琪：〈遵循三大規律的通識教育課程思政模式創新——以清華大學「寫作與溝通」課為例〉，《思想政治教育研究》第267期（2021年3月），頁99-104。

6 黃海燕、鄭小靜：〈課程内涵、教學方法與增量空間：國内高校通識寫作課程建設現況及改革思考〉，《宜春學院學報》第43卷第4期（2021年4月），頁102-106。

教材，來討論寫作教材的兩種類型：實用性寫作與文藝性寫作。最後，本文將反思兩岸高校的寫作教學，期待能爲兩岸語文教育提供一些或有參考價值的前瞻與淺見。

二、兩岸三校的寫作課程定位

(一)臺灣語文教育的多元發展

首先，本文以爲寫作課程的定位問題值得再思考。[7]

以筆者的教學實務爲例，在臺灣任教期間（2011-2018），共參與了兩所高校的大學語文改革。一所是中央大學，2014年中央大學中文系提出「大一國文改革試行方案」，將大學語文分爲兩個部分（2學分專業課程、1學分寫作課程）並試行一學期。隔年，中文系再組織專兼任教師編撰《大一國文寫作教學手冊》（未出版），將寫作課程的內容分爲六大領域，包括公文、文學、企畫、新聞、論文、自述，半學年2學分，定名「國文（B）：中文寫作」，以區別於全學年4學分的專業課程「國文（A）：經典閱讀」。[8]進而，中央大學中文系還規劃了許多配套辦法，比如每學期選四個領域授課、修課人數上限30人、組織教師寫作交流、舉辦寫作與企畫競賽、中文系與非中文系學生分流等舉措。值得一提的是，中央大學中文系爲中文系學生設計的大一國文相對特殊，包括「論文寫作」與「文學寫作」兩部分，各9週課程，由兩位教師分別授課。

7　蔡忠霖也談過這個問題，但時空條件不同，側重不同。蔡忠霖認為大學寫作課程的定位，與中學寫作有所區隔，包括「題材上的區隔」，中學寫作脫離生活，大學寫作應「以貼近生活及未來應用」；「方法上的區隔」，大學寫作應「由命題式寫作進化成引導式寫作」，師生雙向的討論重於教師單向批改。參蔡忠霖：〈從大學寫作課程的意涵與內容說起〉，《醒吾學報》第39期（2007年），頁160-162。

8　中央大學2017年新學期大一國文學分數再次調整，由「4+2」轉為「3+2」，即經典閱讀由全學年4學分，改為半學年3學分。而大學語文教育減縮學分在臺灣高校越見普遍，側面反映這一波改革還沒結束。

中央大學的大學語文改革由於總體目標清楚，教師也有相當彈性與發揮空間。是以幾年操作下來，修課學生的回饋相當良好，師生間也激發出許多火花。[9]中央大學中文系不僅爲大學語文改革投入大量資源，更與其他系所達成一定共識，寫作課程才得以順利走進「國文」的教學傳統且不喧賓奪主，可說是一個值得參考的成功案例。[10]

另一所高校是玄奘大學，同樣是2014年，玄奘大學通識教育中心新聘3位兼任教師進行大學語文改革（或說重啟），明確以逢甲大學《大學國文魔法書》作爲楷模，強調實用性中文寫作。是以課程名稱「國文」，大一通識必修2學分，內容則爲心智圖、筆記、書信、自傳、履歷、企劃、簡報、廣告、新聞甚至劇本的寫作教學。儘管學生回饋基本良好，但包山包海「淺碟式」的課程內容，修課人數動輒破百，教學成效不易把握。幾年操作下來，教師難免乏力。又由於玄奘大學無中文系爲後盾，大學語文改革在通過系所評鑑與兩次通識主任異動後，也完成階段性任務宣告退場。2018年玄奘大學再次停開「國文」，替代爲「數位敘事應用」及「語言表達實務」的通識選修課程。[11]

而比較上列兩所高校的大學語文改革歷程，可發現中文寫作，尤其實用性寫作得到較多的重視。這點說明臺灣高校在務實或功利導向下，因應非中文相關專業需求，大學語文改革轉向實用性寫作是一種自然趨勢，也說明寫作課程依傍在中文系資源與大學語文既有基礎，將獲得較有效的發展。不過，如果寫作課程的定位始終是「大一國文」的附庸，

9 筆者曾經帶領中央大學電機系、資工系學生參與2017年臺積電青年築夢計畫，2組進入複審，1組進入決審（Watair攜帶式可拆濾淨器）。雖然最後未獲計畫補助，但通過「以賽促學」的方式，確實有效提高企劃寫作與簡報表達的能力。

10 以中央大學2015年新學期的國文操作為例，寫作課程教授項目，論文與自述為必選，第三項師生自主討論決定，第四項各院自選，客家學院選擇「文學」，其餘各院選擇「企畫」。儘管術業有專攻，但邀請校內他院系表達對大學語文教育的期待與意見，並納入課程規劃，此舉值得肯定。

11 補充一點，兩校在2014年進行國文改革的動因，2015年系所評鑑是一個頗重要的外在條件。2017年教育部停辦系所評鑑後，對於大學語文教育又造成什麼影響，也是個有趣的課題。

在教學現場恐怕衍生許多問題。例如「自傳履歷」對於即將投入職場的大四生而言，適用性與重要性遠高於大一生；同理，絕少大一生會表達意願投入公職，講授「公文」顯得過份憂患。但事實上，寫作課程也不妨從大學語文課程獨立出來，以強化課程的針對性。

㈡中國大陸語文教育的學科整合

筆者在中國大陸任教期間（2018-2021），於廈門大學嘉庚學院（下文簡稱廈大嘉庚）講授「寫作基礎」並參與教材編撰。寫作是中國大陸高校中文系普遍開設的基礎必修課程，但廈大嘉庚的寫作課程涵蓋面較大，是一門面向人文與傳播學院五個專業學系大一新生（中文、新聞、廣電、廣告、文管）的學科平臺課程（院必修），2學分，修課人數上限55人。課程內容包括寫作概論兩章，分述寫作的功能、主題與結構；七個寫作單元，分別是詩歌、散文、小說、劇本、新聞、學術論文、日常寫作。實際操作不設限，從單元比重可見相對傾向講授文藝性寫作。由於修課皆爲人文相關專業學生，對於文藝性寫作的興趣明顯高於他院系，教師可依本職學能各顯神通，教學不乏味，回饋也相當良好。

本文要指出的是，廈大嘉庚寫作課程表現出一種戰略與戰術的考量。簡單地說，人文與傳播學院的大一生不必修讀「大學語文」（即大一國文，他系通識必修），必須修讀「中國傳統文化」與「寫作基礎」。這可說戰略地將人文相關學科的大學語文教育，拆分爲知識面與技能面，並納入學院整體的教學目標與課程規劃。至於戰術手段，則上列三門課程皆使用廈大嘉庚中文系主導編撰的教材，分別是《大學語文讀本》、《中國傳統文化十五講》、《大學寫作基礎教程》。通過總體戰術與戰略的結合運用，廈大嘉庚中文系也投注大量資源在寫作課程，使之取得一個很好的立足點，目標明確、分流清楚、手段具體。

廈大嘉庚的寫作課程重視文藝性寫作，也表現寫作課程走出中文相關專業的企圖。[12]相較前節討論臺灣兩所高校的教學實務，廈大嘉庚因爲教學對象限縮在人文專業科系學生，教學目標明顯不同。廈大嘉庚寫作課程通過文藝性寫作，培養並鼓勵大一生透過文學馳騁想像，表現自我也紀錄現實，先入門創作再觸類旁通。此外，也不同於臺灣高校多以文學獎形式鼓勵寫作，廈大嘉庚中文系支持學生創辦校園文學刊物《南太武雜誌》，提供經費、協助審稿，更將刊物贈予人文與傳播學院每位畢業生，建構一個正向循環的寫作環境。根據以上觀察與經驗，本文以爲廈大嘉庚寫作課程亦爲一個成功案例。

三、寫作課程的教學單位

㈠中文系開設的寫作課程

通過兩岸三所高校寫作課程開設情況的討論，不難發現寫作課程的教學單位，由中文系主導的成效高於通識教育中心。這與中文系專業、師資、大學語文奠定的基礎息息相關。本文同意寫作課程是中文系的職責與任務，及學科發展的關鍵機會。底下試以清華大學中文系爲例，討論中文系主導寫作課程的優勢與劣勢。

清華大學於2002年成立臺灣第一個大學編制上的「寫作中心」，行政單位隸屬教務處，中心主任由中文系教師蔡英俊兼任，目的在「提供研究生撰寫中英文學位論文時在論文格式與語言表達上必要的諮詢服務。」[13]第二任寫作中心主任亦中文系教師劉承慧指出，清華大學2006年開始「把共同必修語文課『大學中文』轉型爲學院報告寫作課

---

[12] 諶亮軍指出中國大陸高校大學生寫作能力培養現況：「重視中文類專業，忽視非中文類專業」、「學生自我提升為主，學校集中教學為輔」、「非中文類專業學生能力培養效果不佳，不能較好適應需要」。諶亮軍：〈非中文類專業大學生寫作能力培養機制探索〉，《太原城市職業技術學院學報》第218期，（2019年9月），頁113-114。

[13] 劉承慧主編：《大學中文寫作》（新竹：清華大學出版社，2007年），頁Ⅰ-Ⅱ。

程」，認為「撰寫學院報告是我們身在現代學院必備的技能，指導大學生練習寫作學院報告已成為大學語文教師無可旁貸的責任。」[14]該中心不僅出版《大學中文寫作》（2005）、《大學中文教程：學院報告寫作》（2010）、《報告好好寫：科技報告寫作通用手冊》（2013）等教材，亦定期舉辦寫作工作坊、學生競寫比賽等相關活動。[15]近年，清華大學更將寫作中心與語言中心（英文領域學分及推廣教育）併為語文中心，改隸屬清華學院，「對內提升清華大學學生整體語文能力，對外則以清華大學語文教學研究的成果從事推廣服務。」[16]

這裡可見一個寫作課程發展的類似軌跡，一批中文系教師站上第一線，齊心協力開課程，編教材，辦活動，積極發揮專業職能。進而，校方整合行政編制與學術資源作為後勤支援，以一種總體戰的辦學格局，讓寫作課程站穩腳跟同時大步邁進。綜上，寫作課程由中文系主導的優勢顯而易見。

但寫作課程由中文系主導也有劣勢，即寫作師資不足。這個劣勢在臺灣高校是明顯的，臺灣高校中文系的傳統學術訓練普遍不包括寫作課程，而負責寫作課程的教師多半背負既有學術研究壓力，硬著頭皮

---

14 劉承慧，王萬儀主編：《大學中文教程：學院報告寫作》（新竹：清華大學出版社，2010年），頁9-10。

15 《大學中文教程：學院報告寫作》一書很能反映清大的國文轉型策略。該書分上下兩編，上編「精讀與寫作」，兩章「基本寫作類型」、「深入閱讀與寫作」；下編「如何撰寫一篇學期報告」，七章，「學院報告寫作」、「問題意識」、「題目與大綱」、「前言與內文標題」、「主張－支撐－推論」、「改寫」、「拼貼與抄襲」。另有附錄，涵蓋「架構修訂與資料引用」、「散文作品與學院作品之比較」、「精讀文本」、「學生習作」等四個面向。劉承慧，王萬儀主編：《大學中文教程：學院報告寫作》（新竹：清華大學出版社，2010年）。

16 清華學院語文中心：〈中心沿革〉，《清華學院》網站。http://language.site.nthu.edu.tw/p/412-1212-15878.php?Lang=zh-tw（檢索時間：2020.8.6）。至於引文中稱「對外從事推廣服務」，可說成績斐然。舉例而言，筆者曾於2015年參與清華大學寫作中心舉辦的「大學中文師資培訓」，一窺其推廣寫作教學的用心與用力。培訓過程中還得知，寫作中心除培訓大學寫作師資，亦有課程培訓中學教師，以協助指導中學生撰寫小論文。

上架，寫作教學與實務經驗有待累積，文藝性寫作難敵線上作家，實用性寫作又不比業界老手，站穩講臺的寫作技術，自然是也只能是學術論文。但學術論文是否爲大學生普遍必須的一種寫作能力？本文持保留態度。[17]

至於中國大陸高校是否也存在寫作師資不足的問題？以廈大嘉庚爲例，寫作師資來源主要爲中文系，然新聞系、廣電系、廣告系、文管系皆提供相關寫作人才，或是廈門市作家協會成員，或是業界資歷豐富的寫手，師資相對寬裕許多。

㈡通識教育中心開設的寫作課程

寫作課程由通識教育中心主導，醒吾科技大學是一個值得注意的案例。

醒吾科技大學通識教育中心1997年起開設「中文習作」，2002年改稱「大學寫作」，大一學年課程，內容爲「研究報告寫作指導」。2007年大學寫作改爲雙學期課程，大一基礎寫作，大二進階寫作，並出版《大學寫作進階課程：研究報告寫作指引》（2007）、《大學寫作基礎課程：提升寫作能力指引》（2009）兩部寫作教材。高光惠稱「在眾多技專院校中既爲開路先鋒，成效也爲箇中翹楚，與綜合型大學同類課程相較，亦不遑多讓。」[18]

醒吾科技大學十年磨一劍，不惟教材來自「國文教學研究會的同仁，於課餘之暇所各自提出的心得或寫作實務指引教案」，從課程發展也可想見教學團隊的苦心。高光惠對醒吾科技大學寫作課程的自豪確實

---

17 就筆者的教學經驗，4週8課時已足夠讓學生把握學院報告撰寫要點與基本規範，微學分形式開課即可。

18 高光惠，楊果霖，蔡忠霖合著：《大學寫作進階課程——研究報告寫作指引》（臺北：三民書局股份有限公司，2007年）。醒吾科技大學寫作課程發展歷程與引文俱見該書高光惠〈自序〉。

有道理。[19]由此可見，大學語文通識化的浪潮，促使通識教育中心名正言順承接大學語文教育的任務，也爲寫作課程的發展取得一定優勢。一來不必像中文系需要科技部或教育部計畫資金挹注才啟動；二來通識語文教師，也不必像中文系教師念茲在茲基礎研究與專業培養，宏觀整體教育、擘畫適性課程、研發適用教材本是份內事。[20]

寫作課程由通識教育中心主導的劣勢，首先也是大學語文「通識化」帶來的長遠影響，多元教學反可能導致焦點模糊。大學語文通識化後，重視閱讀的教學傳統受到相當的質疑與挑戰。大學語文的授課內容也被拉抬到一個更開闊的視野重新檢視，重新聚焦。這時候寫作課程不是必然選項，更多帶實驗性的教學投入教學現場。譬如虎尾科技大學將戲劇表演融入語文教學；玄奘大學舉辦模擬面試、簡報比賽並將影音履歷作爲期末成果發表。[21]再則，因應多元教學，通識語文教師所須「武藝」彷彿沒有邊際，花招萬千的表象下，能夠如醒吾科際大學通識教育中心教學團隊一樣凝聚共識，致力開發課程與教材者並不多見。更遑論通識教育中心語文人才流動比中文系頻繁，經驗傳承也是相當不容易。[22]此外，通識教育中心如藉由撰寫計畫爭取經費補助開設寫作課程，畢竟非長久之計；而臺灣高校面對少子化衝擊，通識教育中心資源

---

19 高光惠，楊果霖，蔡忠霖等編著，《大學寫作基礎課程：提升寫作能力指引》（臺北：三民書局股份有限公司，2009年），頁3。

20 此即清華大學中文系遭遇到的問題。清華大學寫作課程啟動，得力於國科會（現科技部）與教育部提供的計畫經費。參劉承慧主編：《大學中文寫作》，（新竹：清華大學出版社，2007年），頁II。

21 王妙如、羅文苑：〈親愛的，我把大一國文Live秀了！——以戲劇表演融入國文課程之教學活動設計〉，《新竹教育大學教育學報》第27卷第1期（2010年6月），頁161-191。施依吾、張期達：〈大一國文「模擬面試」檢討報告〉，《國教新知》第63卷第1期（2016年3月），頁70-82。對大學語文通識化的進一步討論，可參孫貴珠：〈大學國文通識化課程規劃與教材取向之商榷反思〉，《通識學刊：理念與實務》第2卷第2期（2013年6月），頁27-50。

22 楊果霖現為臺北大學中文系教授，蔡忠霖現為臺灣師範大學僑生先修部國文科副教授。醒吾科技大學通識教育中心國文組教師目前為5人，皆不在編撰《大學寫作基礎課程》國文教學研究會的7人教師群中，旁證人事變動幅度不小。

緊縮，陸續降級甚至虛級化，語文教師或編制併入他院系或另謀他圖。凡此種種，都不利於通識教育中心發展寫作課程。

㈢寫作中心開設的寫作課程

通過相對獨立於中文系、通識教育中心的單位，例如教學中心、寫作中心、研發中心來主導寫作課程，則是一種較新的運作模式。前述臺灣清華大學將寫作中心隸屬教務處後改隸屬清華學院的操作，表現類似邏輯。關鍵在中心的人事編制，應與中文系或通識教育中心有所區隔。例如靜宜大學由臺文系教師陳明柔主持的「閱讀書寫暨素養課程研發中心」，目前聘有5位專任教師與5位行政助理，並出版《閱讀與書寫·生命敘事文選》（2015）、《閱讀與書寫·生命關懷文選》等教材。[23]通過這支教學勁旅，靜宜大學將大學語文轉型爲一種相當獨特的寫作課程，也即「閱讀與書寫」。「閱讀與書寫」以生命教育爲核心理念，帶領學生書寫自我生命史同時提升寫作能力，開創大學語文新視野。而靜宜大學在獲得教育部計畫支持後更成立「全校型中文閱讀書寫課程革新子計畫」基地，「閱讀與書寫」也成爲向外推廣「專業知能融入敘事力的跨領域課程」的課程典範模組。[24]就本文所知，2017年臺灣已有50幾所高校加入生命書寫的行列。[25]

---

[23] 根據靜宜大學「閱讀書寫暨素養課程研發中心」網站中公布2019年6月校務會議修正通過的「靜宜大學閱讀書寫暨素養課程研發中心設置辦法」第三條，「本中心設置主任一人，由校長聘請副教授以上，具有閱讀理解素養及跨領域課程研發相關背景之教師兼任，設專任教師若干，另置職員一人，協助主任處理相關行政事宜。」可見「閱讀書寫暨素養課程研發中心」得招聘專任教師。http://randw.pu.edu.tw/new_web/php/about/about01.php。（檢索日期：2020.8.6）。

[24] 陳明柔：〈淺談以「敘事力」為載體的跨領域教學實踐及知識產出〉，《通識在線》第79期，（2018年11月），頁32-35。

[25] 關於通過生命書學進行大學語文改革的商榷，可參張錫輝：〈從高等教育的變革看「生命書寫」課程的設計——一個文化的批判與反思〉，《通識教學與研究學刊》第1期（2015年6月），頁65-80。

寫作課程由獨立單位主導的優勢，首先就在獨立運作，得以延聘寫作課程專業師資與行政人員，建立專業教學團隊，專事專責，立基語文專業又表現通識教育的格局。進而，因爲獨立運作，寫作課程大可以靈活扮演各種角色，不必受限學期制與學分數等傳統框架，既能爲不同院系客製常態性寫作課程，使語文教育與專業訓練更加貼合，又能通過微學分、工作坊等多種形式，進行語文教育的補強。例如靜宜大學閱讀書寫暨素養課程研發中心，還設置「文思診療室」承辦駐校作家、教學助理社群、文學獎等寫作相關活動；設置「文創事務所」來甄選、媒合並培訓跨院系學生執行文創專案或服務學習。[26]

寫作課程由獨立單位主導也有其劣勢，一是獨立單位發展出的特色寫作課程，通常難以通過文藝性或實用性的二分概念框架，更傾向一種綜合性的創意寫作。教師能把握多少，大一生能把握多少？可說充滿變數，課程品質不易控管。二是獨立單位在行政層級通常低於院、系、所，行政資源與話語權皆有限，即便研發多樣寫作課程，未必能走進院系規劃的課程架構。

四、寫作教材的基本類型

㈠《大學國文魔法書》的實用性

寫作課程在確認定位與權責歸屬後，實際授課的成敗關鍵在教材。通過教材編撰，教學團隊凝聚共識，訂立目標，製作標準化流程，控管教學品質。進而，教材的修訂增補，更反映教學團隊累進的經驗與成果。通過前述討論，可注意到例證中的兩岸高校多數都使用自編寫作教材。本節以逢甲大學《大學國文魔法書》與廈大嘉庚《大學寫作基礎教程》爲例，討論寫作教材兩種基本類型：「實用性」與「文藝性」，以

[26] 臺北醫學大學通識教育中心林文淇主持的「反思寫作中心」是另個很有意思的案例，限於篇幅，請容不予開展。可參林文淇：《我寫我思我在：反思寫作教學的理論與實踐》（臺北：五南圖書出版股份有限公司，2019年）。

凸顯寫作教材編撰上應注意的事項。[27]

首先，逢甲大學的大學語文歷經多次變革，2004年逢甲大學中文系爲達「教學卓越」，向教育部提出「國文精進教學計畫」，宗旨「提升學生語文能力，符合學習實用需要」；《大學國文魔法書》（2007）即該計畫配套措施之一。[28]但逢甲大學中文系推陳出新，這套大學語文教材後爲《大學國文交響曲》（2008）取代。進而，2014年逢甲大學更成立「國語文教學中心」，獨立承辦大學語文業務，至今出版有《大學國文二重奏》（2016）、《新舊聞：從皇帝離婚到妓院指南，從海賊王到男王后，讓人腦洞大開的奇妙連結》（2017）、《文白之爭：語文、教育、國族的百年戰場》（2019）等多種教材與論文集，學術動能可謂豐沛。

而逢甲大學對實用性寫作的重視，具體反映在《大學國文魔法書》。根據《大學國文魔法書》增訂三版，內容分爲入門篇、應用篇與進階篇，共計12單元。入門篇包括課程筆記、摘要、報告、書評；應用篇包括自傳與履歷、公文、書信與便條、企畫書與簡報、新聞稿、廣告文案；進階篇包括專業術語創意表達、當代文化研究。單元體例結構基本一致，包括學習目標、單元介紹、示例說明、單元習作、延伸閱讀、參考資料六節。

再以《大學國文魔法書》增訂三版第五單元「自傳與履歷」爲例，單元介紹將自傳寫作細化爲六點，何謂自傳、自傳的重要性、撰寫自傳的心態與準備工作、自傳的內容、自傳的寫作要領、自傳的注意事項。

---

27 稍加說明的是，此處「實用性」或「文藝性」二元對立，僅為呈現兩部教材的不同取向。而這二元取向來自語文教育長期發展所產生的自然差異，不必然如此，實然如此。在兩岸寫作課程多元發展的當代，「閱讀書寫」、「創意寫作」、「生命書寫」皆不乏相應教材，唯就類型立論，實用與文藝的對舉仍有相當信度與效度。進一步說，本文更想強調文藝性寫作教材對中文系學生，或非中文系學生的「實用性」，反之亦然。

28 大學國文教材編輯室：《大學國文魔法書》增訂三版（臺北：聯經出版公司，2011年），頁i-ii。

自傳的示例，則一例申請大學、兩例申請研究所、一例新鮮人求職、一例教師甄試。每個案例後皆標注一段說明，針對例文給出評語與具體建議。比如新鮮人求職自傳例文後：

> 本自傳強調家庭環境是日後個人求職的主因。而個人利用時間進修，培植專業能力，顯現強烈學習動機，全文充滿肯定自信的口吻。然而，從個人背景到高中階段之敘述宜再精簡，敘述重點應是大學時期修習的「財務金融」領域，從中學習到哪些專業技能？且從大學畢業後進入職場，是否有學以致用？若無，原因爲何？另外，應再說明自身之優勢，對於未來之展望以及能否爲該公司創造更高利潤等。[29]

通過教材架構、單元體例及上引說明文字，可見逢甲大學《大學國文魔法書》這本寫作教材包括層次分明、邏輯清楚、體例詳備、選例適用實用等特點。這些特點，比較類似教材即可佐證。例如清華大學《大學中文寫作》包括十章，依序爲情境與寫作、篇章結構、自傳、描寫人物、描寫一種感覺或氛圍、電影情節敘述與摘要、敘述一段成長歷程、科系專有名詞解釋、議論文㈠、議論文㈡。但標題語法不一，各章之間的邏輯關係不很清楚，並不利於學生整體把握寫作知識。至於《大學中文寫作》第三章「自傳」選例四則，一例自傳、三例徵友自傳，雖然頗具趣味性，適用性卻不如前書廣。類似的情況，也出現在醒吾科技大學《大學寫作基礎課程：提升寫作能力指引》。該書分爲兩篇，第一篇大學寫作概說；第二篇寫作能力指引，包括仿寫、改寫、摘要、採訪、札記、旅遊小品文、企劃書、求職自傳、作業形式。但「仿寫」與「改

29　大學國文教材編輯室：《大學國文魔法書》，增訂三版（臺北：聯經出版公司，2011年），頁137-138。

寫」非一般理解的類型寫作，與摘要、札記、小品文等並列實有不妥。《大學寫作基礎課程：提升寫作能力指引》第八單元「求職自傳寫作能力指引」，則未援引實例說明，更多是概念陳述，這也是教材應當避免的問題。

㈡《大學寫作基礎教程》的文藝性

廈大嘉庚的寫作課程教材《大學寫作基礎教程》重視文藝性寫作，兼容實用性寫作，以更好滿足人文與傳播學院學生的專業寫作需求。2018年由人文與傳播學院院長蘇新春負責主編，中文系教師鍾永興擔任副主編，邀請中文系、新聞系、文管系、廣電系多位教師，共同參與教材編撰。各單元的撰寫，高度相應負責教師的專業學養，是個較理想的編撰條件。例如新聞系主任易欣，即負責新聞寫作；廣電系教師黃寧長期耕耘小說，長篇小說《旦后》還改拍爲電影，自然負責小說寫作；筆者碩博士研究與創作興趣皆在新詩，則負責詩歌寫作。

由於《大學寫作基礎教程》教材目標是提供一套「好學、易學、好用、管用的基礎寫作教材」，在整體結構、體例與行文都表現與逢甲大學《大學國文魔法書》類似的操作。例如各章標題大致對等並列且理序清楚，由寫作概論而分論，由基礎而應用；單元體例結構基本一致，包括基本知識、寫作訓練、修改、參考文獻、思考與練習五節；各單元的基本知識則按定義、特點、分類、寫作要求依序開展；行文更多是引導說明，具體舉例。

茲以第三章「詩歌寫作」爲例，該章五節，即詩歌的基本知識、詩歌的寫作訓練、詩歌的修改、參考文獻、思考與練習。第一節介紹詩歌定義、特點、分類與要求；第二節分述現實生活爲基礎、發現詩歌的題材、捕捉詩歌的意象；第三節分述錘鍊詩歌的語言、聆聽詩歌的聲音、編織詩歌的結構。其中，錘鍊詩歌的語言，《大學寫作基礎教程》再細化爲兩點，「刪除冗贅」與「替換字詞」，且舉出具體詩例呈現修改前後的差異。

替換字詞，則是爲詩歌「健美」，讓詩歌的語言表現產生多樣變化。例如一首詩歌的初稿可能是：「每一位戰功顯赫的將軍，都教我振作／像一棵沾滿露水的／杉樹// 突然與／一頭頭強壯的麋鹿／擦身而過」。然而，替換字詞後的詩歌或許變成：「每位戰功**彪炳**的**悍將**，都教我**振奮**／像一棵**汲滿霜露**的／**冷杉**／**驟然**與／一頭頭**健壯**的麋鹿／擦身而過」。替換字詞讓詩歌的語言表現更趨細緻，連帶詩歌的趣味也增加。[30]

引文中出現的粗體與底線，與後續一段說明性文字，實際爲一步步提示學生理解錘鍊詩歌語言的細節而有意爲之。倘若翻開原書，還可見主要例證的排版也依照修改前、修改後進行獨立引文，以彰顯差異方便把握。這就突顯廈大嘉庚《大學寫作基礎教程》不同於類似教材的特點，重視「修改」，更細膩觸及文藝性寫作會遭遇到的問題。例如張杰、蕭映主編的《寫作》，爲中國大陸「高等院校中文專業創新性學習系列教材」，緒論「我們爲什麼需要寫作」外分爲四編，第一編寫作基礎理論概述，後三編則爲析理性文體寫作、審美性文體寫作、實用性文體寫作。詩歌列於第三編審美性文體寫作中，分三節，詩歌藝術的本質特徵、詩歌的分類、詩歌的寫作要素。[31]相較之下《寫作》談理論與賞析佔去主要篇幅，對於詩歌寫作的可操作性反倒談的少些。理論性高於

[30] 蘇新春主編：《大學寫作基礎教程》（北京：清華大學出版社，2019年），頁59-60。

[31] 張杰、蕭映主編：《寫作》（北京：北京大學出版社，2017年）。另，類似的寫作教材，可參李娟：《文學寫作實用教程：從基礎準備到文體寫作的具體指南》（杭州：浙江大學出版社，2015年）。鄭遨、楊艾娟、彭朝開主編：《文學寫作》（天津：天津大學出版社，2014年）。陳果安、李作霖、佘佐辰主編：《文學寫作教程（第二版）》（長沙：中南大出版社，2008年）。

操作性，這是中國大陸高校文藝性寫作教材常見的問題。

五、寫作課程的反思與前瞻

本文通過一些典型個案，嘗試討論兩岸三校寫作課程的教學與教材。

首先，寫作課程的定位在臺灣大學語文教育中仍不穩定，但臺灣高校多視寫作課程，尤其實用性寫作課程，爲改革大學語文的重要手段，應無疑義。而中央大學中文系將大學語文拆分爲經典閱讀與中文寫作，邏輯與靜宜大學「閱讀與書寫」類似，可說是臺灣高校目前大學語文的主要改革路徑。然而，本文以爲寫作課程不應該作爲大學語文改革的手段。寫作課程自有其定位與目標，一如大學語文教學傳統，重視經典閱讀賞析與生命感發不也是語文教育至關重要的環節？寫作與閱讀分流，在實際操作將需要更多元的思考。

中國大陸對於大學語文的改革呼聲也時有耳聞，但中國大陸高校的寫作課程與大學語文分流較早，各自獨立發展更能夠起到加成反應。廈大嘉庚中文系將寫作課程視爲學科平臺課程，重視文藝性寫作對學生創意與寫作技巧的啟發，也兼容實用性寫作，讓寫作課程跳脫僅作爲中文系專業培養的單一格局，也爲人文與傳播學院的寫作進階課程提前布署。例如大二以上可選修技能模組課程，「戲劇影視文本創作」、「中國經典改寫與新編」、「創意寫作」等。廈大嘉庚對於文藝性寫作的重視，不也說明文藝性寫作對於人文相關專業具有高度實用價値？是以，對比兩岸高校寫作教學後，本文以爲臺灣高校，尤其中文系，應將寫作基礎納入大一必修，並開設寫作進階的選修課程，主要目標非培養作家，而是培養將來一批擁有充分寫作知識與經驗的寫作師資。

至於本文討論不同教學單位的優勢與劣勢，更多呈現出臺灣高校寫作課程的發展軌跡，由中文系，而通識教育中心，而寫作中心。中文系資源相堆豐富但寫作師資不足。通識教育中心順理承擔但不易共識，人才流動導致經驗不易傳承，少子化衝擊又造成資源緊縮。寫作中心這類獨立單位專事專責前景看好，清華大學寫作中心、靜宜大學閱讀書寫暨素養課程研發中心、逢甲大學國語文中心的運作，是兩岸高校都值得學習的成功案例。但寫作中心發展特色寫作是否有其必要性？院實體化能否指出另一條蹊徑？寫作教學的規劃與設計，是否該回頭檢討中小學的語文教育，以謀求更具整體性的能力培養方案？諸多頭緒，已經逾越本文討論範圍，請容留待他日。

本文以爲建構寫作基礎課程，編寫適用教材，是兩岸高校可攜手共進的教育課題。但這點對於臺灣高校語文教育更顯急迫性，無論駐校作家、雙師制教學、辦活動都是補強配套，輕重有別，先後有序，語文教育才能永續。是以，本文列舉《大學國文魔法書》與《大學寫作基礎教程》討論寫作教材的兩種基本類型，希望呈現優質教材的共性，以學生爲主體、以學用爲主體，初不限於文藝性寫作或實用性寫作。長期從事寫作教學，現爲東海大學中文系特聘教授周芬伶指出：「國文課教什麼？教得好不好？關係到我們的文學基礎與能量。大專任教的老師也不能推卸責任，不能迎合大眾口味而失去批判精神，身在主流中而無擔當，文學當然沒希望。我們不需要大師名師，需要的是園丁。」[32]

參考書目

一、引用專書

1. 大學國文教材編輯室著：《大學國文魔法書（增訂三版）》（臺北：聯經出版事業股份有限公司，2011年）。
2. 周芬伶：《創作課》（臺北：九歌出版社有限公司，2014年）。
3. 林文淇：《我寫我思我在：反思寫作教學的理論與實踐》（臺北：五南圖書出版股份有限公司，2019年）。
4. 高光惠，楊果霖，蔡忠霖合著：《大學寫作進階課程：研究報告寫作指引》

[32] 周芬伶：《創作課》（臺北：九歌出版社有限公司，2014年），頁226。

（臺北：三民書局股份有限公司，2007年）。
5. 高光惠，楊果霖，蔡忠霖等編著：《大學寫作基礎課程：提升寫作能力指引》（臺北：三民書局股份有限公司，2009年）。
6. 張杰、蕭映主編：《寫作》（北京：北京大學出版社，2017年）。
7. 陳明柔，李欣倫，申惠豐主編：《閱讀與書寫‧生命敘事文選2我凝視：返歸記憶的原鄉》（臺中：靜宜大學閱讀書寫中心，2015年）。
8. 陳明柔，李欣倫，申惠豐主編：《閱讀與書寫‧生命敘事文選1凝視我：回溯生命的印記》（臺中：靜宜大學閱讀書寫中心，2015年）。
9. 陳明柔，李欣倫，申惠豐主編：《閱讀與書寫‧生命關懷文選3出走，尋求生命的更新》（臺中：靜宜大學閱讀書寫中心，2015年）。
10. 陳明柔，李欣倫，申惠豐主編：《閱讀與書寫‧生命關懷文選4關懷，在你我之間》（臺中：靜宜大學閱讀書寫中心，2015年）。
11. 劉承慧，王萬儀主編：《大學中文教程：學院報告寫作》（新竹：清華大學出版社，2010年）。
12. 劉承慧主編：《大學中文寫作》（新竹：清華大學出版社，2007年）。
13. 蘇新春主編：《大學寫作基礎教程》（北京：清華大學出版社，2019年）。

二、引用論文：

㈠期刊論文

1. 王妙如、羅文苑：〈親愛的，我把大一國文Live秀了！——以戲劇表演融入國文課程之教學活動設計〉，《新竹教育大學教育學報》第27卷第1期（2010年6月），頁161-191。
2. 王靖婷：〈大學國文教學面面觀：相關研究之回顧與展望〉，《通識學刊：理念與實務》第1卷第4期（2009年1月），頁139-171。
3. 任雅玲：〈大學「雙師型」寫作教師隊伍建設的對策探究〉，《綏化學院學報》第30卷第6期（2010年12月），頁17-18。
4. 任雅玲：〈大學寫作現行統編教材價值評估〉，《綏化學院學報》第30卷第1期（2010年2月），頁13-15。
5. 金錢偉，孫有康：〈人才市場需求下的《大學寫作》改革與實踐研究〉，《綏化學院學報》第33卷第11期（2013年11月），頁137-140。
6. 施依吾、張期達：〈大一國文「模擬面試」檢討報告〉，《國教新知》第63卷第1期（2016年3月），頁70-82。
7. 孫貴珠：〈大學國文通識化課程規劃與教材取向之商榷反思〉，《通識學刊：

理念與實務》第2卷第2期（2013年6月），頁27-50。

8. 巢立仁：〈大學通識基礎課程寫作訓練的設計——香港中文大學的經驗〉，《通識教育評論》第6期（2019年），頁124-138。

9. 張錫輝：〈從高等教育的變革看「生命書寫」課程的設計——一個文化的批判與反思〉，《通識教學與研究學刊》第1期（2015年6月），頁65-80。

10. 梅家玲：〈臺灣大學的大一國文教學現況概述〉，《通識教育季刊》第1卷第4期（1994年12月），頁119-125。

11. 梅賜琪：〈遵循三大規律的通識教育課程思政模式創新——以清華大學「寫作與溝通」課為例〉，《思想政治教育研究》第267期（2021年3月），頁99-104。

12. 陳明柔：〈淺談以「敘事力」為載體的跨領域教學實踐及知識產出〉，《通識在線》第79期（2018年11月），頁32-35。

13. 黃海燕、鄭小靜：〈課程內涵、教學方法與增量空間：國內高校通識寫作課程建設現況及改革思考〉，《宜春學院學報》第43卷第4期（2021年4月），頁102-106。

14. 詹海雲：〈大學國文教學的回顧與前瞻〉，《人文及社會學科教學通訊》第5卷第3期（1994年10月），頁45-60。

15. 蓋琦紓：〈生命美感與文學解讀——大一國文課程的教學設計〉，《高醫通識教育學程》第5期（2010年12月），頁1-14。

16. 蔡忠霖：〈從大學寫作課程的意涵與內容說起〉，《醒吾學報》第39期（2007年），頁159-178。

17. 諶亮軍：〈非中文類專業大學生寫作能力培養機制探索〉，《太原城市職業技術學院學報》第218期（2019年9月），頁113-114。

18. 龔韶：〈淺談高校中文寫作課的改革路徑〉，《文學教育（上）》（2020年3月），頁80-82。

臺灣大學生國語文素養評量的國際取向與在地發展

楊裕貿*

摘要

國際大型語文評量的結果，可以帶動各國語文教育的變革與發展。惟國際語文評量是否符合國情，以及立基於中文架構的語文素養評量，該如何設定發展，以能改善我國之國語文教學與評量，成了教學現場關心的重點。

本研究探討「國際學生能力評量計畫」（Programme for International Student Assessment，簡稱PISA）之評量架構，並參酌柯華葳（2010）公民語文素養評量架構，建置我國大學生語文素養評量架構與評量平臺，以期做為提升我國大學生語文素養、改善教學之參考依據。

關鍵字：大學國文、國語文素養、評量

一、前言

近年來，國際重要組織爲確保學生閱讀之學習品質，分別針對不同年段學生檢測閱讀學習成效，以了解各國閱讀素養之表現狀況。如聯合國經濟合作暨發展組織（Organization for Economic Co-operation and

---

* 臺中教育大學語文教育學系副教授

Development，簡稱OECD）為協助各國十五歲學生是否具備進入職場、參與未來社會的基礎知識與技能，啟動「學生能力國際評量計畫」（the Programme for International Student Assessment，簡稱PISA），檢測學生閱讀、數學與科學三個領域的素養，並分別於2015年及2018年的測驗中納入合作問題解決（Collaborative Problem Solving，簡稱CPS）與全球素養（Global Competence）。而由國際教育成就評鑑協會（International Association for the Evaluational Achievement，簡稱IEA）主導，則針對國小四年級學生的「促進國際閱讀素養研究」（Progress in International Reading Literacy Study，簡稱PIRLS）。依據評比結果，OECD（2011）明確指出：「閱讀」是重要的關鍵能力指標。

因應全球化趨勢，臺灣除積極參與PISA、PIRLS等各項評比，以了解臺灣學生的閱讀、數學、科學各項素養之表現外，亦積極投入資源推動閱讀計畫、研擬臺灣在地的評量架構與研發計畫。在閱讀推動計畫方面：2001年推動為期三年的「兒童閱讀計畫」、2004年起針對弱勢地區的「焦點300——國民小學兒童閱讀推兒童閱讀推計畫」、2006年起推動為期四年的「悅讀101——教育部中小學閱讀提升計畫」（陳木金、許瑋珊，2012）；在推動語文評量方面：則有柯華葳（2011）「公民語文素養指標架構研究」，以及臺中教育大學執行教育部「全國大學生語文素養檢測」等計畫。

是以，本研究先探討PISA評量架構、取材、檢測指標，進而參酌臺灣已發展之閱讀、寫作評量架構，據以訂定臺灣大學生閱讀、寫作評量指標，透過實際命題、檢測，並建置線上平臺，發展出我國大學生閱讀及寫作語文素養的評量系統。

二、國際閱讀評量

閱讀素養評量已成為各國考核教育成效的關鍵指標。其中，美國的「國家教育發展評量」（The National Assessment of Educational Progress, NAEP），或是由國際教育成就評鑑協會（International Association for the Evaluational Achievement，簡稱IEA）主導的「促進國際閱讀素養研究」（PIRLS），又或是聯合國經濟合作暨發展組織啟動「學生能力國際評量計畫」（PISA）。

上述計畫，NAEP以施測4年級、8年級及12年級的閱讀、數學、科學、寫作爲主，PIRLS以評量小四學生的閱讀、數學、科學表現，PISA以檢測十五歲學生的閱讀、數學、科學三個領域的學習成效。三個計畫的閱讀評量指標相近，整理如表1：

表1　NAEP、PIRLS、PISA閱讀評量指標

NAEP	PIRLS	PISA
形成一般瞭解	直接提取	擷取與檢索
發展詮釋	直接推論	統整與解釋
讀者與文本連結	詮釋、整合觀點和訊息	
檢視內容和結構	檢驗、評估內容、語言和文本的元素	省思和評鑑

研究者整理

一般將前兩項（形成一般瞭解／發展詮釋、直接提取／直接推論、擷取與檢索／統整與解釋）歸類爲直接理解歷程，後面項目歸類爲解釋歷程（高層次思考）。透過上述評量指標，設計評量試題，以檢測學生理解文本能力的高低。

限於篇幅，本研究以PISA2009爲例，檢述閱讀歷程、文本取材與試題類型。

㈠閱讀歷程

依據OECD（2011）認爲閱讀素養係指個人了解、使用和省思文本

的內容，以達成個人目標、發展個人知識和潛能，以及社會參與。且因施測對象為十五歲學生，已具備初步閱讀技巧，所以，評量指標設定在擷取訊息、理解與解釋文本，及省思文本的形式與特色。說明如下（OECD, 2011；陳木金、許瑋珊，2012）：

1. 擷取與檢索（access and retrieve）：即閱讀者從文本中找出訊息。擷取是尋找訊息的過程，檢索是選擇所需訊息的過程。
2. 統整與解釋（integrate and interpret）：即在閱讀過程中，統整文本訊息，釐清訊息關係並加以推論。統整是讀者整合文本各項訊息以理解主要概念，解釋則在讀者能解讀、推論文本隱含的訊息。
3. 省思與評鑑（reflect and evaluate）：閱讀者思考文本明顯、隱含的訊息，並與個人的知識與經驗連結。省思是讀者透過個人的知識與經驗做比對與假設，評鑑則是讀者必須提出個人的標準作判斷。

上述閱讀歷程如圖1所示：

PISA2018素養評量架構更名與調整為：定位訊息（Locating information）、理解（Understanding）、評鑑與省思（Evaluating and reflecting），各分項細目如圖1、表2所示：

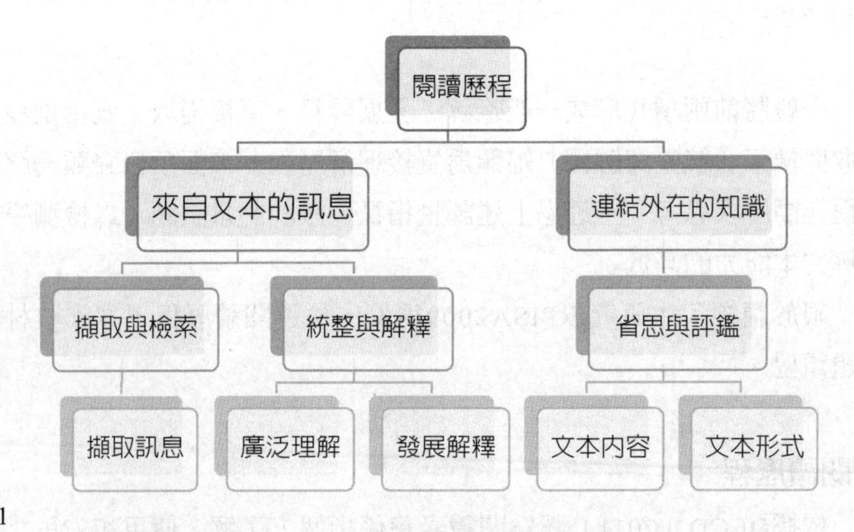

圖1
資料來源：PISA2009閱讀素養與閱讀歷程圖（臺灣PISA 國家研究中心，2011）

表2　PISA2018閱讀素養評量架構

項目	細目
定位訊息（Locating information）	擷取與檢索文本內的訊息 搜尋與選擇相關的文本
理解（Understanding）	瞭解字面的意義 統整與推論文本的整體意義
評鑑與省思（Evaluating and reflecting）	評估品質與可信度 省思內容與形式 偵測與處理衝突

研究者整理

上述架構調整，主要因應數位閱讀形式與內容辨析的需求，故增列了「搜尋與選擇相關的文本」與「偵測與處理衝突」兩條指標。

㈡文本取材

PISA的閱讀文本取材以因應未來成人生活所需爲考量，不直接對應課堂教材。對文本的思考重點，如表3所示：

表3　PISA2009閱讀文本特徵

文本：學生必須閱讀何種文本？	媒介：文本呈現的形式為何？	1. 紙本 2. 數位
	環境：讀者是否能改變數位文本？	1. 作者為主（讀者為接受者） 2. 訊息本位（讀者可作改變）
	文本形式：如何呈現文本？	1. 連續文本（句子） 2. 非連續文本（列表，如此圖） 3. 混合文本（合併） 4. 多重文本（一個以上的來源）
	文本類型：文本的修辭結構為何？	1. 描述性（回答什麼） 2. 記敘性（回答何時） 3. 說明文（回答如何）

		4.議論性（回答為什麼） 5.指引性（提供教學） 6.互易性TRANSACTION（交換訊息）

資料來源：取自OECD（2011）

基於上表，文本主要概括成連續文本（continuous test）及非連續文本（non-continuous test）兩大類。連續文本的形式有句子、段落或是較大的結構，如節、章。體裁類型有敘事文、說明文、記述文、論述文、操作指南或忠告、文件或紀錄，及超文本等；非連續性文本有圖表和圖形（charts and graphs）、表格（tables）、圖解（diagrams）、地圖（maps）、表單（forms）、訊息單（information sheets）、電話和廣告（calls and advertisements）、憑證（vouchers）及證照（certificates）等（臺灣PISA國家研究中心，2011）。同時，也考量紙本與數位文本的呈現樣式。自2015年起，PISA各項施測均改為線上檢測。

㈢試題類型

PISA的閱讀試題使用四種類型：選擇題、多重是非題、封閉式及開放式問答題，說明如下（臺灣PISA國家研究中心，2011）：

1. 選擇題：每個選擇題，有四～五個選項，只有一個正確答案。
2. 多重是非題：由二至四題是非題組成，通常必須全對才能得分。
3. 封閉式問答題：要求學生從「是」和「否」兩個立場中圈選出合理答案，再要求提供理由說明選擇的答案。
4. 開放式問答題：由作答者提出自己的觀點及理由和證據，採人工閱卷，依作答者理解程度評定滿分、部分分數及零分。

三、臺灣公民語文素養架構

柯華葳（2010）參酌OECD素養調查、歐盟在2007年回顧了二十年來人力資源發展、社會發展與終身學習的關係後，提出了現代社會公民所需的八大關鍵能力，包括母語溝通能力、外語溝通能力、數理能力及基本的科學和科技能力、數位能力、學習如何學、社會與公民能力、創新，以及文化覺察和表達，及我國學生在將學校所學的能力轉換成職場就業力的過程中，問題解決、資訊處理及語文讀寫等基本能力的必要性等資料，進而發展適合我國公民語文素養之架構，以作為為提升公民語文素養之指引方向。

公民語文素養係針對我國十八歲到六十五歲公民，透過閱讀及寫作解決問題，使個體得以累積及建構知識、發展潛能，達成個人目標，參與社會及公民生活，並創新與保存文化，分成功能性素養與批判性素養兩項：功能性素養透過基本讀寫的能力有效解決生活及工作場域的問題；批判性素養透過讀寫中的思辨與評估，個體得以由個人、社會及全球化的角度，積極參與政治、經濟、社會、科技、文學與藝術等活動（柯華葳，2010），其閱讀寫作評量指標、文本取材建議，說明如下：

㈠閱讀寫作評量指標

功能性素養針對閱讀功能性場域文本進行重點擷取及推理整合，寫作時能寫出重點並有條理的加以組織；批判性素養針對閱讀批判性場域文本進行重點擷取、推理整合以及評估詮釋，寫作時能表達個人對特定議題的意見並進行評論。如表4、表5所示：

表4　閱讀素養指標架構

<table>
<tr><th>歷程</th><th>功能性閱讀</th><th>批判性閱讀</th></tr>
<tr><td>重點擷取</td><td rowspan="2">功能性閱讀文本場域</td><td rowspan="3">批判性閱讀文本場域</td></tr>
<tr><td>推理整合</td></tr>
<tr><td>評估詮釋</td><td></td></tr>
</table>

資料來源：柯華葳（2010）

表5　寫作素養指標架構

<table>
<tr><th>歷程</th><th>功能性寫作</th><th>批判性寫作</th></tr>
<tr><td>寫出重點</td><td rowspan="2">功能性寫作場域</td><td rowspan="4">批判性寫作場域</td></tr>
<tr><td>組織重點</td></tr>
<tr><td>表達</td><td></td></tr>
<tr><td>評論</td><td></td></tr>
</table>

資料來源：柯華葳（2010）

表4、表5評量指標之內涵，在閱讀指標方面：

1. 重點擷取：了解文本之事實資訊，要求讀者在文本中找到特定訊息。
2. 推理整合：依據訊息後，推論出訊息間的關係；「整合」則是解釋、比較、比對與總結所組織的訊息與立場。
3. 評估詮釋：「評估」指讀者能判斷訊息的關連性、可信度、可行性及有效性；「詮釋」則指讀者能反思文本後，重新表達所評估的訊息，形成新的觀點。上述三條閱讀評量的指標，對應PISA評量指標「擷取與檢索、統整與解釋、省思和評鑑」雖然名稱不同，但評量內涵是相同的。

而在寫作指標方面：

1. 寫出重點：能書寫切合目的之內容。
2. 組織重點：寫出語意清楚、語用正確、組織有條理的內容。
3. 表達：能針對特定議題寫出個人的立場或想法。
4. 評論：能整合及評估特定議題的多方觀點並寫出來。

上述指標內涵，「寫作重點」即在閱讀後寫出文本主旨，「組織重點」旨在了解閱讀者能否「摘要」出文本的內容，「表達」即在評量閱讀者能否從文本找證據支持立場與想法，「評論」則是評量閱讀者能從文本整理出不同的觀點。

㈡閱讀寫作文本取材

柯華葳（2010）建議功能性閱讀及寫作文本取自日常生活、學習、職場、休閒、健康等五大場域；批判性閱讀及寫作文本取自政治、經濟、社會、科技、文學與藝術等五大場域。各場域建議之主題範圍如表6、表7所列：

表6　功能性閱讀及寫作文本場域取材主題

場域	日常生活	學習	職場	休閒	健康
閱讀主題	個人資訊 房屋及家庭環境 私人信件名片請帖 基本法律常識（個人權益） 交通 天氣 媒體 廣告	進修新知 字典 工具書 圖書館使用	求職面試 徵人啟事 辦公室禮儀 職場文件（如公文、公告、會議記錄、工作報告、企畫書等）	運動 旅行 文藝	用藥常識 醫療保健 食品 保險
寫作主題	個人資訊（自傳、個人檔案） 購物（訂單） 房屋及家庭環境（租屋） 私人信件名片請帖 陳情訴願	筆記（心得、摘要）	求職履歷 職場文件（例如公文、會議記錄、工作日誌、報告與企畫書等） 與同事或服務對象溝通（同事含上、下、平輩）	遊記 心得	生活飲食習慣 就診與用藥記錄 描述症狀

資料來源：柯華葳（2010）

表6、表7列出功能性讀寫素養、批判性閱讀素養之命題取材場域與方向。惟在批判性寫作取材方面，並未提出相關建議。

表7 批判閱讀及寫作文本場域取材主題

場域	政治	經濟	社會	科技	文學與藝術
閱讀主題	政治消息與評論 公共政策 國際事務	經濟政策 經濟情勢 投資理財 消費權益	社會福利 多元文化（性別、族群）	科技新知 醫療衛生 生態環保	文學 音樂 美術 表演藝術
寫作主題	無	無	無	無	無

資料來源：柯華葳（2010）

四、全國大學生語文素養檢測

我國小四學童及十五歲學童自2006年起分別參加PIRLS及PISA閱讀評比，評比結果的確引發當局重視，並推動一連串相關計畫，以提升國內學生之閱讀成效。惟之後學生在參加完學測或指考後，便再無相關評量可供檢測，以了解我國學生之閱讀或語文素養。早年各大學也曾針對大一新生做國文檢測，惟取材往往涉及古文篇章，又因各校國文課程選讀古文篇章不同，且命題架構除閱讀理解向度外，也包括國學、語法、修辭等語文知識，故施測內容難以做跨校使用與評比。是以，2011年教育部辦理「獎勵大學校院辦理區域教學資源整合分享計畫」，臺中教育大學申辦「中區大學生語文素養評量中心（閱讀及寫作能力檢測）」及「語文素養檢測全國性平臺（閱讀及寫作能力檢測）」兩個計畫，邀集全國各大專院校國文教師參與命題架構諮詢、命題、審題等工作，致力建置我國大學生中文語文素養能力檢測機制，以考核我國大專校院學生能否「透過閱讀及書寫完成功能性與批判性任務，學習解決問題，進而有效達成公民參與」之語文能力。

㈠命題架構

教育部「全國大學生語文素養檢測」建置初期，參照國際上知名大型測驗如PISA、PIRLS等趨勢及我國大學通識教育國文課程之改革，並以柯華葳（2010）「公民語文素養指標架構研究」之成果，建置以檢測功能性、批判性讀寫素養爲主的命題架構，惟命題取材在功能性素養部分將原本的日常生活、學習、職場、休閒、健康五大場域，修正爲日常生活、職場、休閒與保健、科技與學習、文化；在批判性素養部分將原本的政治、經濟、社會、科技、文學與藝術五大場域，修正爲法政、經濟、社會、科技、文化。同時，擴大上述場域之選材主題。至於，閱讀、寫作之評量指標則未做修正。定案後，邀集國內教授國文課程之教授，據此架構、選材場域與主題命題、修題、組卷施測，以期建置嚴謹之標準化評量工具，以檢測全國大學生或十八歲以上公民之中文語文素養。

之後，研究小組逐年召開會議檢核命題架構、試題與學生學習成效，爲考量學生閱讀、寫作文本的完整性，能兼具敘事、說明、議論等文本類型，自105年起，決議刪減批判性寫作「寫出重點」及「組織重點」兩個指標，並擴增「敘事性文本讀寫素養」，期透過敘事文本的讀寫連結個體，能理解及表達人、事、物、景的觀察、想像與感受。敘事性文本閱讀指標以找特定訊息、推理解釋、整合主旨三項爲主，寫作則以「表達」個人經歷與感受的短文創作爲指標。新增「敘事性讀寫素養」檢測後，考量施測時間、試題量與作答品質，同步刪減批判性寫作之「組織重點」項目。三類文本寫作評量指標表如表8。

表8　大學生語文素養寫作評量指標

歷程	敘事性寫作	功能性寫作	批判性寫作
寫出重點		*	
組織重點		*	
表達	*		*
評論			*

資料來源：教育部語文素養檢測全國性平臺計畫

整體閱讀、寫作命題架構、取材面向、範圍及評量指標修訂如表9至表10：

表9　全國大學生語文素養檢測閱讀取材面向、範圍、指標表

取材面向		取材範圍	評量指標
功能性閱讀	日常生活文本	個人資訊、房屋租賃及家庭環境、私人信件名片、交通、天氣、媒體、廣告……等	能在日常生活文本中找到特定訊息
			能透過對日常生活文本的瞭解，而對訊息進行解釋、比較、比對與總結
	職場文本	求職面試、徵人啟示、辦公室禮儀、職場文件（如公告、會議記錄、工作報告、企劃書）、創業、職場環境……等	能在職場文本中找到特定訊息
			能透過對職場文本的瞭解，而對訊息進行解釋、比較、比對與總結
	休閒與保健文本	運動、旅行、用藥常識、醫療保健、食品、保險……等	能在休閒與保健文本中找到特定訊息
			能透過對休閒與保健文本的瞭解，而對訊息進行解釋、比較、比對與總結
	科技與學習文本	科技新知、生態環保、自然科學、技術、能源、生物、物理、化學、地球科學、資訊、生物科技、農漁技術、雲端科技、進修須知、字典、工具書、圖書館使用、電子產品使用說明書、醫療科技……等	能在科技與學習文本中找到特定訊息
			能透過對科技與學習文本的瞭解，而對訊息進行解釋、比較、比對與總結
	文化文本	博物館簡介、文藝古蹟導覽說明、鄉鎮特色介紹……等	能在文化文本中找到特定訊息
			能透過對文化文本的瞭解，而對訊息進行解釋、比較、比對與總結

取材面向		取材範圍	評量指標
批判性閱讀	法政文本	政治消息與評論、公共政策、國際事務、法律議題、政治議題、軍事議題、民主與人權……等	能在法政文本中找到特定訊息
			能透過對法政文本的瞭解，而對訊息進行解釋、比較、比對，形成有用的判讀
			能判斷整合法政文本的關聯性、可信度、可行性及有效性
	經濟文本	經濟政策、經濟情勢、投資理財、消費權益、證券、金融、保險、銀行、經濟活動、人口議題……等	能在經濟文本中找到特定訊息
			能透過對經濟文本的瞭解，而對訊息進行解釋、比較、比對，形成有用的判讀
			能判斷整合經濟文本的關聯性、可信度、可行性及有效性
	社會文本	社會福利、多元文化、歷史、地理、制度、道德、品德倫理、人際互動、公民議題、教育、性別議題……等	能在社會文本中找到特定訊息
			能透過對社會文本的瞭解，而對訊息進行解釋、比較、比對，形成有用的判讀
			能判斷整合社會文本的關聯性、可信度、可行性及有效性
	科技文本	科技新知、醫療衛生、生態環保、自然科學、技術、能源、生物、物理、化學、地球科學、資訊、生物科技、農漁技術、雲端科技……等	能在科技文本中找到特定訊息
			能透過對科技文本的瞭解，而對訊息進行解釋、比較、比對，形成有用的判讀
			能判斷整合科技文本的關聯性、可信度、可行性及有效性
	文化文本	文學、語文情意、音樂、美術、藝術、宗教信仰、心理思想、哲學、生命教育、建築、民俗、思想、價值、語言與服飾……等	能在文化文本中找到特定訊息
			能透過對文化文本的瞭解，而對訊息進行解釋、比較、比對，形成有用的判讀
			能判斷整合文化文本的關聯性、可信度、可行性及有效性

取材面向		取材範圍	評量指標
敘事性閱讀	寫人文本	敘述作者本身，或與作者有關之人物……等	能在寫人文本找到特定訊息
			能透過對寫人文本的瞭解，對個別訊息推論解釋
			能透過對寫人文本的解讀，整合出文本主旨
	敘事文本	敘寫事件、活動、遊記、參觀記、節日……等	能在敘事文本找到特定訊息
			能透過對敘事文本的瞭解，對個別訊息推論解釋
			能透過對敘事文本的解讀，整合出文本主旨
	狀物文本	敘寫動物、植物、一般物品、建築物（內部空間）……等	能在狀物文本找到特定訊息
			能透過對狀物文本的瞭解，對個別訊息推論解釋
			能透過對狀物文本的解讀，整合出文本主旨
	記景文本	敘寫自然景觀，或名勝古蹟（外觀、造景）……等	能在記景文本找到特定訊息
			能透過對記景文本的瞭解，對個別訊息推論解釋
			能透過對記景文本的解讀，整合出文本主旨
	故事文本	生活小品、寓言、神話、民間、童話、科幻、歷史……等	能在故事文本找到特定訊息
			能透過對故事文本的瞭解，對個別訊息推論解釋
			能透過對故事文本的解讀，整合出文本主旨

資料來源：研究者整理

表10　全國大學生語文素養檢測寫作取材面向、範圍、指標表

	取材面向	取材範圍	評量指標
功能性寫作	日常生活	個人資訊、房屋租賃及家庭環境、私人信件名片、交通、天氣、媒體、廣告……等	能書寫切合日常生活文本目的的內容（寫出重點） 能寫出切合日常生活文本語意清楚、語用正確、組織有條理的內容（組織重點）
	職場	求職面試、徵人啟示、辦公室禮儀、職場文件（如公告、會議記錄、工作報告、企劃書）……等	能書寫切合職場文本目的的內容（寫出重點） 能寫出切合職場文本語意清楚、語用正確、組織有條理的內容（組織重點）
	休閒與保健	運動、旅行、用藥常識、醫療保健、食品、保險……等	能書寫切合休閒與保健文本目的的內容（寫出重點） 能寫出切合休閒與保健文本語意清楚、語用正確、組織有條理的內容（組織重點）
	科技與學習	進修須知、字典、工具書、圖書館使用、電子產品使用說明書、醫療科技……等	能書寫切合科技與學習文本目的的內容（寫出重點） 能寫出切合科技與學習文本語意清楚、語用正確、組織有條理的內容（組織重點）
	文化	博物館簡介、文藝古蹟導覽說明、鄉鎮特色介紹……等	能書寫切合文化文本目的的內容（寫出重點） 能寫出切合文化文本語意清楚、語用正確、組織有條理的內容（組織重點）
批判性寫作	法政	政治消息與評論、公共政策、國際事務、法律議題、政治議題、軍事議題、民主與人權……等	能書寫切合法政文本目的的內容（寫出重點） 能針對法政文本之特定議題寫出個人立場或想法（表達）

	取材面向	取材範圍	評量指標
	經濟	經濟政策、經濟情勢、投資理財、消費權益、證券、金融、保險、銀行、經濟活動、人口議題……等	能書寫切合經濟文本目的的內容（寫出重點） 能針對經濟文本之特定議題寫出個人立場或想法（表達）
	社會	社會福利、多元文化、歷史、地理、制度、道德、品德倫理、人際互動、公民議題、教育、性別議題……等	能書寫切合社會文本目的的內容（寫出重點） 能針對社會文本之特定議題寫出個人立場或想法（表達）
	科技	科技新知、醫療衛生、生態環保、自然科學、技術、能源、生物、物理、化學、地球科學、資訊、生物科技、農漁技術、雲端科技……等	能書寫切合科技文本目的的內容（寫出重點） 能針對科技文本之特定議題寫出個人立場或想法（表達）
	文化	文學、語文情意、音樂、美術、藝術、宗教信仰、心理思想、哲學、生命教育、建築、民俗、思想、價值、語言與服飾……等	能書寫切合文化文本目的的內容（寫出重點） 能針對文化文本之特定議題寫出個人立場或想法（表達）
敘事性寫作	寫人	敘述作者本身，或與作者有關之人物，含成長回顧、情緒抒發、學習方法、感念親情、緬懷師恩、人際關係	能針對命題表達個人之經歷與感受
	敘事	敘寫事件、活動、遊記、參觀記、節日、關懷人事物景……等	能針對命題表達個人之經歷與感受
	狀物	敘寫動物、植物、一般物品、建築物（內部空間）……等	能針對命題表達個人之經歷與感受
	記景	敘寫自然地景、城鄉印記、名勝古蹟（外觀、造景）……等	能針對命題表達個人之經歷與感受

資料來源：研究者整理

㈡命題規範與評分規準

1. 文本長度：文本取材長短：功能性閱讀題組以800字為限，單題以250字為限、批判性閱讀以800-1,000字為限、敘事性閱讀以1,000字為限。
2. 測驗題型：功能性閱讀可為「單題式」或「題組式」測驗、批判性閱讀則為「題組式」測驗、敘事性閱讀為「題組式」測驗。功能性寫作、批判性寫作之命題，均為短答式題型；敘事性寫作則改為引導式寫作，敘寫短文。
3. 評分規準：功能性寫作
 ⑴「寫出重點」之作答字數以50字為限（配分3分）。
 ⑵「組織重點」之作答字數以100字為限（配分5分）。
 批判性寫作
 ⑴「寫出重點」之作答字數150字（配分4分）。
 ⑵「表達」作答字數100字（配分4分）；敘事性寫作答題字數250字（配分8分）。
4. 閱讀試題範例：
 A. 功能性題（文化文本）

金門原來綠意盎然的海島，但經先民不斷墾伐，造成島上一片童山濯濯，每當冬季東北季風猛烈吹襲，島上經常飛沙走石，令居民苦不堪言。約在清康熙22年，金門居民將漳、泉一帶以獅子辟邪的習俗引入，在往後二、三百年間，風獅爺的造型慢慢出現，被賦予鎮壓風魔的神力，直至今日而成為金門特有的文化地景。各式各樣的風獅爺長期鎮守在各村落的迎風口，擔起鎮風止煞的任務，其方位多為朝向北方或東北方，以便與島上最強盛的東北季風抗衡。（金門縣政府《金門自助旅行手冊》）

1. 依據上文，金門風獅爺石雕的坐向與下列何者有關？
 (A) 神祇尊卑
 (B) 風向方位

(C) 太陽出入

(D) 神祇來源

2. 承上題，風獅爺在金門人的生活功能中，下列選項何者不符合？

(A) 觀光功能

(B) 信仰功能

(C) 軍事功能

(D) 環保功能

正確答案：B／C

B. 批判性題（經濟文本）

節能減碳在油電價格飆漲下，已成為政治人物的口號，只要喊出節能減碳便可被視為政治正確的一種改革。殊不知，任何改革皆必須服從公平與效率的最高準則，如果其中有傷害效率情事的發生，就須加以抨擊。同時如果這樣的改革結果有被視為不公平的情形，就須將其利害得失加以評估，而提出其在結構上所需完成的修正。

最近經濟部推出節能家電補貼，每臺節能家電補貼兩千元，第一階段已支出六億元，第二階段也將超過此數。而能源局也將於今年九月提出一般住宅的最新時間電價結構，可能將離峰時間從晚上十點半提前一、兩個小時，讓民眾可以享有離峰較低的電價。

從效率面而言，此時推出節能家電補貼緩不濟急，且耗費龐大的支出，其節能效果遠比用戶用電行為的改變來得遜色，因為家電器具皆為耗電產品，即使效率提升一兩成，仍然是家戶的用電大宗來源，並無法實質顯著降低用電量。

從公平面而言，一般用戶收入有限，在考量節省電費能否抵換汰舊換新電器的額外投資支出，大多數一般用戶仍會選擇保有舊家電，除非舊電器已不堪使用或原有添購新電器的需求，才會考慮購買節能家電。因此，受補貼者多為中上階級，而非廣大的下層社會。

至於能源局提出之住宅時間電價微調方式，亦不符合效率與公平。在效率面，目前的時間電價尖離峰的費率價差過低、夏月與非夏月費率相對水準差異不顯著，且基本電費與流動電費的結構設計亦屬不當；此外，尖離峰時間之定義亦不完全符合臺電目前真實的負載情況，以致在一千多萬住宅用戶中僅有區區兩千多戶參與時間電價方案。

在錯誤的價格資訊之下，完全無法達成訂價公平與效率的目的，而現今打算只靠延長離峰一、兩個小時嘉惠民眾以充當改革，實為不智。以目前負載情況來看，離峰期間應從早上七點半往後調至早上九點，而非預計的調整方案。當然尖峰、半尖峰與離峰的界定以及相對應之費率皆應重新審慎評估。

好的改革，應優先考慮消費者在特定時間與地點對於電力需求之願付價值，更應提供消費者多元的價格與商品選擇方案，避免用戶間的交叉補貼。因此，目前改革方向首應重建消費者對油電特許事業營運效率的信任外，並應提出消費者多元購電選擇權的實施，時間電價如果設計良好，將不失為是此種良善改革的起步，而且可讓民眾徹底改變用電行為，此種改革的效果相對於節能家電補貼較具永續性。

政府應妥善規劃時間電價制度並停止節能家電補貼措施，將預算挪移至補貼所有有意願之住宅用戶免費安裝智慧電表，以便其能遂行有效率且具公平性的節能目的。

節錄自 王京明／中華經濟研究院能源環境中心研究員《節能減碳 應重效率公平》聯合報 101年4月24日A2版

1. 101年9月新的離峰電價可能從晚上幾點開始計算？

(A) 7：00

(B) 8：30

(C) 10：00

(D) 11：30

2. 經濟部推出節能家電補貼政策，其成效不彰的原因何在？
(A) 每臺節能家電的補助金額過低
(B) 一般用戶添購新電器的意願不高
(C) 未充分宣導，以致大多數用戶不知詳情
(D) 每種家電的耗電量不同，但補助的金額卻相同

3. 下列何者不是造成能源局新電價計價不公平的原因？
(A) 時間電價的差異過大
(B) 電費的結構設計不良
(C) 參與時間電價的用戶過少
(D) 尖離峰時間的定義不符現實狀況

4. 作者認為節能減碳的改革政策，應從下述何者先做起？
(A) 提供用電戶多元的電價消費方案
(B) 為用電戶安裝免費的智慧型電表
(C) 應給與用電戶交差補貼，減輕民眾的負擔
(D) 調整基本電費與流動電費，以符合民眾之需求

正確答案：B／B／A／A

C. 敘事性題（寫人文本）

當我的母親病危，去住在嘉義的時候，我的父親有一天偷偷地跑到民雄一位很有名的相士那兒替母親看了一個相，回來後，他對正在看書的大哥說：「完了！那個看相的說，假如沒有一個人替你的媽媽去死，你媽媽就沒有希望了。」

「真的？」

大哥手中的書掉到地上，眼淚從他的眼中滾出來，父親的眉毛又習慣地擠成一道，我默默地退了出去。

那時母親不在家，晚上我都和祖母睡在一塊兒，我常常聽到她深深的

嘆息。就在父親告訴大哥那件事後的第二天晚上，我一覺醒來，想出去小便時，發現祖母並不在房裡，忽然，我感到大廳上有抽屜開關的吱吱聲，我想：大概祖母到大廳去做什麼了，便慢慢地走去，想看個究竟。但是，那個景象嚇呆了我！啊！我實在被嚇呆了！

你猜我看到了什麼了？呵！

祖母竟跪在大廳的正中，她的手拿了三炷香，顫抖著聲音，低低的祈求著。我非常細心的聽到：

「神啊！請您折我的陽壽給我的兒媳吧！她還有孩子需要扶養啊！……神啊！就讓我替她死去吧！」

接下去，就是一片低泣。

我的眼淚終於流下來，我一聲不響地又跑回睡房。躺在床上，我好像骨頭都散了一般，我感到自己快要窒息，我覺得我就要完了，真的要完了……

不久，祖母就病倒了。半個月後，她便乘月姊的裙裾遠離我們。同時，母親一天天地康復了。不管這件事是不是真正應了相士的話，但祖母那一片純真的愛卻永遠印在我的心坎！永遠、永遠！

節選自林雙不〈記得當時年紀小〉，晨星出版社1988/12/1

1. 關於本段文字的寫作手法，下列何者錯誤？

(A) 本文的「敘事」方式採用順敘法，依照事件發生的「開端、發展、結果」做敘述。

(B) 以對話方式層層推衍出事件情節，讓人物形象更為生動，也讓故事發展越顯鮮明。

(C) 本文藉由敘事方式來懷想人物，並在文章的末尾以「抒情」手法，寫出對祖母的感謝之情。

(D) 從「我默默地退了出去」、「我一聲不響地又跑回睡房」可知作者當時少不更事且反應木訥，不知大人們的言語、行為是何意義。

2. 根據文意推斷，下列敘述何者敘述正確？

(A)「我好像骨頭都散了一般，我感到自己快要窒息，我覺得我就要完了，真的要完了……」此句話表示作者對祖母的迷信感到無能為力

(B)「大哥手中的書掉到地上，眼淚從他的眼中滾出來，父親的眉毛又習慣地擠成一道」句，作者表達的是父兄對祖母生病時無奈又絕望的心情

(C)「晚上我都和祖母睡在一塊兒，我常常聽她深深的嘆息」此句話表達了祖母擔憂整個家庭，更呼應出後文她願意為家族承擔、犧牲的慈愛精神

(D)「半個月後，她便乘月姊的裙裾遠離我們」此句，表示祖母的祈禱終究靈驗，而祖母也因此感動上蒼而羽化成仙，可見祈禱具有延年益壽的功效

3. 根據文本描述，下列敘述何者與本文的主旨最相符？

(A) 從母親病危時父親詢問相士的舉動，是作者暗諷著鄉下人迷信的無知行為

(B) 從祖母半夜向神明祈求願意代替媳婦死亡，透漏了傳統鄉下長輩自我犧牲奉獻的情操

(C) 作者被祖母半夜舉動嚇到，這是因為作者覺得祖母年紀老邁，無能為力，只能自怨自艾

(D) 祖母向神明祈求願意代媳婦死亡，此一舉動讓年幼的作者感到震驚，也讓作者明白迷信不可取

正確答案：D／C／B

㈣寫作試題範例

A. 敘事性題（寫景）

閱讀下文，回答以下問題：

曲曲折折的荷塘上面，彌望到的是田田的葉子，葉子出水很高，像亭亭的舞女的裙。正如一粒粒明珠，又如碧天裡的星星，又如剛出浴的美人。微風過處，送來縷縷清香，彷彿在遠處高樓上渺茫的歌聲似的。月光像流水一般，靜靜地瀉在這一片葉子和花上面，薄薄的清霧浮起在荷塘裡，葉子和花彷彿在牛乳中洗過一樣，又像籠著輕紗的夢。」朱自清的〈荷塘月色〉摹寫了月色中荷塘裡的荷葉、荷花，具體細膩，畫面豐富。請以〈月夜〉為題，寫下你的所見所聞，及所思所感。（250字為限，8分）

B. 功能性題（休閒與保健）

閱讀下文，回答以下問題：

1. 寫出文本主要傳達的知識（50字為限，3分）。
2. 摘錄出文本的重點（100字為限，5分）。

①步入中年，許多人常感到視力模糊、飛蚊症加重、眼睛容易疲勞酸澀，當心是眼睛老化而出現類似「更年期」的症狀，醫師提醒，現代人手機、電腦不離身，恐讓眼睛老化速度更快。

②新竹國泰綜合醫院眼科主任陳瑩山今天受訪時表示，眼睛是人體最早成熟的器官，但正因每天都會用眼，因此也是退化最快的器官，以往不分男女、只要年過五十五歲眼睛就會因老化步入更年期，但近年三C產品盛行，患者年齡也越來越年輕，而乾眼症、飛蚊症、老花眼就是眼睛開始老化的三大徵兆。

③究竟什麼是乾眼症，陳瑩山指出，現代人長期待在冷氣房、環境濕度不足，加上戴隱形眼鏡又長時間盯螢幕、滑手機，常常忘了眨眼，久而久之就會出現乾眼症，除了眼睛很乾以外，也會導致視力模糊、眼周痠麻脹痛。

④陳瑩山說，正常人平均一分鐘眨眼十二下，但認真盯著手機、電腦的時

候往往會忘記眨眼，導致淚液快速揮發，他曾看到學生邊搭捷運邊玩手機遊戲，仔細算了算，每分鐘僅眨眼五下，五分鐘後就開始揉眼睛。

⑤說起飛蚊症，多數人應該都不陌生，簡單來說，飛蚊症就是玻璃體退化，患者常會看到視野中有類似浮游生物的小黑點飄來飄去。

⑥他解釋，玻璃體位於眼睛正中間，是一個類似洋菜的透明膠狀物，原本應該緊緊黏住視網膜，但當玻璃體退化、體積會變小並且和視網膜分離，那些小黑點就是眼內的雜質。

⑦陳瑩山說，過去多是五、六十歲的民眾才會因飛蚊症就醫，但近年已有年僅二十歲就出現飛蚊症的患者，近日更遇到一名小學二年級學生因飛蚊症前來求診。

⑧除此之外，以往常被認為是老人病的「老花眼」，現在也出現年輕化趨勢，陳瑩山指出，老花就是眼睛看遠、看近的調節能力失調，看近物難聚焦而出現視力模糊，過去患者幾乎清一色是四十歲以上民眾，近年三十歲因老花求診的民眾大增三、四成。

⑨常盯三C又怕眼睛老化該怎麼辦，陳瑩山建議，一般上班族工作很難不用手機、電腦，因此只能多補充不含防腐劑的人工淚液，飲食上多吃含葉黃素、蝦紅素、花青素、魚油的食物，使用電腦時配戴抗藍光眼鏡，到大太陽下戴太陽眼鏡，內外兼顧來保護眼睛。

⑩學童應均衡飲食，多吃富含葉黃素的綠色蔬菜，就是抵抗光線最好的食物，但不用刻意補充葉黃素；至於老人家除了可以多吃綠色蔬菜，也應適時補充葉黃素、魚油，有助增加淚液分泌、保護黃斑部。（錄自107.06.03臺灣新生報）

C. 批判性題（經濟）

閱讀後，回答以下問題：

1. 請你從文章中找出同意「在談判貿易協定時，如果大家能多聚焦在消費者權益上，貿易協定比較容易獲得共識。」的全部佐證資料。（150字為限，4分）

2. 閱讀本文後，請你提出調和「消費者」、「生產者」與「政府」之間利益衝突的看法。（100字為限，4分）

貿易協定的最大公約數：消費者／周行一

兩岸服務貿易協議爭議性高，從去年六月簽訂到現在無法通過立法院，導致了三一八太陽花學運，學生至今仍占據了立法院，甚至曾一度占據行政院，經政府驅離後造成了學生、民眾與警察許多傷害，臺灣社會如果因此更形分裂，日益衰退的競爭力將雪上加霜。

貿易協定本來就是難解的議題，在別的國家經常造成大規模的抗爭，當有人因貿易開放遭受損失，而未得到適當補償時，就會激烈抵制。兩岸服貿協議更為複雜，牽扯到一個很小的經濟體臺灣與一個野心勃勃，想要併吞她的一個巨大經濟體中國大陸間的協議，加上國家認同等政治偏好問題，使得兩岸貿易協定特別難處理。

政府經過了九個月的溝通，仍然造成了太陽花學運，看來未來的貿易協定將更難在臺灣社會產生共識，因此兩岸協商的監督機制、協議審查機制、對於臺灣社會的影響分析與配套措施，都需要更細膩與縝密的規畫，全面性地關照政治、社會、法律、經濟等層面。因此將來兩岸貿易協議的進展會頗為緩慢，不利於臺灣的全球貿易連結。

在談判貿易協定時，政府重視的是生產者和政府自己的權益，經常忽略了最應當重視的消費者權益。消費者是社會的最大公約數，如果大家能多聚焦在消費者權益上，貿易協定比較容易獲得共識。

貿易協定影響三種團體的權益：花錢買產品和服務的消費者、提供產品和服務的生產者、提供各種公共服務的政府。他們的利益衝突必須調和，社會才會更好。生產者拿到的利益越多，消費者就會損失，造成少數生產者得到多數的利益。政府必須靠稅收提供服務，稅越高，大家的可支配所得就越少，如果政府資源分配不均，會造成不同團體獲益不均的情形，在政府效率不彰時，對大眾的不利影響會越大。

消費者通常是自由貿易的最大受益者。如果您曾在美國消費，會感覺美國品質好的東西特別便宜，而便宜的東西也會有一定的品質。美國的工資高，為什麼高品質的東西還是相對比較便宜呢？主要是因為美國是一個崇尚自由貿易的國家，進口貨品造成國內市場競爭激烈，美國也歡迎外國廠商直接投資到美國生產，更增進了消費市場的競爭性。

當產品和服務可以自由流動時，競爭會使得國內產品及服務更好、更便宜，造福消費者。消費者權益保護高的地方有幾個特徵，第一、產品是否可以購買得到，第二、價格是消費者有能力負擔的，第三、產品品質要好，第四、產品要好用，第五、售後服務好。所以美國維護消費者權益的方式很簡單，就是促進產品和服務、資本的流動性，相信市場競爭會為消費者帶來最好的結果。

但是在臺灣，廠商的權益比較高，貿易談判的過程中，廠商的正反意見高調而清晰，消費者聲音從未出現過。廠商人數少卻掌握金額龐大的利益，自然會形成利益團體為自己發聲，可是消費者的個別權益小又分散各地，不會有組織性的團體可以代言。廠商為保護自己的權益，不會希望市場競爭，無形中消費者的權益受到很大的損害。

臺灣過去太過強調生產者少數人的權益，現在是否應該多思考一下消費者多數人的權益，也許因此可以降低大家對貿易協定的歧異，有助於增進我國的對外經貿關係。

五、結語

近年來，我國教育部致力於推動語文教育的改革，重視培養學生透過語文來解決問題的能力。為提供學校評量學生閱讀能力及寫作能力之檢測，參酌國際大型閱讀測驗計畫與我國語文發展現況，建立一套適用於大學生閱讀及書寫之能力指標，每年擴增閱讀、寫作題庫，推展至全國各校共享，各校得依需求參加教育部中文語文素養檢測，促進各校了解學生學習成效，可助提升大學生語文素養能力。同時，希望透過標準化評量工具的推廣，有助於各區域間夥伴學校於其他各項檢測之發展與建置，以達成全國各區域之教學資源整合與共享。

參考書目

一、引用論文

1. 陳金木、許瑋珊：〈從PISA閱讀評量的國際比較探討閱讀素養教育的方向〉，《教師天地》181期／卷（2012年），頁4-15。
2. OECD, "PISA2009 Results: What students know and can do (Volume I)". Paris: Author. (2011).

二、網路資料：

1. 柯華葳：〈公民語文素養指標架構研究〉科技部計畫編號：NSC 98—2511—S—008—010—（2010）。
2. 臺灣PISA 國家研究中心：〈應試指南〉。http://pisa.nutn.edu.tw/download/sample_papers/2009/2011_1205_guide_reading.pdf（檢索日期：2020.07.30）。

主題四

母語教學的實踐

臺灣學、SDGs融入核心素養ê中學臺語課程教材編寫探究

丁鳳珍[*] Teng Hongtin

摘要

我國教育部十二年國教總綱（108課綱）已正式上路，配合2019年文化部公布的《國家語言發展法》，預計從2022年8月開始，中學生將可從臺語、客語、原住民族語、手語、馬祖話擇一學習。本論文回應時代的教育需求，思考當前中學臺語文課程教材要如何編寫，試著將鄭正煜提倡的「臺灣學（Taiwanology）教育」結合聯合國「全球永續發展目標」（SDGs），並融入十二年國民教育108課綱的核心素養、議題教育及臺語文學習重點，為新時代的中學臺語文教材編寫提出具體做法，並試著提出相對應的教材內涵。本研究也是國立臺中教育大學高教深耕計畫「中等學校臺語文教材教法課程研發」方案的工作重點。藉由這篇論文，希望能吸引更多有心人共同來為二十一世紀的臺灣母語教育奉獻青春。

關鍵字：臺灣學教育、鄭正煜、臺語教學、108課綱、永續發展目標

一、話頭

咱國ê教育部tī 2014發布《十二年國民基本教育課程綱要總綱》（108課綱），iā已經tī 108學年度（2019年8月）正式實施。Koh，文

* 臺中教育大學臺灣語文學系副教授

化部tī 2019年正月初9公布《國家語言發展法》，第9條第2項「中央教育主管機關應於國民基本教育各階段，將國家語言列爲部定課程。學校教育得使用各國家語言爲之。」（文化部2019）明確規範ài tī 3冬內kā國家語言列做國民教育各階段ê部定課程，上尾ê生效日期是2022年8月初1，時kàu咱國家ê中小學生ē-tàng àn臺語[1]、客語、原住民族語、手語抑是馬祖話，揀1款語言來學習。因爲án-ni，國家教育研究院tī 2020年3月公開表示，目前規劃國中逐禮拜必修1節，高1必修2學分，高2、高3 àn需求開設選修課，會拚tī 111學年度（2022年8月）開始實施。

因爲中學beh開設國家語言課程，教育部iā已經通過「中等學校師資專長職前教育『語文領域本土語文』專門課程」ê師資培訓學程，已經有幾若間師資培訓ê大學申請通過，自109學年度（2020年8月）開始陸續辦理。國立臺中教育大學師資培育暨就業輔導處chham臺灣語文學系，iā已經向教育部提出開設「中教學程臺語文專業教程」ê申請。

國立臺中教育大學自2004年8月成立臺灣語文學系kàu ta^{n}有16冬，過去一直拚勢leh研發國民小學本土語文教材教法，自2008年kàu 2011年丁鳳珍kap陳麗雪老師合作執行「國民小學臺語文教材教法」教科書研發計畫，bat tī 2013年出版《國民小學臺語教材教法》教科書，因爲臺語系退休kap在職濟位教師ê協力拍拚，hō臺中教育大學tī「國民小學臺語文教材教法」領域表現chin好。眼前「中教學程臺語文專業教程」內底chin要緊ê「中等學校臺語文教材教法」chit門課，伊ê教材內容、教學方法chham教學策略，lóng是chit-má上需要去研發ê，延續過去tùi國小臺語文教學領域ê專業kap熱情，自2020年開始，臺中教育大學ê高

[1] 筆者用「臺語」來取代「閩南語」chit ê殖民印記ê號名，詳細理由臺語學術界已經有袂少討論，請參見蔣為文tī 2009年發表ê〈臺語教學原理原則導論〉第二節臺灣語言kap臺語。（蔣為文2014：109-114）另外，蔣為文tiàm《臺文筆會2014年刊》發表〈Sī Tâi-gí Bûn-hak, m-sī Bân-lâm-gí Bûn-hak!〉（是臺語文學，毋是閩南語文學！）內底mā有分8條詳細解說為按怎咱臺灣人講ê是「臺語」m是『閩南語』。（Chiú^{n} Ûi-bûn 2014: 94-96）。

教深耕計畫有「中等學校臺語文教材教法課程研發」chit ê方案，由丁鳳珍負責執行，是3冬ê計畫，àn 2020年初kàu 2022年底，chit ê計畫內底設有共學實踐社群，thang同齊合力來研發chham編寫相關ê教材教法。

「中等學校臺語文教材教法課程研發」計畫研發中學生ê臺語文課程教材chham師資生ê「中等學校臺語文教材教法」ê內涵，按算beh kā鄭正煜（1947-2014）提出ê「臺灣學教育」內涵，結合聯合國「全球永續發展目標」（The Sustainable Development Goals, SDGs），融入108課綱ê核心素養chham議題教育，研發新時代ê中學臺語文教材編寫要點，koh生產出具體教材。因爲án-ni，咱chit篇論文想beh先來探討beh按怎hō臺灣學（Taiwanology）、SDGs chham 核心素養成做中學臺語文教材ê有機組合，替中學臺語文ê教材編寫提出具體做法chham教材內涵。

二、108課綱ê核心素養、議題教育kap臺語文課綱紹介

㈠108課綱ê核心素養

1. 108總綱kap 108臺語課綱簡介

咱國教育部吳思華部長tī 2014年11月28號發布教育部令《十二年國民基本教育課程綱要總綱》（108總綱），明訂自107學年度（2018年8月）àn無仝ê教育階段（國小、國中、高中1年級起）分年實施。落尾tī 2017年5月初10 教育部潘文忠部長發布修正ê教育部令，kā開始實施ê學年度延後1冬，改做自108學年度（2019年8月）才開始實施。Chit-chūn是109學年度（2020年8月），已經實施滿一冬。

108總綱ê總體課程目標有4項：啟發生命潛能、陶養生活知能、促進生涯發展、涵育公民責任，chit 4項課程目標ài結合核心素養來發展，向望ē-tàng達成「自發」、「互動」kap「共好」ê課程理念，ǹg

「全人教育」chit ê理想來拍拚。（教育部2014:2）

教育部tī 2018年3月初2發布《十二年國民基本教育課程綱要：國民中小學語文領域——本土語文（臺語文）》（108臺語課綱），koh來國家教育研究院tī 2018年6月公布《十二年國民基本教育課程綱要：國民中小學語文領域臺語文課程手冊》。頂懸ê資料kan-na國中小階段，lóng無高中階段。

眼前高中階段ê臺語文課程綱要猶袂處理好勢，kan-na tiàm國中小臺語文課綱ê「核心素養」ê具體內涵，有kā高級中等學校教育階段khǹg入去。（教育部2018:2-4）另外，tī附錄ê「議題適切融入領域課程綱要」ê「議題適切融入之學習主題與實質內涵及學習重點舉例說明」內底，iā有高級中等學校教育階段。（教育部2018:18-25）Koh附錄有「高級中等學校教育階段學習重點」，包括學習表現、學習內容、高級中等學校教育階段臺語文科目學習重點與核心素養呼應表參考示例。（教育部2018:28-33）

2. 108課綱ê臺語文核心素養

108總綱用核心素養（hek-sim sò͘-ióng）成做課程發展ê車心（主軸chú-tek），thang貫連逐教育階段，koh統整各領域hâm科目。「核心素養」是指咱人爲beh適應現代生活chham面對未來挑戰，應該ài具備ê知識、才調hâm態度。核心素養強調學習無應該受tioh學科知識kap技能ê束縛，應該ài要意kā學習chham生活結合起來，藉tioh拚勢ê實踐來展現學習者ê全人發展，強調培養以人爲本ê「終身學習者」。（教育部2014:3）

核心素養計共有3大面向hâm 9大項目，3大面向（如表1）是：自主行動、溝通互動、社會參與。9大項目是：身心素質與自我精進、系統思考與解決問題、規劃執行與創新應變、符號運用與溝通表達、科技資訊與媒體素養、藝術涵養與美感素養、道德實踐與公民意識、人際關係與團隊合作、多元文化與國際理解。（教育部2014:3）

表1　3面9項ê核心素養對應表（Teng Hongtin整理2020.7.12）

關鍵要素	終身學習ê人		
3大面向	A自主行動	B溝通互動	C社會參與
9項素養	A1身心素質與自我精進	B1符號運用與溝通表達	C1道德實踐與公民意識
	A2系統思考與解決問題	B2科技資訊與媒體素養	C2人際關係與團隊合作
	A3規劃執行與創新應變	B3藝術涵養與美感素養	C3多元文化與國際理解

108總綱內底有用表格詳細說明「各教育階段核心素養內涵」，九項核心素養ê具體內涵是：

A1 **身心素質與自我精進**：具備身心健全發展的素質，擁有合宜的人性觀與自我觀，同時透過選擇、分析與運用新知，有效規劃生涯發展，探尋生命意義，並不斷自我精進，追求至善。

A2 **系統思考與解決問題**：具備問題理解、思辨分析、推理批判的系統思考與後設思考素養，並能行動與反思，以有效處理及解決生活、生命問題。

A3 **規劃執行與創新應變**：具備規劃及執行計畫的能力，並試探與發展多元專業知能、充實生活經驗，發揮創新精神，以因應社會變遷、增進個人的彈性適應力。

B1 **符號運用與溝通表達**：具備理解及使用語言、文字、數理、肢體及藝術等各種符號進行表達、溝通及互動的能力，並能了解與同理他人，應用在日常生活及工作上。

B2 **科技資訊與媒體素養**：具備善用科技、資訊與各類媒體之能力，培養相關倫理及媒體識讀的素養，俾能分析、思辨、批判人與科技、資訊及媒體之關係。

B3 **藝術涵養與美感素養**：具備藝術感知、創作與鑑賞能力，體會藝術文化之美，透過生活美學的省思，豐富美感體驗，培養對美善的人事物，進行賞析、建構與分享的態度與能力。

C1 **道德實踐與公民意識**：具備道德實踐的素養，從個人小我到社會公民，循序漸進，養成社會責任感及公民意識，主動關注公共議題並積極參與社會活動，關懷自然生態與人類永續發展，而展現知善、樂善與行善的品德。

C2 **人際關係與團隊合作**：具備友善的人際情懷及與他人建立良好的互動關係，並發展與人溝通協調、包容異己、社會參與及服務等團隊合作的素養。

C3 **多元文化與國際理解**：具備自我文化認同的信念，並尊重與欣賞多元文化，積極關心全球議題及國際情勢，且能順應時代脈動與社會需要，發展國際理解、多元文化價值觀與世界和平的胸懷。

頂頭是108總綱對核心素養ê項目說明，tī「各教育階段核心素養內涵」chit ê表格koh有àn國民小學、國民中學、高級中等學校3ê教育階段分別詳細講明「核心素養具體內涵」。（教育部2014:4-6）

108臺語課綱跟tòe總綱核心素養ê具體內涵，結合臺語文科目ê基本理念kap課程目標，àn各小、國中、高中教育分別擬出臺語文核心素養ê具體內涵，因爲本論文篇幅有限，詳細ê內涵請看臺語課綱（教育部2018:2-4）。Tiàm 108臺語課綱ê附錄，有臺語文科目ê學習重點kap核心素養詳細ê對應表，國小chham國中khǹg鬥陣（教育部2018:14-16），高中單獨列表（教育部2018:35-36）。

㈡108課綱ê臺語文議題融入教育

108總綱延續過去ê議題融入教育，tī實施要點ê課程發展ê「課程設計與發展」內底，指出有19項議題ài súi-khùi kap入去課程設計內：

課程設計應適切融入性別平等、人權、環境、海洋、品德、生命、法治、科技、資訊、能源、安全、防災、家庭教育、生涯規劃、多元文化、閱讀素養、户外教育、國際教育、原住民族教育等議題，必要時由學校於校訂課程中進行規劃。（教育部2014:31）

Chit 19項議題融入教育，tī總綱kan-na簡單交代，有關108總綱所列ê議題ê完整內涵說明chham融入方式等等，另外有《議題融入說明手冊》。（國家教育研究院2019）

Tiàm 108臺語課綱ê附錄有「議題適切融入領域課程綱要」，thang hō教材編選kap教學實施做參考。詳細列出19項議題融入教育ê學習目標，iā theh性別平等、人權、環境、海洋教育4 ê議題來做例說明，àn國小、國中、高中三階段分別擬出相對應ê議題實際學習內涵。（教育部2018:19-27）Koh來mā theh性別平等、人權、環境、海洋教育4 ê議題ê學習主題kap實質內涵，舉例說明beh按怎融入臺語文課綱ê學習重點。（教育部2018:27-29）

19項議題教育詳細ê學習目標是：

1. **性別平等教育**：理解性別的多樣性，覺察性別不平等的存在事實與社會文化中的性別權力關係；建立性別平等的價值信念，落實尊重與包容多元性別差異；付諸行動消除性別偏見與歧視，維護性別人格尊嚴與性別地位實質平等。
2. **人權教育**：了解人權存在的事實、基本概念與價值；發展對人權的價值信念；增強對人權的感受與評價；養成尊重人權的行爲及參與實踐人權的行動。
3. **環境教育**：認識與理解人類生存與發展所面對的環境危機與挑戰；探究氣候變遷、資源耗竭與生物多樣性消失，以及社會不正義和環境不正義；思考個人發展、國家發展與人類發展的意義；執行綠色、簡樸與永續的生活行動。

4. **海洋教育**：體驗海洋休閒與重視戲水安全的親海行為；了解海洋社會與感受海洋文化的愛海情懷；探究海洋科學與永續海洋資源的知海素養。
5. **科技教育**：具備科技哲學觀與科技文化的素養；激發持續學習科技及科技設計的興趣；培養科技知識與產品使用的技能。
6. **能源教育**：增進能源基本概念；發展正確能源價值觀；養成節約能源的思維、習慣和態度。
7. **家庭教育**：具備探究家庭發展、家庭與社會互動關係及家庭資源管理的知能；提升積極參與家庭活動的責任感與態度；激發創造家人互動共好的意識與責任，提升家庭生活品質。
8. **原住民族教育**：認識原住民族歷史文化與價值觀；增進跨族群的相互了解與尊重；涵養族群共榮與平等信念。
9. **品德教育**：增進道德發展知能；了解品德核心價值與道德議題；養成知善、樂善與行善的品德素養。
10. **生命教育**：培養探索生命根本課題的知能；提升價值思辨的能力與情意；增進知行合一的修養。
11. **法治教育**：理解法律與法治的意義；習得法律實體與程序的基本知能；追求人權保障與公平正義的價值。
12. **資訊教育**：增進善用資訊解決問題與運算思維能力；預備生活與職涯知能；養成資訊社會應有的態度與責任。
13. **安全教育**：建立安全意識；提升對環境的敏感度、警覺性與判斷力；防範事故傷害發生以確保生命安全。
14. **防災教育**：認識天然災害成因；養成災害風險管理與災害防救能力；強化防救行動之責任、態度與實踐力。
15. **生涯規劃教育**：了解個人特質、興趣與工作環境；養成生涯規劃知能；發展洞察趨勢的敏感度與應變的行動力。
16. **多元文化教育**：認識文化的豐富與多樣性；養成尊重差異與追求實

質平等的跨文化素養；維護多元文化價值。

17. **閱讀素養教育**：養成運用文本思考、解決問題與建構知識的能力；涵育樂於閱讀態度；開展多元閱讀素養。

18. **戶外教育**：強化與環境的連接感，養成友善環境的態度；發展社會覺知與互動的技能，培養尊重與關懷他人的情操；開啟學生的視野，涵養健康的身心。

19. **國際教育**：養成參與國際活動的知能；激發跨文化的觀察力與反思力；發展國家主體的國際意識與責任感。

（教育部2018:17-18）

㈢108臺語課綱ê學習重點kap教材編選原則

教育部tī 2018年3月初2發布《十二年國民基本教育課程綱要：國民中小學語文領域－本土語文（臺語文）》（108臺語課綱）。眼前高中階段ê臺語文課程綱要猶袂處理好勢。

108臺語課綱包括基本理念、課程目標、時間分配、核心素養、學習重點（學習表現kap學習內容）、實施要點（課程發展、教材編選、教學實施、教學資源、學習評量），koh有3ê附錄：臺語文科目學習重點與核心素養呼應表參考示例、議題適切融入領域課程綱要、高級中等學校教育階段學習重點。

108臺語課綱ê學習重點包括「學習表現」kap「學習內容」兩部分。臺語文ê學習表現有「聽話、講話、閱讀、寫作」4大類，學習內容強調科目ê知識內涵，分做「語言kap文學」、「社會kap生活」兩大主題，逐主題內底kok有幾項「學習內容」，國小chham國中列做伙說明，（教育部2018:4-9）高中khǹg tiàm附錄單獨說明。（教育部2018:32-33）筆者整合12年ê學習內容khǹg tiàm下跤ê表2。

表2　108臺語課綱國小、國中、高中學習內容對照表（Teng Hongtin整理2020/7/12）

主題	項目	學習內容
A. 語言kap文學	a. 標音kap書寫系統	文字認讀、羅馬拼音、漢字書寫
	b. 語法語用	語詞運用、句型運用、方音差異、文白異讀、語法修辭、語用原則
	c. 文學篇章	兒歌念謠、生活故事、詩歌短文、詩歌選讀、散文選讀、應用文體、劇本選讀、小說選讀、文學評賞
	d. 應用文體	生活文書、文創應用
	e. 影視媒體	口語傳播、新聞用語、影視語言
	f. 世界文學	文學介紹、翻譯文學
B. 社會kap生活	a. 自我理解	身體認識、親屬稱謂、社交稱謂、性別認識、情緒表達、性別尊重、性格特質、性向探索、生命教育、性別議題
	b. 日常生活	家庭生活、學校生活、數字運用、交通運輸、體育休閒
	c. 社區了解	社區生活、社區活動、公民素養
	d. 環境教育	環境保護、生態保育、海洋保育
	e. 科技運用	數位資源、影音媒材、網路學習、線上學習
	f. 藝術人文	表演藝術、藝術欣賞、藝術評賞
	g. 人際溝通	生活應對、口語表達、書面表達、人權觀念
	h. 在地特色	物產景觀、區域人文、人文特色、海洋文化
	i. 國際認識	國際認識
	j. 身分職業	生涯規劃、職場倫理
	k. 文化比較	風俗習慣、區域文化、海洋文化
	l. 政經法律	法律常識、政經事件、人權議題

頂頭ê學習要點是編寫教材一定ài配合ê綱要。另外，tī實施要點ê「課程發展」kap「教材編選」chit兩節詳細講解教材編寫ê要點kap ài注意ê mê角。教材編選分做「一般編寫原則」kap「學習內容編寫原

則」，要求「教材編寫應呼應核心素養，同時涵蓋認知、情意、技能等能力，讓學生在學習的過程中，增進個體及全人的發展和培養終身學習能力。」（教育部2018:9-11）

三、鄭正煜「臺灣學教育」kap聯合國SDGs紹介

因為想beh kā鄭正煜（1947-2014）提出ê「臺灣學教育」內涵，結合聯合國「全球永續發展目標」（The Sustainable Development Goals, SDGs），融入108課綱ê核心素養chham議題教育，研發kap編寫中學生臺語文教材。Tī chia咱來熟聯合國SDGs kap鄭正煜推sak ê「臺灣學（Taiwanology）教育」。

㈠鄭正煜「臺灣學教育」ê要點

1. 臺灣學教育ê開拓者——鄭正煜Tēⁿ Chèng-iok

鄭正煜，Tēⁿ Chèng-iok，1947年正月初1 tī高雄縣茄萣鄉（chit-má高雄市Ka-tiāⁿ區）出世，2014年六十八歲tiàm 12月初10世界人權日chit工過身。文化大學歷史系出業，bat tī高雄縣前峰國中、鳳甲國中教冊，1997年退休。2000年催生「臺灣南社」，2001年發現家己得tioh肝癌，後來koh轉kàu肺癌kap骨癌，kàu 2014年底過身，病疼不離身。[2] Kàu離開人世ê人生，骨力mî-nōa串聯有志，下性命拚勢推sak「臺灣國家正常化」、「臺灣教育臺灣化」ê社會運動。[3] 擔任過「臺灣南社」

---

[2] 鄭正煜《訃音》：「個人罹患肝癌14年，最後轉化為肺癌與骨癌，並在生命末期深受骨癌的煎熬。」（鄭正煜2014）張復聚醫師tī〈鄭正煜——「臺灣學教育ê開山祖」〉chit篇追思文對鄭正煜kap病疼對抗ê經過有詳細ê描述，講鄭正煜大概是tī 一九八〇年代發現肝硬化，2001年發現肝癌，後來病疼lú來lú嚴重。（鄭正煜2015：053-057）

[3] 丁鳳珍〈Hō鄭正煜老師ê批〉：「因為看tioh死，所以拚命活。因為m知影ē-tàng koh活外久，所以青春無ài浪費tī躊躇kap哀傷。因為美麗島不公不義，所以臺灣人當為義鬥爭。因為母語已經tī加護病房急救，所以，你獻出家己hi-lám ê身軀，為母語教育走chông，爭取應該有ê公道。因為臺灣ê教育滿是殖民者ê教示kap侮辱，所以，你推sak全面『臺灣學』ê臺灣教育。」（丁鳳珍2014：059）

執行長、副祕書長、社長，koh催生「教育臺灣化聯盟」，iā擔任過祕書長、社長，催生「臺灣母語日」ê實施……等等。[4]

2015年正月25號臺灣南社chham濟濟社團kap有志tiàm高雄市替伊舉辦「臺灣學教育ê開拓者──鄭正煜老師追思會」，iā出版《臺灣學教育ê開拓者──鄭正煜紀念集》（鄭正煜2015），chit本冊有兩部份，先是有志ê追思文，koh-khah濟是「鄭正煜文集」ê整編，透過chit本冊，咱就ē-tang看tioh鄭正煜對「臺灣學教育」ê內涵kap推sak策略，有chin幼路chham深闊ê論述。臺灣南社張復聚tī〈鄭正煜──「臺灣學教育ê開山祖」〉chit篇追思文指出：

> 鄭老師做臺灣學ê態度是「永遠無放棄」，信念是「教育是上軟性koh上強勢ê建國工程」。伊ê話母是「hit-lō koh」、「這馬情形是按呢」。（張復聚2014b：057）

2014年鄭正煜預先tiàm家己ê《訃音》寫好告別ê話：「眼見臺灣與世界的混亂，衷心期盼共同爲未來美好社會竭盡一份心力，並此深深祝福。」（鄭正煜2014）

2. **「臺灣學教育」對中學母語教材編寫ê點醒**

《臺灣學教育ê開拓者──鄭正煜紀念集》（鄭正煜2015）內底ê「鄭正煜文集」hō咱清楚看見鄭正煜對「臺灣學教育」ê論述，親像〈還沒立法前也可以語言平等〉、〈臺灣母語師資教育部非拿出辦法不行！〉、〈請爲「臺灣學」教育留活路〉、〈強烈要求臺灣教育正名！〉、〈國文教育應以臺灣文學爲主體〉、〈殖民教育的悲劇與出路〉、〈改善本土語言環境訴求〉、〈國中本土語文必選又遭否

---

[4] 有關鄭正煜2000年kàu 2013年相關ê社會運動chham論述文章ê詳細目錄，ē-tàng參考何信翰、江昀錚整理ê年表。（鄭正煜2015：325-410）

決！〉、〈爲臺灣本土教育給都縣、市長的建議書〉、〈建構臺灣教育的主體性〉chit幾篇，kan-na看篇名就ē-tàng知影鄭正煜對「臺灣學教育」要意ê重點kap內涵。

鄭正煜過身了後，2016年4月16擔任臺灣南社社長ê張復聚tī「2016臺灣本土社團論壇」發表〈釘根母語ê臺灣學教育〉[5]專題演講，tùi臺灣學教育有khah全面ê解說，張復聚指出：臺灣學（Taiwanology）是2006年由臺灣南社發明ê名詞。推sak臺灣學就是爲tioh beh增加kap建立臺灣人tùi臺灣ê信心，iā提高國際競爭力。1994年開始臺灣雖bóng開始有母語教育，m-koh iá無夠，ài開始推廣臺灣學ê觀念。臺灣學的定義：所有跟臺灣有關係的學門都稱作臺灣學，可比講：臺灣語言、宗教、哲學。推動臺灣學教育需要靠母語，因爲母語是咱ê基礎。（臺灣大地文教基金會2016）

鄭正煜「臺灣學教育」ê內涵就是臺灣ê歷史、地理、語言、文化、宗教、哲學、生物、地質、一直kàu軍事、經濟、價値觀、生死觀……lóng總包括在內，是ài用臺灣母語做基礎ê臺灣學教育。（張復聚2020）[6]

因爲本論文篇幅有限，筆者就簡單àn鄭正煜主張ê「臺灣學教育」內底，kā chham中學臺語文教材編寫khah相關ê要點整理出來，列tiàm下跤：[7]

(1)臺灣ê語言lóng是國家語言，地位平等，臺灣民眾應該ài àn殖民教育覺醒，北京語無應該是唯一ê『國語』，教育ài落實「語言多

---

5 另外，張復聚tùi「臺灣學」ê論述文章〈建構「臺灣學」〉（張復聚2007）、〈鱟魚與紅藜　從「母語教育」到「臺灣學教育」〉（張復聚2014a）mā值得參考。

6 Chit段話是張復聚tī 2020.8.6用Line tùi筆者解說「鄭正煜ê臺灣學教育」所講ê話。筆者感覺張復聚真正是鄭正煜ê知音mah-chih。

7 針對鄭正煜ê臺灣學教育khah詳細ê研究，ē-tàng參考筆者tiàm 2020年10月發表ê論文〈鄭正煜臺灣學教育ê主張kap推sak〉（《2020臺灣文學教學國際研討會——臺灣文學創新教學暨國際交流》，臺南市：國立成功大學臺灣文學系，2020.10.30-31）。Chit篇論文會刊tī 2021年下半年度ê《臺語研究》。

樣化」。母語教育ê教材、教學ài先建立臺灣學生tùi家己母語ê信心，以及tùi語言平等理念ê認bat，成做ē-tàng守護民主自由、公平正義ê世界公民。

(2)母語教育是臺灣學教育ê地基，各階段學校（幼稚園kàu大學）ê正規課程lóng tioh-ài有臺灣母語課程。爲tioh beh tiàm各階段ê學校進行母語教育，ài量早規劃kap培養夠額ê母語教育師資，積極協助母語師資提升專業品質。

(3)臺灣學教育m是kan-na母語教育課程niâ，tī各種學習課程、領域lóng應該ài用臺灣做主體，hō學生ē-tàng tī日常學習中自然liú-liah使用母語。政府應該積極提出多元koh有效ê推sak做法，親像實施「臺灣母語日」，是復振母語chin好ê做法。

(4)母語課程m是kan-na教語言，臺灣hâm世界ê文化、文學、藝術、科學、自然……等等全人教育ê範圍，lóng應該盡量融入母語課程ê教材內底，thang培養出有世界觀、臺灣心ê臺灣人，栽培出tùi臺灣有全面多元理解ê臺灣人，ē-tàng kā學習轉換做爲臺灣奉獻ê才調kap熱情。

(二)SDGs（全球永續發展目標）

1. 聯合國SDGs（Sustainable Development Goals）（如圖1）

「SDGs」是「Sustainable Development Goals」ê簡稱，華文講做「全球永續發展目標」，總共有17項，che是聯合國大會（United Nations General Assembly）tī 2015年9月通過ê “*Transforming our World: The 2030 Agenda for Sustainable Development*”[8]（Péng-pìⁿ lán

8 “*Transforming our World: The 2030 Agenda for Sustainable Development*” 全文ē-tàng tī聯合國ê網站掠tioh。(UN 2015c)

圖1　聯合國SDGs圖示（來源：UNDP 2015）

ê sè-kài 反變咱ê世界[9]：2030年永續發展議程）chit ê宣言內底所提出ê，是2016年正月初1開始kàu 2030年ê未來15冬全球永續發展議題。Tī 17項ê永續發展目標（goals）下跤有169 ê細項ê具體目標（targets）[10] chham 244 ê指標（indicators）。向望ē-tàng kā人民（people）、地球（planet）、繁榮（prosperity）、和平（peace）kap同伴關係（partnership，夥伴關係）chit「5 ê P」（五大領域）lóng包在內，強調「經濟發展」、「環境保護」、「社會進步」chit 3大面向ê平衡發展。（UN 2015a；吳宜瑾2018:24-27、54-55；林宇廷、許恆銘、黃敏柔2016）。

Tiàm聯合國ê網站ē-tàng看tioh SDGs詳細ê紹介chham kàu ta^{n}全世界

9　「Transforming our World: The 2030 Agenda for Sustainable Development」ê華文翻譯，有翻做「翻轉世界：2030年永續發展議程」（吳宜瑾2018：24），mā有翻做「翻轉我們的世界：2030 年永續發展方針」（林宇廷、許恆銘、黃敏柔2016）。

10　「targets」ê華文，有翻做「具體細項目標」（行政院國家永續發展委員會2019：4），iā有翻做「標的」（吳宜瑾2018：54），mā有翻做「追蹤指標」（林宇廷、許恆銘、黃敏柔2016）。

執行ê狀況。17項SDGs有khah濟字ê版本（UN 2015a；吳宜瑾2018:57），為tioh方便用圖示來展現，iā有khah少字ê簡單版，tī chia咱theh簡單版來紹介（如表3）：

表3 SDGs英臺華三語對照表（Teng Hongtin整理2020.7.12）

No.	英文	臺文	華文
1	No Poverty	無散赤人	終結貧窮
2	Zero Hunger	無人iau腹肚	終結飢餓
3	Good Health and Well-being	身體勇健福利好	健全生活品質
4	Quality Education	教育平等品質koân	優質教育
5	Gender Equality	性別平權	性別平權
6	Clean Water and Sanitation	清氣ê水kap環境	潔淨水資源
7	Affordable and Clean Energy	負擔會起koh環保ê能源	人人可負擔的永續能源
8	Decent Work and Economic Growth	頭路好kap經濟發展	良好工作及經濟成長
9	Industry, Innovation, and Infrastructure	工業、創新kap基礎建設	工業化、創新及基礎建設
10	Reduced Inequalities	消除無平等	消弭不平等
11	Sustainable Cities and Communities	永續發展ê都市kap庄跤	永續城鄉
12	Responsible Consumption and Production	負責任ê消費kap生產	負責任的生產消費循環
13	Climate Action	氣候變遷對策	氣候變遷對策
14	Life Below Water	永續ê海洋生態	海洋生態
15	Life On Land	永續ê陸地生態	陸域生態
16	Peace, Justice, and Strong Institutions	公平、正義kap和平	公平、正義與和平

No.	英文	臺文	華文
17	Partnerships for the Goals	同齊拍拚ê全球同伴關係	全球夥伴關係
來源	（UN 2015a）	Teng Hongtin改寫	（林宇廷、許恆銘、黃敏柔2016）

2. **臺灣永續發展目標**

咱國ê行政院設有「國家永續發展委員會」，爲beh追求國家永續發展，koh chham世界接軌，同齊爲全人類ê永續發展來拍拚。以2030年爲期程，tī 2018年12月27日奉行政院永續發展委員會前主任委員賴清德核定通過「臺灣永續發展目標」。Kàu taⁿ「臺灣永續發展目標」計共有18項核心目標（goals）、143項具體目標（targets）chham 336項對應指標（indicators）。（行政院國家永續發展委員會2020）

18項臺灣永續發展目標是：

核心目標 01　強化弱勢群體社會經濟安全照顧服務

核心目標 02　確保糧食安全，消除飢餓，促進永續農業

核心目標 03　確保及促進各年齡層健康生活與福祉

核心目標 04　確保全面、公平及高品質教育，提倡終身學習

核心目標 05　實現性別平等及所有女性之賦權

核心目標 06　確保環境品質及永續管理環境資源

核心目標 07　確保人人都能享有可負擔、穩定、永續且現代的能源

核心目標 08　促進包容且永續的經濟成長，提升勞動生產力，確保全民享有優質就業機會

核心目標 09　建構民眾可負擔、安全、對環境友善，且具韌性及可永續發展的運輸

核心目標 10　減少國內及國家間不平等

核心目標 11　建構具包容、安全、韌性及永續特質的城市與鄉村
核心目標 12　促進綠色經濟，確保永續消費及生產模式
核心目標 13　完備減緩調適行動以因應氣候變遷及其影響
核心目標 14　保育及永續利用海洋生態系，以確保生物多樣性，並防止海洋環境劣化
核心目標 15　保育及永續利用陸域生態系，以確保生物多樣性，並防止土地劣化
核心目標 16　促進和平多元的社會，確保司法平等，建立具公信力且廣納民意的體系
核心目標 17　建立多元夥伴關係，協力促進永續願景
核心目標 18　逐步達成環境基本法所訂非核家園目標

前17項是參考聯合國SDGs研訂，第18項是咱臺灣特有目標。（行政院國家永續發展委員會2019:27）

四、融合SDGs、臺灣學、議題kap核心素養ê中學臺語文教材

㈠中學臺語文教材ê課文試編

Koh來beh思考ài 按怎kā鄭正煜ê「臺灣學教育」要點，結合聯合國「全球永續發展目標」（The Sustainable Development Goals, SDGs），koh融入108課綱ê核心素養chham議題教育，研發kap編寫中學生臺語文教材。下跤試編1課高中臺語文課文來做例。

課文編寫：丁鳳珍Teng Hongtin
年級：國三
課名：行過寶島老臺灣ê青春
作者：丁鳳珍Teng Hongtin

課文

阮是1970年出世ê彰化gín-á，讀tioh歌仔冊《寶島新臺灣歌》內底ê老臺灣ê生活文化，感覺chiâⁿ親切chin懷念，因爲有袂少描寫chham一九七〇年代阮庄頭ê生活kài sio-siâng。

一、「暗時專點臭油擛（kiah）。彼時文化袂進步，也無電火暗摸摸。點臭油擛眞艱苦，一葩親像火金姑。烏暗時代無電火。」

阮細漢時，雖然已經有「電」chit款物，毋過電錢貴sam-sam，阮厝chiâⁿ散食，米缸tiāⁿ-tiāⁿ khang-khang，暗時點油燈khah省錢，hit時番仔火是chin重要ê物資。後來開始點電火，mā是chiâⁿ儉省，「叔公」（燭光）lóng無幾ê，暗時厝內看起來暗暗，一間房間極加有一葩電火。

Chit-má逐家厝lóng電火點kah光iàⁿ-iàⁿ，應該是hō͘一九八〇年代興起ê「7 kam-á店」（7-11）chhōa歹去--ê。早前，若是暗時beh去kám-á店，店內lóng暗暗，雖然án-ni，毋過，加chiâⁿ省電。咱chit-má hiah-nī拍損電，致使咱臺灣有4粒核電無定時炸彈，實在ài緊來檢討改進。

二、「街路專是爛膏糜、雨來四界siûⁿ leh-leh。」

阮兜tòa彰化縣埔鹽鄉西勢湖庄，我讀好修國小。Tùi阮庄kàu學校ê大路，本來是塗粉路，後來才鋪大粒石頭tiàm路裡，毋過庄仔內有chiâⁿ濟路lóng猶是塗niā-niā。若是拄tioh落雨天，四界siûⁿ leh-leh，行路就chiâⁿ艱難，hit時逐家慣勢褪赤跤，跤底會hō爛糊糜仔路黏牢，步步lóng歹行。若是有穿鞋，鞋就會糊kah專專塗。Hit時o͘-tó͘-bái猶chiok罕見，鐵馬khah濟，落雨天tī爛糊糜仔路騎鐵馬，tiāⁿ-tiāⁿ mā「犁田」。

後來有打馬膠路，因爲猶原慣勢褪赤跤，上驚是熱天ê透中晝火燒埔，跤底會hō打馬膠燙kah叫毋敢。穿鞋，毋就好ah？戇gín-á，散食ê年代，鞋是theh來看súi--ê，因爲穿歹ài koh開錢買，所以，ài儉儉仔穿。

《寶島新臺灣歌》唸唱往過咱臺灣ê生活，引阮思想起阿母chham阿爸ê少年代，掀開《寶島新臺灣歌》，咱會扗tioh祖先正港熱情骨力活過來ê跤跡。

題解

「歌仔冊」（Koa-á-chheh）是臺語民間說唱藝術「唸歌」（Liām-koa）ê唱本，koh號做「歌仔簿」。唸歌是一種用月琴抑是大廣弦等樂器來伴奏，用「歌仔調」ná唸ná唱ê敘事歌謠，是反映臺灣常民文化ê藝術型式，內容包括臺灣文學ê濟濟主題，歌仔冊是臺灣文化ê百科全書、現代文學創作ê泉源。

《寶島新臺灣歌》是新竹竹林書局tī 1956年6月初版ê，全兩本，總共有6張、12頁、133葩、532句、3,724字。學者施炳華指出：若是kā蘇清波編寫ê《臺灣舊風景新歌》kap竹林書局ê《過去臺灣歌》合起來，差不多就是竹林書局ê《寶島新臺灣歌》kap《鄭國姓開臺灣歌》ê內容，《寶島新臺灣歌》ê用字khah頂真細膩。Chit篇文章kā《寶島新臺灣歌》所描寫ê臺灣生活，chham作者gín-á時ê記持連結，hō咱看見咱祖先往過ê生活情景。

文章出處

Chit篇課文改寫自丁鳳珍tī 2016年3月tiàm《台江臺語文學》季刊第

17期發表ê〈《寶島新臺灣歌》tshuā阮轉去一九七〇年代ê gín-á時〉。

作者簡介

丁鳳珍，Teng Hongtin，女性，1970年出世tī彰化縣埔鹽鄉西勢湖庄，chit-má tòa臺中市，臺中教育大學臺灣語文學系副教授。東海大學中文系博士、成功大學中文系碩士，臺中商專會計統計科、彰化縣埔鹽國中kap好修國小出業，bat做過臺灣羅馬字協會祕書長，著作有《《臺灣民主歌》ê歷史詮釋kap國族認同研究》。

語詞注解（省略）

延伸活動設計

1.活動主題：臺語「歌仔」我mā會曉編。

背景說明：「歌仔冊」ê書寫形式是7字做1句、4句做1葩（pha）ê臺語詩歌，逐葩ê句尾會押韻，無仝葩ē-tàng換韻。因為是唱hō͘大眾聽ê唸歌ê文本，慣用日常生活ê白話音。

活動說明：用歌仔ê型式來練習編寫七字仔歌，內容是你家己日常生活環境ê紹介，上無ài有4葩，就是16句，計共112 ê字。逐句ê尾字ài會記得押韻。

2.活動主題：阮厝裡序大人ê青春記持採訪。

活動說明：Àn恁厝裡ê序大人選1位來採訪，訪問in tùi家己ê青春少年時ê臺灣生活環境ê記持，訪問ê時用手機仔錄影、hip相，thang保存in珍貴ê畫面，了後kā重點整理好勢，寫做1篇臺語散文，上無ài有400字。

㈡中學課文hâm臺灣學、SDGs、核心素養、議題教育ê對應

下跤來思考頂懸hit課高中臺語文課文，beh按怎對應「臺灣學教育」、SDGs，koh融入108課綱ê核心素養chham議題教育。

1. 對應臺灣學內涵：認bat臺灣民間文學「歌仔冊」、「唸歌」ê藝術文化
2. 對應SDGs項目：7. 負擔會起koh環保ê能源
   9. 工業、創新kap基礎建設
   11. 永續發展ê都市kap庄跤
3. 對應核心素養：B溝通互動　B3藝術涵養與美感素養
4. 對應臺語文科目核心素養：臺-U-B3培養臺語文的賞析能力，並能體會其與社會、歷史、文化之間的關係，以欣賞語文的藝術美，進而從事創作與分享。
5. 對應議題教育：環境教育、能源教育、家庭教育
6. **對應108臺語課綱ê學習重點ê學習表現：**

   3-V-6 能透過閱讀臺語文藝文作品及相關資訊，體會其與社會、歷史、文化之間的關係。

   4-V-1 能以臺語文針對自身專業進行寫作。
7. **對應108臺語課綱ê學習重點ê學習內容：**

   (1)語言kap文學

   標音kap書寫系統：羅馬拼音、漢字書寫

   語法語用：語法修辭、語用原則

   文學篇章：詩歌選讀、文學評賞

   (2)社會kap生活

   日常生活：家庭生活、交通運輸

   文化比較：風俗習慣、區域文化

   藝術人文：表演藝術、藝術評賞

   環境教育：環境保護

透過頂懸ê對應思考，發現beh編1課中學課文，若是ài beh kā「臺灣學教育」、SDGs、108課綱ê核心素養、議題教育kap語課綱ê學習重點ê內涵要點lóng考慮入去，實在chin厚工費心思。毋過，tùi利益學生

學習ê角度來看，án-ni加chin有意思，對培養有臺灣心世界觀ê臺語青年，ē-tàng得tioh多元ê利益，值得繼續拍拚。

五、結語chham向望

2019年8月咱國教育部十二年國教總綱（108課綱）已經正式實施，koh配合2019年正月文化部公布ê《國家語言發展法》，上慢ài tī 2022年8月kā國家語言列做國民教育各階段ê部定課程，時kàu咱國家ê中小學生ē-tàng àn臺語、客語、原住民族語、手語抑是馬祖話，揀1款語言來學習。教育部目前規劃國中逐禮拜必修1節，高1必修2學分，高2、高3 àn需求開設選修課，會拚tī 111學年度（2022年8月）開始實施。

Chit篇論文呼應時代ê教育需求，思考二十一世紀ê中學臺語文教材ê多元內涵，想beh kā鄭正煜（1947-2014）提出ê「臺灣學教育」內涵，結合聯合國「全球永續發展目標」（The Sustainable Development Goals, SDGs），融入108課綱ê核心素養、議題教育kap臺語文學習重點，kā in成做有機ê組合，替新時代ê中學臺語文教材編寫提出具體ê參考做法，mā試驗提出相對應ê教材內涵。Che iā是國立臺中教育大學chit-má leh執行ê高教深耕計畫「中等學校臺語文教材教法課程研發」chit ê方案tng leh開始拍拚ê工課。

愛拍拚ê代誌猶chiâⁿ濟，有濟濟需要koh-khah圓滿ê所在，就先用chit篇論文做開始，向望ē-tàng吸引koh-khah濟ê有志，同齊來為二十一世紀ê臺灣母語教育奉獻青春。

參考書目

一、引用專書：

1. 丁鳳珍、陳麗雪主編：《國民小學臺語教材教法》（臺中市：國立臺中教育大學臺灣語文學系，2013年）。

2. 丁鳳珍：〈Hō鄭正煜老師ê批〉，《臺灣學教育ê開拓者——鄭正煜紀念集》，臺灣南社編（高雄市：春暉出版社，2015年1月），058-059頁。
3. 臺灣南社編：《臺灣學教育ê開拓者——鄭正煜紀念集》（高雄市：春暉出版社，2015年1月）。
4. 吳宜瑾著、林世嘉總編輯：《看懂聯合國永續發展目標（SDGs）》（臺北市：財團法人臺灣醫界聯盟基金會，2018年9月初版）。
5. 蔣為文：《喙講臺語．手寫臺文：臺語文的臺灣文學講座》（臺南市：亞細亞國際傳播社，2014年）。
6. 鄭正煜：《訃音》（高雄市：鄭正煜家人，2014年12月11日）。

二、引用論文：

1. 丁鳳珍：〈鄭正煜臺灣學教育ê主張kap推sak〉，《2020 Tâi-oân Bûn-hak Kàu-hak Kok-chè Gián-thó-hoē 2020臺灣文學教學國際研討會》（臺南市：國立成功大學臺灣文學系，2020年10月30-31日）。（Chit篇論文會刊tī 2021年下半年度ê《臺語研究》。）
2. Chiúⁿ Ûi-bûn, “Sī Tâi-gí Bûn-hak, m-sī Bân-lâm-gí Bûn-hak!”〈是臺語文學，毋是閩南語文學！〉，《臺文筆會2014年刊》（臺南市：臺文筆會，2014年12月），94-96頁。

三、網路資料：

1. 文化部2019：《國家語言發展法》，2019.1.9公布。https://law.moj.gov.tw/LawClass/LawAll.aspx?pcode=H0170143（檢索日期：2020.7.12）。（本法規部分或全部條文尚未生效，最後生效日期：2022.8.1）
2. 臺灣大地文教基金會：〈釘根母語ê臺灣學教育—臺灣南社張復聚社長〉（財團法人臺灣大地文教基金會，2016.4.29）。https://www.taiwantt.org.tw/tw/index.php?option=com_content&task=view&id=16061（檢索日期：2020.8.7）。（Youtube影片：20160416 2016臺灣本土社團論壇講座-專題演講：母語教育to臺灣學教育 張復聚社長。https://www.youtube.com/watch?v=kYghpdEtQrM&feature=emb_title）
3. 行政院國家永續發展委員會：《臺灣永續發展目標》（2018年12月通過，2019.7版本）。https://nsdn.epa.gov.tw/關於本會/臺灣永續發展目標（檢索日期：2020.7.11）。
4. 行政院國家永續發展委員會2020：〈臺灣永續發展目標核定公布〉。https://

nsdn.epa.gov.tw/（檢索日期：2020.7.11）
5. 林宇廷、許恆銘、黃敏柔：〈世界正在翻轉！認識聯合國永續發展目標〉，《公益交流站》網站（2016.4.12）。https://npost.tw/archives/24078（檢索日期：2020.7.1）。
6. 國家教育研究院2018：《十二年國民基本教育課程綱要：國民中小學語文領域臺語文課程手冊》，《國家教育研究院》網站（2018.6）。https://www.naer.edu.tw/files/15-1000-14336,c1594-1.php（檢索日期：2020.6.30）。
7. 國家教育研究院：《十二年國民基本教育課程綱要：國民中小學暨普通型高級中等學校議題融入說明手冊》，《國家教育研究院》網站（2019.12）。https://cirn.moe.edu.tw/Upload/file/29143/83847.pdf（檢索日期：2020.7.12）。
8. 張復聚：〈建構「臺灣學」〉，《自由時報》網站（2007.10.25）。https://talk.ltn.com.tw/article/paper/163405（檢索日期：2020.8.7）。
9. 張復聚：〈鱟魚與紅藜　從「母語教育」到「臺灣學教育」〉，《自由時報》網站，2014.12.11。https://talk.ltn.com.tw/article/paper/838119（檢索日期：2020.8.7）。
10. 張復聚：〈鄭正煜──「臺灣學教育」ê開山祖〉，《臺灣學教育ê開拓者──鄭正煜紀念集》，臺灣南社編（高雄市：春暉出版社，2015.1），053-057頁。Chit篇文章bat tī 2014.12.18先發表tiàm《民報》文化版。https://www.peoplenews.tw/news/f950a328-d910-4f70-9f66-37bb3e28565b（檢索日期：2020.8.5）。
11. 教育部：《十二年國民基本教育課程綱要總綱》，《國家教育研究院》網站，2014.11.28教育部發布令，2017.5.10教育部修正發布令。https://www.naer.edu.tw/files/15-1000-14113,c1594-1.php（檢索日期：2020.6.30）。
12. 教育部：《十二年國民基本教育課程綱要：國民中小學語文領域──本土語文（臺語文）》，《國家教育研究院》網站，2018.3.2教育部發布令。https://www.naer.edu.tw/files/15-1000-14113,c1594-1.php（檢索日期：2020.6.30）。
13. UN 2015a, "*About the Sustainable Development Goals*", United Nations [聯合國]。https://www.un.org/sustainabledevelopment/sustainable-development-goals/（檢索日期：2020.7.11）。
14. UN 2015b, "*Download Communications materials*", United Nations [聯合國]。https://www.un.org/sustainabledevelopment/news/communications-material/（檢索日期：2020.7.11）。
15. UN 2015c, "*Transforming our World: The 2030 Agenda for Sustainable Development*", United Nations General Assembly [聯合國大會]。https://sustainabledevelopment.

un.org/post2015/transformingourworld（檢索日期：2020.7.11）。
16. UNDP 2015, "*Sustainable Development Goals*", The United Nations Development Programme [聯合國開發計劃署]。https://www.undp.org/content/undp/en/home/sustainable-development-goals.html（檢索日期：2020.7.1）。

臺灣原住民族幼兒園實施沉浸式族語教學之研究

以屏東縣有愛幼兒園爲例

（賽德克族）梁有章*

摘要

根據聯合國教科文組織2009年公布的「瀕危語言列表（List of Endangered Languages）」，全世界現有7,000多種活語言，共計有2,697語言瀕臨危險，其中臺灣的語言就占了24種。面對瀕危語言作為教學中介語的沉浸教學，透過幼兒最佳時期的族語學習，除了語言被使用、保存，更能增強對自我族群的文化認同，沉浸式族語教學國內外皆在持續推展，而臺灣原住民族幼兒園實施沉浸式族語教學——以屏東縣有愛鄉立幼兒園為例的樣貌值得探究。本研究旨在探討個案之現況、困境與面對困境所採取之因應策略。首先透過文獻分析，瞭解沉浸式族語教學之學理基礎、發展脈絡與現況、影響因素及相關研究，並以半結構方式訪談4位教學現場之參與者。最後，依據沉浸式族語教學之學理基礎，進行訪談資料之研究結果與討論，提出有愛幼兒園實施沉浸式族語教學之現況、困境及面對困境所採取之因應策略等三方面的研究發現，並歸納出結論。

關鍵字：臺灣原住民族、沉浸式族語教學、幼兒園

* 南投縣春陽國小校長

A Study on the Implementation Heritage Language Immersive Teaching by Taiwanese Multi-ethnic Groups: Taking Pingtung County Youai Kindergarten as an Example

Yu-Chang Liang
Principal of Chun Yang Elementary School, Nantou County
chang5177@gmail.com

Abstract

In the face of the resurgence of endangered languages, immersive teaching with ethnic language as a teaching interlanguage is promoted through the best period of early childhood learning. The purpose of this study is to explore the current situation, dilemmas and strategies for the implementation of immersive ethnic language teaching in a Taiwanese aboriginal kindergarten. Firstly, through qualitative research as a preliminary method, followed by literature collation and analysis of the theoretical basis, context and current situation, influencing factors and related research, and using semi-structured interviews to interviewed 4 teachers. Finally, based on the theoretical basis of immersive indigenous language teaching, the interview data were organized to report the results and discussions. The results showed the implement of immersive indigenous language teaching current situation, the difficulties, and such difficulties' coping strategies in Youai Kindergarten. The findings were conclude the research.

Keywords: taiwanese indigenous peoples, ethnic language immersion, kindergarten

一、前言

面對瀕危語言作爲教學中介語的沉浸教學，是讓下一代能聽說流利母語的有效方法（王艷霞，2016；周梅雀，2011）。國外研究族語學習計畫的學者指出，族語沉浸教學（heritage language Immersive teaching）是至今最有成效的族語復振計畫，並對族語能力有顯著的提升。同時，族語沉浸式教學在語言學習使用、保存母語及對自我族群文化認同的增強，有相當大的影響（DeJong, 1998）。

基於上述幼兒階段是族語學習最佳時期，原住民族委員會（2013）提出「原住民族語言振興第2期六年計畫（2014-2019）」，主張透過全族語的學習情境，跳脫以國語爲中心的教學方式，來面對強勢語言的同化及衝擊，以因應當前臺灣原住民族族語的瀕危困境，提出有效的族語復振對策。

研究者本身對於原住民族委員會推動沉浸式族語教學幼兒園計畫非常重視，因此以臺灣原住民族幼兒園實施沉浸式族語教學研究，將屏東縣有愛幼兒園作爲研究個案，去理解沉浸式族語教學的相關推行、問題與策略。本研究之目的分述如下：探討有愛幼兒園沉浸式族語教學實施之現況；分析有愛幼兒園沉浸式族語教學實施之困境；了解有愛幼兒園沉浸式族語教學實施面對困境所採取之因應策略。

二、研究方法與研究倫理

本研究採質性研究之半結構式訪談法，以屏東縣有愛（化名）幼兒園參與沉浸式族語教學的園長、主任、族語教保員與家長共4位進行訪談對象。研究方法、研究信實度與倫理，如下說明：

㈠半結構式訪談法

本研究爲探討屏東縣有愛幼兒園沉浸式族語教學實施之現況與背後理念，以訪談爲最主要蒐集資料之方法，期能了解實際參與者之想法與建議，以供教育相關單位參考。爲尊重研究參與者意願，採匿名編代碼的方式辨識，訪談對象包括幼兒園長（SPr）、主任（SD）、族語教保員（ST）及家長（SP），編排的方式爲（學校）（編號）（身分）—訪談日期（年／月／日），例如ST-20171025，即代表2017年10月25日訪談學校族語教保員的逐字稿內容。每位訪談1次，每次約1至1.5小時。訪談大綱如下：1.請問您有愛幼兒園實施沉浸式族語教學的現況爲何？；2.請問您有愛幼兒園實施沉浸式族語教學之困境？；3.請問您有愛幼兒園實施沉浸式族語教學面對困境所採取之策略爲何？；4.其他？。另外，訪談後如仍有不明白之處，將另以電話訪談，以釐清修正內容。

㈡研究信實度與倫理

爲提升本研究之信效度，並兼顧研究倫理，採用以下方式：

1. 將訪談逐字稿mail給受訪者，以確實掌握受訪者觀點與想法。
2. 採用不同資料蒐集方法，如訪談、與文件分析，同時將所得資料交叉檢核印證，確保資料之可靠性。
3. 爲使分析初稿具客觀性，除由受訪者審閱外，並請其提供回饋意見。
4. 研究者本身依實際參與沉浸式族語教學之觀察，時時自我省思，以避免有個人主觀或偏見之缺點。

三、沉浸式族語教學之學理基礎

在強勢主流語言的情境下，臺灣以沉浸式語言教學作爲復振少數族群母語的模式，此沉浸式語言教育在1960年晚期起源於加拿大，後來發展成各式各樣的沉浸模式，沉浸式教學的想法很簡單，就是以最年幼的小孩爲對象，提供密集接觸單一語言的環境，透過有意義的內容來學習語言（Swain & Jonson, 1996）。

沉浸式語言的學習根據Tabor（2008）的容器比喻，說明單一容器與多容器的語言理論之間認知差異及影響，也啟示臺灣原住民族族語的永續發展。

㈠單一容器理論

「單一容器理論」認爲語言學習的空間有限，學習多種語言將造成語言混淆，這個理論主張，學習第二語言的時候，將母語視爲學習第二語言的阻礙，幼兒在同時學國語與母語時，勢必影響國語學習的效果。因此臺灣在戒嚴時期的國語政策必需排除母語，推動削減式的語言學習，造成今天母語快速流失的現象（張學謙，2011）。我們的腦袋裝了太多母語，就沒有辦法給其他語言發展的的成長空間，所以使用削減式的單一容器理論，這樣錯誤的認知導致許多家長和教師支持禁止母語發展，以便爲新語言留下寬廣的空間。

㈡多容器理論

「多容器理論」認爲不用煩惱空間不夠的問題，同樣以杯子爲比喻，學習第一語言的時候，使用第一個杯子，學習第二語言時候，卻不需要放棄第一語言，因爲，學第二語言的時候，會用原來的杯子，而此杯子的杯底會有第一語言內化的學習經驗轉移類推，具有增益式的語言能力，所以Tabor（2008）強調母語是語言學習的重要基礎，不但能增進多元語言的學習，又能同時保存和發展母語。相反的，如果僅重視國語或其他外語的語言教育，則會造成削減式的語言學習結果，以母語爲代價學習國語。因此，臺灣語言政策現況在幼兒語言學習的優先順序設定爲「先母語、後國語、再英語」，對語言推動有了正向的多容器理論語言發展。

㈢沉浸式族語教學對幼兒園的利基

張麗君（2004）根據雙語學習理論並參考語言學習關鍵期的相關研究指出：臺灣幼兒在第一語言（無論是國語或母語發展尚未成熟），就學習外語（英語），外語在環境、師資等重要條件無法配合下，不僅無法達到家長贏在起跑點的期望，甚至對其認知發展可能是有害的。也就是說家長能傳承母語責任，也可以讓子女享受到雙語現象帶來的認知優勢。

Garcia（1997）列舉優點如下：

1. 認知上：創造性、變通性思考；溝通敏感度；後設語言能力；語言運作的認知監控能力。
2. 社會上：促進族群間的認識與了解；是多元文化的教育；是反種族歧視和族群不平等的教育。
3. 心理上：增進自信自尊；賦予權能的教育觀。

另外，學前母語沉浸模式還有以下的優點：

1. 比較容易突破制式教育的限制。
2. 課程發展較自由，可以融入更多文化面向。
3. 提供社區所需的幼兒照顧，切合家長需要（Jonson & Johnson, 2002）。

Cummins（1979）的「語言相互依賴假設」（Linguistic Interdependence Hypothesis）指出：第二語言學習總是建立在母語的基礎上，母語非但不是學習的負擔，反而是任何語言學習的資源。

Vygotsky（1962）在其《思想與語言》一書中指出，語言對認知發展具有兩大功能：其一是語言為因，思想為果；其二是語言具有促進兒童認知發展的功能。並提出語言和思維之相關意義如下：

1. 語言傳承文化經驗：兒童利用語言學會思考，以瞭解實際的學習生活經驗。
2. 語言工具及思維的密切之關係：外界語言刺激越豐富，環境現象複雜，對學生的語言學習與思維越有幫助。

3. 在認知發展，語言與思維的關係是因果關係。
4. 語言學習會因歷史的演變與社會文化的差異而有差異性的認知發展歷程。

㈣家長參與族語教學

楊振昇（2005）指出，就英國而言，在2004年由教育與技能部提出提升教育標準的五項策略，其中特別強調建立與家長、雇主、及其他團體的伙伴關係（Department for Education and Skills, 2004）；另外，美國在2001年的「No child left behind」（簡稱NCLB）法案中，明訂各州須針對公立學校學生的閱讀、數學等學科進行評量，並提供家長有關其子女學業成就的詳細報告（US Department of Education, 2003）。

家庭是兒童母語社會化的關鍵，學校母語教育需要和家庭進行統整合作，共同建構復振族語的友善環境，並培養使用族語的生活習慣。Ada（1995）在〈強化家庭與學校連結〉（Fostering the home-school connection）一文中，特別批評將家長排除在學校教育以外的錯誤，主張學校需要承認、珍惜家長對教育的貢獻。

Ada（1995）認爲不管老師是不是會學生的母語，都可以協助學生的母語學習，發展做家庭互動的語言，並建構語言不但需要被接納，也需要探索、擴展和頌揚的友善環境。

Hinton（1999）指出如果學校是母語學習的場所，又要想達成語言復振的目的，那麼就得把母語帶出教室外，走入家庭，並成爲社區溝通的生活語言……課程不能只是學校自己設計、推行而沒有社區的積極參與，必須是家庭、社區活動的一部分。

因此，臺灣原住民族幼兒園實施沉浸式族語教學是以學校、家庭和社區爲教學場域，結合族語教保員、協同老師、家長與社區耆老等，共同建構統整母語教學的課程，並運用溝通語言教學法的原則和文化回應教學的方式，最重要的是讓家長參與族語教學，以TIPS作業方式讓學生和家庭成員共同討論學校課堂學習事物的課程，並透過親子共學互動與擴大計畫，更能務實提升沉浸式族語教學的成效。

四、研究結果與討論

本研究採半結構性訪談法，依訪談語音資料彙整成逐字稿後加以分析討論，藉由研究對象屏東縣有愛幼兒園為例，希望能歸納出研究目的與問題所呈現的意義。

㈠有愛幼兒園實施沉浸式族語教學之現況

本節就有愛幼兒園實施沉浸式族語教學之現況加以分析，以下分成幼兒園實施沉浸式族語教學之理念與價值；重視族語學習的黃金時期，發展族語聽說情境的認知基礎；沉浸式族語教學，需要家庭與部落生活情境的支持協助等三個方面，進行研究分析與討論。

1. 幼兒園實施沉浸式族語教學之理念與價值

在幼兒園實施沉浸式族語教學，是復振弱勢群語言最生活的語言學習方式，沉浸式族語教學最重要是傳承語言與文化，並視母語為第一語言、親密度與認同等理念與價值，以下受訪者敘述：

誠如受訪者SPr認為沉浸式族語教學的走入家庭和部落，透過母語的學習，建立族語的認同感。SD也讓家長發現族語的重要性的覺醒，也看到小朋友的自信。以下如受訪者所言：

> 我想在族語的認同感是很重要的，那這幾年不光是我們的成績，實際面來講是我們的成績受到肯定，我們來義鄉的做法既然影響整個家庭和部落，我們走進部落而不是只是待在學校，我們帶我們的小朋友到部落裡面，像我們這邊是永久屋，這裡有農耕住户，

他們會配合我們的族語去教學。（SPr-20171025）

我們接受到家長的回饋都非常認同我們沉浸式族語的教學，因爲在我們這一輩其實族語已經不流利了！當初小朋友經過這樣的教育模式，回到家之後家長發現族語的重要性，同時也覺醒了！他們有看見這一點，再加上小朋友變得很有自信。（SD-20171024）

其次，受訪者ST認爲學校推動沉浸式族語教學，讓其他國小的主任、老師回饋我們小朋友族語的聽、說能力很強的價值，以下如受訪者所言：

像來義國小附幼他們大班今年也有在上沉浸式，上一次我們去臺南開會的時候有做反省，他們給我們的回饋是從我們這裡到他們學校的小朋友族語眞的很強，很會聽很會說，那其他國小的主任，他們的回饋也是差不多，所以他們對於沉浸式的價值是非常認同。（ST-20171025）

綜上所述，在訪談過程中，多數受訪者認同沉浸式族語教學的實施，會建立起大家的第一語言使用的習慣，以及幼童對族語情感的親密度與價值。此亦與學者（張學謙，2009；張麗君，2004；Cummins, 1979; Garcia, 1997）觀點相同，促進雙語學習理論之沉浸式教學，此亦即推廣沉浸式族語教學的理念與價值之所在。

2. 重視族語學習的黃金時期，發展族語聽說情境的認知基礎

幼兒族語學習有其發展的過程，早期的語言學習有助於認知的成熟發展，訪談過程中，多數受訪者表示應要把握幼兒學習母語的黃金期，並營造母語的使用情境環境，奠定學習語言的認知基礎。以下受訪者敘述：

誠如，受訪者SD認爲幼兒時從家庭開始，並在幼兒園實施沉浸式族語教學。ST發現兩歲到四歲的幼兒，他們族語聆聽與對話的學習非常快。以下如受訪者所言：

我覺得是幼兒園，但是基本上我認爲還是要從家開始，如果這個小朋友在家庭裡面有這樣的族語環境的話，如果這樣的家庭環境再來我們學校讀沉浸式族語的話，反而我們不用特別去教，他們可以去影響其他的小朋友，我覺得沉浸式族語，目前的狀況是來補足家庭沒有辦法提供的族語環境。（SD-20171024）

在母語日的時候發現兩歲到四歲的幼兒，他們學習聆聽族語非常的快，只要教他們一個禮拜他們全部都會了！尤其是歌謠或者是單詞族語的對話，他們的語調非常正確，他們也會用一整句的族語對話，比如說你好嗎？（ST-20171025）

由上所述，幼兒園沉浸式族語學習的黃金期在越小實施越好，必須營造家庭到學校皆有族語使用的情境，讓母語提早介入成爲第一語言。模仿說是沉浸式族語發展認知成熟的基礎，就如Vygotsky（1962）指出語言對認知發展具有兩大功能：其一是在文化承傳中，成人將生活經驗和思維解決問題的方法，經由自己的語言傳遞給兒童；其二是兒童以學得自己的語言爲工具，用於適應環境和解決問題，從而促進以後的認知發展。

3. **沉浸式族語教學，需要家庭與部落生活情境的支持協助**

在訪談中，多數受訪者表示沉浸式族語教學，必須家庭與部落有使用族語的環境，並且配合學校，在家儘量也沉浸在族語中才有幫助。如下受訪者敘述：

誠如，在訪談中受訪者SD發現在主流優勢語言的環境下，會講族語的小朋友，中文講的反而很清楚。如下受訪者敘述：

我發現講族語的小朋友，中文講的反而很清楚，這個是我發現的，如果族語很強的人，他的其他語言也是非常厲害，我是沒有看過說學完族語之後，沒有辦法轉換成中文，如果學校不教中文，只有教族語的話，我覺得小朋友還是會學中文，因爲回到家還是在講中文。（SD-20171024）

其次，受訪者ST發現母語說得很好的族語寶寶，是因爲家裡的vuvu都這樣跟他們說。如下受訪者敘述：

我們大部分的族語寶寶跟親子家庭都是文樂村的，他們有的送過來的時候，甚至還不會聽國語，但是他們來到這裡的時候，聽到老師們都有在說國語的同時，他們也把國語學會，在教學的時候，發現這些小朋友在學族語的時候都非常厲害，像我們這一學期要教滿168個單詞，他們幾乎50個以上都會唸，我問他們你們怎麼都會，他們就回答因爲vuvu都這樣跟他們說。（ST-20171025）

就如，受訪者ST也發現我們的族語寶寶大部分是文樂村的，是因爲家庭與部落有非常會說族語的情境，而影響沉浸式族語教學的成效。因爲老人家他們四代同堂，甚至五代同堂都是在講族語。如下受訪者敘述：

我有發現我們的族語寶寶大部分是文樂村的，跟來義村的，那我發現我自己評估我的教學，我發現這些孩子在媽媽母胎裡時，長輩都對著她媽媽說族語，所以文樂村是一個非常會說族語的部落，因爲老人家他們四代同堂，甚至五代同堂都是在講族語。（ST-20171025）

綜上所述，學者Allard與Landry提出雙語發展制衡模式，以弱勢族群的增益式雙語現象，透過沉浸式族語教學，讓母語透過學校學習，然後回推家庭使用族語，營造族語使用的合作環境，才可以抵銷第二語言在社會制度環境的優勢力量，平衡母語與國語在生活的使用（張學謙，2011）。總之，沉浸式族語教學必須有家庭與部落的長輩協助，族語學習才有效果，因此，藉由沉浸式族語教學的幼兒，去影響家庭進行族語的使用與學習，並漸進影響大家在生活上使用族語。

㈡有愛幼兒園實施沉浸式族語教學之困境

本節就有愛幼兒園實施沉浸式族語教學之困境加以分析，以下分相關機關行政協作與合作的不足；原鄉符合族保師資的人才不足；部落使用族語之差異對沉浸式族語教學的影響；同族群重視各方言群腔別語調之特色等四個方面進行研究分析與討論。

1. 相關機關行政協作與合作的不足

行政的協助與合作是沉浸式族語教學實施過程中很重要的部分，就以學校、公所、原民會、原民處與專管中心行政資源協作與合作之不足，與社區參與共識有待建立等，如下敘述：

誠如訪談中受訪者SPr認爲承接原民會的沉浸式族語幼兒園，皆能與中央部會協調與保障人、事、物，期能順利推展，並委請專管中心負責執行，但地方原民處與教育處之角色定位未釐清，使得協作與合作的功能未彰顯。如下受訪者敘述：

原民會有在做保障，那原民處的功能說實在我是不清楚，我也不知道要該怎麼講，也許他們只是等著補助，可能不知道要怎麼樣去做，不過還好現在有族語專管中心去做，他們的角色定位到現在是不存在的，不光是族語這一塊，好像其他的部分，只有當我們需

要協調的時候才會去找他們。（SPr-20171025）

接著，受訪者SPr表示公所推動振興計畫，協助對象是社區與教會開的族語認證班，要達成文化與族語的使用有限，因此如何與沉浸式族語教學協作與合作仍待強化。如下受訪者敘述：

我們鄉公所在推動振興計畫的時候，他主要的對象是教會、還有社區還有民間社團，然後他分項分了好多項，其實大部分都是開課，我分配多少給你你就開多少課，我發現這樣的效果不像我們沉浸式的效果，感覺就好像只是在教你學單字，當然在考族語認證上是有效果的，他的目的是讓你取得族語認證，能不能學到我們的文化或是落實族語的使用，他是有限制的。（SPr-20171025）

由上述可知，沉浸式族語教學是中央原民會的專案計畫，而教育部、教育處也有本土語言相關計畫執行，沉浸式族語教學被視爲幼兒園實施特色發展。地方原民處因業務是原民會委辦給崑山科大執行，相關單位皆認爲不是自己的業務，就很少到第一線教育現場，去瞭解沉浸式族語教學的樣貌與未來協作合作的發展。

2. 原鄉符合族保師資的人才不足

族語教保員需有教保員與族語認證等兩項資格才能兼任老師，因此幼兒一時要尋覓師資人才，實在不容易。如下敘述：

受訪者SD認爲鄉內人才師資不夠，必須跨鄉徵詢人才，在族語教學與生活保障上是她的壓力，也是實施沉浸式族語教學幼兒園的壓力。如下受訪者敘述：

我們來義鄉找不到師資，因爲屬於族語教保員需要有教保資格加上族語老師資格，所以我們的人才師資不夠，也可以這樣說，就是有教保員資格的人沒有，但是有族語認證通過的族語教師資格的是有，這樣就變成說沒有老師了！現在變成是她的壓力，也是我們的壓力。（SD-20171024）

由上述可知，沉浸式族語教學幼兒園的族保員，面對原民會專案計畫之一時之選，無法面面俱到，進而善用在地的人才，因此，如何長期培育職前沉浸式族語教學的族保員，以符應在地教與學的穩健發展需求，成爲重要關鍵。

3.部落使用族語之差異對沉浸式族語教學的影響

各村與部落講族語的人，其語言使用多寡的情境，確實對文化與語言的認知遷移學習有很大的作用。如下敘述：

受訪者ST認爲村與部落在生活上講族語的人，有2個村是全族語、1個村半族語、1個村大部分國語與1個村全國語，村與部落使用族語的情境，完全會影響沉浸式族語教學的成效。如下受訪者敘述：

像來義村、文樂村他們在部落都是講族語包括年輕人，但是像南和他們大部分的人還是講國語，像望嘉就是一半一半，古樓的話就是都是講中文，所以當他們來這邊如果我們不推，那這些孩子可能就會像古樓那邊不太會用族語。（ST-20171025）

由上而知，沉浸式族語教學在面對村與部落使用族語的情境，如何讓原民會專案計畫能夠永續發展，必須讓在地村與部落族語有使用情境的自覺，才能眞正讓復語言文化振計畫與沉浸式族語教學專案計畫，兩者相輔相成，成效加倍。

4.同族群重視各方言群腔別語調之特色

同族群語言因時、空的變遷，發展出各方言群腔別語調之特色，以符應的族群之認同。如下敘述：

受訪者SD認爲沉浸式族語教學，部落耆老們都認同、很支持，但在意的是族語老師所教出來的腔別語調是不是我們在地的。如下受訪者敘述：

唯一遇到的困境是我們的族語教保員是春日鄉的，並不是本鄉的，像我們部落的耆老看我們在推沉浸式族語的時候，他們很認同、很支持，他們看見我們所做的成效，但是他們很在意的是族語老師所教出來的腔別語調不是我們在地的，就會說我們來義鄉的明明不是這樣講，這樣是春日鄉的，然後耆老就跟族語老師說，你們要學我們在地的再去教小朋友，他們就很重視在地的。（SD-20171024）

由上述可知，沉浸式族語教學幼兒園面對各方言別的特色，對於任職族語沉浸式教保員，必須充分了解學生的語言背景，教師要多元的學習各方言群的腔別語調，並充分的備課，使族保人員要承擔許多行政與語言教學的責任，若無學校、部落與相關單位的資源協助，是一份沉重的使命工作。最重要的是原鄉符合族保師資的人才不足，也沒做前瞻性職前與在職的培訓人才增加規劃，臺灣原住民族沉浸式族語教學，最後也只是理想性的想望，而無永續發展的可能。

㈢有愛幼兒園實施沉浸式族語教學面對困境所採取之因應策略

本節就有愛幼兒園實施沉浸式族語教學面對困境所採取之因應策略加以分析，分成行政協作與合作的不足；族語教保員的培訓與永續發展；族語使用友善建置環境；發展各方言群在地語言特色等四個方面進行研究分析與討論。

1. 在行政協作與合作的不足方面

面對新的教育政策教學領導者，應強調組織每個成員的影響力與專家權的發揮，建立大家榮辱與共及「生命共同體」的共識，期能藉著團隊（team）的精神，有效提升學校組織目標的成效（楊振昇，1999）。沉浸式族語幼兒園需要各方機關組織成員的共識與資源協助支持，一起推動沉浸式族語教學。以下就強化行政團隊意識，納入相關單位齊力合作，提升教學績效，並與地方部落耆老、家長溝通獲得共識與行銷，引進社區資源參與等，如下敘述：

誠如，訪談者SD認爲沉浸式族語教學，需要中央與地方齊力合作，行政運作與評鑑要簡化，主要目的讓族語教保員在組織行政共識的協助與合作下，能夠專心在教學的部分，釐清與解決問題，提升族語教學績效。如下受訪者敘述：

那族語教保員就不會受到行政的影響，教保員他們只要專心在教學的部分，那去部落參訪的計畫主要是族語老師來安排，我們來協助，再來是評鑑的部分，評鑑的部分教保員他們就自己去處理，再來我們行政團隊有四個我們就會分配，幼兒園的評鑑是我來做彙整。（SD-20171024）

再則，訪談者SPr與SD認爲規劃社區擴大參與，跟社區的部落健康站合作，讓小朋友與長輩們一起老幼共學習。如下受訪者敘述：

擴大社區參與的時候，當然我們是非常落實這樣的計畫，當他們幫我們去規劃這方面的事情的時候，我們也發現按照這樣的計畫走，效果非常得好，我舉例來說，我們禮拜二、禮拜四都會跟社區的部落健康站做結合，我們的小朋友會到那邊跟長輩們一起學習。（SPr-20171025）

我們把小朋友帶到外面去，也會跟協會合作老幼共學，我們就是跟新來義社區發展協會一起合作，我們是固定隔週禮拜二跟他們合作。（SD-20171024）

又如，受訪者SD表示會跟鄉公所各課室與社區發展協會的館場人力、物力資源合作，協助族語的學習；受訪者SD也說，鄉公所推動族語振興計畫，也請教會提供相關的課程，讓小朋友在部落與社區，能增加沉浸式族語教學的環境。如下受訪者敘述：

我們是會跟鄉公所各課室合作，例如圖書館或文物館，文物館的部分是我們會跟他們合作、參觀，請駐館員幫我們安排時間做校外教學，然後在這中間都會放一些族語的學習。教會的部分比較沒有，我們還是主要以社區發展協會爲準，那教會的話，比較是人力資源，比如說社工。（SD-20171024）

不過我們現在鄉公所正在推動族語振興這一塊，所以在幼兒園還有教會都有開相關的課程，有些針對古謠、有些針對田調、有些針對羅馬拼音，這樣子其實對小朋友來說，在部落或是社區都有增加沉浸式的環境。（SD-20171024）

綜上所述，在政策的執行有由上而下、由下而上與權變等三種政策執行方式，都各有其優缺點及適用範圍，應視政策過程、政策情境與政策權力互動等不同情境，而選擇或組合不同的執行方式，協作與合作去達成教育政策的目標（顏國樑，1997）。而原住民語須先取得其官方語言地位，因爲國家語言有了象徵的官方地位，各相關部會也因此可獲得法規與制度性的支持（張學謙，2007）。以上受訪者談到沉浸式族語教學，必須中央與地方齊力合作，使行政的運作與評鑑簡化，各盡其資源讓實施的幼兒園無後顧之憂，做好族語教學，遇到困難，開會討論獲得共識，協助解決問題，對於人力與經費的需求，盡可能以教學需求給於支持補助。並引進社區資源參與，可以透過老人會、教會、協會、鄉公所等組織的資源，共同推動族語的使用，透過祖父母、父母與長輩等一起老幼共學，善用各個學習的機會，沉浸在族語的情境中，此與楊振昇（2005）從家長參與對學校、教師及學生等沉浸式族語教學方面的分析，會是多贏局面且相得益彰，可說是不謀而合。

2.在族語教保員的培訓與永續發展方面

沉浸式族語教保員在職前培訓與在職進修，進行師資穩定培養及專業教學發展，應以法規給與族語教保員工作的保障，並視團隊教學績效規範斟酌鼓勵。以下就各原住民族師資需求之培育，鼓勵語言多元情境推動方式，使沉浸式族語教學能永續發展，如下來敘述：

誠如，受訪者SPr認爲沉浸式族語教學，因可以學到原住民語言文化知識，顯現原住民地位提升的成效，受到家長的肯定，在少子化招生的現況，大家想辦法願意抽籤進來就讀，我們幼兒園向教育部提報增班，也延伸出師資職前培育慢慢增加的需求。如下受訪者敘述：

> 從104學年度開始人數增加，增加到我們要開始抽籤，這是我們有史以來第一次要辦理抽籤，然後有些小朋友就沒有辦法進來，所以我們也是很驚訝，當然我們的師資慢慢增加，我想沉浸式族語也是受到家長的肯定，在我們學校可以學到原住民語言文化知識，同時原住民的地位也慢慢提升，當然他們的長輩也是覺得小朋友要先回到部落的幼兒園學習，而不是多花個幾千塊到平地繼續學習，就是因爲這樣的原因，我們開始向教育部提報增班，所以教育部給我們增班計畫700,000元。（SPr-20171025）

其次，在訪談過程中，受訪者SPr與SD表示在沉浸式族語幼兒園裡，我們把會講族語的老師放在族語班，讓族語老師跟班級老師在討論課程教學時，能互為理解及勝任代班。唯一代課的課程內容，要回報給專管中心，這個部分他們就沒有辦法上傳給專管中心，這是師資在職訓練必須安排研習，以因應代課的問題。如下受訪者敘述：

現在我們來義鄉幼兒園我們的教職員工全部都是排灣族，每個人幾乎都會講族語，絕大部分幾乎都有取得族語認證，比如說兩個族語老師其中就有教保員，那我們把這些會講族語的老師放在族語班，當族語老師跟班級老師在討論的時候，族語老師要做的事，這幾個班級老師他也完全懂，所以當我們的族語老師不在的時候，我們的班級老師完全可以勝任；但是像學校的附幼沒有辦法，因為他們的老師沒有辦法勝任教族語這個工作，那我們來義鄉幼兒園就沒有這樣的問題。（SPr-20171025）

那如果請假的部分，假如她請假了，目前是沒有人可以幫她代課，可是我們的協同老師他的族語能力本身就有很強，所以當梅花老師請假的時候，我們的協同老師是可以上的，那梅花老師他上的課程內容，主要是要回報給專管中心，假如梅花老師當天請假的話，這個部分他們就沒有辦法上傳給專管中心。（SD-20171024）

又如，受訪者ST認為沉浸式族語教保員吸引自己的原因是它專業的課程，必須認真學習這領域的精華，並在這個工作崗位上精進，以擁有這個領域的專業能力與養分；受訪者SPr指出沉浸式族語教學，族語教保員讓學生可以玩、可以運動、有教母語與文化、環境也好，老師也不錯，這裡可以跟老人家聊天學母語，自己會推薦小朋友上這邊的沉浸式族語幼兒園。如下受訪者敘述：

當初進來曾經是吸引我的原因是因為這個是一個很專業的課

程，同時我自己也很認清自己的位置在哪裡，在這樣子的領域要認眞學習這領域的精華，比如說去研習、去學班級經營，一定要認眞在這個工作崗位上精進，當我在這個領域認眞的時候，我已經擁有了這個領域的專業能力，假如未來有機會到別的領域的時候，我已經在現在這個領域得到很多的養分，我是用這樣子的分享去跟我們的教保員說。（ST-20171025）

如果別人來問我，小朋友要去哪裡上幼兒園，我都會說這邊，因爲這邊教的還很不錯，因爲這裡也很近，可以接送很方便，潮州就太遠了，我們不會開車的怎麼送，這裡也是蠻寬的，可以玩、也可以運動，這裡有教母語、也有教文化，這裡很好是因爲這裡環境也好，老師也不錯，這裡也可以跟老人家聊天學母語。（SPr-20171025）

由上述之，立法院也於2017年5月26日三讀通過「原住民族語言發展法」，2017年6月14日總統府公布實施。族語教保員應依原住民語言發展法等相關法規，給與族語教保員工作的保障及團隊教學績效規範斟酌鼓勵，以提升沉浸式族語教學的成效。然而，族語教保員的職前培訓與在職進修應與時俱進，並鼓勵優秀有使命感的老師進修精進，在各原住民族師資培育部分應廣開進修管道，讓師資來源充分，以穩定族語沉浸式教學師資的需求，使家長肯定語言多元情境推動方式，而能永續發展。

3. 在族語使用友善建置環境方面

友善的配合與布置族語使用環境，是推動沉浸式族語教學有形、無形的境教基礎。以下就學校與家庭推展族語使用的友善建置及教學活動規劃，如下來敘述：

例如在訪談過程中，受訪者SPr認爲沉浸式族語教學必須規劃族語使用環境的策略，首先增能家長的族語能力，接著受訪者SD指出在課程規劃上走入部落學習，使族語有家長與耆老陪伴，在自然族語使用的情境中學習。如下受訪者敘述：

我們辦理成人增能班，我們邀請家長到這邊來學習族語，不要只有我們小孩子會而已，不然小孩子回到家只是對牛彈琴，那爸爸媽媽不懂又推給長輩們，因為我們會走訪部落去農地裡面認識一些農作物，當然這些都是我們一路走來的一些計畫。（SPr-20171025）

我們會提醒長輩老人家說，我們的小朋友不會講族語，是因為我們沒有對他們說族語，我們是要學族語，但是你們卻要對我們講國語，那活動方面，我們推行過老幼共學，然後走訪部落，在這個過程裡面，會讓小朋友跟老人自然的接觸溝通。（SD-20171024）

另外，受訪者SD認為配合年輕家長在幼兒園開設羅馬拼音班，期能幫助學生共同完成族語學習單，營造家庭親子共學的族語使用環境。受訪者ST也發現，親子共學形成幼兒會去帶他們父母親一起來學族語的有趣現象。如下受訪者敘述：

親子共學我們是利用晚上的七點到九點，一個禮拜一次，在幼兒園開設羅馬拼音班，這個課的目的是幫助我們年輕的家長，因為學生帶學習單回去的時候，學習單上面有羅馬拼音符號，然後有的家長會看不懂那是什麼意思，所以我們開這個家長增能班就是希望能夠回家和小朋友一起完成他們的學習單，同時也讓他了解族語還有文化的部分，他們目前平均的部分還沒有到那麼厲害，不過基本上的能力都是可以的。（SD-20171024）

這三年以來，我也發現原來他們是這樣子學會族語，學會跟小孩子用族語溝通，有些是小朋友回到家去教父母親，因為有的父母親二十幾歲，他們根本不會講族語，反而小朋友會去帶他們父母親一起來學族語，這個就是我們所謂的親子共學。（ST-20171025）

又如，受訪者SP認為沉浸式族語教學，影響現在小朋友學母語都是跟阿公阿嬤學習，雖然爸爸媽媽有些會，如果遇到不會的就會問阿公阿嬤，所以我們要教孫子又要教兒子。我們全家會在吃飯聊天的時候，也會自然使用母語，比如說洗便當盒或是便當盒放在哪裡，我們每天這樣講，孫子每天這樣學習使用族語。如下受訪者敘述：

現在小朋友學母語都是跟阿公阿嬤學習，有時候爸爸媽媽他們有些會的，會教小朋友，如果遇到不會的，就會問我們，所以我要教孫子又要教兒子，小朋友的爸爸媽媽他們也會學。（SP-20171025）

我們會在吃飯聊天的時候會使用母語，在家裡我用母語跟我的兒子，還有媳婦講話，同時小朋友也跟著學，我會教一點給我的兒子，然後叫他們去教小朋友，這樣的方式學習比較快。（SP-20171025）

這裡的沉浸式族語只有中小、幼幼，我小朋友的哥哥之前也在這裡讀，在家裡我們用族語講話。後來大班就到來義國小國幼班，大班那邊也有在教族語，學校教的就跟他複習，教他講那些，比如說洗那個便當盒或是便當盒放在哪裡，他也會講只是還很慢，但是我們每天這樣講、他每天這樣學。（SP-20171025）

從上述可知，Ada（1995）主張學校需要承認、珍惜家長對教育的貢獻，如家長推展學生家庭母語的使用、家長成為知識的建構者、家長和孩子一起聽說讀寫母語書、家長追求自我解放和建立語言權力。張學謙（2010）指出臺灣應效法希伯來語復振的方式，將族語打造成「生活語言」，並透過母語的世代傳承，延續原住民族語的活力，最重要的一項教育政策是要擴展到校外，成爲「生活語言」。族語沉浸式教學首要使母語成爲第一語言，並友善建置使用語言環境，配合確保族群的文化資產與特色，善用擴大計畫親子共學，讓父母、小朋友及族語老師共同參與，一同邁入沉浸式族語幼兒園的語言學習課程發展與族語的生活使用。

4. **在發展各方言群在地語言特色方面**

在沉浸式族語教學幼兒園的學生，因居住在各個社區部落，因此延伸同族群中各有方言群的在地語言特色。以下針對親子座談溝通，一起協助幼兒習得在地語言腔調，並從耆老的語言田調，多元呈現族語教材與課程設計，以符應在地眞實語言的使用。如下敘述：

誠如，受訪者SPr認爲學習語言是一種驕傲，也是文化傳承，但族語老師要提升小朋友在語言知識度與文化敏感度，確實習得在地語言特色。如下受訪者敘述：

族語老師在上課的時候會強調這個語言是我們排灣族的很重要的語言，這也是我們長輩所流傳下的語言，所以你們要學會，讓小朋友覺得我學這個族語是一種驕傲，這個是我們文化的傳承，小朋友雖然是一知半解，老師他不是只有講語言，他在教學的方式上從文化使小朋友學語言，這樣提升了小朋友學習族語的知識度，同時也增加他們對文化的敏感度。（SPr-20171025）

接著，受訪者SD指出幼兒回家使用在學校學習的族語，而非學到部落的說話方式，學校要即時與家長面對面或聯絡簿溝通，針對問題並修正，也請家長能夠在家裡跟小朋友一起解決改正，最重要的是族語教保員備課期間要認眞走訪部落，進行部落耆老的田調詢問，確認教材能多元回應學生在地各方言群的特色。如下受訪者敘述：

小朋友回家會去跟大人說，然後老人家知道之後，反應就會很大，會馬上糾正，然後我們會透過親子座談會的時候，然後請家長一起跟我們來執行，回去的時候請家長們在族語上做一些修正，然後家長其實有時候會將問題寫在聯絡簿上，雖然我們有做走訪部落，讓大家看見我們在進行，我們其實很希望每個小朋友能夠學到他們自己部落的說話方式，其實不像國小附幼只有一個部落的教學，那我們就很多個部落，所以變成我們小朋友都要學，目前能解決的方法就是儘量的跟家長溝通，做面對面的溝通或者是說聯絡簿上的溝通，就是希望家長能夠在家裡跟小朋友一起解決這類的問題。（SD-20171024）

不過梅花老師她相當認眞，不斷希望部落能夠接納她，她常常上班之前自己會去走訪部落或是到早餐店田調詢問部落的耆老之類的功課，因爲有些部分的強調，她必須透過耆老來學習，這樣她才能確定他自己教的對不對，所以她在族語教保員這個身分上，她非常認眞。（SD-20171024）

又如，受訪者SD表示因應沉浸族語教學的幼兒園，來自各個部落，其語言特色狀況不同，因此都會安排各社區部落的在地語言情境學習。另受訪者ST表示，經過充分的田野調查，我們在族語教材的釐清上，增強了我對每個部落族語差異理解的能力，而在課程設計上會特別注意語言的多元性，也讓我學會各方言群腔別語調。如下受訪者敘述：

因爲我們這邊有各個其他部落，所以我們不會只會去一個社區，因爲有些小朋友是他們部落的孩子，所以我們也會顧慮到其他部落的狀況，那一學期當中，我們每一個部落，我們都會有機會安排到。（SD-20171024）

我們在族語教材上面，我會因應這樣的問題去做田野調查，然後去找耆老去問在教材上面，我們會特別去注意，再去釐清的過程裡面，這樣同時也增強了我對族語的能力，發現說原來每個部落的語言都不一樣。（ST-20171025）

我們在課程設計的時候，我們要注意多元性，所以我會去評估各自的語言，去部落找耆老問，這三年來我都是照這樣的方式去詢問，第一年我非常用心去問老人家，因爲我不是本鄉的，我是外鄉的，有些語調我是來這邊之後才去學會的。（ST-20171025）

綜上所述，家長的參與溝通能對學校、教師產生正向的態度與發展，且能改善親子關係，提高自信心，同時，也能改善學校的氣氛，及提升學校人員的工作士氣。因此，族語教材、課程設計必須做好備課田調的確認，要兼顧各社區部落學生的特質及語言文化的生活使用，發展各方言群在地語言特色。

五、結論

依據研究結果，將主要的發現歸納成以下結論，並分別以臺灣原住民族幼兒園實施沉浸式族語教學之研究——以屏東縣有愛鄉立幼兒園爲例之現況、困境及面對困境所採取之因應策略等三方面，依序分別結論如下：

㈠有愛幼兒園實施沉浸式族語教學之現況

有愛幼兒園實施沉浸式族語教學，是復振弱勢群語言最生活的語言學習；有語言與文化的傳承，並視母語爲第一語言，建構其親密度與認同等理念與價値；應把握幼兒學習母語的黃金期，營造母語使用的情境環境，奠定學習語言的認知基礎；必須有家庭與部落等長輩的協助，族語學習才有效果，藉由幼兒去影響家庭與部落，漸進使族語成爲生活上學習與使用的重要語言。

㈡有愛幼兒園實施沉浸式族語教學之困境

有愛幼兒園實施沉浸式族語教學，常遇各相關機關行政協作與合作的經驗不足；原鄉符合族保師資的人才不足影響到開班；部落各方言群腔別語調特色之差異，促使族語教學之彈性調整。

㈢有愛幼兒園實施沉浸式族語教學面對困境所採取之因應策略

有愛幼兒園實施沉浸式族語教學，需要中央與地方齊力合作，並引進老人文健站、教會、協會、鄉公所等組織，彙整其資源，透過祖父母、父母與長輩等一起老幼共學的族語情境，讓幼兒園做好族語學習，提升教學績效。

積極廣開各原住民族幼兒師資培育進修管道，讓師資來源充分，並應依法規給與族語教保員工作的保障及鼓勵教學績效團隊，肯定語言情境多元學習方式，使沉浸式族語教學能永續發展。

重視母語成為第一語言的友善使用語言環境，並確保各族群的文化資產與特色，善用擴大計畫親子共學，讓部落、父母、小朋友及族語老師等，共同參與課程發展與生活使用。

做好部落耆老的田調確認與支持，再規劃族語教材與課程設計的備課，兼顧各社區部落學生的特質及語言文化，發展各方言群在地語言文化特色。

參考書目

一、引用專書（中文）

1. 張學謙：〈從紐西蘭到臺灣語言巢：語言復振模式的調適研究，行政院國家科學委員會專題研究報告（NSC97-2410-H-143-006-）〉（臺東縣：國立臺東大學，2009年）。

2. 張學謙：〈邁向多元化的臺灣國家語言政策：從語言歧視到語言人權〉，收於鄭錦全（等編）：《「語言，社會與文化」系列叢書之二，語言政策的多元文化思考》（中央研究院語言學研究所，2007年），頁229-257。
3. 張學謙：《語言復振的理念與實務：家庭、社區與學校的協作》（臺北市：翰蘆，2011年）。
4. 張麗君：《國客雙語幼兒語言能力與創造力之關係。論文發表於行政院客家委員主辦之2004客家知識論壇》（臺北市：行政院客家委員會，2004年）。
5. 楊振昇：《教育組織變革與學校發展研究》（臺北市：五南，2005年）。
6. 顏國樑：《教育政策執行理論與應用》（臺北市：師大書苑，1997年）。

二、引用論文（中文）

1. 王艷霞：〈美國夏威夷語沉浸式教學實踐及其啟示〉，《基礎教育》第13卷第6期（2016年），頁85-92。
2. 周梅雀：〈原住民族語文化在地化教育之實踐—以一所排灣族部落托育班浸潤式教學為例〉，《教育與多元文化研究期刊》第4卷（2011年），頁73-117。
3. 張學謙：〈弱勢語言的復振規劃—語言行銷的方法〉，《臺灣原住民族研究季刊》第3卷第3期（2010年），頁43-73。
4. 楊振昇：〈我國國小校長從事教學領導概況、困境及其因應策略之分析研究〉，《暨大學報》第3卷第1期（1999年），頁183-236。
5. 原住民族委員會（2013）：〈原住民族語言振興第2期六年計畫（103-108年）〉（新莊市：原住民族委員會）。

三、引用期刊、論文（英文）

1. Ada, A. F. (1995). *Fostering the home-school connection.* In J. Frederickson (Ed.) Reclaiming Our Voices: Bilingual Education, Critical Pedagogy and Praxis. Ontario, CA: California Association for Bilingual Education. (www.osi.hu/iepminorities/resbookl/Fostering.htm) (2011/3/5)
2. Cummins, J. (1979). Linguistic interdependence and the education development of bilingual children. *Review of Education Research*, *49*, 222-251.
3. DeJong, D. H. (1998). Is immersion the key to language renewal? *Journai of American indian Education, 37*(2), 31-46.
4. Department for Education and Skills. (2004). *Five year strategy / or children and learn-*

ers. Retrieved May 21, 2005, from http://www.dfes.gov.uk/publications/5yearstrategy/docs/DFES5yearstrategy.pdf

5. Garcia, O. (1997). Bilingual education. In F. Coulmas (Ed.),*The Handbook of Sociolinguistics* (pp.405-420). Oxford: Basil Blackwell.
6. Hinton, L. (1999). Teaching endangered languages. In B. Spolsky (Ed.), *Concise Encyclopedia of Educational Linguistics* (pp.74-77), Elsevier Science Ltd.
7. Johnson, B. & Johnson, K. A. (2002). Preschool immersion education for indigenous languages: A survey of resources. Canadian Journal of Name Education, 26 (2), 107-123.
8. Swain, M., & Johnson, R. K. (1996). Immersion education: A category within bilingual education. In R. K. Johnson & M. Swain (Eds), *Immersion Education: International Perspectives* (pp, 1-16), Cambridge, UK: Cambridge University Press.
9. Tabor, P. O. (2008). *One child, Tow Language: Children Learning Englushg as a Second Language*. Baltimore: paul Brookes.
10. U. S. Department of Education. (2003). *No child left behind: A parent's guide.* Washington, DC: Author.
11. Vygotsky, L. S.(1962). *Thought and language*, Cambridge, MA: MIT Press.

Note

Note

Note

國家圖書館出版品預行編目(CIP)資料

國際視野／在地觀照：國語文教育的多重面貌／逢甲大學國語文教學中心主編. --初版. --臺北市：五南圖書出版股份有限公司, 2024.01
面；　公分
ISBN 978-626-366-655-9(平裝)

1.漢語教學　2.語文教學
3.比較研究　4.文集

802.03　　112016147

1XNN

國際視野／在地觀照

國語文教育的多重面貌

主　　編 — 逢甲大學國語文中心
發 行 人 — 楊榮川
總 經 理 — 楊士清
總 編 輯 — 楊秀麗
副總編輯 — 黃惠娟
責任編輯 — 魯曉玟
封面設計 — 姚孝慈
出 版 者 — 五南圖書出版股份有限公司
地　　址：106台北市大安區和平東路二段339號4樓
電　　話：(02)2705-5066　　傳　　真：(02)2706-6100
網　　址：https://www.wunan.com.tw
電子郵件：wunan@wunan.com.tw
劃撥帳號：01068953
戶　　名：五南圖書出版股份有限公司

法律顧問　林勝安律師

出版日期　2024年1月初版一刷
定　　價　新臺幣560元